古典文獻研究輯刊

四 編

曾永義 主編

第 10 冊

明清世說體著作之兒童書寫析論

毛香懿 著

國家圖書館出版品預行編目資料

明清世說體著作之兒童書寫析論／毛香懿 著 -- 初版 -- 新北市：花木蘭文化出版社，2012〔民 101〕

目 2+252 面；19×26 公分

（古典文學研究輯刊 四編；第 10 冊）

ISBN：978-986-254-759-5（精裝）

1. 明清文學 2. 文學評論

820.8   101001736

ISBN-978-986-254-759-5

9 789862 547595

古典文學研究輯刊

四 編 第 十 冊   ISBN：978-986-254-759-5

明清世說體著作之兒童書寫析論

作 者 毛香懿

主 編 曾永義

總 編 輯 杜潔祥

出 版 花木蘭文化出版社

發 行 所 花木蘭文化出版社

發 行 人 高小娟

聯 絡 地 址 新北市永和區中正路五九五號七樓之三

          電話：02-2923-1455／傳真：02-2923-1452

網 址 http://www.huamulan.tw 信箱 sut81518@ms59.hinet.net

印 刷 普羅文化出版廣告事業

初 版 2012 年 3 月

定 價 四編 32 冊（精裝）新台幣 52,000 元

明清世說體著作之兒童書寫析論

毛香懿　著

作者簡介

毛香懿，1973 年生，畢業於國立中正大學中文研究所，現任教於小學；喜歡孩子，所以寫了有關兒童研究的論文。平時喜歡閱讀、旅行、做白日夢；個性迷迷糊糊，卻常常遇見貴人。最幸福的是：有一對好父母、四個好姐妹，嫁了一個好脾氣的老公，生了一個可愛的兒子。

提　　要

　　明人模仿《世說新語》體例而著述之現象，始於嘉靖中期，盛行於萬曆、天啟年間，此熱潮持續迄於明末清初；《世說新語》仿作之興盛現象，兼具普遍性與特殊性。

　　本論文結合內部與外緣因素，採歸納與分析方法，對文本進行綜合性研究；架構如下：第一章〈緒論〉說明研究動機、目的；介紹「世說體」與「兒童」之研究概況；定義「世說體」一詞，並試著就古人心中之「兒童」尺寸，試圖對研究對象──「兒童」進行定義。第二章〈明清世說體著作兒童書寫之文本〉，概覽明清世說體著作，推溯文本來源、編纂特性，最後歸納兒童材料之篇章結構。第三章〈明清世說體著作兒童書寫之面向〉，針對以兒童言行事蹟為基軸之主要面向，以及材料較稀薄的次要面向──出生異象與兒童社會問題，進行論述。第四章〈明清世說體著作兒童書寫之意涵〉，討論明清時代異於《世說》的兒童類型；並以成人作為兒童之「觀看者」、透過觀看場景、角度，窺知明清文人心中理想兒童。第五章〈結論〉，取今昔資優兒童之特質相比、以中西兒童之相同處互為參照；透過比較，使讀者對兒童議題有更進一步的瞭解。

　　本論文以「明清世說體著作之兒童書寫析論」為題進行研究，藉著舊材料，提供另一種關心孩子歷史的新視野，盼能為兒童議題之研究，略盡一己棉薄之力。

目

次

第一章 緒 論

第一節 研究動機

　　筆者於研究所二年級選修「戲曲理論選讀研究」，擬找出以兒童爲主角的戲曲文本深入探索，在撰寫報告過程中，翻閱不少文本，竟遍尋不著任何一齣對兒童有較爲深入描寫的劇本。觀察劇作家筆下的兒童，或爲喝水倒茶的童僕、或爲無關緊要的串場人物；童年記載僅僅輕描淡寫的一、兩句話，如：幼聰慧、幼好學等等讚譽之語，便一躍而至成人；更多時候，劇本中並沒有所謂「兒童」或「童年」相關的隻字片語，主角們總是匆匆長大成人，成人之後的經歷才是重點，童年或兒童似乎並沒有任何值得被描述之處。

　　如此稀少的材料中，兒童並不是完全沒有留下身影；童年並非毫無任何記錄可言。檢視戲曲中孩子所經歷的「童年」，多半歷盡滄桑迫害，受盡欺凌污辱，這些童年的眼淚，化爲強韌成長動力，等待著長大，進行一連串不公平待遇的復仇與索討。以元代紀君祥之雜劇《趙氏孤兒》爲例，從劇名觀看，「孤兒」一詞，讓人誤有這齣戲以兒童爲主角的錯覺；若深入探討情節內容，讀者會發現，這根本不是一齣以兒童爲主角的戲曲。

　　從劇情內容來看，這齣雜劇有五折，楔子點出趙朔爲奸臣屠岸賈逼迫自盡，公主將肚內遺腹子取名趙氏孤兒，期盼「待他長大成人，與俺父母雪冤報讎」。第一折敘述程嬰救嬰兒，韓厥將軍自刎；第二折敘述屠岸賈下令殺死全國一月以上，半歲以下之嬰兒，程嬰獻出己子冒充嬰兒；第三折內容則爲程嬰密告老宰輔公孫杵臼私藏嬰兒；第四折嬰兒長大成人，二十歲時由程嬰

口中知悉身世詳情；第五折寫孤兒殺死屠岸賈，爲父母報仇雪恨。

趙氏孤兒從楔子到第三折都是一名嬰兒，待第四折再度現身，卻已是翩翩二十少年。從呱呱墜地之嬰孩突而變爲青春洋溢的白雪少年，這段成長過程著實讓人感到好奇，趙氏孤兒究竟度過怎樣的童年呢？與養父（實則爲殺父仇人）屠岸賈如何相處？兩人間有怎樣的感情呢？這段瑣碎的童年經歷被埋沒了，只有大量的迫害情節，促使劇情不斷不斷趨近高潮。

戲曲作品中，小時嚐盡欺凌虐待的兒童，往往埋藏長大後報仇雪恨之種子。文人筆下，兒童是弱者，唯有長大成人，才是成爲強者唯一途徑。是以，劇本中的兒童若非經歷痛苦童年，便是毫無童年經歷，便迅速長大成人。劇本所設計的種種迫害情節——尤其年幼兒童受盡欺凌侮辱，更令人不禁鼻酸，掬灑一把同情之淚。難道，童年眞是充滿悲戚與眼淚嗎？童年不值得被記述嗎？戲劇情節雖反應社會現實，但不免因票房需求而對吸引觀眾的劇情多所著墨，未必代表全貌。對照藝術家筆下的嬰戲圖，孩童們個個笑逐顏開，雙頰豐腴緋紅，兩者之鮮明對比著實令人疑惑；究竟古人如何記錄孩童？哪一種類型的孩童特別受到青睞呢？

除了批覽戲曲文本，筆者試圖將搜尋範圍擴及史書。史書內有不少兒童材料，如：兒童言行事蹟之描述、出生異象，以及與兒童相關的社會福利措施、禮俗刑罰等記載。兒童言行事蹟多見於列傳，一開頭先介紹傳主生平，接著便描述其幼年事蹟，如《清史稿・徐乾學列傳》一開頭云：

> 徐乾學，字原一，江南崑山人。幼慧，八歲能文。康熙九年，一甲三名進士，授編修。……〔註1〕

通篇多言徐乾學仕宦經歷、文學著作等生平事蹟，敘及童年之處僅僅「幼慧，八歲能文」幾字，並未列舉任何實際例證說明。

史傳描述焦點多凝聚於傳主之成人經歷，因此，幼年事蹟之著墨多半以精簡形容詞，如：「幼聰慧有思理」、「幼端重」、「幼勵學」、「幼沈默，好學有文」……等語概括論述童年表現。史傳材料中亦有列舉傳主兒時事蹟以彰顯其性者，如《晉書》之描寫便較爲具體：

> 暢字世道，年五歲，父友見而戲之，解暢衣，取其金環與侍者，暢不之惜，以此賞之。……〔註2〕

〔註1〕《清史稿》，卷二七一〈徐乾學列傳〉，頁10007。
〔註2〕《晉書》，卷四十七〈傅玄列傳〉，頁1333。

父親朋友解開暢衣，取金環與侍者，五歲幼齡的孩子面對成人此舉，面容毫無吝惜之色。全篇藉事件以凸顯傅暢寬宏氣度，可算是史傳中兒童材料描寫較為具體者。

要言之，史傳對童年的敘述相較於成人之後的經歷，較為單薄，類似上述例子於史傳中屢見不鮮，或可作為研究兒童的素材之一；此外，筆者檢索網站「中央研究院漢籍電子文獻」「二十五史」資料庫，發現史書記載許多「神童」、「奇童」、「聖童」、「孝童」等，內容簡短而零碎，提供資優兒童不少言行事蹟，是有志於神童研究者極佳的材料。

檢視文學這一區塊，歷代亦不乏文人以兒童為主題，或歌詠成詩，或書寫成篇〔註 3〕。南朝宋劉義慶《世說新語》〈夙惠〉篇，其書寫對象多為資優早熟的兒童，記述其事蹟言談；其他各篇章亦收有以兒童為主角之材料，篇幅短小，內容深刻精簡。後人多所仿作，尤其明清兩代，《世說新語》出現大量續書，文人案頭亦陳列《世說》〔註 4〕，七歲孺子偶閱之，能夠理解，並運用《世說》內容，流暢的與成人應答對談〔註 5〕，可見《世說新語》之老少咸宜。文學如何描述與記載兒童或童年呢？世說體著作裡藏有筆者所感興趣的兒童材料，實難能可貴。這些世說體著作，從南朝宋迄清代，經歷漫長一千多年，諸多兒童形象躍然紙上，不斷為後代文人抄襲模仿，箇中頗具值得探討之處，是文學領域中相當值得研究的兒童材料，筆者欲藉此作為理解古代兒童之起點，試圖一窺文學家筆下的兒童形象，希冀能夠對古代兒童議題有更深入之理解。

〔註 3〕唐詩中有不少以兒童為主題的詩歌，如：「日暮鳥雀稀，稚子呼牛歸。」（丘為《泛若耶溪》）「野老念牧童，倚仗候荊扉。」（王維《渭川田家》）「稚子敲針作釣鉤。」（杜甫《江村》）「童子裝爐火，行添一炷香。」（白居易《齋居偶作》）等。

〔註 4〕原文如下：夏存古十餘歲，陳臥子適至，父使存古出拜，案頭有《世說》，臥子閱之，問存古……。」見附錄二資料編號 339-1（按：339-1 表此則資料出處詳見附錄第一欄「資料編號」第 339 條，世說體文本「明清時期」第 1 條）。以下所引明清世說體著作詳細出處，為避免落註蕪雜，將隨文夾註附錄二資料編號，不另加詳註。

〔註 5〕原文如下：陳黃門七歲時，偶閱世說，師呵之曰：「黃口兒，安用此助齒煩。」明日，一老友至館，謂其師曰：「兄坦夷無城府，故難涉世。」師默然。黃門顧之微笑。老友曰：「汝欲云何？」黃門對曰：「公礧砢有節目，自亦驚人。」老友塪其背曰：「何時看得《世說》？」師亦陰異之。（507-1）

第二節　研究概況

　　關於「世說體」與「古代兒童」議題，幾年下來，兩岸三地，筆者所能掌握的研究成果不勝枚舉，以下不一一列出所有作者與篇目，僅就「研究面向」作一簡單梳理，詳細資料可參考附錄一「相關研究成果舉要」。

　　述及世說體流變方面，學者侯忠義、陳文新、寧稼雨甚爲關注此一議題。1989 年侯忠義《漢魏六朝小說史》將「軼事小說」分爲「笑話類」、「瑣言類」、「軼事類」；將《世說》歸於「瑣言類」；1991 年寧稼雨著作《中國志人小說史》，將「世說體」列爲志人小說在體例上的兩大派別之一；1993 年陳文新發表專書《中國文言小說流派研究》，將「世說體」納入軼事小說之範疇；迄於 2002 年《文言小說審美發展史》一書，列舉歷代幾部較具特殊性質之世說體著作進行討論，可謂體大思精〔註6〕。相關論題之單篇論文亦不少〔註7〕，陳文新 2003 年所發表的〈六朝軼事小說綜合研究述評〉一文，將焦點集中於軼事小說之分類，探討「世說」體小說興盛原因及審美特徵。

　　在「世說體」著作之整理方面，侯忠義、寧稼雨、陳文新三位學者之論著均提及歷代世說體流行情況，並列舉較爲具有代表性質的《世說》續書。侯忠義指出各代幾部《世說》續書，分別爲：〔唐〕王方慶《續世說新書》（今已亡佚）；〔宋〕王讜《唐語林》、孔平仲《續世說》；〔明〕何良俊《何氏語林》、李仲文《明世說新語》；〔清〕王晫《今世說》、李清《女世說》等。〔註8〕

　　寧稼雨認爲《世說新語》仿作甚多，其《中國志人小說史》目錄所列之

〔註6〕其它探討「世說體」之流變的專書如：1981 年袁行霈、侯忠義編《中國文言小說書目》；1990 年侯忠義《中國文言小說史稿》上冊、1993 年《中國文言小說史稿》下冊；1995 年陳文新《中國筆記小說史》；寧稼雨 1996 年《中國文言小說總目提要》等。

〔註7〕如：1986 年寧稼雨〈明清軼事小說述論〉；陳文新 1994 年〈《世說》體審美規範的確立──論《世說新語》〉、1995 年〈論筆記體與傳奇體的品格差異〉、〈論軼事小說之「軼」〉以及〈論軼事小說之「小」〉；1996 年王枝忠〈關於漢魏六朝小說的幾個問題〉；1998 年寧稼雨〈文言小說界限與分類之我見〉；2001 年孫遜〈明代文言小說總集述略〉；2001 年秦川〈中國古代文言小說總集的類型特徵〉；2002 年王旭川〈中國古代小說續書的類型與特徵〉；2003 年李瑄〈論《世說新語》敘事的新變與傳承〉等。

〔註8〕見侯忠義：《漢魏六朝小說史》（瀋陽：春風文藝出版社，1989 年 3 月），頁215。

歷代「世說體」小說如下：〔唐〕劉肅《大唐新語》、王方慶《續世說新書》；〔宋〕王讜《唐語林》、孔平仲《續世說》、李垕《南北史續世說》；〔明〕何良俊《何氏語林》、李紹文《明世說新語》、焦竑《玉堂叢語》、趙瑜《兒世說》；〔清〕梁維樞《玉劍尊聞》、李延昰：《南吳舊話錄》、吳肅公《明語林》、王晫《今世說》、李清《女世說》，以及民國初年易宗夔《新世說》等，從體例至語言風格均力踵《世說新語》之武，形成「世說體」龐大陣容。〔註9〕

　　陳文新則言：《世說新語》於唐、宋、明、清，代有仿作。〔唐〕王方慶《續世說新書》已佚、劉餗《隋唐嘉話》、劉肅《大唐新語》、李肇《國史補》在體裁和文字上略近於《世說新語》而旨趣有別；宋代世說體著作則有王讜《唐語林》、孔平仲《續世說》；明代世說體著作有：焦竑《明世說》、李紹文《明世說新語》、曹臣《舌華錄》、鄭仲夔《蘭畹居清言》等，後三部產生於萬曆、崇禎年間，雖成就不高，但顯示名士風度在晚明極有市場的重要時代特徵。清代世說體著作有：李清《女世說》、梁維樞《玉劍尊聞》、吳肅公《明語林》、章撫功《漢世說》、王晫《今世說》。〔註10〕

　　侯忠義、寧稼雨、陳文新三人對《世說》續書之見解大抵相類。1992年蔡麗玲《從晚明「世說體」著作的流行論張岱的《快園道古》》碩士論文，將張岱《快園道古》一書放置於晚明「世說體」著作之脈絡中考察，藉由晚明「世說體」著作之形成、演變、文學特性與思想內涵的探討，辨識《快園道古》之體例、傳承、以及文學和思想方面的內涵。蔡麗玲並於論文附錄羅列晚明世說體著作，其整理之功不可沒；1995年姚琪妹《「世說體」小說發展述論》更是妥善整理歷代世說體著作，從篇幅、選材、結構、語言四方面說明世說體小說之藝術特徵。

　　另有進行「世說體」單一文本之深究者，大陸方面的研究者較多、面向也較廣泛。以期刊論文而言，多集中於文本之辨誤、考釋、分析等，《大唐新語》〔註11〕、《隋唐嘉話》〔註12〕、《朝野僉載》〔註13〕、《南北史續世說》

〔註9〕 參考自寧稼雨：《中國志人小說史》目錄（遼寧：遼寧人民出版社，1991年10月），以及其《中國文言小說總目提要》「世說新語」（山東：齊魯書社，1996年12月），頁8。

〔註10〕 見陳文新：《中國文言小說流派研究》（武漢：武漢大學出版社，1993年9月），頁93〜101。亦可參考陳文新：《文言小說審美發展史》目錄（武漢：武漢大學出版社，2002年10月）。

〔註11〕 《大唐新語》研究者頗眾、成果亦豐，期刊論文如：1994年武秀成〈《大唐新語》佚文考〉、1994年楊民蘇〈試論唐代劉肅的軼事小說集《大唐新語》〉、1996

〔註14〕、《唐語林》〔註15〕、《舌華錄》〔註16〕、《何氏語林》〔註17〕、《初潭集》〔註18〕、《古今譚概》〔註19〕、《智囊》〔註20〕、《玉劍尊聞》、《斯陶說林》、《女世說》、《今世說》〔註21〕等文本皆有研究者投入心力，其中以《唐語林》、《大唐新語》之研究成果較豐碩。學術論文則有：1990年陳永瑢《皇明世說新語》之研究》、1997年戴佳琪《何氏語林研究》、2001年沈鳴鳴《王晫及其《今世說》研究》、2005年鮮于煌《《世說新語》：「世說體」確立的豐碑》、2006年高芳《玉劍尊聞》和《明語林》研究》、2007年蘇雯慧《勸懲

年吳冠文〈關於今本《大唐新語》的眞僞問題〉、1996年王澧華《大唐新語》編纂考略〉、1999年智喜君《大唐新語》〈諧謔篇試析〉》、2000年李南暉《大唐新語》校札〉、2000年智喜君《大唐新語》讀記〉、2002年陳敏《大唐新語》的價值取向與文學成就〉、2004年胡可先《大唐新語》佚文辨證〉、2006年金丙燕《大唐新語》讀記〉、2007年吳冠文〈三談今本《大唐新語》的眞僞問題〉等，學者對此書似乎興趣不輟。

〔註12〕《隋唐嘉話》的研究是較爲晚近以來之事。2006年劉春麗分別發表〈讀《隋唐嘉話》小記〉、《隋唐嘉話》對史學精神的繼承與突破〉二文，2007年王虎〈《朝野僉載》、《隋唐嘉話》〉補注〉等。

〔註13〕1995年馬雪芹《朝野僉載・率更令》條考辨〉、2005年李娟《朝野僉載》中的品評用語研究〉、2007年張春華《朝野僉載》口語詞雜釋〉等。

〔註14〕1985年寧稼雨〈關於李垕《續世說》──四庫提要辨誤一則〉、1998年張固也《續世說》的作者李垕是宋人〉，均針對《南北史續世說》作者李垕之年代作了詳細考證。

〔註15〕2005年鐘小勇〈略論《唐語林》在近代漢語詞彙研究中的價值──以《唐五代語言詞典》爲參照〉、2007年余志新《唐語林》詞語札記〉、2007年鄺明月《唐語林》的敘事特徵〉等。

〔註16〕如：1996年李靈年〈世說體小說的上乘之作──《舌華錄》和《明語林》〉、1999年陸林《舌華錄》作者和版本考述〉、2001年李靈年、陸林〈晚明曹臣與清言小品《舌華錄》〉等。

〔註17〕2004年周小兵《何氏語林》是否包含《世說》的內容〉一文便對處理了《何氏語林》與《世說》內容方面之比對。

〔註18〕如：1999年任冠文《初潭集》與李贄出家小議〉、2003年王忠閣〈論李贄《初潭集》對理學思想的批判〉等文。

〔註19〕如：2005年徐永斌《二拍》與馮夢龍的《情史》、《智囊》、《古今譚概》〉。

〔註20〕學者對《智囊》的興趣甚早開啓。1991年陳晉發表《智囊》點評〉一文，其後有1995年游友基〈馮夢龍論「智」〉、1998年夏咸淳《智囊》諸書與晚明崇智思潮〉、1998年吳國慶《智囊》與《智囊補》比較〉等。

〔註21〕《玉劍尊聞》、《斯陶說林》、《女世說》、《今世說》的研究較爲冷僻，目前期刊論文僅僅只有1994年陳大康〈王晫和他的《今世說》〉、1995年李慶西《玉劍尊聞》及錢吳諸序〉、2002年段春旭〈王用臣及其《斯陶說林》〉、2002年李靈年〈李清與《女世說》〉等文。

與存史——《大唐新語》研究》。陳永瑢《《皇明世說新語》之研究》一文，
藉由《皇明世說新語》所搜羅的明人行聞中，觀察明代文士風範。戴佳琪
《何氏語林研究》深入分析《何氏語林》內容所反映之政治、社會、文學等
概況，並討論箇中思想。沈鳴鳴《王晫及其《今世說》研究》將研究焦點放
置於作者與文本上，使得文本研究更為周全。鮮于煌《《世說新語》：「世說
體」確立的豐碑》一文指出：《《世說新語》是「世說體」確立的豐碑》，從形
式上、內容上、思想上、創作手法上以及藝術成就上加以分析《世說新語》，
於「世說體」小說中具有鮮明突出地位。高芳《《玉劍尊聞》和《明語林》研
究》通過綜合研究《玉劍尊聞》和《明語林》此二部世說體著作，不僅更深
入認識世說體小說之發展，更期望由此體察易代之際士人的精神狀態和心路
歷程。蘇雯慧《勸懲與存史——《大唐新語》研究》旨在深入研究《大唐新
語》，論述書中所呈顯的特殊面貌，並不宜與一般的「世說體」小說等同觀
之，並期許藉由深入的分析探討，還原該書應有的歷史定位與價值。另有將
「世說體」研究聚焦於晚明時期者，1998 年官廷森《晚明世說體著作研究》
碩士論文，探討晚明世說體著作之興起背景與原因；分析晚明世說體著作之
形式體制；自德行、言語、政事、文學、聰慧、賢媛等向度，論述晚明思想
風尚及文學現象。

　　較值得一提的是，2003 年劉強《《世說》學論綱》於前人研究基礎上提出
《世說》學之概念，從名稱、型態及其系統、歷史分期和未來發展方面加以
分析、論證；認為《世說》學之研究包括文獻、文體、美學、接受、語言及
文化等六個分支，其研究型態又形成版本、校注、評點、續仿等四個獨立發
展的系統；將《世說》學史分成「史學期」、「小學期」、「綜合期」，並對《世
說》學之未來發展提出初步之設想，思慮精詳。

　　至於古代兒童之研究方面，蒙學文本、童蒙教育、兒童文學、兒童生活、
兒童形象等議題，皆受到學者關注。

　　蒙書研究方面，1991 年徐梓、王雪梅《蒙學要義》及 1993 年韓錫鐸《中
華蒙學集成》、1999 年張志公《傳統語文教育初探》三部書後皆附有蒙學書目，
為蒙書研究做了基本校注與輯錄。1985 年林文寶《歷代啓蒙教材初探》為臺
灣學術界在這塊領域開啓新視野；其後，蒙書研究之途逐漸開展，方向漸廣，
研究敦煌寫本之啓蒙教材漸漸受到矚目，先後有：1985 年雷僑雲《敦煌兒童
文學》，2002 年鄭阿財、朱鳳玉《敦煌蒙書研究》二部專書，對敦煌地區的蒙

書做詳細且系統之介紹；1990 年宋新民《敦煌寫本識字類蒙書研究》、2001年張錦婷《敦煌寫本思想類啟蒙教材研究》兩碩士論文則著重敦煌蒙書「識字類」與「思想類」主題，做更深一層的探討。學者們或以單一敦煌寫本，如：《兔園策府》、《開蒙要訓》、《六字千文》等，進行研究〔註22〕，亦有以時代為基調的敦煌童蒙教育研究，2006 年黃金東《唐五代時期敦煌地區童蒙教育研究》、張永萍《唐五代宋初敦煌教育初探》二碩士論文，將敦煌地區之蒙學研究鎖定於唐、五代、宋初時期，整理當時的敦煌蒙學教材，更深入剖析了當時敦煌蒙學教育；2007 年王麗雅〈由音韻觀察敦煌蒙書《百家姓》之編排方式〉一文，從音韻探究敦煌蒙書《百家姓》之編排方式，其視角與眾不同。

　　1997 年徐梓〈歷史類傳統童蒙讀物的體裁和特徵〉一文，界定了歷史類傳統童蒙讀物的體裁與特徵；1999 年周慶華〈歷代啟蒙教材中兒童觀念的演變及其意義〉一文，從各朝代之啟蒙教材討論兒童觀之演變與意義，見解新穎。此外，學者分別對《龍文鞭影》、《蒙求》、《幼學瓊林》、《急就篇補注》、《三字經》、《增廣賢文》、《增廣昔時賢文》、《千字文》等蒙書進行了研究，發表不少學術論文〔註23〕；亦有論述某一朝代之蒙書者〔註24〕，2002 年劉艷

〔註22〕與敦煌蒙書相關之學術論文如：2006 年王璐《敦煌寫本類書《兔園策府》探究》、2007 年張玲子《敦煌寫本《開蒙要訓》研究》。期刊論文方面，大陸學者對敦煌蒙書《六字千文》關注甚高，有不少論文問世。如：1997 年邰惠莉發表〈敦煌本〈六字千文〉初探〉一文；其後，2001 年張娜麗針對邰惠莉之文，發表《敦煌本〈六字千文〉初探》析疑——兼述《千字文》注本問題》一文，2002 年又再次發表《敦煌本〈六字千文〉初探》析疑（續）——兼述《千字文》注本問題〉，對敦煌本〈六字千文〉關注頗高。

〔註23〕學術論文如：2004 年蘇美珠《厚積薄發騁神思——《龍文鞭影》研究》、2005年柯志宏《李翰《蒙求》教育內涵研究》、2005 年李小茹《王應麟《急就篇補注》及相關問題研究》、2005 年張紅梅《蒙學讀物《三字經》述評》、2007 年李宜庭：《幼學瓊林》教育意涵之研究》。期刊論文則如：1981 年洪丕謨《《千字文》瑣談》、1998 年徐梓《千字文》的流傳及其影響》、1998 年徐梓《千字文》的續作及其改編》、2000 年黃東賢《千字文初探》、2000 年朱玉娟：〈「增廣昔時賢文」初探〉、2002 年歐純純《《太公家教》與後代童蒙教材的關係》、2005 年孫發友〈從《增廣賢文》透視傳統中國人的處世觀〉、2005 年李利民〈試論《蒙求》之蒙童文學教育〉、2006 年舒愛珍〈我國最早的童蒙教育暢銷書——李翰《蒙求》〉、2006 年林榮森《急就篇》名稱探源〉、2007 年陳小葉《幼學瓊林》之語文教育價值研究》等。

〔註24〕如：1996 年王寶彩《明代道德教養類蒙書之研究》、1999 年張心愷《明清時代蒙學施教所啟導之文化典範與應世智能》、2005 年陳進德《明清啟蒙教材研

卉《我國古代蒙學識字教材研究》碩士論文，介紹古代蒙學各類識字教材；
2007 年馬冠男《明代蒙學教材、教法研究》碩士論文，除了蒙學研究外，更
擴及了教法方面的研究。

　　童蒙教育方面，古代有不少教育家關注兒童教育，學者之研究觸及王陽
明、呂坤、朱熹三人，1996 年邱世明《王陽明兒童教育思想之研究》、2001
年郭惠端《呂坤的蒙書及其童蒙教育研究》、2007 年何祚璞《朱熹蒙學研究》
等碩士論文，分別論述三位古代學者之兒童教育觀。邱世明採用史料分析
法，探討陽明兒童教育思想之各個面向，且溯及其生平背景與哲學大要。郭
惠端以呂坤所著的蒙書及其童蒙教育理論爲研究對象，依施教對象將呂坤之
主要蒙書分幼兒教育、女子教育、社會教育三類，而後再依其語言風格、內
容體製、創作旨趣三點，闡述其蒙書之特色。何祚璞旨在探究朱熹蒙學之淵
源、觀點、內容、主張、教材、教法、作用及影響等問題，並以較全面性的
觀點，探究與呈現朱熹蒙學思想內涵及其產生的教育效應〔註 25〕。以某一時
期爲主之童蒙教育研究成果亦頗豐，隋、唐、宋、明、清皆有學者撰寫論文
研討。〔註 26〕

　　古代兒童文學研究方面，論述甚少，多數學者以爲五四以前中國沒有兒
童文學，兒童文學之興起乃是近代之事，1988 年蔣風《中國兒童文學史・緒
論》從中國獨特人文背景考察，認爲：數千年來群眾創作的口頭文學如神話、
傳說、故事、歌謠等古代典籍中，實保存諸多兒童文學資料〔註 27〕。1988 年
雷橋雲《中國兒童文學研究》從文學角度關懷兒童議題，認爲中國兒童文學

究》、2005 年潘偉娜《宋代新編童蒙讀物初探》、2006 年張金慧《宋代道德類
蒙學教材的特點研究》等碩士論文。

〔註25〕關於朱熹童蒙教育思想之研究，尚有 2003 年唐雲山〈朱熹「教小兒讀《詩》
不可破章析論──朱熹的童蒙詩歌教學理論〉、2004 年彭妮絲〈朱熹童蒙教育
思想研究〉、2006 年黃婉瑜〈從《小學》論朱子童蒙教育理念〉、2007 年李玉
梅〈朱熹蒙書的習慣說〉等論文。

〔註26〕如：隋唐時期：2001 年梅蕾《隋唐童蒙教育文獻研究》、宋代：1999 年郭婭
《宋代童蒙教育研究》、2005 年謝智彥《宋代童蒙教育思想研究》、2007 年鄭
天蕙《宋代蒙書分類研究》、2004 年郭抒陽《南宋理學蒙養研究》、2005 年徐
永文《南宋時期贛東北朱熹后學的教育活動與教育思想研究》；明清時期：2003
年王艷香《明清時期童蒙讀物中的歷史教育初探》、2007 年舒愛珍《明代童蒙
教育研究》等碩博士論文。

〔註27〕見蔣風、韓進：《中國兒童文學史》（安徽：安徽教育出版社，1988 年），頁 1
～42。

淵遠流長；所謂「兒童文學」是以兒童為主的文學，有成人專門為兒童所創作的，但也包括兒童們在成人文學中所選擇，所繼承而來的文學。雷橋雲以此定義，尋覓我國歷代兒童文學作品，分門別類，作一有系統之介紹與評論，整理精當詳實。〔註28〕

　　另一種研究方式，則是以某一文本為範疇，詳探箇中兒童形象。2005 年李柏《《世說新語》人物形象研究》碩士論文，將《世說新語》中的人物形象分為女性、兒童、士大夫、權臣、帝王等五類，又粗分兒童為「智慧型」、「善良型」、「思考型」三類型。2006 年姚海英《宋元小說中的兒童形象研究》碩士論文，試圖對宋元小說中的「兒童」形象進行透徹的梳理與分析，發現明清小說在兒童形象之類型、情節構思、故事題材等方面受宋元小說影響頗深。期刊論文如：2002 年彭萍〈杜甫詩歌中的兒童形象分析〉一文，透過杜甫詩歌作品間對兒童的描述，呈現了整個唐代社會動盪不安的現況；2003 年舒韶雄〈古詩中的兒童形象〉將古詩內的兒童形象分為三類──遊戲著的兒童、勞作著的兒童、戰亂天災下悲鳴著的兒童；2003 年謝少卿〈談《嬌女詩》中的兒童形象〉一文，則討論了左思《嬌女詩》中兩名健康活潑的兒童；2004 年杜偉〈論《詩經》中的少兒形象〉一文指出：少年兒童形象在《詩經》分布雖較為雜亂，卻忠實反映了孩童的形象與生活。

　　古代兒童形象中，研究者多喜將論述集中於「神童」，尤其《世說新語》之夙慧孩童，更是研究者關注焦點。2001 年呂雅雯《《世說新語》所呈現之魏晉神童群像研究》碩士論文），由〈夙慧〉見魏晉神童類別，並藉由其與其他門類之相互輝映間，推衍出一魏晉時代的神童觀。2006 年施錦瑢《從認知發展理論探究《世說新語》中兒童的聰慧形象》碩士論文，則以《世說新語》中聰慧兒童的形象作為檢視魏晉社會兒童成長與家庭、社會文化關係的切入點，將魏晉兒童的聰慧行為展現先進行整理分類，再與西方心理學理論進行聯結詮釋；藉由《世說新語》門類中所呈現之兒童聰慧內容，剖析出魏晉當時社會清談文化與門第教育、世族家學發展，對當時兒童成長之可能影響，並由此反映出兒童智慧穎悟之活躍樣貌，作為與西方認知發展學與教育理論

〔註28〕古代兒童文學方面之研究者甚寡，除了 2005 年舒大清《中國古代童謠的發生及理性精神》一博士論文，另有：1995 年王同書《《聊齋誌異》對古代兒童文學的開拓與超越》、1996 年高帆〈中國古代兒童詩淺探〉、2000 年王瑾〈中國古代童謠論〉、2005 年孫波〈中國古代童謠論〉、舒大清〈論中國古代政治童謠的消長規律〉等期刊論文。

之討論分析與印證。

　　期刊論文方面，2002 年李海燕〈論《世說新語》中的少兒形象〉、2003 年聶鴻飛〈從《世說新語》看漢魏六朝時期少年兒童的基本素質〉、2004 年林美君《世說新語》一書中早秀人才探索〉、2004 年齊慧源〈芝蘭玉樹生階庭──《世說新語》中神童現象與魏晉家庭教育論略〉、2006 年施紅梅〈試論《世說新語》少兒形象的思想內涵〉、2007 年呂菊《世說新語》早慧現象探究〉、2007 年李超〈藍田生玉，何容不爾──略論魏晉夙惠與家世的關係〉、王同書〈《世說新語》的「神童」〉、李程〈淺論《世說新語》中的少年兒童形象〉等文，以《世說新語》〈夙惠〉出發，佐以其它各篇內的兒童材料，論述少年兒童早慧成熟的形象及思想內涵，並試圖詮釋神童所誕育之時代背景與家庭教育之關聯性，研究成果頗爲豐碩。

　　在「史」的研究方面，學者熊秉貞向來關注古代兒童，先後發表多篇期刊論文〔註29〕。其 1995 年《幼幼──傳統中國襁褓之道》、1999 年《安恙：近世中國兒童的疾病與健康》觸及古代兒童襁褓之道與疾病問題；2000 年其專書《童年憶往：中國孩子的歷史》，探討中國近世「幼教」問題。熊秉貞分析思想家於孩童問題之思辯，利用大量傳記、年譜等資料，剖析孩童「人事環境」與「情感世界」，並綜合性論述孩童生存之外在環境及自我意識。作者更進一步闡明，這種以「年齡層」和「人生階級」爲基點的史學研究頗具獨特價值，對筆者啓發甚多〔註30〕。2004 年王一平《唐代兒童的養與教》碩士論文，使用了唐代兒童教育相關理論與思想、法律性文件、各種文學與藝術的創作作品、墓誌、醫療典籍，以及描述兒童生活情況、生活經驗之詩集、自傳、散文等資料，探討唐代兒童的教養與照護。至於以兒童爲主題的教育史研究，是較爲晚近以來之事。1996 年浦衛忠《中國古代蒙學教育》討論了各朝代蒙學教育特點、發展、演變；1997 年劉詠聰《中國古代的育兒》關注

〔註29〕 如：1992 年〈好的開始──中國近世士人子弟的幼年教育〉、1999 年〈入情入理：中國近世童年經驗與幼教發展的兩面性〉、1992 年〈傳統中國的乳哺之道〉、1993 年〈試窺明清幼兒的人事環境與情感世界〉等。

〔註30〕 研究兒童生活者，尚有：2004 年王一平《唐代兒童的養與教》、2006 年吳燕珠《唐代親子詩研究》、2006 年田建榮《中國古代兒童遊戲研究》、2007 年劉燕歌《唐詩中的少年兒童生活研究》、等碩士論文。期刊論文如：1998 年石云霄〈古代兒童游戲與游戲童謠〉、1999 年王子今〈漢代兒童的游藝生活〉、2002 年張世宗〈童玩游藝與兒童文化〉、2007 年王義芝〈敦煌古代兒童遊戲初探〉等。

面向甚廣，從古代育兒之程序與內容，談及皇族階層、士大夫與平民的育兒情況。

　　與兒童相關之藝術研究，多爲圖像研究，專書方面多爲以兒童爲主題之圖像蒐集，1988 年畏冬編著《中國古代兒童題材繪畫》一書、1990 年故宮博物院編《嬰戲圖》等；畏冬耙梳整理了與中國古代兒童相關題材之畫作，頗具參考價值，是研究兒童圖像不可多得的專著。兒童圖像方面的研究多集中於嬰戲題材，如：1988 年聶志文中國傳統陶瓷嬰戲紋裝飾之研究》、2004 年葉嬰慧《明代《九九消寒圖》與《百子衣》之嬰戲圖像研究》、2006 年童文娥《李嵩「嬰戲貨郎圖」的研究》等三篇碩士論文。值得一提的是：2000 年劉芳如於《故宮文物月刊》發表三期的〈蘇漢臣嬰戲圖考〉，對嬰戲圖之源流探討，做了相當深入的考證〔註31〕。2001 年郭思伶《由宋代兒童畫題感發對兒童生活之研究》則從兒童圖像進一步研究當時兒童生活。

　　由此觀之，「世說體」之研究路徑隨著時代不斷拓展，主要仍多著眼於歷代「世說體」著作之整理，研討其形式體制、單一文本之分析與比較上。至於古代兒童之研究，多集中蒙書、童蒙教育、兒童圖像、兒童文學、兒童生活、兒童形象等。觀察世說體著作內之兒童材料，其繼承劉義慶《世說》而來，〈夙惠〉（〈夙慧〉）篇中含有不少兒童材料，明代甚至產生以兒童爲主題之《兒世說》，收錄古今歷代孩童事蹟。因此，「世說體」著作內的「兒童」材料實值得吾人留心。

第三節　世說體與兒童界義

一、「世說體」之界義

　　以前人研究取徑而論，早期關於「世說體」之研究面向，多附著於「志

〔註31〕嬰戲圖像之研究，大陸學者發表的期刊論文甚多：1995 年毛穎〈唐鎏金嬰戲圖小銀瓶圖像探析〉、1997 年王連海〈最喜小兒嬌憨〉、1999 年董彩琪〈耀瓷嬰孩紋飾〉、2002 年王兆乾〈蘇漢臣的《嬰戲圖》與儺戲《五星會》〉、2003 年陳敏〈論《嬰戲圖》的傳統理念和現代審視〉、2005 年胡朝陽〈敦煌壁畫中的兒童騎竹馬圖〉、2005 年鄧建民〈《嬰戲圖》的藝術特色〉，《景德鎮陶瓷》、2005 年陳杰〈從磁州窯彩繪嬰戲紋看宋金時期的兒童活動——兼談磁州窯彩繪嬰戲紋的風格特點〉、2006 年郭愛紅〈陶瓷繪畫裝飾藝術中的嬰戲圖〉、2006 年申小麗〈清嘉慶粉彩嬰戲紋碗賞析〉、2007 年劉明杉〈明成化官窯嬰戲紋瓷器賞析〉等。

人」或「軼事」之名的討論上。民初，魯迅以中國目錄學「辨章學術，考鏡源流」之傳統，援引西方小說類型之概念，首次提出「志人」小說一詞〔註32〕。其《魯迅小說史論文集——中國小說史略及其他》第七篇〈《世說新語》與其前後〉文末指出：

> 至於《世說》一流，仿者尤眾，劉孝標有《續世說》十卷，見《唐志》，然據《隋志》，則殆即所注臨川書。唐有王方慶《續世說新書》（見《新唐志》雜家，今佚），宋有王讜《唐語林》，孔平仲《續世說》，明有何良俊《何氏語林》，李紹文《明世說新語》，焦竑《類林》及《玉堂叢語》，張墉《廿一史識餘》，鄭仲夔《清言》等；然纂舊聞則別無穎異，述時事則傷於矯揉，而世人猶復爲之不已，至於清，又有梁維樞作《玉劍尊聞》，吳肅公作《明語林》，章撫功作《漢世說》，李清作《女世說》，顏從喬作《僧世說》，王晫作《今世說》，汪琬作《說鈴》而惠棟爲之補注，今亦尚有易宗夔作《新世說》也。〔註33〕

魯迅提出「志人小說」概念，並指出後世有不少模仿《世說》之作，其後，學者們纂著群書，針對魯迅「志人」一詞之概念與分類上，或贊同、或補充、或另闢己見。學者們或使用「志人」一詞〔註34〕，或使用「軼事」一語〔註35〕，亦有學者使用「清言」此一概念，將《世說》視爲記錄清言之書。〔註36〕

〔註32〕見《中國小說的歷史的變遷》第二講標題「六朝之志怪與志人」，此書收錄於吳俊編校：《魯迅學術論著》（杭州市：浙江人民出版社，1988 年 6 月），頁218。

〔註33〕見《中國小說史略》，第七篇〈《世說新語》與其前後〉，此書收錄於吳俊編校：《魯迅學術論著》，同前註，頁 46～47。

〔註34〕使用「志人」一詞之學者，如：1991 年寧稼雨《中國志人小說史》、1994 年吳志達《中國文言小說史》、1991 年徐君慧《中國小說史》、1994 年石昌渝《中國小說源流論》、1995 年李悔吾《中國小說史》、1996 年王恒展《中國小說發展史概論》、1999 年李盾《中國古代小說演進史》等。

〔註35〕使用「軼事」一語之學者，如：1989 年侯忠義《漢魏六朝小說史》、1995 年吳禮權《中國筆記小說史》；1997 年浙江古籍出版社所出版的「中國小說史叢書」中，王枝忠《漢魏六朝小說史》、侯忠義《隋唐五代小說史》、蕭相愷《宋元小說史》等亦使用「軼事小說」一詞。

〔註36〕郭箴一認爲，專記清言之書始自東晉裴啓《語林》、繼之以郭澄之《郭子》、宋劉義慶《世說》、梁沈約《俗說》等，諸書中以《世說》最爲著名。見郭箴一：《中國小說史》（臺北：臺灣商務印書館股份有限公司，1988 年 2 月臺八

　　魯迅僅提出「志人小說」此一概念，指出後世有不少模仿《世說》之作，但並未針對模仿《世說》體裁，以「世說體」之名稱之，亦未對模仿《世說》諸作進一步深究。1989 年侯忠義《漢魏六朝小說史》將「軼事小說」分爲「笑話類」、「瑣言類」、「軼事類」。此書將《笑林》歸於「笑話類」、《世說》歸於「瑣言類」、《西京雜記》歸於「軼事類」，並指出：《世說》開創文言小說新體裁，形成軼事小說之新流派。魯迅僅將《世說》列爲志人小說，並無刻意分類；侯忠義則將《世說》歸於「瑣言類」，定義「瑣言類」小說在記錄文人名士言行，旨在強調魏晉南北朝時期文人名士之清談、品鑒之風，亦未刻意強調《世說》之體裁。

　　寧稼雨《中國志人小說史》指出：

> 志人小說這個名稱應當包括逸事和瑣言這兩部分文言筆記小說。……瑣言小說多摹仿《世說新語》以類相從的體例，以記載文人事迹爲主，是《世說新語》的附庸和餘波；逸事小說在形式上則追隨《西京雜記》，不分門類，只分卷次。内容龐雜，只收錄閭巷傳聞、野史故事爲主。爲方便起見，筆者將此兩類小說分別稱爲「世說體」、「雜記體」。〔註37〕

寧稼雨將「志人小說」分爲兩類，一以《世說新語》爲代表，內容以記載文人軼事爲主；形式方面則採以類相從，按類索事之體例；爲方便起見，寧稼雨將「瑣言類」小說稱爲「世說體」。如此觀之，寧稼雨所謂「世說體」，乃是指內容以記載文人軼事爲主；形式則採以類相從，按類索事之體例。

　　陳文新《中國文言小說流派研究》云：

> 軼事小說在其發生、發展的過程中，逐漸形成了三大類別，即以《西京雜記》爲代表的「逸事」體，以《世說新語》爲代表的「瑣言」體，以《笑林》爲代表的「排調」體。爲簡明起見。本書分別名之爲「雜記」體、「世說」體、「笑林」體。〔註38〕

陳文新將「軼事小說」區分爲以《西京雜記》爲代表的「逸事」體，以《世說新語》爲代表的「瑣言」體，以《笑林》爲代表的「排調」體，並簡稱之

版），頁72。
〔註37〕寧稼雨：《中國志人小說史》，同註9，頁9～10。
〔註38〕陳文新：《中國文言小說流派研究》，同註10，頁86。

爲「雜記」體、「世說」體、「笑林」體。所謂的「世說」體乃指以《世說新語》爲代表的「瑣言」體。

　　觀察侯忠義與陳文新之分類子項：侯忠義將《笑林》歸於「笑話類」、《世說》歸於「瑣言類」、《西京雜記》歸於「軼事類」；陳文新則將「軼事小說」區分爲以《西京雜記》爲代表的「逸事」體，以《世說新語》爲代表的「瑣言」體，以《笑林》爲代表的「排調」體，可見陳、侯二人基本依據是相同的。寧稼雨將《笑林》等歸爲一類，理由乃基於「排調」原爲《世說》之一體；陳文新將「排調」一體從「世說」體中抽離而出，則是考慮到《笑林》等作爲獨立的笑話集，已非「世說體」所能囊括。〔註39〕

　　基本上，「世說體」研究乃以筆記小說之分類——「志人」、「軼事」開展其端；然多數學者僅將《世說》一體列置於「志人小說」或者「軼事小說」中，唯獨寧稼雨、陳文新二人，將《世說》之體裁自「志人小說」（又稱「軼事小說」）中鮮明凸顯出來，以「世說體」爲稱，開啓了學者們以「世說體」之名進行的研究。

　　蔡麗玲《從晚明「世說體」著作的流行論張岱的《快園道古》》論文中，曾嘗試爲「晚明世說體著作」一詞下一定義：

> 所謂「晚明世說體著作」，乃指晚明時期模仿《世說》體例、輯錄歷代遺文軼事的著作：包括小說家類、雜家類與史鈔類的著作，只要是晚明時期，採集歷代史部、說部、雜纂，甚至文集中的軼事瑣語，足以表現歷史人物或當代人物言、行之吉光片羽者，均在考慮之列，不過光是摘錄軼事、瑣語還不夠，必須分立門類，以類相從者才算。門類可以仿《世說》三十六門或部分襲用，甚至可以自創全新的門類。〔註40〕

筆者綜合諸位學者見解，以蔡麗玲之定義爲基調，嘗試從體例、內容、門類等角度，爲本論文所研究之主題——「世說體」著作，下一定義。所謂「世說體」著作，乃指其體例模仿《世說新語》，採以類相從、按類索事之形式；其內容輯錄歷代遺聞軼事、人物言行；其門類形式可全仿《世說》，亦可部分襲用，甚至可以自創全新門類。

〔註39〕陳文新：《文言小說審美發展史》，同註10，頁15～21。

〔註40〕蔡麗玲：《從晚明「世說體」著作的流行論張岱的《快園道古》》（新竹：國立清華大學文學研究所碩士論文，1992年），頁27。

二、「兒童」之界義

　　帕金爾指出：「兒童」或「童年」爲社會群體所建構之觀念。童年概念在歷史、文化，以及社會上均是不斷變化的，其意義主要是通過它與另一個變化之辭彙——「成年」——之間的比較而被定義。兒童被界定爲一特殊範疇，具有特殊性質與限制。因此，不同歷史時期、不同文化與不同社會群體中，兒童曾被以不同方式看待，也以不同方式看待自己，此定義亦非固定不變〔註41〕。本文以兒童爲研究對象，勢必針對「兒童」一詞彙定義。爲探究傳統的「兒童」觀點，筆者先試從禮制與律法面向來探討。

　　《論語・先進》言：「暮春者，春服既成，冠者五六人，童子六七人，浴乎沂，風乎舞雩，詠而歸。」〔註42〕此處，「冠者」與「童子」並列，冠與未冠儼然成爲劃分成年與未成年的標誌。《禮記・內則》將一個人的生命劃分爲不同階段，每個階段各有其不同任務。「二十而冠，始學禮。」〔註43〕二十歲，是學習和踐行禮儀的開始，經過了冠禮的教育與啓示，未成年者獲得新的思想導引及行爲規約，在冠禮引導下，眞正進入整個社會禮儀的框架。《禮記・冠義》指出：

> 凡人之所以爲人者，禮義也。禮義之始，在於正容體、齊顏色、順辭令。容體正、顏色齊、辭令順，而後禮義備，以正君臣、親父子、和長幼。君臣正、父子親、長幼和，而後禮義立。故冠而後服備，服備而後容體正、顏色齊、辭令順，故曰：「冠者，禮之始也。」是故古者聖王重冠。古者冠禮，筮日筮賓，所以敬冠事。敬冠事所以重禮，重禮所以爲國本也。故冠於阼，以著代也。醮於客位，三加彌尊，加有成也。已冠而字之，成人之道也。見於母，母拜之，見於兄弟，兄弟拜之，人而與爲禮也。冠玄端，摯於君，以摯見於鄉大夫、鄉先生，以成人見也。成人之者，將責成人禮焉也。責成人禮焉者，將責爲人子、爲人弟、爲人臣、爲人少者之禮行焉。將責四者之行於人，其禮可，不重與。故孝、弟、忠、順之行立，而後

〔註41〕參考〔英〕帕金爾著，張建中譯：《童年之死》（北京：華夏出版社，2005年2月），頁4～6。

〔註42〕見〔魏〕何晏等注，〔宋〕邢昺疏，〔清〕阮元校勘：〈先進〉，《論語注疏》（臺北：藝文印書館，1955年），頁100。

〔註43〕〔漢〕鄭玄注，〔唐〕孔穎達等注疏，〔清〕阮元校勘：〈內則〉，《禮記注疏》（臺北：藝文印書館，1955年），卷二十八，頁538。

可以爲人。可以爲人，而後可以治人也。故聖王重禮。故曰：「冠者，
禮之始也。」〔註44〕

冠禮是爲男子加冠，以表示成年的儀式，舉行冠禮主要在提示行冠禮者：從
此將轉變爲正式跨入社會的成年人，只有能踐履孝、悌、忠、順等德行，才
能成爲各種合格的社會角色。透過行冠禮，受冠者取得婚姻、治人、參加祭
祀等權力，以及參加軍事行動的義務。冠禮既爲「成年」象徵，未行冠禮之
人則屬於「未成年」。冠禮儀式之前，「未成年」之人無須束髮、未有首服、
不著禮衣，也無須行禮，經過莊嚴肅穆的冠禮儀式之後，「加冠者」（成年人）
必須束髮加冠、著華夏禮服，行止儀節皆要遵從文化規範。

男性加冠爲成年，女性之成年禮則採行笄禮。《禮記・內則》云：女子「十
有五年而笄。」〔註45〕女子在許嫁之後舉行笄禮、取表字。有關笄禮之儀節，
文獻並未記載，《儀禮注疏・士昏禮》指出：「笄女之禮猶冠男也，使主婦、
女賓執其禮。」〔註46〕男子二十歲行冠禮，女子十五歲行笄禮，冠禮與笄禮
分別爲男女成年的標誌。

在律法方面，明朝法律規定：

凡年七十以上，十五以下及廢疾，犯流罪以下收贖。八十以上，十
歲以下及篤疾，犯反逆殺人應死者，議擬奏聞，取自上裁。盜及傷
人者亦收贖，餘皆勿論。九十以上，七歲以下，雖有死罪，不加
刑。〔註47〕

清朝律法亦延續明代，《大清律例》言：

凡年七十以上，十五以下及廢疾，犯流罪以下收贖。八十以上，十
歲以下及篤疾，犯殺人應死者，議擬奏聞，取自上裁。盜及傷人者
亦收贖，餘皆勿論。九十以上，七歲以下，雖有死罪，不加刑。
〔註48〕

〔註44〕同註43，卷六十一〈冠義〉，頁998。
〔註45〕同註43，卷二十八〈內則〉，頁539。
〔註46〕〔漢〕鄭玄注，〔唐〕賈公彥疏，〔清〕阮元校勘：〈士昏禮〉，《儀禮注疏》
　　　　（臺北：藝文印書館，1955年），卷六，頁60。
〔註47〕見〈名例卷〉「老小廢疾收贖」條，〔明〕應檟：《大明律釋義》（《續修四庫
　　　　全書》據上海圖書館藏明嘉靖三十一年廣東布政使司刻本影印，上海：上海
　　　　古籍出版社，2002年），卷一，頁19。
〔註48〕見〈名例律下〉「老小廢疾收贖」條，〔清〕徐本、三泰等奉敕編纂，劉統勳
　　　　等續纂：《大清律例》，卷五，頁1。此書收於《景印文淵閣四庫全書》（臺北：

明清兩代之律法皆規定：七十歲以下，十五歲以上爲法定的刑事責任年齡；十到十五歲、七十到八十歲之人爲限制刑事責任年齡，須承擔刑事責任，但減輕其刑罰；七到十歲、八十到九十歲之間，亦爲限制刑事責任年齡，承擔殺人罪責，但可以通過議贖程序獲得減免；至於七歲以下，九十歲以上者，屬於不承擔刑事責任年齡。

若從社會制度來界定，《明史·食貨志》言：「民始生，籍其名曰不成丁，年十六曰成丁。成丁而役，六十而免。」〔註49〕《清史稿·食貨志》亦曰：「凡民，男曰丁，女曰口。男年十六爲成丁，未成丁亦曰口。丁口繫於戶。」〔註50〕明清兩代皆規定，十六歲爲成丁與不成丁之分界線，在此之前毋須承擔社會責任，在此之後則需要負擔徭役。

古人對「兒童」稱呼甚多，如「幼童」、「童兒」、「童孺」、「童子」、「孺子」、「小兒」……等，脫離不了「兒」、「幼」、「孺」、「童」等字，以下試從字源學的角度論述之。

首先觀察「兒」字。《說文解字》言：「兒，孺子也，從兒，象小兒頭囟未合。」〔註51〕《正字通》謂：「兒，初生子也，一曰嬰兒。」〔註52〕《釋名·釋長幼》則進一步指出：「人始生曰嬰兒。胸前曰嬰，抱之嬰前，乳養之也。」〔註53〕古人並未指出「兒」的明確年齡，根據以上古籍判斷，「兒」應指需抱持的小嬰孩。

其次觀察「孺」字。《說文解字》曰：「孺，乳子也。」〔註54〕《釋名·釋長幼》指出孺之特點：「兒始能行曰孺子。」〔註55〕《禮記·內則》：「孺子蚤寢晏起。」其注曰：「孺子，小子也。」〔註56〕由於「兒」爲初生子，而「孺」已能行走，因此，「孺」的年齡應比「兒」要稍長些。

臺灣商務印書館，1983年）。

〔註49〕 《明史》，卷七十八〈食貨志〉「賦役」，頁1893。

〔註50〕 《清史稿》，卷一二〇〈食貨志〉「戶口」，頁3480。

〔註51〕 見〔漢〕許慎：《說文解字》（《叢書集成初編》據平津館叢書本影印，北京：中華書局，1985年），卷八下，頁282。

〔註52〕 見〔明〕張自烈：《正字通》（《四庫全書存目叢書》據北京大學圖書館藏清康熙刻本影印，臺南：莊嚴文化事業有限公司，1997年），頁9下。

〔註53〕 見〔漢〕劉熙：〈釋長幼〉，《釋名》（《叢書集成初編》據小學彙函本影印，北京：中華書局，1985年），卷三，頁41。

〔註54〕 同註51，卷十四下，頁489。

〔註55〕 同註53，卷三〈釋長幼〉，頁42。

〔註56〕 同註43，卷二十七〈內則〉，頁519。

　　再其次觀察「幼」字。《說文解字》曰：「幼，少也。」〔註 57〕《爾雅・釋言》言：「幼，鞠，稚也。」〔註 58〕《釋名・釋長幼》道：「幼，少也，言生日少也。」〔註 59〕此三說皆認為「幼」有稚、小之意。《禮記・曲禮》曰：「人生十年曰『幼』。」〔註 60〕《儀禮・喪服》曰：「子幼。」其注云：「子幼謂年十五已下。」〔註 61〕《禮記・典禮》言：「幼學。」其疏云：「幼者，自始生至十九時。」〔註 62〕綜合上述說法，「幼」的年齡應較「兒」、「孺」為長，或在十歲以下、十五歲以下、十九歲以下。

　　此外，尚有「童」字。《廣韻》云：

　　　童，童獨也，言童子未有室家也。〔註 63〕

《釋名・釋長幼》指出：

　　　十五曰童，……言未巾冠似之也，女子之未笄者，亦稱之也。〔註 64〕

《正字通》更進一步曰：

　　　男十五以下謂之童子。童，獨也，言未有家室也。〔註 65〕

以上三種說法皆認為，「童」係指未成家之人，年齡於十五歲以下。《禮記・檀弓》記載：「與其鄰重汪踦往，皆死焉。」其注指出：「重，皆當為童；童，未冠者之稱。」〔註 66〕《儀禮・喪服》亦言：「童子唯當室緦。」其注亦指出：「童子，未冠之稱。」〔註 67〕冠禮為象徵成人之儀式，未接受冠禮者為童子；《毛詩正義・國風・芄蘭》云：「童子佩觿」其疏指出：「童者，未成年之稱，年十九以下皆是也。」〔註 68〕《詩經》則指出「童」之年齡在十九歲以下。有些篇章記載則指出「成童」年齡下限。《禮記・內則》云：「成童

〔註 57〕同註 51，卷四下，頁 124。
〔註 58〕〔晉〕郭璞注，〔宋〕邢昺疏，〔清〕阮元校勘：〈釋言〉，《爾雅注疏》（臺北：藝文印書館，1955 年），頁 3。
〔註 59〕同註 53，卷三〈釋長幼〉，頁 41。
〔註 60〕同註 43，卷一〈曲禮〉，頁 16。
〔註 61〕同註 46，卷三十一〈喪服〉，頁 364。
〔註 62〕同註 43，卷一〈曲禮〉，頁 17。
〔註 63〕見〔宋〕陳彭年、邱雍等修定：《廣韻》（臺北：世界書局，1986 年《景印摛藻堂四庫全書薈要》），卷一，頁 2。
〔註 64〕同註 53，卷三〈釋長幼〉，頁 42。
〔註 65〕同註 52，頁 82。
〔註 66〕同註 43，卷十〈檀弓〉，頁 189。
〔註 67〕同註 46，卷三十四〈喪服〉，頁 399。
〔註 68〕〔漢〕毛公傳，鄭玄箋，〔唐〕孔穎達等正義，〔清〕阮元校勘：〈國風〉「芄蘭」，《毛詩正義》（臺北：藝文印書館，1955 年），卷三一三，頁 137。

舞象。」其注云：「成童，十五以上。」〔註69〕《穀梁傳》云：「羈貫成童」，其注指出：「羈貫謂交午翦髮以為飾，成童八歲以上。」〔註70〕可見《禮記》之成童為十五歲以上，《穀梁傳》之「成童」則在八歲以上，兩者年齡差距甚大。

如此觀之，關於「童」之年齡界定，紛紜不一，綜合上述說法，兒童乃指未接受冠禮者，其年齡為八歲以下、十五歲以下、十九歲以下，或者二十歲以下之人。

最後，觀察「蒙」字。「蒙」的很多概念與「童」相連。《周易·蒙卦》：「匪我求童蒙，童蒙求我。」〔註71〕又云：「蒙以養正，聖功也。」〔註72〕此二者意指童蒙需受到成人啓迪，方能以蒙昧而養成正道。《左傳·僖公九年》更進一步指出：「小童者，童蒙幼末之稱。」其疏云：「蒙謂闇昧也，幼童於事多闇昧，是以謂之童蒙焉。」〔註73〕幼童多闇昧無知，是以稱之為「童蒙」，必須啓迪教養。《周易·序卦》云：「物生必蒙，故受之以蒙。蒙者，蒙也，物之稚也。稚不可不養。」〔註74〕要言之，童蒙具有闇昧無知之意，其意乃指有待啓迪調養之稚兒。

以上古籍多未舉實例，偏向於字詞解釋。筆者觀察歷代世說體著作，描述早慧兒童之〈夙惠篇〉（或〈夙慧篇〉），所收錄的兒童年齡約在三到十五歲之間。以〔明〕趙瑜《兒世說》為例，此書收錄歷代兒童言行事蹟，書內明確標示出兒童年齡者，在四歲到十五歲之間。再看《太平御覽》卷三百八十四、三百八十五之〈人事部〉「幼智」條所收錄的故事，其主角年齡在四歲到十七、十八歲之間〔註75〕。綜合這些以「兒童」為主角的描述，所謂的「兒

〔註69〕同註43，卷二十八〈內則〉，頁539。

〔註70〕〔晉〕范寧注，〔唐〕楊士勛疏，〔清〕阮元校勘：〈昭公〉「昭公十九年」條，《春秋穀梁傳注疏》（臺北：藝文印書館，1955年文選樓藏本校定），卷十八，頁177。

〔註71〕〔魏〕王弼、韓康伯注，〔唐〕孔穎達等正義，〔清〕阮元校勘：〈蒙卦〉，《周易》（臺北：藝文印書館，1955年），卷一，頁23。

〔註72〕同前註，卷一〈蒙卦〉，頁23。

〔註73〕〔晉〕杜預注，〔唐〕孔穎達等正義；〔清〕阮元校勘：〈僖公傳九年〉，《春秋左傳正義》（臺北：藝文印書館，1955年），卷十三，頁218。

〔註74〕同註71，卷九〈序卦〉，頁187。

〔註75〕見〔宋〕李昉等奉敕編：〈人事部〉「幼智」條，《太平御覽》（臺北：臺灣商務印書館，據上海涵芬樓影印，1975年四部叢刊三編本），卷三八四以及卷三八五。

童」年齡約在三到十八歲之間。

　　李贄《初潭集・師友》有「少年」一條，其「少年」主角年齡約在六到十四歲之間〔註76〕，若按照前述「童」的年齡範圍，李贄所選錄的任何一位「少年」主角，顯然又符合「童」的年齡範圍。何良俊《何氏語林・賞譽》提及：

> 朱勃年十二，能誦書詠詩，時號「才童」。道慧年十九、法安年十八可稱為「義少」。〔註77〕

十二歲可稱「才童」，但十八、九歲便稱作「義少」。可見古人對「兒童」與「少年」的分類籠統含糊。

　　要言之，「未成年」的概念乃相對「成年」而來，從傳統禮制方面觀察，男子年二十行冠禮，「冠」與「未冠」是男性成年與未成年的標誌；女子十五歲行笄禮，「笄」與「未笄」是女子成年與未成年的標誌。從明清社會制度來看，年十六成丁，過了十六歲，必須要盡個人徭役的義務，貢獻社會。若從明清律法角度觀察，明清兩代律法均規定：十五歲以上，七十歲以下之人必須完全負擔刑事責任。從字源角度推溯，兒童乃指未接受冠禮者，其年齡為八歲以下、十五歲以下、十九歲以下，或者二十歲以下之人。可見對於「兒童」之年齡界定，紛紜不一。

　　事實上，我們很難從年齡去界定「兒童」與「成人」。人類成長歷程漸進而緩慢，從此一時期到另一時期，非一朝一夕可瞬間跨越，必然存在某一過渡階段；此過渡階段模糊且曖昧，又該如何定義？眾所皆知，成長與發育具有個體差異性，由「兒童」到「成人」，並非截然分明之兩點；由此處（兒童期）到達彼岸（成人期），彷彿行走一座橋樑，無法直接跳躍，只能筆直向前行走，是以用年齡來區分，並無法準確定義。再者，上述討論所使用的文獻材料皆為成人所書寫，此處所歸納之「兒童」為成人所架構定義；那麼，兒童是否有自己的認定呢？將「兒童」視為單一獨立之「個體」；若是詢問一名渴盼長大，有所作為的「個體」，此「個體」是否極力否認自己是需要受到保護的「兒童」？

　　傳統觀念對「童」的定義甚為廣泛，未冠者乃未成年者，名之為「童子」。

〔註76〕例如：符堅六歲、何晏七歲、王戎七歲、張吳興八歲、謝真八歲、王浚八歲、徐之才八歲、徐孺子九歲、孔文舉十歲、虞翻十二歲、長孫紹遠十三歲、荀子文十三歲、闞澤十三歲、孫策十四歲。

〔註77〕〔明〕何良俊：《何氏語林》，卷十六〈賞譽〉，頁17。

本論文關照傳統觀念對「兒童」的看法，將欲研究的對象——「兒童」，鎖定於傳統觀念下相對於成年的「未成年者」，其年齡低於十五歲；即便內容未說出明確年齡，但卻有「童」、「蒙」、「幼」、「兒時」、「小時」等字詞者，亦列入討論之列，期望擴大範圍蒐羅，能夠挖掘更多兒童相關材料，更深入了解明清時人之兒童觀。

第四節 本文論題之成立

　　晚明時期，大量世說體著作的出現，意味著《世說》與魏晉名士對晚明文人有著特殊意義。晚明與魏晉於政治、學術、思想、文學方面頗有吻合之處。在政治方面，魏晉與晚明皆為政治黑暗腐敗之時代，對士人多所打壓。惟晚明士人仍渴望轉變頹局，而魏晉名士則多無心於此。在學術方面，魏晉與晚明文人均對官學心生厭棄。在思想方面，魏晉與晚明學術解放，促使士人紛紛開始看重「個體」、「自然」；「自我之發現」為此二時代之共通精神；惟魏晉之個人意識覺醒僅限於上層士人，晚明則全面性的解放，農樵、商賈亦不例外。在文學方面，個人意識之覺醒，影響文學發展，魏晉時期至建安始有描寫「自我」、「人生」等文學出現；晚明公安三袁則標舉「眞」、「性靈」〔註78〕。由於文人對於魏晉風流之企羨、短文小品之好尚、知名文士如李贄、王世貞等人之推動，世說體著作蔚為風尚〔註79〕。明人模仿《世說新語》體例而著述之現象，始於嘉靖中期，盛行於萬曆、天啓年間，此熱潮持續迄於明末清初；《世說新語》仿作之興盛現象，兼具普遍性與特殊性。其「普遍性」乃因《世說新語》之仿作在晚明為一種普遍現象，晚明文人，或補或仿；其「特殊性」在於《世說新語》數量冠於他朝〔註80〕，以筆者所蒐集之文本而言（參考附錄三「歷代世說體著作篇目總表」），自唐朝以降迄於民國，歷代皆有模仿《世說》之作，數量高達五十二部，晚明以來之世說體著作有四十三部，居歷代世說體著作之冠。

〔註78〕見官廷森：《晚明世說體著作研究》（臺北：國立政治大學中國文學研究所碩士論文，1998年），頁2～4。
〔註79〕晚明世說體著作之流行因素，可參考官廷森：《晚明世說體著作研究》，同註78，頁7～17。孫遜：〈明代文言小說總集述略〉，《上海師範大學學報（哲學社會科學版）》第三十卷第六期（2001年11月），頁40～48。
〔註80〕同註40，頁7。

　　文人透過著作《世說新語》體例表達個人理想，更於門類方面推陳出新，此爲晚明以來之盛事。一件事物之所以相沿成習，必有其背後之理論，若能深究其內緣外部之因，可觀察一時之風氣，藉以了解當時文化。明清世說體著作之內容，無論模擬抄襲，或沿用舊本、別樹一格，作者胸中自有觀點主見，不僅僅是個人審美觀之實踐，亦視爲時代風尚之呈現，就文化意涵審視，世說體已注入時代文化精神，已非劉義慶彼時樣貌。歷經漫長歲月後，哪一種類型的孩子能夠安然度過明清文人的篩揀，爲歷史所記憶？明清文人對兒童究竟有怎樣的期待？欣賞孩子的角度是否因爲文化差異而有所改變呢？劉義慶所挑揀的孩童，與明清文人在「世說體」著作中所選擇的孩童，究竟有什麼差異呢？

　　本論文試圖以上述研究概況諸作之成果爲基礎，融合「世說體」與「兒童」兩議題——鎖定「明清時期」爲範疇，以「世說體」著作爲所欲探究考察之文本，論述箇中之「兒童」議題，就其未及探討之部分進行研究。儘管學者們對中國歷史分期斷限的說法不一，但以資本財產、消費型態、社會階層、文化世俗化等角度，視「明末清初」爲現代化的初期，則頗具共識。由於文化氛圍與影響無法判然二分，凡世說體撰述者出生於明朝隆慶、萬曆前而活動於此者，或出生於此期，而卒年已入盛清者，亦列入討論範疇。細考明清兩代世說體著作，始於嘉靖中期，盛行於萬曆、天啓年間，此熱潮持續迄於清初；清中葉以後，世說體著作已不再流行，但仍有纂作者。本論文鎖定「明清時期」爲範疇，主要論述焦點集中於「明末清初」之世說體著作，爲求能從中挖掘更多兒童材料，清中葉以後之世說體著作雖不多，但本論文一概列入討論範圍。

　　本論文結合內部與外緣因素，採歸納與分析方法，對文本進行綜合性研究。筆者閱讀五十二部世說體著作，挑選出世說體著作內的兒童材料；並檢索漢籍電子全文網站，以二十五史爲搜尋範圍，勾勒歷代世說體著作與史傳之關聯性，製成附錄二「歷代世說體著作之兒童書寫篇章」與附錄三「歷代世說體著作篇目總表」。茲將本文分成五章，架構如下：第一章〈緒論〉說明研究動機、目的；介紹「世說體」與「兒童」之研究概況；定義「世說體」一詞，並試著就古人心中之「兒童」尺寸，試圖對研究對象——「兒童」進行定義。第二章〈明清世說體著作兒童書寫之文本〉，概覽明清世說體著作，推溯文本來源、編纂特性，最後歸納兒童材料之篇章結構。第三章〈明清世

說體著作兒童書寫之面向〉，針對以兒童言行事蹟爲基軸之主要面向，以及材料較稀薄的次要面向——出生異象與兒童社會問題，進行論述。第四章〈明清世說體著作兒童書寫之意涵〉，討論明清時代異於《世說》的兒童類型；並以成人作爲兒童之「觀看者」、透過觀看場景、角度，窺知明清文人心中理想兒童。第五章〈結論〉，取今昔資優兒童之特質相比、以中西兒童之相同處互爲參照；透過比較，使讀者對兒童議題有更進一步的瞭解。

　　附錄一爲「相關研究成果舉要」，整理「世說體」與「兒童」之相關研究；附錄二「歷代世說體著作之兒童書寫篇章」放入搜尋世說體著作得來的兒童主角及其事蹟，並詳列各內容之世說體文本、卷次、史書出處，試圖比較明清以前與明清時期之世說體著作，其篇目、門類、內容之差異性；透過這種對照，明清世說體著作於時代長河裡的特殊性昭然若揭。附錄三「歷代世說體著作篇目總表」則詳列歷代世說體著作之卷次、門數、類目，以及現今可見之版本；「類目」一欄並列出各篇章之兒童材料數量，以利查詢。因材料龐雜巨大，疏漏不足之處，尚祈見諒。各文本內容以兒童爲主角之描述，各有所偏，份量亦殊，研究時視實際討論之需斟酌取捨，無法細究所有兒童。由於明人好抄襲，文本與文本間重複性頗高，爲免註解瑣碎雜蕪，引文出處採隨文夾註方式，標示「附錄二」「資料編號」，請檢索附錄二「歷代世說體著作之兒童書寫篇章」。

　　本論文以「明清世說體著作之兒童書寫析論」爲題進行研究，藉著舊材料，提供另一種關心孩子歷史的新視野，盼能爲兒童議題之研究，略盡一己棉薄之力。

第二章 明清世說體著作兒童書寫之文本

第一節 文本概覽

　　根據前章所研討，所謂『世說體』著作，乃指體例模仿《世說新語》，採以類相從、按類索事之形式；內容輯錄歷代遺聞軼事、人物言行；門類形式可全仿《世說》，亦可部分襲用，甚至可以自創全新門類之著作。基於此定義，筆者所蒐集之明清時期世說體著作如下：

編號	朝代	書名	編纂者	編號	朝代	書名	編纂者
1.	明	何氏語林	何良俊	2.	明	世說新語補	王世貞
3.	明	焦氏類林	焦　竑	4.	明	初潭集	李　贄
5.	明	闇然堂類纂	潘士藻	6.	明	賢奕編	劉元卿
7.	明	皇明世說新語	李紹文	8.	明	舌華錄	曹　臣
9.	明	益智編	孫能傳	10.	明	智品	樊玉衡
11.	明	清言	鄭仲夔	12.	明	玉堂叢語	焦　竑
13.	明	瑯嬛史唾	徐象梅	14.	明	霞外塵談	周應治
15.	明	學古適用編	呂純如	16.	明	二十一史識餘	張　墉
17.	明	西山日記	丁元薦	18.	明	古今譚概	馮夢龍
19.	明	南北朝新語	林茂桂	20.	明	芙蓉鏡寓言	江東偉

21.	明	耳新	鄭仲夔	22.	明	雋區	鄭仲夔
23.	明	智囊	馮夢龍	24.	明	十可篇	馬嘉松
25.	明	集世說	孫令弘	26.	明	明世說	焦竑
27.	明	玉劍尊聞	梁維樞	28.	明	兒世說	趙瑜
29.	清	快園道古	張岱	30.	清	說鈴	汪琬
31.	清	斯陶說林	王用臣	32.	清	明逸編	鄒統魯
33.	清	漢世說	章撫功	34.	清	庭聞州世說	官偉鏐
35.	清	女世說	李清	36.	清	僧世說	顏從喬
37.	清	南北朝世說	章繼泳	38.	清	續世說	李鄴嗣
39.	清	女世說	嚴蘅	40.	清	明語林	吳肅公
41.	清	南吳舊話錄	李延昰	42.	清	今世說	王晫
43.	清	世說補	黃汝琳				

　　此四十三本明清世說體著作中，孫令弘《集世說》、焦竑《明世說》、鄒統魯《明逸編》、顏從喬《僧世說》、章繼泳《南北朝世說》、李清《女世說》、李鄴嗣《續世說》等文本未見，扣除此七本著作，本研究即以上述三十六個文本為材料。

　　參考附錄三「歷代世說體著作篇目總表」，晚明以來，世說體著作蔚為風尚，在數量上遠遠超過了前代。與《世說》對照，這些明清世說體著作，承襲《世說》分門別類之體裁，篇章門類的處理方面已有突破，或如李紹文《皇明世說新語》、鄭仲夔《清言》、江東偉《芙蓉鏡寓言》等沿用《世說》三十六門舊目；或如劉元卿《賢奕編》、曹臣《舌華錄》、孫能傳《益智編》等全然另創新門類；或以舊目為綱，添補新門類，如：何良俊《何氏語林》、吳肅公《明語林》、王晫《今世說》等；抑或以舊目為本，酌減幾類，並添加自己創立的新門類，如：張墉《二十一史識餘》、林茂桂《南北朝新語》等。大抵而言，以編者自創新門類之現象較多，遵循《世說》分類已屬少見，此現象實為明清世說體著作之特色。作者方面，《世說》乃劉義慶召集門下才學碩儒雜採眾書，編纂潤色而成，而明清世說體著作除李延昰《南吳舊話錄》為集體創作外〔註1〕，多出於一人之手。

〔註1〕此書由延昰六世祖光祿西園公口授，曾祖父李襲之補撰，註釋乃延昰第七子所撰。

　　內容方面，《世說》記載漢魏至東晉之遺聞軼事；明清世說體著作，或截取某一代軼聞瑣事，如李紹文《皇明世說新語》、鄭仲夔《雋區》和張岱《快園道古》等記明代軼事瑣語；或某一地佳言雋語，如：官偉鏐《庭聞州世說》記泰州雜事，李延昰《南吳舊話錄》載明代華亭地區之嘉言韻事。數量較多的，仍是記載橫跨數朝代之遺聞事跡者，如：焦竑《焦氏類林》記遠古至元代軼事瑣語；李贄《初潭集》雜採古人事蹟，加以評語；劉元卿《賢奕編》輯錄歷代軼事，尤重名公鉅卿嘉言懿行；樊玉衡《智品》則採古初至明代用智之事等。較具特色的是，此時期出現記錄某一主題之專書，如：《女世說》收輯古今婦女掌故，《兒世說》則博採古今兒童事蹟，每部書均各有特色。

　　以單一文本來觀察，並非每部明清世說體著作皆有兒童材料，《西山日記》雜錄洪武迄萬曆朝野事蹟；《耳新》蒐羅有明一代雋語僻事；《雋區》關注明人軼事雋語；《庭聞州世說》專記泰州雜事；《南吳舊話錄》記載明代華亭地區佳言韻事等，潘士藻《闇然堂類纂》記所聞見之雜事。以上這些著作多以描述地方性軼聞瑣事為主，與兒童相關之記錄甚少。

　　以單一篇章觀察，明清世說體著作仿效《世說新語》，設有〈夙惠〉（或稱〈夙慧〉），描述聰慧兒童事蹟，此為兒童材料之大宗。設有〈夙惠〉（或稱〈夙慧〉）篇章，專論兒童之明清世說體著作，計有：〔明〕何良俊《何氏語林》、王世貞《世說新語補》、焦竑《焦氏類林》、李紹文《皇明世說新語》、鄭仲夔《清言》、焦竑《玉堂叢語》、徐象梅《瑯嬛史唾》、張墉《二十一史識餘》、林茂桂《南北朝新語》、江東偉《芙蓉鏡寓言》、〔清〕梁維樞《玉劍尊聞》、吳肅公《明語林》、李延昰《南吳舊話錄》、王晫《今世說》、黃汝琳《世說補》等十五個文本。參考附錄三「歷代世說體著作篇目總表」，兒童材料藏諸各篇中，以《何氏語林》為例：三十八個門類中，除了〈夙慧〉之外，〈德行〉、〈言語〉、〈政事〉、〈文學〉、〈言志〉、〈方正〉、〈雅量〉、〈識鑒〉、〈賞譽〉、〈品藻〉、〈箴規〉、〈棲逸〉、〈捷悟〉、〈容止〉、〈自新〉、〈術解〉、〈巧藝〉、〈企羨〉、〈寵禮〉、〈簡傲〉、〈排調〉、〈清詆〉等篇，或多或少可略窺各式各樣的兒童身影。

　　眾多文本之兒童材料中，趙瑜《兒世說》全書收錄以兒童為主角之事件，意義深遠重大。《兒世說》一書收錄於〔明〕陶珽《續說郛》卷二十三，乃根據清順治三年宛委山堂刻本影印，首頁僅題「天水趙瑜」，未指出年代，但陶珽為明朝萬曆年間之進士，因此推測作者趙瑜應為明代人。

　　《兒世說》無序跋，不分卷，仿《世說》體例，分類上並無創新，共分〈屬對〉、〈言語〉、〈排調〉、〈文學〉、〈彊記〉〔註2〕、〈至性〉、〈膽識〉、〈自新〉〔註3〕、〈恬裕〉、〈方正〉、〈師友〉、〈言志〉、〈賞譽〉、〈異徵〉、〈豪豪〉〔註4〕、〈將畧〉、〈紕漏〉十七個門類。有別於其他世說體著作，《兒世說》所載，全數皆以「兒童」爲主角，共計收有七十九件兒童事蹟，如下表：

屬對	言語	排調	文學	彊記	至性	膽識	自新	恬裕	方正	師友	言志	賞譽	異徵	豪爽	將畧	紕漏
4	4	3	12	8	11	4	1	4	3	2	6	6	5	3	2	1
小　計	79															

　　綜覽全書篇章，以〈文學〉拔得頭籌，有十二件；〈至性〉次之，爲十一件；〈彊記〉、〈言志〉、〈賞譽〉均爲六件。〈文學〉、〈至性〉之件數最多，〈彊記〉、〈屬對〉與〈文學〉脫不了干係，偏重智育層面；而〈恬裕〉、〈至性〉之內容則偏重德育，強調個人內在修養。顯見時代潮流之「重智」傾向，時人重視文學，似乎有凌駕道德之傾向。

　　《兒世說》所收錄的兒童事蹟，其年代始於漢，迄於明，多集中於魏晉南北朝時期，當代（明代）之兒童事蹟反倒不多〔註5〕。內容方面，《兒世說》訛誤之處不少，抄襲模擬前人之處亦甚多，所描述之兒童事蹟泰半已出現於其他早期世說體著作，鮮少新意。書寫形式方面，相較於其他明清世說體著作，《兒世說》敘述簡短粗糙，無修辭可言，如：《何氏語林》與《兒世說》皆記有王元澤之事。

　　何良俊《何氏語林》云：

　　　　王元澤數歲時，客有以一獐一鹿同籠以獻，問元澤：「何者是獐？何者爲鹿？」元澤實未識，良久對曰：「獐邊是鹿，鹿邊是獐。」客大奇之。（69-1）

　　《兒世說》之表現手法如下：

〔註2〕　〈彊記〉疑誤，應爲〈彊記〉。〈彊記〉共有六條，「昭明太子」此條又記錄了顧野王、張九成，共計有八名兒童。

〔註3〕　〈自新〉一門中，「蕭思詁」疑誤，應爲「蕭思話」。

〔註4〕　〈豪豪〉疑誤，應爲〈豪爽〉。

〔註5〕　根據筆者統計，所記載各代兒童事蹟件數如下：漢代十一件、三國八件、晉代八件、南朝二十三件、北朝六件、唐代六件、宋代八件、五代一件、元代一件、明代四件、其他三件。

雩數歲時，客有以一獐一鹿同籠以獻，問雩：「何者爲獐？何者爲

鹿？」曰：「獐邊者是鹿，鹿邊者是獐。」（69-6）

對照《何氏語林》之敘述手法，《兒世說》顯然粗糙些，省略人物動作描述，直接切入重點；門類之下，立刻出現人名，並略敘其事蹟，通篇挑揀重點陳述，書寫手法欠缺文學性，《世說》語言之清新雋永，已不復存在。以文學性眼光檢視此書，不免令人失望，然此書卻不失爲當時成人心中之「模範兒童軼事選集」。

第二節　文本來源與編纂特性

探討明清世說體著作，首先必須釐清文本來源與編纂特性，方能對兒童材料有更進一步掌握與了解。

一、文本來源

觀察附錄二「歷代世說體著作之兒童書寫篇章」，可發現明清世說體著作之兒童材料，其來源如下：

（一）抄撮前代著作

觀察明清世說體著作之序言，文徵明〈何氏語林序〉曰：

自茲以還，稗官小說，無慮百數，而此書（按：此書指《世說》）特爲雋永，精深奇逸，莫或繼之。〔註6〕

朱謀瑋〈清言序〉亦云：

……嗣是有《唐語林》、有《續世說》，造語命詞，百不及一，學士大夫，靡稱述之。〔註7〕

不少仿作者因心好《世說》，且對於前代諸家《世說》仿作感到不甚滿意，認爲無法與原著相匹，是以萌生纂述世說體著作之動機。

比對附錄二「兒童事蹟」與「世說體文本」，我們可以發現：明清以前之世說體著作如：〔唐〕劉肅《大唐新語》、劉餗《隋唐嘉話》；〔宋〕孔平仲《續世說》、王讜《唐語林》、李垕《南北史續世說》諸作，皆對明清世說體作者直接或間接產生不少影響；明清以前世說體文本所記載之兒童事蹟，同

〔註6〕文徵明：〈語林原序〉，見何良俊：《何氏語林》卷首，頁1下。
〔註7〕朱謀瑋：〈清言序〉，見鄭仲夔《清言》，頁1下。

時亦出現於明清時期之世說體文本中。如：資料編號 786 蘇瓌與李嶠子取適合奏帝者言之，此事見於〔宋〕王讜《唐語林》，亦見於〔明〕何良俊《何氏語林》、趙瑜《兒世說》。又如：資料編號 572 賈嘉隱答長孫無忌、李勣之言，其見於〔唐〕劉肅《大唐新語》、劉餗《隋唐嘉話》、〔宋〕王讜《唐語林》、〔明〕曹臣《舌華錄》、〔明〕鄭仲夔《清言》、〔明〕徐象梅《瑯環史唾》、〔明〕馮夢龍《古今譚槩》。類似這樣的例子於附錄二中處處可見，故可知明清時期之世說體著作之內容受前代著作影響甚鉅。

（二）輯錄史書傳記

觀察明清以前的世說體著作：《晉書》取材自劉義慶《世說》；《舊唐書》、《新唐書》、《資治通鑑》內的某些史實，即取材於劉餗《隋唐嘉話》；司馬光作《資治通鑑》亦引用張鷟《朝野僉載》某一小部分。從「史」的角度來觀察，「世說體」著作與「史傳」關係甚為密切。從劉義慶《世說》開始，修史者或多或少取材世說體文本，足見世說體著作有裨補正史之效，似乎是修史者取材參考的對象。

然而，文學趣味迄於有明一代有了轉變，文人雅好小品文字，不好載世論道之滔滔大論，史書長篇議論便不受青睞；細究明清兩代之世說體著作：李垕《南北史續世說》「取李延壽南北二史所載碎事。」〔註8〕徐象梅《瑯嬛史唾》「摭史傳及稗官事語分類紀纂。……其體一仿世說。其曰史唾者。自以為拾史氏之唾餘。」〔註9〕張墉《二十一史識餘》「摘錄二十一史佳事雋語。」〔註10〕丁元薦《西山日記》其「事蹟具明史本傳。」〔註11〕章撫功《漢世說》「是書……以紀漢人言行‧大抵以史記漢書為主，而雜以他書附益之。」〔註12〕馬嘉松《十可篇》「是書摘錄子史及諸家小說。」〔註13〕作者們取材史書，摘錄佳言逸事，擷取史書精華，成為另類小品式的閱讀。因此，世說體與史傳間存在著彼此相互影響之現象，遂使明清世說體著作之內容具有以下特色：

〔註 8〕見〔清〕永瑢撰：〈小說家類存目一〉「雜事」，《四庫全書總目提要》據萬有文庫版本印行（上海：商務印書館，1933 年），卷一四三，頁 2967。
〔註 9〕同前註，頁 2984～2985。
〔註 10〕同註 8，卷六十五〈史鈔類存目〉，頁 1422。
〔註 11〕同註 8，頁 2982。
〔註 12〕同註 8，頁 2991。
〔註 13〕同註 8，卷一三二〈雜家類存目九〉「雜纂中」，頁 2742。

1.摘錄史書精華,聚焦敘事要點

文人自「史」選材,篩檢材料之觀點,胸中自有尺寸。李贄《初潭集》言王敦事蹟:

> 潘陽仲見王敦小時,謂曰:「君蜂目已露,但豺聲未振耳,必能食人,亦當為人所食。」(96-2)

《晉書·王敦列傳》云:

> 王敦字處仲,司徒導之從父兄也。父基,治書侍御史。敦少有奇人之目,尚武帝女襄城公主,拜駙馬都尉,除太子舍人。時王愷、石崇以豪侈相尚,愷嘗置酒,敦與導俱在坐,有女伎吹笛小失聲韻,愷便毆殺之,一坐改容,敦神色自若。他日,又造愷,愷使美人行酒,以客飲不盡,輒殺之。酒至敦、導所,敦故不肯持,美人悲懼失色,而敦傲然不視。導素不能飲,恐行酒者得罪,遂勉強盡觴。導還,歎曰:「處仲若當世,心懷剛忍,非令終也。」洗馬潘滔見敦而目之曰:「處仲蜂目已露,但豺聲未振,若不噬人,亦當為人所噬。」〔註14〕

兩相對照下,《晉書》長篇大論,滔滔不絕,引證舉譬,敘事詳切;李贄《初潭集》則言簡意賅,幾語點明敘事焦點。足見世說體著作摘錄史書精華、聚焦敘事要點之方式,令讀者一目了然,頗具耳目清新之感。

2.重新編輯組合,文辭精簡扼要

從史書取材,依照自身需要,剪裁編輯,重新組合,分門別類,是明清世說體作者慣用方式。如《南史·任昉列傳》記載任昉之事:

> 昉妻河東裴氏,高明有德行,嘗晝臥,夢有五色采旗蓋四角懸鈴,自天而墜,其一鈴落入懷中,心悸因而有娠。占者曰:「必生才子。」及生昉,身長七尺五寸,幼而聰敏,早稱神悟。四歲誦詩數十篇,八歲能屬文,自製月儀,辭義甚美。褚彥回嘗謂遙曰:「聞卿有令子,相為喜之。所謂百不為多,一不為少。」由是聞聲藉甚。〔註15〕

此內容亦見於明清世說體著作中;然則,作者擇取所需內容,分載於不同門類。如林茂桂《南北朝新語》之記載:

> 任昉字彥升,母裴氏夢五色采旗四角懸鈴,其中一鈴落入懷中而孕,

〔註14〕《晉書》,卷九十八〈王敦列傳〉,頁2553。
〔註15〕《南史》,卷五十九〈任昉列傳〉,頁1452。

遂生昉。八歲自製月儀，辭義甚美。早稱神悟，八歲自製月儀，辭
義甚美。（154-1）

張墉《二十一史識餘》則爲：

任昉早稱神悟。四歲誦詩數十篇，八歲能屬文，自製月儀，辭義甚
美。褚彥回謂其父謂遙曰：「聞卿有令子，相爲喜之。所謂百不爲多，
一不爲少。」（153-1）

對照長篇滔滔不絕之史書，明清世說體著作擷取史書精華，重新編排後，累
贅史牘一躍而爲清靈小品，文辭精簡扼要，重點分明，敘事趣味亦未曾稍減，
滋衍另一種閱讀效果。

3. 根據史書鋪排，增添敘事趣味

史書冗長累贅，但並非纖毫畢露、瑣細無遺，對於無關德行、政績之瑣
碎末節，多未加留意。明清世說體作者巧心匠意，根據史書鋪排，亦添加了
不少敘事趣味。如：《明史·文苑列傳》記載劉溥一事：

劉溥，字原博，長洲人。祖彥，父士賓，皆以醫得官。溥八歲賦溝
水詩，時目爲聖童。長侍祖父遊兩京，研究經史兼通天文、曆數。
〔註16〕

吳肅公《明語林》則補充其詩內容：

劉御醫溥，八歲賦溝水詩，云：「門前一溝水，日夜向東流，借問歸
何處，滄溟是住頭。」（643-1）

史書對於劉溥生平、世系、才華等作一詳細敘述，然世說體作者根據劉溥賦
溝水詩一事，補充其詩內容。觀賞劉溥其詩，不難想像其人當時目爲聖童之景
況。此種根據史書鋪排之敘事方法，不僅補充史料，更使得敘事趣味大增。

無論是摘錄史書精華，聚焦敘事要點；或依需要編輯組合，文辭精簡扼
要；或根據史書鋪排，更增敘事趣味，在在顯示明清世說體著作與「史」之
關連大矣。

（三）援引當代著作

晚明以來，文人雅好《世說》〔註17〕，群起仿效。王世貞取《何氏語林》

〔註16〕《明史》，卷二八六〈文苑列傳二〉「劉溥」，頁7341。
〔註17〕晚明世說體著作之序言如：姚汝紹〈焦氏類林序〉、韓敬〈清言序〉、錢謙益
〈玉劍尊聞序〉、江東偉〈芙蓉鏡寓言自序〉等，皆表示自身對《世說新語》
之偏好。見蔡麗玲：《從晚明「世說體」著作的流行論張岱的《快園道古》》，

材料,與《世說》合刊為《世說新語補》;李贄合《世說》與《焦氏類林》為
《初潭集》;江東偉撰《芙蓉鏡寓言》其門類悉仿《世說》,但《世說》內容
一字不入,其書十有三取自《何氏語林》〔註18〕;凡此種種皆可說明,在《世
說》熱潮中,文人從時代相近之文本取材,透過編輯,呈現自我理念。

(四)親身耳聞目見

明清世說體作者除了抄撮前代著作、輯錄史書傳記,並援引當代著作之
外,有些作者喜好博採群書、採輯時事,收錄親身耳聞目見之軼事,置入書
中,如:官偉鏐《庭聞州世說》,其「所記皆泰州雜事,故曰州世說,又皆聞
於庭訓,故曰庭聞。」〔註19〕潘士藻《闇然堂類纂》「是書以所聞見雜事,分
類纂敘,大抵皆警世之意。」〔註20〕作者親身耳聞目見之雜事,使得明清世
說體著作之時代色彩更鮮明。

要言之,「世說體」迄於明清,可取材之來源駁雜眾多,以附錄二「歷代
世說體著作之兒童書寫篇章」資料編號367「高洋斬亂絲事」為例,此事首見
於唐李百藥《北齊書·帝紀》,宋代李垕《南北史續世說》亦載有其事,可見
應當取材自《北齊書》;其後,迄於明代,焦竑《焦氏類林》、李贄《初潭集》、
孫能傳《益智編》、樊玉衡《智品》、以及張壙《二十一史識餘》皆收錄之。
因此,諸位明代世說體作者可能取材此事之來源有三:其一輯錄史書傳記—
—《北齊書》、其二抄撮前代著作——《南北史續世說》,其三則可能是當代
文本與文本之間彼此交互參照、影響之故。無論抄撮前代著作、輯錄史書傳
記、援引當代著作,甚或輯錄親身耳聞目見之事,新、舊材料在作者挑揀下,
均使明清世說體著作充滿時代性。

二、編纂特性

由於明人好抄襲,拾掇他人觀點以為己見,因此明清世說體著作具有以
下特性:

(一)同一事件不斷重複出現

以附錄二「歷代世說體著作之兒童書寫篇章」資料編號249「何妥與博士

國立清華大學文學研究所碩士論文,1992年。
〔註18〕見《芙蓉鏡寓言》凡例。
〔註19〕同註8,頁2988。
〔註20〕同註8,頁2982。

顧良之對話」為例：

事　件	出　處
梁何妥八歲遊太學，顧良戲之曰：「汝姓是荷葉之荷？為河水之河？」妥應聲曰：「先生姓是眷顧之顧，是新故之故？」眾咸異之。	〔宋〕孔平仲《續世說》〈夙慧〉
何妥年八歲，遊國子學，博士顧良戲之曰：「汝姓何是荷葉之荷？河水之河？」妥應聲曰：「先生姓顧，是眷顧之顧，為新故之故？」	〔宋〕李垕《南北史續世說》〈夙慧〉
何妥八歲時，遊太學，顧良戲之曰：「汝姓是荷葉之荷？為河水之河？」妥應聲曰：「先生姓顧，是貧雇之雇，為新故之故？」	〔明〕何良俊《何氏語林》〈夙慧〉
何妥八歲遊太學，顧良戲之曰：「汝姓是荷葉之荷？為河水之河？」妥應聲曰：「先生姓顧，是顧賃之顧，為新故之故？」	〔明〕徐象梅《瑯環史唾》〈夙慧〉
何妥少機警，八歲時遊國子學，助教顧良戲之曰：「汝姓何，是荷葉之荷？為是河水之河？」應聲曰：「先生姓顧，是眷顧之顧，是新故之故？」	〔明〕張墉《二十一史識餘》〈夙惠〉
隋何妥八歲，顧良戲曰：「汝何是荷葉之荷？抑河水之河？」妥曰：「先生姓顧，是堅固之固，抑新故之故？」眾異之。	〔明〕馮夢龍《古今譚槩》〈酬嘲部〉
何妥少機警，八歲遊國子學，助教顧良戲之曰：「汝姓何，是荷葉之荷？為河水之河？」妥應聲曰：「先生姓顧，是眷顧之顧，為新故之故？」	〔明〕林茂桂《南北朝新語》〈捷對〉
妥八歲，顧良戲曰：「汝姓是荷葉之荷？為河水之河？」曰：「先生姓顧，是眷顧之顧，為新故之故？」	〔明〕趙瑜《兒世說》〈排調〉

　　從內容之鋪陳觀察，我們不難發現：事件基本架構相同，兒童姓名、年齡、與其對話之成人（顧良）皆相同。相異之處有二：其一為顧良之身分，《南北史續世說》言其為「博士」，張墉《二十一史識餘》、林茂桂《南北朝新語》則言其為「助教」；其二為何妥應答顧良之戲言，此說法有四——「先生姓顧，是眷顧之顧，為新故之故？」「先生姓顧，是貧雇之雇，為新故之故？」「先生姓顧，是顧賃之顧，為新故之故？」「先生姓顧，是堅固之固，抑新故之故？」

　　類似上述何妥事例於明清世說體著作中屢見不鮮，同一事件多採相同之敘述手法，用字遣詞或小幅度更動，或一字不差，整體之架構與文意皆未受到影響，充分反映出文獻相互參照、互為影響之文學現象。

（二）同一事件列置於不同篇章

　　檢視上述表格，《續世說》、《南北史續世說》、《何氏語林》、《瑯環史唾》、

《二十一史識餘》將此事列為〈夙慧〉（〈夙惠〉），可見孔平仲、李垕、何良俊、徐象梅、張墉皆著眼於何妥之聰慧、機靈，故將此篇放置於〈夙惠〉；林茂桂《南北朝新語》雖設有〈夙慧〉一類，卻聚焦於何妥敏捷之應對，故而放入〈捷對〉一門；馮夢龍與趙瑜則注重這一場對話中，何妥以「其人之道還治其身」，嘲弄揶揄成人之口吻，因此，《古今譚概》將此事列入〈酬嘲部〉，《兒世說》則放入〈排調〉。

從篇章安排，我們可以發現，同一事件列置於文本不同篇章；即便分類於不同篇章，篇章之性質多半相近，如何妥之例，〈夙惠〉（〈夙慧〉）與〈捷對〉相類似，閱讀重點在何妥言語應對之聰慧迅捷，然而〈排調〉與〈酬嘲〉之閱讀重點則在何妥言談中調侃對方之意味。

《四庫全書總目提要》認為明清世說體著作所載之事「微引錯雜，絕無體例，評語尤多傷輕薄。」〔註21〕事同例異之處甚多，「分類往往不確」〔註22〕是明清世說體著作之大問題，令人「莫知所從」〔註23〕。分類之事甚為主觀，古人未有一定依據，作者們各從不同角度觀察，對事件加以主觀詮釋，寓褒貶於分類，或可在分類中得見作者編纂理念、思維角度。「分類不確」是明清世說體著作之通病，但從作者角度觀察，不同思考角度，關照之重點不同，歸納之門類自然不同，這也提供讀者閱讀與思考不同角度。

第三節　篇章結構

世說體著作屬於志人小說一類，而小說與史傳有著密不可分之關係。《史記》創立了以人物為中心的記傳體書寫模式，影響後世甚鉅。史家以鮮明的人物形象和生動的情節闡述歷史，採用形象法，將事件過程具體化、故事化，讓材料成為鮮明之藝術形象。

史書採傳記式寫法，其敘事完整、連貫，對事件之因果關係、發展變化等過程有清楚交代，反映一定歷史時期之全貌。換言之，歷史敘事乃由各個不同時期之事件串起人物「一生」之行誼事蹟，童年只是敘事的一小部分。因此，史傳側重個人一生之經歷，記人力求全面完整，介紹姓氏、籍貫、世系、德行、政績、撰述等；世說體著作則採用「互文見義法」寫作技巧，

〔註21〕同註8，卷一三二〈雜纂中〉「十可篇」條，頁2742。
〔註22〕同註8，卷一四三〈雜事〉「漢世說」條，頁2991。
〔註23〕同前註，「明語林」條，頁2989。

著眼於單一「事件」，藉由事件表達人物個性，讀者各篇章所見，乃爲人物單一性格，如同一顆珍珠，串集各門各類之記載，方對其人有較爲完整之概念〔註24〕。《世說新語》繼承史傳模式中「實錄」精神與「互文見義法」之寫作技巧，同時又從藝術虛構、典型人物形象塑造與注重細節表現幾方面，對史傳文學寫作模式進行創新與突破，對後世小說創作產生了深遠影響〔註25〕。明清世說體著作之體例承襲《世說》，受史傳影響至深，使得描述以兒童言行事蹟爲主的篇章，具有一定形式結構。

　　史傳體例之書寫記人力求全面，往往有一「報家門」式之開頭，對於傳主姓名、字號、籍貫、世系、仕宦、政績、德行、撰述等記述完整詳盡；受此影響，明清世說體著作以兒童言行事蹟爲主的篇章，亦有一個「報家門」式開頭，描述傳主姓名、背景等個人生平資料；但與史傳體例較爲不同的是，明清世說體著作淡化了「報家門」形式，其生平介紹甚爲簡單，並非重點。諸篇既以童年事蹟爲敘事中心，以兒童爲敘事主角，其內容大抵含：兒童生平資料、事件發生時間、事件始末，有些篇章甚至於結語處附上成人評論之語。由於各文本同一事蹟之內容相似程度頗高，用字遣詞往往依循前人，僅僅文句（文字）略作小幅度更動，整體之架構與文意多未受到影響，因此，本節擬探討以兒童言行事蹟爲主的結構。歸納各篇章結構，雖大抵可擬出一基本模式，若要仔細分類，各相同事蹟的篇章又因文本作者陳述內容之多寡，

〔註24〕見張新科：《唐前史傳文學研究》（西安：西北大學出版社，2000年9月），頁4。

〔註25〕所謂「實錄」亦即將史學「實事實錄」之精神貫徹於創作中。「實錄」精神在《世說新語》一書中主要體現在兩方面：一是對社會現實反映的眞實，二是所記人物言行的眞實。「互文見義」寫作技巧，即在不同的篇章中，記述同一人事蹟，將其綜合整體觀看，事件或人物之全貌便躍然眼前。王新指出：透過省略故事背景的手法，使讀者對歷史人物形成虛化的印象，在不違背眞實性的原則下，以獨到的語言、形象的刻畫、漫畫的誇張，人爲地創造出諸多空白和不定因素，給讀者留下足夠的想象和再創作空間。見王新：〈試論《世說新語》對史傳模式的繼承與突破〉，《徐州教育學院學報》第二十一卷三期（2006年九期），頁79～81。《世說》敘事與史傳之關聯，亦可參考王平：〈敘述者、小說觀念與文言小說的文體特徵〉，《蒲松齡研究》（2002年第四期），頁117～131轉141。陳文新：〈「世說」體審美規範的確立──論《世說新語》〉，《學術論壇》1994年第四期，頁92～95。李瑄：〈論《世說新語》敘事的新變与傳承〉，《社會科學研究》（2003年第六期），頁139～144。熊國華：〈人物品評與《世說新語》的敘事結構〉，《西南師範大學學報》第三十卷第四期（2004年7月），頁162～165。

稍有差異，難以一一歸納，在此僅列出數量較多的幾種敘事模式。由於明清世說體著作內之兒童言行事蹟多篇幅短小，且無現成理論架構可供參考，筆者欲仔細分析其篇章架構，以便呈現明清世說體著作中兒童被書寫之情況，故以兒童之「生平」、「年齡」、「事件」等要素組合成篇，組合方式略有小異，為清楚說明結構，筆者於下列簡單公式裡，以「／」表示穿插，「＋」分離之意，試圖說明古人如何記錄兒童之言行事蹟。

一、以生平為首

所謂「生平」乃指與兒童主角相關之基本資料，如：朝代、籍里、姓名、字號、身世、家世，乃至其專長、興趣、性格、特質……等。「以生平為首」之篇章結構大抵多以下列幾種方式呈現。

（一）「生平／年齡」式

此一結構形式只介紹兒童主角生平、年齡，並無具體事件之陳述。其架構簡單，兒童年齡穿插於生平介紹中。如：

> 陳太僕沂（姓名）五歲（年齡）屬對（專長）、八歲摹古人畫（專長）……
> 傳誦人口。——〔生平／年齡〕（497-1）

又如：

> 昭明（姓名）五歲（年齡）能讀五經（特質），顧野王（姓名）七歲
> （年齡）讀五經（特質），張九成（姓名）八歲（年齡）誦六經（特
> 質）。——〔生平／年齡〕（695-1）

「生平／年齡」式的篇章結構，側重主角生平資料之描述，往往使讀者對兒童主角之特質、專長有一粗淺認識，即便不引證任何言行事蹟、毫無品評之語，亦可知作者賞識之情。

（二）「生平／年齡＋事件」式

此結構形式於篇章一開頭介紹兒童主角生平，年齡穿插於生平資料中，次述事件經過始末。各篇章之生平資料先後次序各有不同，其形式豐富多樣。如：

> 陸進士（身份）亮輔（名字），少（年齡）孤（身世），聰穎好學，
> 每忘櫛沐（特質）。——〔生平／年齡〕
>
> 有玉簪一枝，是其祖萬鍾所遺……吾言過矣。——〔事件〕（486-1）

又如：

殷陶（名字）汝南人（籍里），年十二（年齡）以孝稱（特質）。——
——〔生平／年齡〕

遭父憂，率情合禮，有長蛇帶其門，舉家奔走……由是顯名。——
〔事件〕（331-1）

大抵而言，「生平／年齡＋事件」式之結構形式，乃在「生平」式之基礎上，另舉「事件」佐證，運用簡短流暢之文字鋪排事件，使讀者對兒童主角的印象更加清晰鮮明。

（三）「生平＋年齡／事件」式

此一結構形式，於篇章開頭先介紹兒童主角生平，以年齡帶出事件經過始末。如：

羊敬元（姓名），少便靜默、美言笑、善容止（特質），父不疑爲烏程令，王獻之爲吳興太守（身世）。——〔生平〕

羊時年十二（年齡），王甚知愛之，嘗夏月入縣……因此彌善。——
〔年齡／事件〕（152-1）

又如：

張玄之、顧敷（姓名）是顧和中外孫（身世），皆少而聰慧（特質），和並知之，而嘗謂顧勝，親重偏至，張頗不厭（家庭狀況）。——〔生平〕

於是張年九歲（年齡）、顧年七歲（年齡），和與俱至寺中，見佛般泥洹像……，忘情故泣。——〔年齡／事件〕（780-2）

「生平＋年齡／事件」式，又依照事件年齡發生之次序，其架構增衍爲：「生平＋年齡 1／事件 1＋年齡 2／事件 2……」。如：

范喬——〔生平〕

年兩歲（年齡），祖父馨臨終……以吾所用硯與之。——〔年齡 1／事件 1〕

始五歲（年齡），祖母以此言告喬，喬便執硯涕泣。——〔年齡 2／事件 2〕（307-1）

又如：

陸九淵（姓名）——〔生平〕

三四歲時（年齡），問其父：「天地何所窮際？」……遂至深思忘寢。
——〔年齡1／事件1〕

及總角（年齡），聞人誦伊川語……其間多有不是處。——〔年齡2
／事件2〕（487-1）

「生平＋年齡／事件」式與「生平／年齡＋事件」式頗為相像，前者由
年齡帶出事件始末，後者年齡穿插於主角生平內，兩結構形式均以事件經過
始末結尾。

（四）「生平＋事件／年齡」式

此結構形式，先於篇章一開始介紹兒童主角生平，次述事件始末，最後
才點出事件發生之年齡點。如：

宜都王（身份）鏗（姓名）——〔生平〕

與吉曜商略往行，……言談無輟。時年十歲（年齡）。——〔事件
／年齡〕（684-1）

又如：

范純佑（姓名）幼有智略（特質），——〔生平〕

與富彥國家子有游，……疑害先塋爾，富子嘆服。時始十餘歲（年
齡）。——〔事件／年齡〕（308-1）

「生平＋事件／年齡」式之例不多，首敘主角生平，次鋪排事件始末，
在事件結尾處，直指此事件發生於懵然無知之童年，便立即收止，使眾人於
稱賞主角處事手法、思想行為之際，因其幼齡而更加讚佩。

二、以事件背景發端

（一）「事件背景概述＋生平／年齡＋事件主體」式

此一結構形式，以一小段與事件主體相關之敘述（亦即事件背景概述）
作為開端，次敘兒童主角生平資料，年齡穿插其中，並以事件經過始末（事
件主體）結束篇章。基本上，事件背景概述長短不一，其功用大抵主要在說
明事件背景，或引入事件主體。如：

朱據為車騎將軍，——〔事件背景概述〕

時張純、張儼、朱異三人（姓名），具童稚（年齡）有才名（特質）。
——〔生平／年齡〕

一日，同往見據……就坐，據大欣賞。——〔事件主體〕（778-4）
又如：

世祖御極之初，命公卿大臣子弟入衛。——〔事件背景概述〕

時商邱宋文康公長子（身世）牧仲（名字），年甫十四（年齡），儀觀俊偉（特質）。——〔生平／年齡〕

侍從冠蟒衣綺褶帶刀侍上左右，……，必盡敕以歸。——〔事件主體〕（241-1）

（二）「事件背景概述＋生平＋年齡／事件主體」式

此一結構形式以事件背景概述為首，次述兒童主角生平，以年齡帶出事件主體，結束篇章。如：

荀崧守襄陽城，……，計無從出。——〔事件背景概述〕

女（身世）灌（名字）——〔生平〕

年十三（年齡），率勇士數十人，……，賊聞散走。——〔年齡／事件主體〕（365-1）

又如：

王章下廷尉獄，妻子皆牧繫。——〔事件背景概述〕

章小女（身世）——〔生平〕

年可十二（年齡），夜起號哭，……，章果死。——〔年齡／事件主體〕（46-1）

三、以品鑒之詞結尾

此一結構，乃於上述「以生平為首」、「以事件背景概述發端」之模式上，添加成人讚美、評論、預測孩童未來等品鑒之詞。茲各列舉一例以說明：

〔以生平為首〕

李存我（姓名），少有辯才（特質）。——〔生平〕

十二歲（年齡）過虎丘，遇琴川老友……不思質有其文。——〔年齡／事件〕

老友大嘆服曰：「此兒雖蹈襲《世說》……異日必當華實並茂。」——
——〔品鑒之詞〕（213-1）

〔以事件背景發端〕

王夷甫在京師命駕見僕射羊祜、尚書山濤。——〔事件背景概述〕

夷甫時總角（年齡），姿才秀異、敘致既快、事加有理（特質）。——
——〔生平／年齡〕

濤甚奇之，……然敗俗傷化者，必此人也。——〔品鑒之詞〕
（115-4）

無論「以生平爲首」或「以事件背景發端」，其結尾處只要加上成人評論之語，
便屬於此類。觀察上面兩例，第一例「以生平爲首」，其結構爲：「生平＋年
齡／事件＋品鑒之詞」；第二例「以事件背景概述發端」，其結構爲：「事件背
景概述＋生平／年齡＋品鑒之詞」。此一模式之結構仍不脫主角之「生平」、「年
齡」、「事件」三元素，只不過以成人「品鑒之詞」作爲結束。

　明清世說體著作編纂特性之一即「同一事件不斷重複」，各文本篇章內容
重複度頗高；職是之故，「以生平爲首」或「以事件背景發端」之描述手法並
無絕對；同一內容，不同文本可能以上述兩種結構形式呈現。如：王平子（王
澄）諫嫂嫂郭氏不可令奴婢於路上擔糞一事。

〔以事件背景發端〕

王夷甫妻郭氏貪，令婢路上擔糞。——〔事件背景概述〕

王平子（姓名）年十四五（年齡），——〔生平／年齡〕

諫之，郭怒，曰：「夫人以小郎囑新婦，不以新婦囑小郎。」捉澄衣
裾，將與杖，平子力爭得脫。——〔事件主體〕（116-3）

〔以生平爲首〕

王平子（姓名）年十四五（年齡），——〔生平／年齡〕

見郭氏貪，欲令婢路上擔糞。諫之。郭大怒，曰：「昔夫人臨終以小
郎囑新婦，不以新婦囑小郎。」急捉衣裾，將與杖，平子饒力爭，
得脫，踰窗而走。——〔事件主體〕（116-1）

前者「以事件背景爲首」，其結構形式爲「事件背景概述＋生平／年齡＋事件
主體」，後者「以生平爲首」，其結構形式則爲「生平／年齡＋事件」。仔細比
較以上兩種不同敘事方式，文字僅些微差異，內容絲毫不受影響。前者在「事

件背景概述」後,先敘主角姓名與年齡,再述事件主體;而後者以「生平」為首,開門見山切入事件,予人一氣呵成之感。

　　「生平」、「年齡」、「事件」為明清世說體著作兒童篇章結構之基本元素。事件內,標示年齡之文字,如:「幼」、「童」、「小兒」、「兒童」、「垂髫」、「髫齔」、「數歲」……等,或穿插於生平資料中,或帶出事件經過始末,此現象為兒童篇章特殊之處。就數量觀察,「以生平為首」的篇章結構,較「以事件背景發端」的篇章結構多;其中又以「生平/年齡+事件」式、「生平+年齡/事件」式為冠。然無論「以生平為首」或「以事件背景發端」,其重點皆放置於主角生平、事件經過始末;至於以「品鑒之詞」結尾之模式,重點則多在成人品鑒之詞。

第三章　明清世說體著作兒童書寫之面向

　　明清世說體著作所蘊含之兒童材料相當豐富，眾多材料中，以歌頌兒童、記錄兒童之言行舉止爲大宗；環繞兒童之議題甚爲廣泛，尚包含孩童未出世前，如何來到人間，特別是偉人的誕生，總帶來許多奇特異象；此外，明清世說體著作之兒童書寫亦蜻蜓點水般觸及與兒童相關之出生禁忌、兒童福利措施、兒童犯法處置等面向之探討。本章試分以下兩面向，分別詳究。

第一節　主要面向：言行事蹟

　　明清世說體著作所記錄之孩童，樣貌豐富，形象多元；或孝慈知禮，道德發展早熟；或滿腹珠璣，善於屬對爲文；或藝高膽大，年小志氣高昂；或應變迅速，觀察詳盡細微；或諫尊長、勸同儕；或深具書法、繪畫、運動等特殊才藝。許多孩童所呈現之行爲表現並非僅具單一面向，是以在分類上難以涵蓋全數形象，爲論述行文方便，遂依孩童之言行事蹟，將之粗分爲「道德類」、「文學類」、「言語類」「膽識類」、「才藝類」、「勤學類」。但言行事蹟難以用單一價值評判，不免有同一言行事蹟橫跨兩大類別之情況，若遇衝突之處，則參考文本作者分類，以作者對事件之主觀判斷爲依據，進行分類。撰文之際，爲能夠呈現多元化的孩童言行事蹟，故酌引原文，同一事蹟之其它文本，則採加註說明的方式，請參考附錄二「歷代世說體著作之兒童書寫篇章」，不一一詳引。

一、道德類

　　道德類之孩童在明清世說體著作中數量頗爲驚人，其類型相當豐富，所涉獵之道德範疇亦頗爲廣泛：以仁、義、禮、智、信等爲基調，而表現出孝順父母、尊敬師長、友愛兄弟、以禮行事、以誠待人、胸襟開闊、慈悲爲懷⋯⋯等言行。

　　《論語》曰：「孝弟也者，其爲仁之本與。」〔註1〕俗諺又云：「百善孝爲先」。古人極爲重視孝道，《孝經》爲古代孩童重要啓蒙書籍之一。五歲孩童岑之敬「讀孝經每燒香正坐。」（260-1）正值活繃亂跳之齡，靜心捧《孝經》閱讀，莊重敬愼，奉若神明，《孝經》重要性不言自明。其影響孩童至爲深遠，孩童往往捧讀《孝經》後，立志效法之。五歲的王尙絅讀《孝經》至立身揚名以顯父母，謂其父曰：「兒長當如此。」（52-1）獨孤至之則因讀《孝經》，父試問其志，答曰：「立身行道，揚名於後世。」（682-1）足見《孝經》對兒童之啓發性與教育性實不容小覷。

　　《孝經·開宗明義章》云：

> 身體髮膚受之父母，不敢毀傷，孝之始也。立身行道，揚名於後世，以顯父母，孝之終也。〔註2〕

個人生命乃父母所賜予，而子女爲父母生命之承繼，是以古人惜身愛體，非爲自己，乃因此身爲父母所賜與，應該珍重愛惜。八歲的范宣後園挑菜，誤傷手指，非因痛而啼哭，乃基於「身體髮膚受之父母，不敢毀傷。」（306-1）此觀念深植於中國人心中，成爲孝之基石。

　　《孝經·紀孝行章》曰：

> 孝子之事親也，居則致其敬，養則致其樂，病則致其憂，喪則致其哀，祭則致其嚴。〔註3〕

照護父母之居、養、病、喪、祭爲行孝事親之五大原則。兒童年齡幼小，沒有經濟能力，無法供給父母山珍海味、綾羅綢緞；孝道非僅止於「物質」供養，更著重於「精神」層次，是發自內心的眞誠關懷和敬意。明清世說體著作內，孩童孝行多體現於日常生活之照顧。王僧孺知曉「大人未見，不容先

〔註1〕見〔魏〕何晏等注，〔宋〕邢昺疏，〔清〕阮元校勘：〈學而〉，《論語注疏》（臺北：藝文印書館，1955年），頁1。

〔註2〕〔唐〕玄宗御注，〔宋〕邢昺疏，〔清〕阮元校勘：〈開宗明義章〉，見《孝經注疏》（臺北：藝文印書館，1955年），頁1。

〔註3〕同註2，〈紀孝行章〉，頁3。

嘗」之理，婉拒客人贈與之李（104-1）；父母未飯，乳媼令先飯，五歲的謝蘭「既不覺饑，彊食終不進」。（708-1）如此稚齡，尚在貪吃貪玩的年紀，卻深諳「居則致其敬」之禮，凡食，必請父母先用，以表孝敬之意。九歲的黃香事父甚體貼，「夏則扇其枕，冬則溫其被席。」（529-3）吳猛故意臥於父母身旁，夏夜多蚊，始終不搖扇，乃因擔憂夏蚊「去我而嗜父母耳。」（228-1）如此體貼入微之日常照護，令人感動。

《論語‧為政》言：「孟懿子問孝。子曰：『無違。』」[註4] 孝順的孩童體貼親心，千方百計求得父母所思欲之物，以盡孝養。尤其父母篤疾，思食某種食物，孩童儘管年齡幼小，能力有限，亦會設法求取。師逵事母至孝，年十三，「母疾危殆，思食藤花菜，地不償有」，師逵急出城二十五里，順利求得；然歸途遇虎，師逵惶急中「驚而呼天」，虎竟「舍之去」，實乃孝感動天之故。（400-1）為求父母思欲之物，孩童可謂費盡思量。劉殷之母思堇，殷小小年紀，無計可施，竟「號於澤中」，約莫孝感動天，「得堇數斛，又於籬下得十五鍾粟。」（640-1）七歲的梁彥光，父遇篤疾，需食五石紫石英，遍求不得，彥光「憂瘁，不知所為，忽於園中得一怪物而持歸，即紫石英也，人以為至情所感。」（405-1）孝子之至情往往感天動地，遂能產生奇蹟，成功求得父母思欲之物。

對於生病之父母，孩童總是憂心忡忡，晝夜侍奉，不眠不休。袁君正掛心父親病況，「晝夜不眠，專侍左右」；家人勸其稍稍休息，搖頭不肯，言曰：「尊患既未瘥，眠亦不安。」非要等父親病好，否則眠不安穩。（377-1）母親病體未康癒前，段秀實早晚擔憂，「不勺飲」，待母親病體稍小差，才寬心進食。（322-1）父母生病之際，孩童擔憂焦慮，侍奉左右，須臾不離，年紀雖小，卻用自己的方式表達內心之憂，天真之稚情，實令人感動。

就情感層面而言，孩童的世界天真單純，其情感依附對象常常為至親父母，若是與至親分離，其思念情感之表達往往直率、真情流露。六歲的劉謹深深思念戍守雲南的父親，「一日問家人曰：『雲南何許？』，家人以西南指之」，劉謹遂「朝夕向西南拜」（641-1），此遙拜寄予無限思念，同年齡的孩童身旁有父親陪伴，自己的父親卻在遙遠之地，實無奈而感傷。分隔兩地尚有會面之時，若是天人永隔，年幼孩童思親情切，卻終生不得相見，更令人不勝歔噓。劉苞四歲時，父親亡故；年六七歲，見叔父們常面露哀戚悲泣，

〔註4〕同註1，見〈為政〉，頁2。

時世叔父悛繪等皆顯貴，母親以爲其畏憚，甚怒。劉苞言曰：「早孤，不及有
識，聞諸父多相似，故中心欲悲，無有他意，因而戲歡。」（637-1）父親面容
隨著歲月逝去而日漸模糊，叔父們與父親長相神似，充滿思父之情的孩童只
能藉著叔父們的臉孔拼湊父親形象，因思念而悲慟流涕。

　　思念已過世的母親，張敷雖小小年紀便有「感慕之色」，十歲時欲求母親
遺物以資紀念，竟散施已盡，「惟得一畫扇，乃緘錄之，每至感思，輒開笥流
涕。」（474-2）祖父無法再陪伴范喬成長，所有對孫兒之期盼寄予一方小小硯
臺。兩歲的幼兒懵懵懂懂，祖父臨終撫其首，殷殷囑咐「恨不見汝成人，以
吾所用硯與之。」范喬印象應已模糊；五歲，祖母告以祖父之言，喬「執硯
涕泣」。（307-1）睹物念母慈的張敷、執硯思祖父的范喬，其依戀不捨之思親
情懷，著實令人動容。

　　孝順父母之型態包羅萬象，以身代父母死亦是孝的表現。亮晃晃的利刃
在眼前，面對生死存亡關頭，誰能心中無懼？盜賊即將殺死父親，孝順的王
韶奮不顧身「冒刃抱父」，哭號曰：「寧殺我。」其不畏險阻，無懼死生，寧
願犧牲性命，代父而死，如此純眞孝行感動盜賊，便「舍其父去。」（56-1）
梁馮吉狗之父爲奸吏誣陷，罪當死，狗「撾登聞鼓，請代父死。」如此孝行，
「梁王赦之」。（518-1）永樂改元，黃潤時年十歲，請代父行，官府不從，潤
玉曰：「父去日益老，兒去日益長。」官府遂「異而從之」。（531-1）願以身代
父之孝行兼具膽識，往往令人感佩。

　　除了孝道以外，講究道德的中國社會，以「誠」爲行事待人之原則、以
「禮」爲應對進退依據、以「仁」胸懷萬物。觀明清世說體著作之兒童言行
事蹟，以「誠」爲行事待人之原則，晏元獻就試之際，發覺試題恰逢十日前
已練習過，坦誠眞相，「乞別命題」，此誠實之舉贏得皇帝喜愛。（401-1）以「禮」
爲應對進退依據，取小梨的孔融，時年才四歲，其「小兒法當取小者」（35-1）
之言，傳爲佳話，千百年來依舊受到成人讚賞喜愛。祖父將四函銀兩列置於
前，令諸孫兒各取一，季直獨不取，乃因「若有賜，當先父伯，不應度及諸
孫。」（419-2）年僅四歲幼齡，進退應對得體合宜，認爲賞賜必須遵守長幼有
序之禮法，應先賜與父伯，不應度及諸孫，是以季直「不取」。中庭橘熟，「人
競取之」，虞愿「獨恬然」。（578-1）蓋因「取」需謹守禮法，中庭之橘非己物，
不可取之也。孩童喜熱鬧喧嘩，愛呼朋引伴，好吃貪玩原爲兒童天性，能遵
循「禮法」，其自制能力之強，令人爲之喝采。以「仁」胸懷萬物，四歲的傅

亮「解衣與人無吝」，郄超嘉許之，「稱其才過乃父。」（515-1）諸姊使婢於王
承裕如廁之際藏扇。王承裕「出視無扇，輒往，及三置三藏之，則不復置扇，
終無慍色。」（50-1）左右誤推屏風壓王鏗之背部，一般兒童早已疼得哭爹喊
娘；王鏗「顏色不異，言談無撓」，年才不過十歲。（684-1）慈悲的遙欣見同
伴善彈飛鳥，隱隱覺得不妥，對同伴曉以大義：「鳥自空中翔飛，何關人事，
凡戲多端，何急彈此，趣殺其生。」勸其更玩其他遊戲，無需徒惹殺生之業。
（694-1）其慈憫眾生萬物之心，宛然似一名小菩薩，充分顯現出孩童推己及
人之慈善胸襟。

　　《弟子規》云：「物雖小，勿私藏，苟私藏，親心傷。」孩童自小便被教
導不可私藏他人物品。王華於水濱戲耍，發現濯足醉漢遺留之提囊，內有數
十金，王華不動於心，考慮醉漢清醒後必前來相尋，又恐人心不古，為他人
持去。左思右想，只得「投水中」，「坐守之」。「護金」有許多方法，或挖動
掩埋，或藏入草叢，或貼身呵護，王華卻選擇將金子投入水中，著實憨厚。
想不出辦法的情況中，本能所做出的反應，顯示出孩童純真之性情。將提囊
歸還醉漢後，「其人喜，欲以一鋌為謝」，王華「卻不受。」（48-1）彭思永得
金釵於門外，「默坐其處」，須臾，失主前來找尋，思永不私藏，「即付之」，
其人「欲謝以錢」，思永拒不肯受，表示「使我欲之，則匿金矣。」（527-1）

　　明清世說體著作之道德類兒童——以「孝」侍奉父母，以「誠」待人接
物，以「禮」應對進退，以「仁」胸懷萬物，其形象多元而豐富。中國社會
以道德為本，這些不斷傳抄的兒童道德事蹟，顯然是明清文人心中之喜好。
這類孩童十分「蒼老」，其言行舉止多以成人所建立的社會倫理規範為依據，
其性格超齡成熟，道德近乎完美無暇。自春秋戰國時代以降，道德類孩童活
在各個時代人們心中，傳誦不絕。孩童自小耳濡目染，眼中所閱讀的，是聖
賢書籍；耳畔所聆聽的，是成人叮嚀。明清文人似乎試圖樹立一良好完美之
典範，以提供閱讀者學習仿效。

二、文學類

　　文學類兒童，或過目成誦，展露超凡記憶；或屬對賦詩，贏得眾人讚賞；
或通經為文、博學多聞；或於文學領域上嶄露頭角，獲得賞識。

　　何良俊《何氏語林》曰：

李北海小時見特進李嶠，自言讀書未偏，願一見秘書。嶠曰：「秘閣

萬卷書，豈時日能習耶？」北海固請，乃假直秘書省，未幾辭去。
嶠驚，試問奧篇隱帙，了辯如響。嶠歎曰：「子且名家。」（209-1）

秘閣內藏萬卷書，豈時日能習之？不料，李北海進入秘閣不久便辭去。李嶠大驚，取幽祕精深之篇章、潛藏不露之卷帙測試之，李北海應答如響。

明清世說體著作中，如李嶠般擅長記憶之孩童甚多：宋景濂善記誦，「以指爪逐行按之，按畢輒背，一字不遺。」（243-1）張安道家貧無書，與人借三史，「旬日即歸」，其記憶力之強，「凡書皆一閱，終身不再讀。」（457-1）應奉「自爲兒童及長，凡所經獲，莫不暗記，讀書五行並下。」（727-1）吳萊「凡書一經目輒成誦」（233-1）。劉沆「五歲於屏風古詩，讀一遍便能佩誦」。（646-1）湘東王宣惠執四部書目測試臧嚴，「自甲至丁卷中，各對一事，并作者姓名」，臧嚴「皆無遺失」（625-3）。楊朋石一讀碑文，即退而識之，「舉筆疾書，不失一字」（549-1）。李德林「誦左思蜀都賦，十餘日便度」（222-1）。王碩以《禮記・月令》試長孫紹遠，紹遠「讀數紙，纔一遍，誦之若流」（273-1）。

除了經傳、詩詞外，長於記憶之孩童對於數字亦不含糊。張岱《快園道古》云：

> 楊石淙五、六歲，聰敏絕世，人欲試其心計，戲取鋪家日了帳，雜記各姓所買米、鹽、魚、鯗之數，令目一過，用別本寫出，半字不訛。（551-1）

各姓所買米、鹽、魚、鯗之數目，僅僅看過一次，楊石淙便能夠默寫出來，半字不差，年方五、六歲便有目即成誦之天賦，令人嘖嘖稱奇。

記姓名：劉覽「七百人一見，並記名姓」（647-1）；蕭惠開一閱三千沙門之名「退無所失。」（683-1）記耳聞之言：張玄之與顧敷「在床邊戲」，對於顧和與賓客之言「神情如不相屬」；客去後，「二兒共敘客主之言，都無遺失」。（779-1）試想，專注於遊戲上頭的孩童，能夠記住周遭成人之言論，可見其耳聞即默識，記憶過程輕鬆自在。

焦竑《焦氏類林》云：

> 李百藥七歲時，中書舍人陸乂嘗過，其父德林有讀徐陵文者云：「刈琅邪之稻。」坐客並不識其事。百藥進曰：「傳稱鄅人籍稻，注云：『鄅人在琅邪開陽縣。』」人皆服其機穎。（198-3）

七歲的李百藥直指徐陵文「刈琅邪之稻」出處，乃始於《左傳》，並引其注說

明郵人居所在琅邪開陽縣境內，實令人訝異！徐陵爲六朝駢文代表作家之一，其詩文麗靡、講究用典，對於一名七歲孩童而言，略顯艱深生澀、不易讀通。然而，欲解決「刈琅邪之稻」出處，必須讀通徐陵之文內容，且對《左傳》內容如指諸掌，李百藥年紀雖小，著實飽讀詩書，博學通經。

　　高才博學，知曉典故事理的兒童，深受成人喜愛。李君威「幼而爽悟，備知前代故事，若指諸掌。」（204-1）周續之「年十二，受業范宵，通五經五緯。」（279-3）樂安任嘏「年十二就師學，不再問，一年通三經。」（156-1）劉歆十歲，讀莊子逍遙篇，「隨問而答，皆有情理。」（644-1）這些孩童小小年紀便飽讀詩書，通經博學，熟諳掌故，不亞於成人，著實令人佩服。

　　明清世說體著作中，對於兒童寫詩爲文之事，成人總站在讚賞與推崇的角度，文學類兒童之詠、誄、破、詩賦、著作相當多。自漢代起，政府對於年幼聰慧者，便設有拔擢管道〔註5〕，聰慧孩童應試童子科之際，產生不少妙對軼事。

　　張岱《快園道古》曰：

　　　　顧東橋璘撫楚，張江陵僅十餘歲，應童子試，東橋曰：「童子能屬對乎？」因曰：「雛鶴學飛，萬里風雲從此始。」張即曰：「潛龍奮起，九天雷雨即時來。」東橋大喜曰：「他日貴過我也。」（460-2）

「童子能屬對乎？」顧東橋此問看似隨口，甚爲平常，乃見其年幼，暗暗質疑其能力；待測試其屬對能力後，態度旋即一改，認爲小小年紀竟有如此表現，「他日貴過我也。」

　　並非所有成人皆以輕視眼光看待孩童之應試，亦有因孩童幼小而滋生憐憫之心者：六歲的莫中江前往應試，「主司訝其小」，連試兩破，中江皆應聲回答。（510-1）戴大賓八歲應童子試，「主司憐其幼」，指其座椅命屬對。（724-2）年齡是極爲弔詭之物；孩童們因「年齡」而受到成人之輕視或憐愛，卻也因表現超乎「年齡」，而受到成人青睞。

　　擅長屬對爲文之孩童，在宴客等公眾場合總能贏得眾人目光。何良俊《何氏語林》云：

〔註5〕童子科之設置始於漢代。《後漢書》云：「漢法，孝廉試經者拜爲郎；（臧）洪以年幼才俊，故拜童子郎也。」見〔南朝宋〕范曄撰，〔唐〕李賢等注、〔晉〕司馬彪補志：〈虞傅蓋臧列傳〉「臧洪」條，《後漢書》（北京：中華書局，1997年），卷五十八，頁1885。

> 楊縉四歲時，嘗因夜宴客舉令，各舉坐中一物，以四聲呼之，眾皆
> 未言，縉應聲指鐵樹曰：「燈盞柄曲。」聞者歎異。（554-1）

夜宴場合中，親友賓客各舉坐中物，以四聲呼之，氣氛熱鬧喧騰將至巔峰；
賓客將言未言之際，四歲的幼兒楊縉卻已指鐵樹應答，其文思之敏捷，反應
之機敏，叫人不由得驚異萬分。

　　成人聚會場合下，幼童憑藉其文學才華脫穎而出，登時成為眾人目光焦
點，為人傳誦讚揚，父母親族自然因此而備感榮耀。除了宴客場合，成人似
乎特別喜歡測試兒童屬對為文之能力，有時存心，有時無意。

　　李紹文《皇明世說新語》曰：

> 李東陽……嘗與程敏政同召，上試對云：「螃蟹渾身甲胄。」敏政對
> 曰：「鳳凰徧體文章。」東陽對曰：「蜘蛛滿腹經綸。」（215-1）

　　李延昰：《南吳舊話錄》謂：

> 孫太保承恩，四歲能屬對別駕，一齋公（吳一齋）目紅燭，試破，
> 即曰：「色似朝霞，光同夜月。」（389-3）

　　梁維樞《玉劍尊聞》言：

> 李傑數歲，兄指紫微星，令屬對。傑曰：「黃道日。」一座皆驚。
> （191-1）

觀察這些例子中的文辭：「試對」、「試破」、「令屬對」等，皆顯示了成人之存
意試探。此目的有三：一來當做文學遊戲，娛樂助興；二來測試兒童能力；
三則可向賓客展露兒童才華，提升親族聲望。

　　明清世說體著作中，文學類孩童所作之詩，敘述口吻往往超齡早熟。模
仿為創作之過程，孩童閱讀成人作品，創作時，難免模仿其敘述口吻。兒童
故作成人口吻之詩不少，黃汝琳《世說新語補》曰：

> 寇萊公七歲詠華山詩云：「只有天在上，更無山與齊，舉頭紅日近，
> 回首白雲低。」（393-1）

年僅七歲的寇萊公賦詩歌詠華山。對於一名七歲幼童而言，華山與現實生活
距離甚為遙遠。觀其詩文內容：「只有天在上，更無山與齊」，此言顯然在歌
詠山之巍峨高峻；至於「舉頭紅日近，回首白雲低」，此二句提及登山所見景
象，一名幼童如何能有這等切身體驗呢？

　　李紹文《皇明世說新語》曰：

> 王道亨年十二，作古塔詩，云：「浮屠何代建，峭拔入雲端，絕頂登

臨處，摩娑星斗寒。」（119-1）

王道亨以「古塔」爲題，觀其詩題，應非兒童所感興趣之題材，亦不屬於兒童日常生活所接觸範疇；其內容亦頗有老成氣，末二句「絕頂登臨處，摩娑星斗寒」，敘述口吻不似年僅十二歲之兒童所作，當模仿成人之詩而得。

王晫《今世說・夙惠》又曰：

徐電發早歲韶令天姿英敏，年十二和無題詩，有「殘月無情入小樓」之句。長老咸嗟異之。（343-1）

此又是一則兒童模仿成人口吻而寫成之詩。「殘月無情入小樓」之心境，豈是一名孩童該有？如此超齡早熟，獲得佳評。

兒童亦常運用日常生活俯拾即是之物入詩。吳肅公《明語林》道：

劉御醫溥八歲，賦溝水詩云：「門前一溝水，日夜向東流，借問歸何處，滄溟是住頭。」（643-1）

從詩題來看，溝水詩貼近兒童日常生活；家家戶戶門前皆有一溝水，兒童觀察此溝水日夜不斷向東流，是以產生其欲歸何處之好奇心，頗具童趣。從敘述手法來看，此詩內容淺白，似是隨口吟哦而成。

《明語林》又道：

董中峰屺，八歲能咏胡桃，曰：「形狀如雞子，剛柔實未分，擘開混沌殼，渾是一團仁。」（591-1）

胡桃乃日常生活所見食物；孩童描寫胡桃之形狀、質地，由外而內，漸次敘述，條理井然、順序分明。

王晫《今世說》曰：

趙禹功九歲，從父游學歸，大雪不能舉火，出古畫一幅，命禹功詣友所易米不得，家人悵然，禹功閉戶，乃吟詩曰：「吾家有古畫，其價重連城，不易街頭米，歸來雪滿甕。」父聞之，笑曰：「有子如此，飢亦何憾。」（606-1）

此詩爲趙禹功九歲所作，因大雪緣故，家中無法舉火。禹功遂至父親朋友處以古畫易米；不得之，隨口吟成此詩。題材與內容皆取自日常生活；「不易街頭米，歸來雪滿甕」二句，充滿幽默，面臨無法舉火之困境，字裡行間仍無憂戚。

並非所有孩童均乖巧順從，有些慧黠淘氣的孩子也會同成人開一點無傷大雅的玩笑，一來賣弄自身才調之高，二則顯示其機智反應之靈敏。張岱《快

園道古》曰：

> 解學士七歲時，友人持其父影至。解橫寫「圖寫禽獸」四字於上，
> 友人大恚怒。解取筆續之云：「圖公之象，寫公之形，禽中之鳳，獸
> 中之麟。」（588-1）

解縉七歲之時，友人持父親畫像至，淘氣的解縉先橫寫「圖寫禽獸」四字，
此舉使得友人大恚怒，認為解對父親不敬。後來，解縉又續筆於其下，末兩
句以禽中之鳳凰與獸中之麒麟比擬友人之父，一改貶損為褒揚，二改調戲為
讚賞，實不容易。

何良俊《何氏語林》言：

> 江從簡……作採荷調以刺何敬容，曰：「欲持荷作柱，荷弱不勝梁，
> 欲持荷作鏡，荷暗本無光。」敬容不覺，唯歎其工。（卷二十八〈輕
> 詆〉，頁 8 上）（162-1）

江從簡作採荷調暗暗諷刺何敬容，何敬容渾然不覺，只歎此詩之工；可見江
從簡文學才華洋溢。

這一類兒童固然才華洋溢，並不乖巧聽話，年齡幼小，卻敢以詩賦與成
人開玩笑，甚而更進一步諷刺調侃對方，可見其性格裡之頑皮成分。然而，
成人面對兒童之「才」時，並不惱羞成怒，反倒秉持欽佩與肯定之態度。

對於兒童逾越禮法尺度，成人審核之標準多半側重於兒童是否有「才」。
解縉橫寫「圖寫禽獸」四字之舉，雖屬調侃對方父親，顯然是稍稍逾越傳統
禮法的；而江從簡以一名孩童身分寫詩諷刺大人，兩人不免有「犯上」之嫌。
按理說來，傳統社會強調長幼有序，逾越禮法之行不被允許，但是，當傳統
「禮法」遇上兒童「文才」，這些傳統便暫且被擱置一旁了。

文學類孩童博學多聞、長於記憶，雖然，「不失一字」、「一字不遺」、「莫
不暗記」、「讀書五行並下」等形容詞似乎略顯誇張；然而，在強調文學的古
代社會，「觸目成誦」、「一目十行」之本領的確有利於科舉應試，尋常孩童應
付卷帙浩繁之書，勢非苦讀成誦不可；記憶強則相對較占優勢，八股應制為
文之際，引經據典，自然而成，不致苦吟搔首。

三、言語類

此類小兒輩之言談，或應對得體，或嘲弄調侃。此兩面向大相逕庭，卻
深受成人喜愛，極為有趣。

孩童懂分寸、守禮法，言語應對得體周全，顯出其不凡之風範與氣度。曹臣《舌華錄》曰：

> 宋王彧之子絢，年五六歲，警悟，外祖何尚之賞異焉，嘗教讀論語，至「郁郁乎文哉」，因戲之曰：「可改耶耶乎文哉？」絢應曰：「便可道草翁之風則舅乎？」（128-1）

王絢之外祖父見其讀論語至周監二代，故意與其開玩笑，問可否更改原文，王絢認為尊者之名豈可戲，小小年紀，應對進退之間，便可見其莊重與沉穩。

這類孩童言詞坦率直接，表達自己的想法，不卑不亢。如：祖父請六歲的張元就井洗浴，張元不從，祖父以為孩童貪戲，以杖怒擊之。張元婉轉解釋「衣以蓋形，為覆其褻，元不能褻露其體於白日之下」。（451-1）尋常孩童面對杖擊，多半曲意順從，張元答祖父之言不卑不亢，甚為難得。張紘、秦松等賓客皆認為「四海未泰，須當用武」，唯陸公紀不同意，言曰：「昔管仲相齊，九合諸侯，一匡天下，不以兵車。孔子曰：『遠人不服，則修文德以來之。』今論者不務道德懷取之術，而唯尚武，童蒙竊所未安。」（475-1）孩童並非為反對而反對，乃有自我見解，言論發人深省。侯景與人討論掩衣當左當右，眾人討論得熱烈，王紘直言「五帝異儀，三王殊制，掩衣左右，何足是非？」（55-1）一語道出此主題毫無討論之必要，掩衣當左當右本無對錯。

得體合宜之言語除了表達自我觀點外，亦具有勸諫性質。孫能傳《益智編》曰：

> 唐劉晏七歲舉神童為正字，楊貴妃置之膝上，親為畫眉總髻，明皇問曰：「為正字。」「正得幾字？」對曰：「天下字皆正，惟有朋字未正。」謂當時左右多朋黨也。（660-2）

劉晏以「天下字皆正，惟有朋字未正」回應明皇之問，暗示當時左右多朋黨之政治情況，措辭委婉。

這類具有勸諫性質之言語，率直無隱，剖析現況，宛如當頭棒喝。以下諫上位者如：李泌以「公起布衣，以直道至宰相，顧喜軟美者乎」之言，一方面肯定平民布衣出身的九齡以「直道」至宰相，另一方面則直指九齡現況——「喜軟美」，不好「苦勁」之心態，使九齡登時了悟於心（219-3）。勸諫同窗友儕之言如：蔡約以虔誠懺悔的沙門為戲，王慈聞言，深覺不妥，直言

「卿如此不知禮，何以興蔡氏之宗？」令蔡約羞愧不已（72-2）。同窗竊窺園外，徐羽儀嚴肅勸諫，反遭對方羞辱「童子何知」。羽儀「自恨誠不足格友，為之不食，同舍乃慚謝。」（346-1）

若思慮周全，言及成人所未發之處，往往能夠更改對方決定。樊玉衡《智品》道：

> 項王擊陳留外黃，外黃不下數日降，項王悉令男子十五以上詣城東，欲阬之。外黃舍人兒年十三往說項王，曰：「彭越彊劫外黃，外黃恐故，且降以待大王。大王至，又皆阬之，百姓豈有歸心哉。從此以東梁地十餘城，皆恐莫肯下矣。」項王然其言，乃赦外黃當阬者。（532-1）

項王欲阬十五歲以上之男子，眼看眾人身家性命就要不保，黃令舍人兒從政治時勢層面剖析外黃投降項王之因，又分析阬殺百姓，將使外黃無歸附之心，連帶亦使他城不敢投降矣。分析實際形勢，指出阬殺百姓之弊，此諫果成功阻止了項王之屠殺計畫。

此類孩童另一面向，與成人形成言語對槓局面，頗為趣味。曹臣《舌華錄》曰：

> 賈嘉隱年七歲，以神童召見，時太尉長孫無忌、司空李勣，於朝堂立語。李戲之曰：「吾所倚何樹？」嘉隱對曰：「松樹。」李曰：「此槐也，何忽言松？」嘉隱曰：「以公配木，則為松樹。」無忌連問之曰：「吾所倚者何樹？」嘉隱曰：「槐樹。」無忌曰：「汝不能復矯對耶。」嘉隱應聲曰：「何須矯對，但取其以鬼配木耳。」勣曰：「此小兒作獠面，何得如此聰明？」嘉隱又應聲曰：「胡面尚為宰相，獠面何廢聰明。」勣貌胡也。（572-1）

太尉與司空皆為朝廷高官，賈嘉隱以一介小兒，面對權勢之際，毫無畏懼之色，鎮靜應對，末以「胡面尚作宰相，獠面何廢聰明」，此言調侃李勣之貌似胡人，尚且能成為一人之下，獠面兇惡之小兒自然聰穎伶俐。即便到最後一刻，孩童仍是不肯讓成人佔任何便宜的。

面對成人有意或無意之戲弄，兒童最常採用「以其人之言還治其人之身」。曹臣《舌華錄》云：

> 袁相國履善，六七歲時，與群兒戲，自稱小相公。潞溪彭公見之戲曰：「願為小相。」袁應聲曰：「竊比老彭。」（383-1）

「願爲小相」一語，使彭公調侃之意溢於言表，袁履善也不懊惱沮喪，反倒以「竊比老彭」直接回敬其調侃，兩人之言針鋒相對，煞是有趣。

即便是親人，孩童亦以其人之言還治其人，不肯任對方佔上風。馮夢龍《古今譚概》曰：

> 東坡有小妹，善詞賦，敏慧多辯，其額廣而凸，東坡嘗戲之曰：「蓮步未離香閣下，梅妝先露畫屏前。」妹即應聲云：「欲扣齒牙無覓處，忽聞毛裡有聲傳。」以坡公多鬚髯，遂亦戲答之，時年十歲耶。
> （751-1）

東坡以蘇小妹之額廣而禿爲戲，蘇小妹亦以東坡多鬚髯爲戲，形成兄妹互相調侃之有趣畫面。

並非所有成人戲言均以開玩笑方式進行，亦有成人刻意嘲諷兒童之情況。張墉《二十一史識餘》曰：

> 虞寄年數歲，客有造其父者，遇寄於門，因嘲曰：「郎君姓虞，必當無智。」寄應聲答曰：「文字不辨，豈得非愚。」客大慙。（580-4）

賓客以虞寄姓「虞」，取其諧音「愚」，嘲諷其無智，虞寄便以其「不辨文字」反諷之，以其人之言還治其身。

馮夢龍《古今譚概・酬嘲部》曰：

> 張玄祖（張吳興）八歲虧齒，先達知其不常，戲之曰：「君口復何爲狗竇？」答曰：「正使君輩從此中出入。」（468-5）

先達知玄祖聰慧異於常，戲以虧齒之洞比喻爲狗竇；不料，年方八歲的玄祖伶牙俐齒，「正使君輩從此中出入」之言暗指先達爲狗，順著對方的話回敬，不肯乖乖任人調侃。

李紹文《皇明世說新語・夙惠》云：

> 楊季任僉浙憲，嘗見數童從社學歸中，一生手拋書包爲戲，季任召至前出對云：「童子六七人，無如爾狡。」生對曰：「太守二千石，莫若公……。」且請賞，季任許之，乃云：「莫若公廉。」季任詰之曰：「若無賞，又何如？」對曰：「莫若公貪。」季任大奇之。生名呂升，官亦至僉憲。（180-1）

按理說來，一般孩童見了朝廷命官，應該乖乖聽訓，不敢造次。然此狡生面無畏懼神色，大膽請賞，並根據賞賜之有無，任意更動對句之末字，造成褒與貶兩種截然不同效果，其靈敏機智，讓人稱賞。

此類孩童，一爲「應答得體」，一爲「調侃嘲弄」。就禮法層面觀察，「應答得體」之孩童深討長輩歡心；以「禮」爲原則，即便不認同長輩言論，態度依舊不卑不亢；其善析時勢，說之有理，言語得體，展露人格之沈穩內斂。嘲諷調侃之孩童，無視輩分高低，與成人於言語上機鋒相對，不肯相讓；即便如此，其應對敏捷，令人刮目相看，不敢輕視，充分展現其活潑不凡之性格。

四、膽識類

膽識類孩童臨事鎮靜，即便危急時刻，亦能夠運用智慧，助己、助人解除危困。樊玉衡《智品》曰：

> 爾朱敞字乾羅，榮之族子也，父彥伯，齊神武韓陵之捷盡誅爾朱氏，敞小隨母養於宮中。及年十二，自竇而走，至於大街，見童兒群戲者，敞解所著綺羅金翠之服，易衣而遁，追騎尋至，初不識敞，便執綺衣兒，比窮問曰：「非。」會日已暮，由是得免。（620-2）

爾朱敞以綺羅金翠之服，與貧兒交換，瞞過追騎耳目；騎兵不識敞，一一盤查群兒之際，天色已漸暗，爾朱敞遂逃脫成功。

孫能傳《益智編》曰：

> 晉王敦從子允之方總角，敦愛其聰警，常以自隨，敦嘗夜飲，允之辭，醉先臥。敦與錢鳳謀爲逆，允之悉聞其言，即于臥處大吐，衣面並污。鳳出，敦果照視，見允之臥于吐中，不復疑之，會其父舒拜廷尉，允之求歸省，以其謀白舒，舒與王導啓帝，陰爲之備。（85-1）

允之聞王敦與錢鳳欲謀逆，恐自身性命難保，裝醉假寐，大吐，倒臥於所嘔穢物中，成功瞞過王敦。其機智勇敢，助自己逃過一場殺身之劫。

爾朱敞與王敦面臨生死存亡關頭，不慌不忙，善析人性時勢，鎮靜判斷，爲自身解除了危機。膽識類孩童由於具備「鎮靜」、「勇敢」等平凡小兒所欠缺之特質，因此能協助自己或他人度過危難。

孫能傳《益智編》記載司馬光小時：

> ……與群兒戲于庭，庭有大甕，一兒登之，失足跌墜甕水中，群兒譁棄去，公以石擊甕，水因穴而迸，兒得不死。（146-1）

同伴失足跌墜大甕中，眾兒譁然議論，莫知如何救援，竟棄同伴而去；獨司

馬光勇敢果決，以石擊甕，遂救同伴之命。「群兒譁棄去」與「公以石擊甕」，一懦弱膽怯，棄友而去；一勇敢果決，運用智慧解決問題，兩者呈現了鮮明對比。

樊玉衡《智品》云：

> 趙南仲葵，父方，寧宗時爲荊州制置使。葵每聞警報，與諸將偕出，遇敵輒深入死戰，諸將惟恐失制置子，盡死救之，屢以此獲捷。一日，方賞將士恩不常勞，軍欲爲變，葵時年十二三，覺之，亟呼曰：「此朝廷賜也，本司別有賞賚。」軍心賴一言而定，人服其機警。（607-5）

趙葵之父犒賞將士，恩不常勞，軍欲叛變。趙葵體察將士們盡心盡力捍衛國土，保護制置之子，卻獲得不公平之待遇，其心難免忿忿不平，故能以「此朝廷賜也，本司別有賞賚」一言以穩定軍心，實乃洞悉人性之故。

此類孩童亦有鎮靜勇敢，視死如歸之精神。曹臣《舌華錄》記載孔融兩名幼子面臨死亡之雲淡風清：

> 孔融被收，中外惶怖，時融兒大者九歲，小者八歲，二兒故琢釘戲，了無遽容，融謂使者曰：「冀罪止於一身，二兒可得全不？」兒徐進曰：「大人豈見覆巢之下復有完卵乎？」尋亦收至。（764-3）

孔融懇乞使者「罪止一身」，求二兒可得全，護子心切；然二兒依舊自顧自玩遊戲，神色不動。八、九歲的孩童豈不怕死耶？「豈見覆巢之下復有完卵」之言儼然視死如歸之勇者，願與父同生死，也不願流離亂世。

何良俊《何氏語林》亦曰：

> 孔北海被收時，男方九歲，女纔七歲，以幼弱得全，寄住他舍，主人遺以肉汁，男飲之，女曰：「今日之禍，豈得久活，何賴知肉味乎？」或有言於曹操，收之，將加戮，女謂兄曰：「若死而有知，得見父母，豈非至願，乃延頸就刑。」（763-1）

一名七歲的小女童，對這世界已了無生趣，冷眼看兄長喝著香噴噴的肉汁，心知無法久活於世。最快意之願望，莫過於死而有知，得見父母，共聚一堂，歡享天倫之樂。

觀以上兩例，離亂世局，覆巢之下無完卵，人們對於勇者之想像，多爲血氣方剛之成人；韶齡二子，延頸就戮，此視死如歸之勇氣，驚天地、泣鬼神。

膽識類孩童智勇雙全，決斷如流；不僅運用智慧為它人解圍，並協助自身安全度過危難；其觀察敏銳，善悉人心，洞察人性弱點，須臾片刻便能做出正確決斷。

五、才藝類

除了夙惠聰穎之孩童，明清世說體著作亦記錄一些身懷特殊才藝之小兒。

音樂方面，聰明俊爽的爾朱文暢對音樂感受甚敏銳，多所通習，「彈琵琶奏十餘曲，試使文暢寫之，遂得八。」（621-1）薛訪車之子「能喉囀引聲，與笳同調，嘗與黃門鼓吹溫胡，迭唱迭和，喉所發音，無不響應曲折浮沈。」（700-1）笳來自於西北民族地區，其發音柔和、渾厚，音色圓潤、深沈；薛訪車之子的歌聲能夠與笳同調，可見其天生嗓音之渾厚、圓潤。

書法方面，王子敬學書，書寫態度敬慎莊重，「右軍從後潛掣其筆不脫」，其定力實不亞於成人。五、六歲正值活潑愛玩的年齡，父親書樂毅傳與之學，竟能寫出極小字體。（83-1）

棋奕方面，方子振「八歲知奕時，于書案下置局布筭專蒐入神。」（134-1）如此全神貫注，迄年十三，遂天下無敵。韓邦靖「五歲時與客奕，背坐不視局，以口對奕者，始終不差一著。」（721-1）可見其不僅具棋奕天分，記憶力更是超人一等。

繪畫方面，蕭賁善書畫「嘗於扇上圖山水，只尺之內，便覺萬里為遙。」（697-3）可見其圖之栩栩如生。宜黃人善繪梅鶴，其繪畫之際必流連山水間，致有會心，攬筆揮就，「見者疑為真鵲。」（265-1）

刺繡方面，年齡僅十四歲的盧媚娘，「能於一尺絹上，繡法華經七卷，字之大小不逾粟粒而點畫分明，細於毛髮」。（679-1）其雙手之靈巧，實令人嘆為觀止。

運動方面，周文育善游水、具備跳高專長，「年十一，能反覆游水中數里，跳高五六尺，與群兒聚戲，眾莫能及。」（280-1）體能優異，與群兒遊戲，無人能及。

武藝方面，貫酸齋「膂力絕人，使健兒驅三惡馬疾馳，持槊立，待馬至，騰上之，越二跨三，運槊生風，觀者辟易。」（511-1）

此類小兒於音樂、書法、棋奕、繪畫、刺繡、運動、武藝方面展露其過

人之處。明清文人仿《世說》體例編纂成書之際，不吝放置於扉頁一角，可見時人看待小兒輩之才華，並不僅限於科舉考試所需具備的文學才能。

六、勤學類

「夫人好學，雖死猶生；不學者，雖生謂之行尸走肉。」（157-1）可見學之重要性。明清世說體著作記錄不少聰慧孩童，求知若渴、孜孜不倦。

吳肅公《明語林》云：

> 王冕七八歲時，父命牧牛隴上，嘗竊入學舍聽諸生誦已，忘其牛，或牽牛來責蹊田。父怒撻之，母曰：「兒痴若此，盍聽其所為。」因去，依僧寺，夜潛出，坐佛膝上，執策映長明燈，讀之達旦，像偶獰惡，冕雖小，恬弗怪。（66-1）

王冕牧牛之際，竊聽諸生誦書琅琅，沈醉其中，忘了牛的存在，甚或牽牛踐踏農田，其渴望求學之心如此強烈；後依僧寺，利用夜晚，靜坐佛膝上，手執書卷，映著微弱的長明燈，勤讀至黎明，像偶在漆黑的夜裡有幾分猙獰邪惡，冕年紀雖小，亦不害怕。

求學若渴之孩童甚多：楊繼盛利用牧牛空檔，「往里塾覘群兒讀書，心好之」。（556-1）張霸「七歲通春秋，復欲餘經」，父母認為其「汝小未能也」，張霸卻信心滿滿曰：「我饒為之。」（465-1）年僅六歲的李繪「自願入學，家人以年俗忌，約而弗許。」李繪「伺伯姊筆牘之閒，輒竊用，未幾，遂通急就章。」（199-1）甄后喜好讀書，認為「古者賢女未有不學，前世成敗以為己誡，不知書，何緣見之？」因此「視字輒識，數用諸兄筆硯。」（597-1）儘管年齡幼小，勤學類孩童仍積極主動向學，其學習態度，值得嘉許。

在閱讀方面，張墉《二十一史識餘》云：

> 賈黃中幼聰悟，五歲，父玭每旦令正立，展書卷比之，謂之等身書，課其誦讀。（573-1）

徐象梅《瑯環史唾》亦曰：

> 韓景山十歲能文，日誦書三與身齊。（720-1）

觀此二例，「幼聰悟」的賈黃中、「十歲能文」的韓景山，如此天才聰穎之孩童，亦必須日日課讀「等身書」，勤學苦誦。

明清世說體著作中，勤學類孩童孜矻不倦，用盡各種方法學習。李贄《初潭集》曰：

任末，年十四，便勤學，或依林木之下，編茅為菴，削荊為筆，夜
則映月望星，暗則然蒿自照，觀書有合意，則題其衣裳及掌，裹以
記其事，門徒悅其勤學，更以淨衣易之。（158-2）

任末「編茅為菴」、「削荊為筆」，取天然之物為己用；夜則就星月之光苦讀，
光線太暗則「燃蒿自照」；若遇書中合意者，則題於衣裳或掌心，可謂苦心孤
詣矣。

明清世說體著作中記載不少孩童勤學言行事蹟：戰亂頻仍之際，孩童無
法專注於一地學習，好學的劉仁軌不浪費片刻光陰，每經一地，「輒書空畫地，
由是博通經史。」（639-1）游明根家境貧窶，幼年牧羊之際，「路邊畫地學之」。
（532-1）范注「園中燃新，寫書誦讀。」（309-1）陸亮輔聰穎好學，「每忘櫛
沐」。（486-1）殷佽嗣幼而篤學，即便「行在舟車，手不釋書。」（332-1）如
此勤學苦讀，忘了沐浴，珍惜讀書的每一刻，連舟車行進之際亦執卷不輟。
不僅如此，有些孩童對特殊才藝著迷，其苦心鑽研之程度亦不亞於文學類孩
童。陸畢幼時「學棊無局」，乃「破荻為片，縱橫以為棊局，指點行勢，遂至
名品。」（477-1）王鋒「家無紙札」，乃「倚井欄為書，書滿則洗，已復更書，
如此累月，又晨興不肯拂窗塵，先於塵上學書……。」（67-4）勤學類孩童孜
孜矻矻，努力學習，把握每個練習機會。

讀書破萬卷，義理存心中，倘未落實日常生活，學亦無用矣。張墉《二
十一史識餘》云：

楊恒幼警悟，讀《論語》至宰予晝寢章，慨然有立志，由是終身未
嘗晝寢。（550-1）

《論語·公冶長第五》云：「宰予晝寢。子曰：『朽木不可雕也，糞土之牆不
可杇也，於予與何誅。』」〔註6〕楊恒小小年紀，便懂得「見不賢內自省」之
道，以宰予晝寢為鑒戒，立志奮發振作，終身未嘗晝寢。

吳肅公《明語林》言：

張榮五歲時，口授書即了了，常雞鳴，忽呼其母曰：「《小學》云：『今
雞已鳴何不起？』」母曰：「汝才讀書，豈便曉此。」應曰：「我願為
此徒曉耶。（449-1）

五歲正值好吃嗜玩貪睡的年齡，張榮讀《小學》，深受其內容「事父母，雞初
鳴，咸盥漱」所啟發，養成雞鳴早起侍奉父母之良好習慣，誠可謂「知行合

〔註6〕同註1，〈公冶長第五〉，頁43。

一」，實在難能可貴。孩童並非一味死讀書，懂得汲取書本知識，加以消化吸收，將古人智慧，靈活運用於日常生活。

總觀勤學類孩童，求知若渴，或自願入塾就讀，或主動要求閱讀書籍，或竊伯姊筆牘之閒，或數用諸兄筆硯，無待父母師長督促，在在展露主動學習之意願。其刻苦勤學，執卷不輟，即便家境窘迫，無法就學，即便家人弗許，亦暗自挑燈默誦；行在舟車，不忘捧卷；戰亂頻仍，自創練習機會，其孜孜不倦之勤學精神，令人敬佩。

明清世說體著作中的孩童多為「小大人」，無論是道德類、文學類、言語類、膽識類、勤學類，孩童應對進退毫不怯懦怕生，侃侃而談；其心智早熟、性格沈穩老練，處變不驚，具有異於常人的鎮定力。在兒童與成人之衝突中，泰半由成人挑起事端。面對成人有意測試、無意刁難、嘲弄，孩童總是即刻還擊，得理不饒人；爭執的結果，往往是幼童居上風。然而，當「兒童之才」與「倫理」相扦格之際，成人往往為「兒童之才」所驚豔，將倫理暫拋一旁。若以數量而言，道德類、文學類拔得頭籌，顯示時人重視道德與文學之傾向。道德類中，以描述「孝順」的篇章最多，可見古人至為重視孝道。文學類中，善於屬對為文的孩童比例頗高，此或許與明清時期重視科舉考試之現象有所關連。

第二節　次要面向

一、出生異象

「異象」指「奇異之現象」。所謂「出生異象」乃指嬰兒誕生時，所伴隨發生的種種奇異、不尋常現象。明清世說體著作中，兒童出生異象之記載多集中於明徐象梅《瑯嬛史唾》、張墉《二十一史識餘》、林茂桂《南北朝新語》三書，其他各書記載較零星瑣碎。由於上述三書多本於正史，蒐集資料過程中，筆者發現史傳中具有相當豐富的兒童出生異象，可惜未見整理成篇。

相較於史書，明清世說體著作僅就單一事件粗淺描述，篇幅短小精簡，記述較為單薄；然以明清世說體著作之兒童出生異象為研究範疇，亦不失為一瞭解古人出生異象之叩門磚。

（一）出　身

明清世說體著作中，具有出生傳說之兒童，大抵為帝王、后妃、允文能

武之輩。

帝王爲一國之君，爲人民景仰膜拜之對象，爲凸顯帝王之尊貴，往往藉由出生異象來彰顯其異於常民百姓之處。徐象梅《瑯嬛史唾》云：

> 豐公之妻夢赤馬若龍，戲已而生執嘉，是爲太公。太公之妃名含始，
> 游於洛池，有玉雞銜赤珠，出刻曰：「玉英，吞此者王。」含始吞之，
> 生邦字季。（774-1）

龍、雞同爲中國人心目中之吉祥動物。「龍」爲華夏民族之圖騰，「赤馬若龍」顯示此乃上等之駿馬，豐公之妻夢中戲之，遂生漢高祖劉邦之父。「雞」與「吉」同音，爲吉兆也，含始游於洛池，吞下玉雞所銜之赤珠，遂生劉邦。

種種出生異象乃在彰顯帝王出身之偉大，尤其三代以前，帝王皆無父感生，頗具模糊朦朧之美，更增添其地位之神聖尊貴。〔註7〕

后妃爲帝王元配，乃古代女性地位最尊貴者。想像力豐富的中國人認爲，后妃可與帝王相匹配，必有其異於常人之處。徐象梅《瑯嬛史唾》云：

> 晉穆帝何后是何準女，將產之夕，有群烏夜鳴於屋上，一邑之烏皆
> 應之，識者以爲女瑞。及長被選，一夕烏忽更鳴，眾復異之，及明
> 而大赦至，乃穆帝立準女爲后。（245-1）

烏鴉意象在不同時代、不同地域呈現出不同特點；先民之烏占，以烏鴉之出現作爲吉祥徵兆，爾後許多詩詞中亦經常出現烏鴉報喜這一意象〔註8〕；「群烏夜鳴」於晉穆帝何后將產之際，爲報喜訊之徵，顯示此女嬰將來非富即貴；迄被選前夕，群烏復聚集鳴叫，此乃其被選爲后之喜兆。

后妃之出生異象，一則表現其與眾不同，增強母儀天下之風範；二可顯示其尊貴，足以與帝王相匹配。

允文能武之輩者，多出身貴族世冑，其出生異象之塑造乃因應其才華而

〔註7〕 明清世說體著作中，具出生異象之帝王，如：伏羲氏太昊、黃帝之子少昊、黃帝之孫顓頊、東漢光武帝劉秀；亦有隋高祖楊堅、北周文帝宇文泰、梁武帝蕭衍、遼主耶律阿保機等人。

〔註8〕 「烏」意象之內蘊十分豐富。它被認爲是背負太陽晝夜不停運轉的神鳥，又被用來占卜吉凶，兼具吉、凶雙重意指。它被視爲孝道之範型，又被用來比喻貪婪、奸詐、殘暴的官吏，同時又是受壓迫、被損害的百姓的寫照。有關烏所代表之意象，可參考以下文章：陳金琳〈日落歸飛急霜台夕影寒——試論中國古典詩歌中的烏鴉意象〉，《株洲師範高等專科學校學報》第十一卷第三期（2006年6月），頁59～61。王澤強〈論「烏」意象的蘊意及演化〉，《學術探索》2004年第三期，頁115～119。

生。允文之人如任昉，其母親夢見五色彩旗，四角皆懸鈴，其中一鈴落入懷中，遂懷孕生昉。(154-1)任昉文采斐然，史傳給予其文學才華極高評價，謂：「近世有樂安任昉，海內髦傑，早綰銀黃，夙昭人譽。道文麗藻，方駕曹、王，英跱俊邁，聯衡許、郭。」〔註9〕能武之輩如高琳，其母撿回彩石，夜夢有人告知彩石爲精，持之必生子，遂生下高琳。(375-1)高琳戰績彪炳，武功高強，史傳亦給予其武功極高評價：「論曰：王傑、王勇、宇文虬、耿豪、高琳、李和、伊婁穆、侯植等咸以果毅之姿，效節擾攘之際，各能摧堅覆銳，自致其功，高爵厚位，固其宜也。」〔註10〕

此類允文能武之輩名留青史，特殊之出生異象增添其人之超凡，從而烘托凸顯其異於常人之才華。

整體言之，具有出生傳說記載之兒童以帝王、后妃、具文武才華之士等貴族階級較多，平民之描述甚少。

（二）生產方式

明清世說體著作中，生產之際所發生的異象，可分爲：感生、寤生、晚產三類。

1.感　生

所謂的「感生」，乃指婦女未與男子交合，而神秘懷孕生子之現象。《詩經・大雅》引《春秋公羊傳》之言曰：

> 聖人皆無父，感天而生。〔註11〕

許慎《說文解字》「姓」字條云：

> 古之神聖，母感天而生子，故稱天子。〔註12〕

明清世說體著作中，夢感而生之例甚多，三皇、五帝個個出身不凡。徐象梅《瑯嬛史唾》云：

〔註9〕 〔唐〕李延壽撰：〈任昉列傳〉，見《南史》（北京：中華書局，1981年），卷五十九，頁1458。

〔註10〕 〔唐〕李延壽撰：〈列傳〉，見《北史》（北京：中華書局，1981年），卷六十六，頁2339。

〔註11〕 〔漢〕毛公傳，鄭玄箋，〔唐〕孔穎達等正義，〔清〕阮元校勘：〈大雅〉「生民之什」條，見《毛詩正義》（臺北：藝文印書館，1955年），卷一七一一，頁590。

〔註12〕 〔東漢〕許慎、〔南唐〕徐鉉：「姓」條，見《說文解字》（《叢書集成初編》據平津館叢書本影印，北京：中華書局，1985年），卷十二下，頁411。

瑤光之星，貫月如虹，感女樞幽房之宮，生顓頊於若水。（735-1）
顓頊之出生，乃女樞意有所感。帝王感生之例甚多，如：女節「意感而生少
昊。」（22-1）修己「見流星貫昂，夢感意接，……背剖而生禹。」（319-1）
昊之母「履巨人跡，意有所動」，遂生帝於成紀。（139-1）圖騰與「聖人無父」
之感生觀念相結合，其社會功能在於神化祖先、維繫族群、張揚個性；當時
的社會大眾普遍相信聖賢王者皆有感生之異。〔註13〕

2. 寤 生

另一類嬰兒出生方式為「寤生」，其源自於《左傳·隱公元年》莊公寤生
驚其母（姜氏）之事〔註14〕。「寤生」為民間存在之生子禁忌，焦竑《玉堂叢
語》云：

> 胡忠安公在母腹時，母嘗夜夢有老僧來謁，手持三花，以其一遺之，
> 驚寤而公遂產。其髮尚白，踰月乃黑。數日，有僧至門曰：「聞汝家
> 生男亦有異乎？」其家不對，僧遂索觀之。公出，見僧微有笑容，
> 家人惶問，僧曰：「此吾師天池在老後身也。吾師示寂後，托夢我而
> 告曰：「今托生常州胡家，爾當來視，以一笑為記，今真是矣。」聞

〔註13〕大多數學者研究認為：「感生神話」之源有三：（一）遠古時期，圖騰生育信
仰之產物；（二）母系氏族社會，「民知其母，不知其父」的社會狀況；（三）
母系氏族社會女始祖崇拜。見王鳳春、王浩：〈試論感生神話源於生殖崇拜〉，
《松遼學刊（社會科學版）》（1994 年第四期），頁 38～45。邢定生：〈淺析中
國古代帝王感生神話〉，《玉溪師範學院學報》（1999 年一期），頁 87～91。李
娟卻認為：中國的感生神話並非圖騰信仰之反映，乃是體現「寵神其祖，以
取威于民」之現實主義思想。見李娟：〈中國古代感生神話非圖騰崇拜說初
論〉，《唐都學刊》第四期第十八卷（2002 年），頁 26～17。

〔註14〕事見〔晉〕杜預注，〔唐〕孔穎達等正義；〔清〕阮元校勘：〈隱公元年〉，《春
秋左傳正義》（臺北：藝文印書館，1955 年），卷二，頁 35。「寤生」具以下
五種意思：其一，指產婦在睡眠中生下孩子，醒後方知。其二，指嬰兒娩出
之際，立即能睜眼視物者。其三，指嬰兒娩出之時，無法睜眼視物者。其四，
即逆生，先生出腳，再生出頭。其五，指嬰生下，目閉口噤，悶絕不啼。
關於「寤生」之意，歷代見解各殊，筆者參考以下文章說法，歸納統一得之，
見張澤渡：〈「寤生」探詁〉，《貴州大學學報·社會科學版》第十八卷第一期
（2000 年 1 月），頁 73～77。田耕漁：《左傳》「寤生」夢解〉，《西南民族大
學學報·人文社科版》二十五卷第九期（2004 年 9 月），頁 203～204。顏培
建：〈「寤生」臆解〉，《濟寧師範專科學校學報》第二十六卷第五期（2005 年
10 月），頁 81～82。朱城：〈古書疑難辨析一則〉，《古漢語研究》（2002 年第
二期），頁 79～80。任騁：《中國民間禁忌》（臺北：漢欣文化事業有限公司，
1993 年 2 月），頁 270～271。

者咸歎其里。（297-1）

母驚寤而生胡忠安公，按照中國民間對生子之禁忌，「寤生之子」胡忠安公理應不受家人關愛，文本中雖未提及孩童任何遭遇，然而，「有僧至門曰：『聞汝家生男亦有異乎？』其家不對，僧遂索觀之。」顯見家中有一位「寤生子」並非光彩之事，何況嬰兒出生時「髮尚白」，是以僧人問胡家生男是否有異狀時，胡家不願意正面回答。此處，吾人可以略窺民間對「寤生子」之觀感。

3. 晚　產

晚產爲出生異象之一，徐象梅《瑯嬛史唾》記載：

> 盤庚妃姜氏孕十二月而生……。（791-1）

按照現今醫學上的說法，懷孕期應爲四十週，亦即十個月左右。盤庚妃姜氏懷孕十二月而生，比起正常分娩時間足足超過八週，顯然不符合常理。然而，古人晚產事件特別多，〔清〕陸以湉《冷廬雜識・甲癸議》云：

> 人妊十月，九月而生者常也；妊七月而生，生而壽考者，世間多有。俗說妊八月而生難育，蓋不確，闞澤在母胞八月，叱聲震外，見《會稽先賢傳》。其不及七月者，黃牛羌種，妊六月生，見《魏略》。其逾十月者：苟氏孕十二月生苻堅，呼延氏十三月生劉淵，張夫人十五月生劉聰，見《晉書載記》；慶都孕十四月生堯，見《帝王世紀》；弋夫人懷昭帝十四月乃生，見《漢書》；附寶孕二十月生黃帝，見《搜神記》；陽翟有婦人妊身三十月乃生子，見《嵩高山記》；太康溫磐母懷身三年然後生，見《異苑》；長人國妊六年乃生，生而白首，見《外國圖》；大人國其民孕三十六年而生，見《括地國圖》；老子託於李母胎中七十二年，見《瀨鄉記》；老子母懷之七十歲乃生，生而白首，見《神仙傳》。載籍極博，妊逾十月者，悉數難終。……」余按：《元史・黃溍傳》云：「母童氏夢大星墜於懷，乃有妊，歷二十四月始生溍。」此尤近而可徵者。〔註15〕

以今日科學眼光審視這些例子，實是無稽之談，但愈益荒謬絕倫，更益發增添出生之神秘，烘托出其人之非比尋常。

〔註15〕見〔清〕陸以湉撰，崔凡芝點校：〈甲癸議〉，《冷廬雜識》（北京：中華書局，1997 年 1 月第二刷），卷八，頁 458～459。

（三）生產過程

母親生產過程時所顯示的異象，具有以下特徵：

1. 異光照室

光，驅走黑暗，帶來明亮，是希望的象徵。生產過程中，異光照室往往被視爲吉兆。如：漢光武帝「生有赤光照室，如五麟七鳳。」（662-1）陳武宣章皇后生時「紫光照室」（490-1）、齊高帝劉皇后誕生之際亦「紫光滿室」。（635-1）

中國人自古以來對「紅」情有獨鍾，從炎帝時的圖騰崇拜、周人尙赤之風，迄於各朝各代，「紅」始終與喜慶、吉祥、熱烈、光明、歡樂感覺等相聯繫。「紫」爲高貴之象徵，《左傳・哀公十七年》之疏指出，紫衣爲君服，春秋時以紫爲貴，「齊桓好服紫衣，齊人尚之。」〔註16〕唐代朝廷命官三品以上服紫服，五品以上服朱服〔註17〕。因此，紅光、紫光均爲出生吉祥之兆，象徵著新生嬰兒未來之富貴不凡。

2. 祥異之物群聚

生產過程中，若有祥異之物群聚出現，如：烏鴉、鳳凰等，亦是吉兆。如：晉穆帝何后將產之夕，「有群鳥夜鳴於屋上，一邑之鳥皆應，識者以爲女瑞。」（245-1）鳥爲報喜訊之兆，一邑之鳥皆夜鳴應和，表示祥瑞之徵；鳳爲古代之神鳥，爲神聖之象徵。少昊出生時「五鳳隨方之，色集於帝庭。」（21-1）祥異之物群聚，往往表示此嬰未來之不凡。

3. 吞食某物

此指母親吞食某物，奇異產子之異象。如：梁武帝母忽見菖蒲生花，旁人皆云不見，「擷而吞之，尋生帝。」（691-1）菖蒲外型狹長，具養生藥性，代表無限之生機；端午飲菖蒲酒，具有辟瘟趨邪，以及延年益壽之功效，梁武帝之母吞食菖蒲，或乃緣此之故。又如：含始遊於洛池，「有玉雞銜赤珠出，刻曰：『玉英，吞此者王。』含始吞之生邦。」（774-1）玉雞現身銜珠，此吉兆一也；含始吞赤珠，此吉兆二也。鄒屠氏之女「常夢吞日，則生一子，凡經八夢，則生八子。」（787-1）日爲光明象徵，吞日而後生子，表示此子異於常人。

〔註16〕《春秋左傳正義》，卷六十〈哀公十七年〉，同註14，頁1044。

〔註17〕見〔後晉〕劉昫撰：〈輿服志〉「讌服」條，見《舊唐書》（北京：中華書局，1981年），卷四十五，頁1952。

（四）生產異夢

明清世說體著作中，母親生產胎兒所作異夢之記述不少，粗分梗概，約可分「動物之夢」、「物品之夢」、「和尚之夢」。

1. 動物之夢

動物之夢如：夢龍、夢馬。龍在中國是天神象徵，帝王「受命於天」，因此，帝王之顏為「龍顏」，帝王之身為「龍體」，帝王之子為「龍子」。夢龍入懷為吉兆，表示腹中所孕者為人上人也。如：齊武明太后「孕文襄夢一斷龍，孕文宣夢一大龍首尾屬天、孕孝昭夢懦龍於地、孕武成等龍浴於海。」（790-1）盤庚妃姜氏「夢龍入懷」。（791-1）此皆為吉兆，表示腹肚中的嬰兒非比尋常。此外，豐公之妻夢「赤馬若龍，戲已而生執嘉。」（774-1）赤馬為駿馬，外型似龍，亦是祥瑞之徵。

2. 物品之夢

物品之夢總類繁多，多屬於大自然之物，分述如下：

（1）夢鏡

到鏡初在孕，其母「夢懷鏡，及生，因以名焉。」（285-1）

（2）夢旗

任昉之母裴氏「夢五色采旗，四角懸鈴，其一鈴落入懷中而孕，遂生昉。」（154-1）

（3）夢石

高琳之母「見一彩石光彩朗潤，遂持以歸，是夜夢有人告曰：『向石是浮磬之精，若能寶持，必生令子。母驚寤，俄而有娠，遂生琳。』」（375-1）石頭是無生命的，但人們以其來鎮宅，便產生魔法與神性，被視為吉祥物。

（4）夢楓

張志和之母「夢楓生腹上而產志和。」（447-1）

（5）夢星

如：「黃帝時有大星如虹下流，華渚女節夢接之，意感而生少昊。」（22-1）

（6）夢雲

徐陵之母臧氏「夢五色雲朵化為鳳集左肩，已而誕陵。」（353-1）

3. 和尚之夢

胡忠安公在母腹時，母嘗夜夢「有老僧來謁，手持三花，以其一遺之，

驚寤而公遂產。」(297-1)和尚爲得道之表徵，夢和尚亦表吉祥之兆。

(五)特殊生理特徵

兒童之出生異象亦有伴隨著特殊生理特徵者，有以下幾類：

1. 身體機能早熟

器官發展早熟者，如：竇皇后「髮垂過頸，三歲與身齊」(741-1)齊武帝愛之。耶律阿保機生時「才墮地，即體如三歲兒，能匍匐，三月能行。」(326-1)語言早熟者，如：有陬氏「生而能言」。(410-1)

2. 權印在手

如：彭神符「生而有文在其手，曰神符」(526-1)、隋高祖「生而龍顏，額有五柱入頂，目光外射，有文在手曰『王』。」(544-1)子產初生「握拳而出，啓手觀之，文成相里。」(19-1)

3. 其他特殊奇象

如：王訓「生而紫胞，法當貴，聰警有識量。」(97-1)闞澤「在母胞中八月，叱聲震外。」(755-1)王敬則生而「胞衣紫色」，年長「兩腋下生乳，各長數寸。」(39-1)陳武帝后章氏「聰慧美容儀，爪長五寸，色紅，每有朞功服，一爪先折。」(490-1)梁武帝貴嬪丁氏「左臂有赤痣，體多疣子」，至納妃之日遂滅。(11-1)甄皇后生，每寢「家中人髣髴見如有持玉衣覆其上。」(598-1)徐陵「目有青睛，時人以爲聰慧之相。」(355-1)

出生異象多以祥瑞之徵爲主。作者多運用與自然界相關聯之物描述異象如：光；動物如龍、鳳、馬、烏鴉等中國人視爲吉祥之物；顏色描寫上，紫、紅均祥瑞之色；在夢境方面所呈現之異象更爲豐富，如：夢鏡、夢石、夢雲、夢楓生腹上、夢接大星等等；夢境中之餽贈隱含交託重任之意。從兒童出生異象，可以顯示中國之吉凶徵兆，凡偉人之誕生，必然伴隨奇特異象以增添其超凡不俗。

二、社會問題

(一)生子不舉之迷信

自古以來，孩童即爲弱勢團體，在強調三綱五常的中國社會，孩童是父母的財產之一，父要子亡，子不得不亡，即便各朝法律對殺子之規定不同，在民間，父母對子女握有生殺之權是被默許的。古早的中國有不少禁忌，嬰

兒常因觸犯出生禁忌，或家境貧窘困迫，無力養活，而成爲犧牲品。「生子不舉」爲古代常見的問題。

　　嬰兒出生禁忌因各地風俗而有相異之處，令人瞠目結舌〔註18〕。孫能傳《益智編》云：

　　　　張奐拜武威太守，其俗多妖忌，凡二月、五月產子，及與父母同月
　　　　生者，悉殺之。（卷五〈政事類二〉「革俗」，頁4上）

根據這一則記載，嬰兒之出生禁忌乃在二月、五月，與父母同月生者。二月產子不祥之例亦可見於《北史・后妃列傳》，其文明白指出：「江南風俗，二月生子者不舉。」〔註19〕二月生子不舉爲江南風俗，五月產子更是不祥，張墉《二十一史識餘》曰：

　　　　王鎮惡五月五日生，家人以俗忌，欲令出繼。祖猛奇之曰：「此非常
　　　　兒，昔孟嘗君惡月生而相齊，是兒亦將興吾門矣。」故名之爲鎮惡。
　　　　（76-1）

幸虧祖父甘冒習俗忌諱，舉孟嘗君之前例保之，鎮惡才免於被出繼之命運。

　　自古以來，中國民間視五月爲惡月，五月五日又稱「五毒日」，此日所生之嬰兒常被視爲「五毒」轉生投胎，是以「五月五日生子不舉」，此說影響至深且

〔註18〕古代嬰兒之禁忌甚多，除了出生之日有所禁忌外，如：「仰俯忌」——女仰、男俯，則認爲不吉，尤其女仰，忌之更甚。「便溺忌」——忌諱嬰兒剛出生就大小便，俗稱此爲「屙爹尿娘」，據說意味著孩子命硬，會剋父母。「啼聲忌」——從嬰兒始生時之啼聲判斷吉凶禍福。「有須忌」——俗以爲嬰兒始生即有鬚者爲怪異，謂其妨父母。又忌初生嬰兒額上有旋毛，以爲其子早貴，會妨父母。「有牙忌」——嬰兒始生即有牙齒，據信會剋父母。「餘指、豁嘴忌」——嬰兒有餘指，或缺唇豁嘴，俗以爲不吉。「畸形忌」——畸形兒係指初生嬰兒形體非同一般，如連體嬰、雙頭嬰、多臂嬰等等，民間謂之怪異，俗信以爲大不祥，多棄之。「陰部白赤忌」——初生嬰兒忌陰部白赤。據說，男孩剛生下時陰囊下白赤者死，卵縫通達黑者壽。「肚臍忌」——嬰兒出生時，忌肚臍帶盤住脖子。民間俗稱「犯鎖」、「雙掛珠」等，爲大不吉利之事。「一胎多子忌」——雙胞胎、多胞胎等，因各族習俗不同，抑揚不一。其他如嬰兒出生方式——「逆生忌」、「橫生忌」、「窹生忌」等。見任騁：《中國民間禁忌》，頁266～275。

〔註19〕見《北史》，卷十四〈后妃列傳下〉「煬愍皇后蕭氏」，頁535。其原文如下：「煬帝愍皇后蕭氏，梁明帝巋之女也。江南風俗，二月生子者不舉。后以二月生，由是季父岌收養之。未幾，岌夫妻俱死，轉養舅張軻家。軻甚貧窶，后躬親勞苦。煬帝爲晉王，文帝爲選妃於梁，卜諸女皆不吉。巋乃迎后於舅氏，令使者占之，曰：『吉。』遂冊爲妃。」

鉅。〔註20〕

除了嬰兒出生禁忌外，龐大的經濟壓力常迫使貧困百姓不得不棄子或殺子。馮夢龍《智囊》記載：

> 先是浙民歲輸丁錢絹，細民生子，即棄之。稍長，即殺之。（卷八〈明智部〉「經務」，頁202）

受到繳納丁錢、絹帛之經濟壓力，貧家為節制人口，往往選擇棄嬰與殺子，甚至一出生便將之溺斃。劉元卿《賢奕編》之「蘇文忠公軾與朱鄂州書」便有一則溺嬰記載：

> 岳鄂間田野小人，例只養二男一女，過此輒殺之。其父母亦不忍，率閉目背面，以手按之水盆中，咿嚶良久乃死。（卷二〈官政〉，頁39～40）

親情血濃於水，父母溺殺至親骨肉難免滋生難捨之不忍，只能閉上眼睛、背轉過頭，狠心痛下殺手。

溺嬰為古代常見的社會問題，為革此習，政府無不想盡辦法禁止，如：武威太守張奐「示以義方，嚴加賞罰，風俗遂改。」〔註21〕官府設置法律條文禁止，規定「殺子孫徒二年……召諸保正諭之，約以必行，有能告者，官以所犯及鄰保罰鍰賞之。」〔註22〕抑或從根本改善人民經濟壓力，如：虞允文「訪知江渚有荻場，利甚溥，而為世家及浮屠所私。令有司籍其數以聞，請以代輸民之身丁錢。」此法解決生民棄子或殺子之問題，使闔家有團圓之樂。〔註23〕

從溺嬰、棄子、殺子之問題可知：子女（兒童）是屬於家長（成人），家長有權力處置孩童的照養、教育、職業、婚姻，自然也握有其生殺大權。即便官府有明文規定〔註24〕，然而，在貧困之家，官府毫不知情狀況下，棄子

〔註20〕 任騁指出：在嬰兒出生方面，有幾個日子是相當忌諱的。一是正月初一、十五；一是五月初五；一是七月十五。此一習俗影響亦達於上層社會，《世說新語》、《孝子列傳》、《宋書》、《唐書》等典籍中均有五月五日生子不舉之記載。見任騁：《中國民間禁忌》，頁265～288。

〔註21〕 〔明〕孫能傳：《益智編》，卷五〈政事類二〉「革俗」，頁4上。

〔註22〕 〔明〕劉元卿：《賢奕編》，卷二〈官政〉，頁39～40。

〔註23〕 見〔明〕馮夢龍：《智囊》，卷八〈明智部〉「經務」，頁202。

〔註24〕 北宋偏重以法禁與理論方式處理，南宋則多經濟賑助。關於宋人生子不舉之討論，見劉靜貞：〈宋人生子不育風俗試探——經濟性理由的檢討〉，《大陸雜誌》第八十八卷第六期（1994年6月），頁26～41。劉靜貞：〈從損子壞胎的

殺嬰等生子不舉事例依然發生〔註 25〕。明清世說體著作揭露此一攸關兒童生死存亡之議題，短短數則記載，實提供一思考方向，值得吾人深究。

（二）慈幼局之設置

面對生子不舉之問題，官方政府除了設立法律條文，明令禁止外，從宋代開始，更積極設置社會福利機構，試圖解決此問題。〔明〕何良俊《何氏語林》云：

> 宋世於郡縣立慈幼局，凡貧家子多，欲厭棄不育者，許其抱至局。書生年月日，局置乳媼鞠視，他人家或無子女，卻來局取養之。歲祲子女多入慈幼局，道無拋棄者，信乎仁澤之周也。（卷六〈政事〉，頁 21 上）

慈幼局為宋代兒童福利措施，政府設置慈幼局以收養遺棄小兒，特雇乳媼專門撫育，給予其應有之照護；無法生育之家而渴望擁有子女者，可來慈幼局領養。如此一來，被拋棄之孩童皆收養於慈幼局，道路上遂不復見被棄養之孩童。

慈幼局之設置始於宋理宗淳祐七年（1247 年），首設於臨安府。據《咸淳臨安志》載：「淳祐七年十二月有旨，令臨安府置慈幼局，支給錢米，收養遺棄小兒，仍雇請貧婦乳養，……而凡存養之具纖悉畢備，其有民間願抱養為子女者，官月給錢米，至三歲住支，所全活不可勝數。」〔註 26〕淳祐九年（1249 年）正月，又詔「給官田五百畝，命臨安府創慈幼局收養道路遺棄初生嬰兒。」〔註 27〕寶祐四年（1256 年），宋廷又命「天下諸州建慈幼局。」

報應傳說看宋代婦女的生育問題〉，《大陸雜誌》第九十卷第一期（1995 年 1 月），頁 25～39。臧健：〈南宋農村「生子不舉」現象之分析〉，《中國史研究》（1995 年第四期），頁 75～83。

〔註25〕生子不舉，或棄或殺，政府基於掌握人民生命之權，關切作為經濟基礎之民數，必然有所對策。秦漢以來，凡生子不舉，依律當有懲處。若為殺嬰，或可減刑（秦漢時），但亦有處棄市者（如東晉時）；倘在酷吏統治下，或地方官以嚴其制來禁止時，則難免與一般人同罪。漢魏時「生子不舉」之處置方式多採丟置或活埋，南北朝則以改姓、出繼或寄養的方式來解決「妨剋」的問題。後世多以溺嬰的方式不舉子，而非棄或埋。見李貞德：〈漢隋之間的「生子不舉」問題〉，《中央研究院歷史語言研究所集刊》第六十六本（1995 年 9 月），頁 747～812。

〔註26〕〔宋〕潛說友纂修，中華書局編輯部編：〈恤民〉「慈幼局」條，見《咸淳臨安志》（北京：中華書局，1990 年 6 月），卷八十八，頁 32892。

〔註27〕〔清〕高宗敕撰：〈國用考三〉「振恤」條，見《續文獻通考》（臺北：臺灣商務印書館，1935 年據清光緒間浙江刊本縮印），卷三十二，頁 31061。

〔註 28〕慈幼局的設置從臨安府推而迄於天下諸州，於幼兒救助方面發揮了積極作用。

中國實行慈幼恤孤政策，最早可往上溯源至春秋戰國時期。從先秦經唐宋，迄於明清，歷代對於弱勢幼兒均予以不同面向之關注。《易經》言：「蒙以養正。」〔註 29〕《禮記・禮運》：「幼有所長」〔註 30〕、《孟子・梁惠王章句上》：「幼吾幼，以及人之幼」〔註 31〕等，是中國古代社會保護弱勢幼兒的最早理論。此模式以政府為主體，輔以家庭贍養、家族收養及私人捐助相結合。〔註 32〕

除了慈幼局的設置，某些朝廷命官亦殫精竭慮欲解決此問題。宋代朝廷命官葉夢得乾脆開放無子女者收養被遺棄小兒，但為防止親生父母日後來認養，滋生事端，葉認為「凡災傷遺棄小兒，父母不得復取，乃知為此法者，亦仁人也，彼既棄而不有，父母之恩已絕，若人不收之，其誰與活。」葉夢得使領養遺棄小兒合法化，「遂作空券數千，具載此法，印給內外廂界保伍，凡得兒者使自言所從來，書於券付之，略為籍記。」〔註 33〕劉彝知虔州時，飢民亦多棄子於道，劉為解決此問題，「揭榜通衢，召人收養，日給廣惠倉米二升」，將此辦法推行於縣鎮，並規定「每月一次抱至官中看視」，確實監督。如此一來，縣鎮之民利二升米之給，遂一境無天閼者〔註 34〕。葉以人性化處置棄兒問題，劉以獎勵替代規範，拯救不少弱小生命。

遺棄小兒、溺嬰、殺子等社會問題並未結束於宋朝，仍持續迄於明清社會。明武宗正德九年，蕭山縣儒學訓導何重言：「浙東俗畏婚嫁過侈，生女類不舉，雖有例禁，俗猶未改。請令民間自相覺察連坐，下督察院覆奏，出榜

〔註 28〕同前註。
〔註 29〕〔魏〕王弼、韓康伯注，〔唐〕孔穎達等正義，〔清〕阮元校勘：〈蒙〉，見《周易》（臺北：藝文印書館，1955 年），卷一，頁 23。
〔註 30〕〔漢〕鄭玄注，〔唐〕孔穎達等注疏，〔清〕阮元校勘：〈禮運〉，見《禮記注疏》（臺北：藝文印書館，1955 年），卷二十一，頁 413。
〔註 31〕〔漢〕趙岐注，〔宋〕孫奭疏；〔清〕阮元校勘：〈梁惠王章句上〉，見《孟子注疏》（臺北：藝文印書館，1955 年），卷一下，頁 2。
〔註 32〕見譚友坤、盧清：〈旋善與教化：中國古代慈幼恤孤史述論〉，《學前教育研究》（2006 年十二期），頁 51～53。
〔註 33〕同註 21，卷十一〈財賦類〉「遺棄小兒」，頁 15～16 下。此內容亦見：〔明〕呂純如：《學古適用編》，卷八十七〈救荒實政〉，頁 6 上～7 上。〔明〕馮夢龍：《智囊》，卷八〈明智部〉「經務」，頁 201。
〔註 34〕同註 21，頁 16 下。

禁約，違者如例，充軍其親，不覺舉者并罪之。」〔註 35〕此則記錄一來顯示出「生女不舉」之事存在於明代浙東地區，二可得知「生女不舉」竟見於官員奏疏之中，可見此事已成為官方重視的社會問題。

明清世說體著作之作者，其寫作動機往往具有鍼砭流俗之期。例如：潘士藻《闇然堂類纂》成書於萬曆之際，時當明季正風俗彫弊，士藻所記述，「於驕奢橫溢，備徵果報，垂戒尤切。」〔註 36〕張墉《二十一史識餘》「所重乎正史者，在於敍興亡，明勸戒，核典章耳。」〔註 37〕馬嘉松《十可篇》「摘錄子史及諸家小說……其〈可景〉〈可味〉〈可嘉〉三編，多取古人嘉言善行以為法，餘七編多取古人醜行敗德以為戒。」〔註 38〕或緣此故，作者們煞費周章苦心摘錄前朝事蹟，除具有保存史料之功外，同時亦提供時代借鏡之作用，藉著揭露前朝社會問題，達成鍼砭流俗之效。

（三）兒童犯法之處置

我國古代刑法對未成年人的保護主要基於封建倫理道德之內在要求，這是古代禮刑合一之必然結果。中國古代刑法發展過程，以「德主刑輔」為基調，「敬老卹幼」為重要原則。考察我國歷代刑法，關於未成年人犯罪及其刑事責任的規定，最早出現於《周禮》。《周禮・司刺》有「三赦」：

壹赦曰：「幼弱」。再赦曰：「老旄」。三赦曰：「惷愚」。〔註 39〕

《禮記・曲禮》指出：

八十、九十曰耄，七年曰悼，耄與悼雖有罪，不加刑焉。〔註 40〕

《周禮》和《禮記》均對年幼或老者存著寬厚宅心，雖有罪亦不加刑，可見「矜老恤幼」為中國古代社會一項重要的法律原則。各朝代法律對於犯罪之未成年人各有不同處置辦法，但大抵以重輕量刑、寬容待之為原則。

《秦律》關於刑事責任年齡之規定，以身高為標準。對身高未滿六尺之

〔註 35〕中央研究院歷史語言研究所校勘：〈武宗〉「實錄」條，見《明實錄》（臺北：南港中央研究院歷史語言研究所出版，1966 年），卷一一三，頁 2303。

〔註 36〕見〔清〕永瑢撰：〈雜事〉，《四庫全書總目提要》（上海：商務印書館，1933 年據萬有文庫版本印行），卷一四三，頁 2982。

〔註 37〕同前註，卷六十五〈史鈔類存目〉「二十一史識餘」條，頁 1422。

〔註 38〕同前註，卷一三二〈雜纂中〉「十可篇」條，頁 2742。

〔註 39〕〔漢〕鄭玄注，〔唐〕賈公彥疏：〔清〕阮元校勘：〈司刺〉，《周禮注疏》（臺北：藝文印書館，1955 年），卷三十六，頁 57。

〔註 40〕見〔漢〕鄭玄注，〔唐〕孔穎達等注疏；〔清〕阮元校勘：〈曲禮〉，見《禮記注疏》（臺北：藝文印書館，1955 年），卷一，頁 16。

兒童行爲，不追究刑事責任。漢朝對未成年人刑事責任追究之起點在七至十歲間徘徊，以八歲爲根本。《唐律》援用《漢律》，是我國第一次系統規定有關青少年犯罪和保護青少年問題的法典。唐朝對未成年人之刑事責任規定有三。第一，對年滿十歲，未滿十五歲之未成年人，以減輕其刑事責任爲原則。除犯少數極其嚴重之罪外，採用以贖代罰之免罰原則或減輕處罰原則。第二，年滿七歲，不滿十歲之未成年人，對其採取限制刑事責任範圍之原則。若是犯反、逆、殺人等應判死刑等極其嚴重之罪者，需經過上請程序，由君主核准，始能判處死刑；若犯盜、傷人等次嚴重之罪，則採用以贖代罰之原則處理；若犯其他罪行，則一律免予處罰。可見，對未成年人使用死刑持十分謹慎之態度，經過上請程序，使得一部分死囚可能因君主的仁慈而獲重生。第三，未滿七周歲之人，不需負刑事責任，即便犯該處死刑之罪亦不處罰；但因祖父、父親犯反、逆罪而受株連的，則需負刑事責任。迄於宋、元、明、清等朝代，關於未成年人犯罪的規定，基本上均沿用《唐律》。〔註41〕

　　成人對於兒童犯法之處置奠基於其自身之兒童觀，亦即成人如何看待兒童此一個體，將影響其對兒童犯法之處置方式。基本上，大多數成人皆認爲兒童年幼無知，法律往往從輕量刑，或給予其它替代性處罰，令其悔改；但中國古代刑法一方面標榜統治階級之仁愛，體恤疾弱；另一方面，在法律實踐中，統治階級又任意違反法律規定。〔註42〕張墉《二十一史識餘》記孔琇之處理十歲小兒竊割鄰稻事件。

　　　　孔琇之爲吳令，有小兒年十歲，偷刈鄰家稻一束。琇之付獄案罪，
　　　　或諫之，琇之曰：「十歲便能爲盜，長大何所不爲？」縣中皆震肅。
　　　（5-1）

基本上，法律對於犯罪孩童秉持寬厚減刑之原則，然孔琇之卻認爲，年紀小小的十歲孩子竟當起強盜，偷竊鄰人家中稻米，長大又有什麼做不出來的呢？遂將之付獄案罪。見微知著，以小窺大，成人之表現取決於孩提行爲；孔琇之不認爲在緩慢漸進之成長過程裡，孩童將會有所改變，小時爲盜，長大後

〔註41〕見張忠斌：〈關於未成年人犯罪概念的比較與界定〉一文，收於陳興良：《中國刑法學年會文集》（北京市：中國人民公安大學出版社，2004年），第二卷，頁633～643。

〔註42〕王春林：〈論中國古代法律中的矜老恤幼原則〉，《廣西青年干部學院學報》第十六卷第四期（2006年7月），頁68～69轉72。

必然變本加厲。

呂純如《學古適用編》云：

> 明永樂初，京中有童毆祖母者，刑部主事李厚鞫其情，認爲童稚
> 無知，非眞有所毆也，上疏請恤。帝面試其童，曰：「能識左右，何
> 謂無知？」遂謫厚。（卷四十三〈刑罰不可不中〉，頁 22）

童孫毆祖母事件，係屬卑幼犯尊上之罪，但刑部主事李厚念在孩童「童稚無
知」，上疏請恤，皇帝親自面試幼童，認爲此孩童「能識左右，何謂無知？」
刑部主事者與帝王看法互異，在這樣的狀況下，自然尊崇皇帝判決。

　　我國傳統舊律，刑法與道德關係至爲密切。人倫本於天，法律亦是如此。
道德之基礎在於倫理，天子與父祖之權威至高無上。因此，卑幼必須服從、
恭敬尊長，尊長也必須教導、保護卑幼。若有違犯，卑殺尊者，則入惡逆、
不孝、不睦之罪〔註 43〕。上述兩例中，對於兒童犯罪之處置，每個人見解不
同。基本上，兒童犯罪，法律雖採以贖代罰之免罰原則或減輕處罰原則，然
而，考慮小兒犯罪之處置者如地方官吏、帝王等，卻不盡然完全按照法律規
定，大多參考法條規定，按照自己的觀點處置。有一派人士認爲「幼以如此，
況其長成？」認爲孩童小時即已如此悖逆叛道，長成之後必然變本加厲。此
派人士顯然覺得孩童邁向成人之途，依然本性故我，不會產生任何改變，因
此，「細漢偷挽匏，大漢偷牽牛。」爲避免其長成後本性更加惡劣，應予以加
重治罪。另有一派成人則認爲兒童年幼無知，其未來具有無限可能性，應該
予以機會。不同觀點，造成了不同的處置方式。

　　「知錯能改，善莫大焉」，以寬容心看待人的錯誤，對未成年人更是如此。
古代刑法以「德主刑輔」爲基調，「敬老卹幼」爲重要原則。歷朝列代雖有法
律規定，但審判時以「人治」爲主，地方官可能並未按照法條，便逕自依照
自己觀點，進行判決，法律雖明訂條文，往往僅止於參考作用罷了；在此情
況下，判決結果便透露審判者之兒童觀。

〔註 43〕隋代酌採北齊重罪十條，稱之爲「十惡」：一曰謀反，二曰謀大逆，三曰謀叛，
　　　　四曰惡逆，五曰不道，六曰大不敬，七曰不孝，八曰不睦，九曰不義，十曰
　　　　內亂。見〔唐〕魏徵撰：〈刑法志〉，見《隋書》（北京：中華書局，1981 年），
　　　　卷二十五，頁 710。

第四章　明清世說體著作兒童書寫之意涵

第一節　觀　看

　　人物品評，由來已久〔註 1〕，魏晉時代蔚為風尚，因此，《世說》三十六門實可說是一品鑒人物之作，觀其門類〈賞譽〉、〈識鑒〉諸篇，即可了然；從〈德行〉迄於〈仇隙〉，《世說》反映當時文化風尚。明清文人心好《世說》，編寫材料之際，心中有所取捨剪裁；這些經過鎔鑄篩揀之材料，實已不再單純意指魏晉風尚，收錄的雖是前朝事蹟，卻呈現了明清文人觀看角度，已是

〔註 1〕人物品評，始於先秦時代，孔子根據人之氣質和天賦差異，將門人分為「德行」、「言語」、「政事」、「文學」四科。然而，有意識形成社會風氣的人物品評始自東漢，當時提拔人才主要有兩種途徑：一是由公府直接徵辟，二是由地方察舉孝廉。曹魏時期，曹丕採納魏司空陳群建議，設置了九品中正制，沿襲東漢以來重觀察而不重考試制度之發展，使名士清議與政府合作，變成為私人的「月旦評」，官府之中正品第，具有某種抑制大族和名士清議朋黨交遊之作用。其後，隨著世家大族勢力的擴張和司馬氏的上台，九品中正制也逐漸變成鞏固門閥制度的工具，中正的品第在大多數情況下只是例行公事，並不作為入仕的主要依據。原來隸屬於政治性的人物品評，逐漸演變成人物才情、容貌、智慧和風度的品評，具有了美學上的意義。《世說新語》正是此種審美性人物品評的集大成著作。有關人物品評之背景，可參考碩論張蓓蓓：《漢晉人物品鑒研究》（臺北：國立臺灣大學中國文學系研究所博士論文，1983年）。方碧玉：《魏晉人物品評風尚研究——以《世說新語》為例》（臺中：國立中興大學歷史學研究所，1996年）。以及熊國華：〈人物品評與《世說新語》的敘事結構〉，《西南師範大學學報》第三十卷第四期（2004年7月），頁162～165。

一種再創作。本節試圖以明清世說體著作編纂者之「觀看」爲出發點，透過「觀看」，明清世說體著作呈現了時代的聲音。

一、觀看者與觀看場景

編纂者帶著自身價值判斷「觀看」材料，歷經汰擇取捨，編輯成篇，是故，文本外，編纂者以第三人稱全知全能觀點敘事，是最主要的觀看者；文本內，透過與孩童產生對話、發生接觸之人，體顯孩童出色之言行舉止，此類對話之人亦爲觀看者，編纂者藉由對話者發聲，或褒揚鼓勵、或發言評論孩童優劣。表面上是對話者的觀點，實際上卻蘊含編纂者主觀意識。觀察明清世說體著作之「觀看」，多爲以下兩種形式：

> 楊遵彥小時鳳成，從父兄黃門侍郎昱特相器重。嘗謂人曰：「此兒駒齒未落，已是我家龍文，更十年當求之千里外耳。」（561-1）

篇章內，孩童並未與任何人對話，兒童主角楊遵彥「小時鳳成」四語，乃由編纂者「觀看」而得；另一讚美言論：「此兒駒齒未落，已是我家龍文，更十年當求之千里外耳。」出自於親族長輩「觀看」後所發之讚語。因此，此篇有兩層觀看，其一爲編纂者，其二則由編纂者假藉文本內的觀看者發聲。

另一種方式，編纂者則等同於觀看者。如：

> 殷陶，汝南人，年十二，遭父憂，有長蛇帶其門，舉家奔走，陶以喪柩在，獨居廬不動。（331-2）

此寫法，乃編纂者於文本外以第三人稱全知全能觀點敘事，篇章內除了兒童主角獨居廬不動的孝順行止，並無任何與之對話者。全篇無評論，編纂者爲觀看者，在故事背後觀看孩童之行止言語。

要言之，編纂者爲理所當然之觀看者；除了自己以第三人稱觀點敘事，表露對兒童主角的激賞之情外，編纂者往往於文本中安插另一名代替發聲的成人，透過此位成人讚賞之言以顯示作者內心觀點。

中國傳統社會以家族爲重心，孩童人事情感多圍繞著家族打轉，身處於一個人際關係比較豐富而複雜的環境。在成長過程中，與他經常接觸的不一定以父母爲主。祖父母、伯叔、舅姑、姨等，以及兒童的堂、表兄弟姊妹，都可能跟他住在一起，朝夕相處〔註2〕。這些人與孩童具有血緣關係，在日常

〔註 2〕 熊秉貞：〈試窺明清幼兒的人事環境與情感世界〉，《本土心理學研究》第二期（臺北：桂冠圖書股份有限公司），1993 年 12 月，頁 251～276。

生活親密接觸，理所當然能夠好好仔細觀察孩童言行舉止；至於照顧孩童的奶媽、教導孩童讀書識字的塾師，雖與孩童並無血緣關係，但由於與孩童生活親密，也以自身角度觀看孩童，從而代替作者發聲，與兒童產生對話。此外，孩童伴隨親族長輩出席各場合，陌生長輩亦有可能成為觀看者。在各種場合下，孩童被陌生長者所觀看：應童子試，孩童需得面對陌生考官；帝王的召見、隨家族長者面謁達官貴人、父友（師友）的來訪、偶然間萍水相逢的僧人、鄰居老者、官吏；甚或盜賊、市井擺攤算命的相者等，都在機緣巧合下成為了孩童的「觀看者」。

　　文本內，成人與兒童發生互動的場景相當廣泛，私密住家空間如：臥室、廳堂、書齋、廊廡、庭院之外，公共領域如：學館、佛寺、市集、街道、講堂、戲院等不乏兒童蹤影；在田野、馬廄、放牧牛羊的草地等，皆可見孩童為困窘的家計盡一己棉薄之力；水濱、大樹、街道更是孩童遊戲玩耍之地；這時，陌生成人便有機會成為觀看者，大喇喇於公眾場合下，用自己的標準進行「觀看」。

　　相較之下，發生於公共領域的觀看要較私密的住家空間為多，孩童有許多機會伴隨父祖上任赴官、出外旅遊、謁見朝廷官員，或者出席成人講學處所、陪伴家人參加宴會等，因此，便有許多機會於公眾場合嶄露頭角。

　　職是之故，明清世說體著作內，觀看者無所不在，觀看場景亦無處不是。文本外，編纂者高高在上，於情節背後進行觀看；文本內，編纂者藉著與孩童日常生活產生交集的對話者觀看。在觀看過程中，孩童之優劣、未來成就雖出於對話者之口，實則編纂者揀擇了材料，對話者只不過代表了編纂者意識，為編纂者發聲罷了。

二、觀看角度

　　觀看者對孩童的讚語與評論，呈現編纂理念，同時也蘊藏了明清時代的兒童觀。究竟觀看者如何去評斷一名孩童優劣？時人觀看兒童的角度定焦於何處？釐清觀看角度，有助於吾人了解明清時代之理想兒童類型。以下試擬從擬從「出生異象」、「容貌」、「言行」幾個觀看角度來探討。

（一）出生異象

　　新生命的誕生往往備受期待矚目。婦女懷孕在民間有許多美名，如：「有喜」、「得喜」、「害喜」等；與嬰兒相關之出生慶賀儀式，如：洗三、十二天、

命名、滿月等，無不顯示成人對新生兒的期待與喜悅之情。

對於尚未出生的孩童，古人滿心歡喜期待，往往賦予出生之際的奇特景象諸多祥瑞意義。受到賞識讚美之對象，往往為容貌佳、早熟資優之兒童。容貌佳者，如：頗受齊武帝寵愛的寶皇后「髮垂過頸，三歲與身齊。」（741-1）身體機能早熟者，如：耶律阿保機生時「才墮地，即體如三歲兒，能匍匐，三月能行。」（326-1）語言早熟者，如：有陂氏「生而能言」。（410-1）這些兒童於各方面發展呈現早熟狀態，邁開大步迅速離開童年，走向成人之途。

此一觀看角度或緣由於成人「望子成龍，望女成鳳」的心態，許多出生異象，往往被賦予想像而產生。如：隋高祖楊堅，甫呱呱落地，便「生而龍顏，額有五柱入頂，目光外射。」一名嬰孩怎可能具有「龍顏」？甚而「有文在手曰『王』」（544-1）這些應是旁人穿鑿附會，添加想像而來。

（二）容　貌

古人曰：「相由心生。」容貌可以反映一個人的內心世界，魏晉時人深信，外在姿貌為內在才分之反映，品鑑往往以當下第一眼為依據，由於當時強調天才，品鑑人物時間並不長，既未詳考才性學問，亦不多方觀察試驗，或萍水相逢、擦身而過，或相見一面、交談數語，便以其人之風度神采為憑，鐵口預言此兒之優劣或未來。僅憑藉第一眼便對孩童優劣下判斷之例，屢屢見於明清世說體著作中，如：徐象梅《瑯環史唾‧名畫上》曰：「戴安道幼時在瓦官寺內畫，王長史見之曰：「此童非徒善畫，亦終當致名。」……。王長史見戴安道作畫，僅憑藉第一印象，便做出此孩童終當致名之品鑑。（737-1）因此，「第一眼」於品鑑過程中益發重要〔註3〕，成人從兒童容貌、神情、態度，進而評論其日後成就。「容貌」往往為成人與兒童攀談之條件。何良俊《何氏語林》云：

> 盛孝章為臺郎，路逢一童子，是孔文舉，孔時年十餘歲，孝章察其容貌非常，怪而問之，孔舉手答曰：「是魯國孔融。」孝章以為異，乃載歸，與之言，知其奇才，便結為兄弟，升堂拜親。（34-1）

〔註3〕又如：于謙七歲，僧蘭古春「見而奇之」，一面之緣即刻認定于謙乃「此他日救時宰相。」（12-2）裴秀年十餘歲，有賓客詣其兄長裴徽，「出則過秀」；僅僅擦身而過，見裴秀之過人風采，語曰：「後進領袖有裴秀。」（632-1）陳蕃為父親齎書詣功曹薛勤，勤「察而異之」，謂其父曰：「卿有不凡子，吾來候之。」（514-1）趙郡李憕嘗過元義門下，見李諧之風采，謂其父曰：「領軍門下見一神人。」（214-1）

「容貌」為盛孝章決定是否與孔文舉交談之重要因素，觀看孔文舉「容貌非常」，是以決定與之攀談；等到「載歸與之言」，更覺言語契合，便升堂拜親，結為兄弟。若孔文舉容貌平庸，盛孝章不免也將其當作一般庸碌童子，更不會滋衍出結為兄弟，升堂拜親之佳話。

　　盛行於魏晉南北朝之人物品鑒相當重視第一眼印象。何良俊《何氏語林》記載：

> 王仲宣出入長安，蔡中郎見而奇之。時蔡才學顯著，貴重朝廷，常車騎填巷，賓客盈座。聞仲宣在門，倒屣迎之。仲宣至，年既幼弱，容狀短小，一座盡驚。蔡曰：「此王公孫有異才，吾不如也。吾家書籍文章盡當與之。」（123-1）

樊玉衡《智品·能品二》云：

> 高洋內明決而外如不慧，眾皆嗤鄙之，獨歡異之，曰：「此兒識慮過吾。」幼時，歡嘗欲觀諸子意識，使各治亂絲，洋獨持刀斬之曰：「亂者必斬。」（367-4）

王仲宣年紀幼弱、容狀短小，眾位賓客眼中，此童相貌平庸，毫無過人之處；蔡中郎倒屣迎之，盛禮如此，一座盡驚；後聞蔡中郎之言，始知仲宣身具異才。高洋「內明決而外如不慧」，因外型不討喜，眾人嗤鄙，唯獨父親高歡藉著「治亂絲」觀察出高洋果決明斷之個性。

　　此二例可見，容貌雖不足用以判斷兒童真正之優劣，絕大多數人仍賴之以為評斷標準。須臾短暫之接觸下，無暇細細了解，自然以容貌為第一印象；大部分成人對相貌清秀出眾者具有好感，給予好評，認為此類孩童未來成就無可限量。美男子衛玠年僅五歲便「神爽聰令」（629-1），展露聰慧氣質；總角時，乘羊車入洛陽，見者咸曰「誰家璧人」（628-1）。即便如此，容貌醜陋之兒倒也不一定博得成人之惡。李贄《初潭集》曰：

> 周燮生而欽頤折額，醜狀駭人，母欲棄之，父不聽曰：「吾聞賢聖多有異貌，興我宗者此兒也。」於是養之。始在髫齔而知廉讓，十歲就學，能通詩論。（281-2）

甫呱呱墜地便「欽頤折額，醜狀駭人」的嬰兒，連母親都不想要養育，可見其貌之醜怪畸形，父親卻秉持「賢聖多有異貌」之觀點，周燮之醜反倒使其異於常人，是以父親亦寄予厚望，認為「興我宗者此兒也」。果不其然，周燮品學兼優，髫齔之幼齡便知廉讓，十歲能通詩論。

　　如此觀之，容貌之美醜同列「相貌非常」之類；所謂「醜」，從另一角度詮釋，亦可以爲「異貌」。兒童因「容貌非常」而獲得成人青睞，這類風姿神朗的孩童在成人心中留下深刻印象，夏侯太初征西之際，樂彥輔之父樂方嘗參其軍事。彥輔時年八歲，太初見彥輔在路，呼與語，謂其父曰：「向見廣，神姿朗澈，終爲名士。」（671-1）僅僅一照面，並未有任何交談，夏侯便因樂彥輔之姿采風度，看好其未來。慕容廆兒時「異其狀貌」，張茂先見之，語曰：「卿弉世之器也，異日當匡難濟時。」爲表重視，張茂先脫所著幘遺之。（670-1）李存勗從父親克用破王行瑜，獻捷於京師，昭宗見之，亦「異其狀貌」，撫其背勉勵曰：「兒有奇表，後當富貴，毋忘予家。」（205-1）「終爲名士」、「異日當匡難濟時」、「後當富貴」等語，無不表露成人之殷殷期盼，句中雖未明確指出孩童日後成就，但大抵可知應位居仕宦顯要。

　　面貌兇惡不善之兒，成人則多預言其將來必成大患。王世貞《世說新語補》道：

　　　　潘陽仲見王敦小時，謂曰：「蜂目已露，但豺聲未振耳，必能食人，亦當爲人所食。」（96-1）

目如蜂眼突露、聲似豺狼虎豹——年齡幼小之時，便已顯露兇惡面相，長成後之凶悍殘暴可想而知。

　　大體言之，明清世說體著作殊少具體形容兒童相貌之辭，如：徐陵「目有青睛」，時人以爲聰慧之相。（355-1）何烱「白皙美容貌」。（250-3）對外貌神采之描述甚爲扁平，僅僅點到爲止。「容貌非常」之孩童博得成人欣賞，貌美者受到第一眼注目；貌醜者則爲「容貌非常」之列，寄予厚望；至於相貌兇惡者，則預言其必爲禍患。「容貌」實爲一觀看角度，透過外貌所顯露之神采氣質，可評斷孩童之優劣，預言其成就未來。

（三）言　行

　　察其行，知其性；聞其言，知其心，言談舉手投足間不經意的小細節往往反映內在潛藏性格。何良俊《何氏語林》指出：

　　　　武伯南三子小時皆秀異。同郡劉公榮名知人，嘗造伯南，伯南曰：
　　　　「卿有人倫，欲使三兒見卿，卿爲目其高下。」公榮乃自詣陵兄弟，
　　　　與共言論、觀其舉動，出語伯南曰：「君三子皆國士也，元夏器量
　　　　最優，有輔佐之風，展力仕宦，可爲亞公。叔夏、季夏不減常伯納
　　　　言也。」（784-1）

觀其言談、察其行止，劉公榮論斷出武伯南三子，未來於仕宦之途皆大有所為。文本未進一步明確道出武伯南三子與劉公榮應對之內容，及其當時之行止，不知劉之識鑒標準為何，但可知曉，除了第一眼外貌印象，「言語」與「行止」實為人倫識鑒之重要角度。

孩童言行事蹟的記載為明清世說體著作之大宗，筆者第三章第一節將兒童之言行事蹟分為道德、文學、言語、膽識、才藝、勤學等類項，這幾類項又符合成人觀看兒童，評斷其優劣的角度，以下於各類項挑舉簡例作一觀察與說明。

1. 道　德

我國自古以來十分重視道德。歷代學者對於修身養性之道、進德修業之徑，多有見解。啟蒙書籍中，亦不乏道德事蹟之描繪，以便滋養孩童初萌之心；眾多道德中，「孝」是成人較為重視的觀看角度。徐象梅《瑯環史唾》云：

> 庚杲之幼有孝行，宋司空劉勔見而奇之，謂曰：「見卿足使江漢崇望，杞梓發聲。」（426-1）

孝心與孝行均為成人所推崇的美好德行，儘管孩童只能盡微薄之孝行，其孝心卻值得肯定，是評斷孩童優劣的指標之一。庚杲之幼有孝行，宋司空劉勔抱持鼓勵與肯定，認為此行值得眾人學習仿效。

徐象梅《瑯嬛史唾》曰：

> 謝蘭五歲，父母未飯，乳媼令先飯，蘭以不覺得饑，彊食，終不進。舅阮孝緒聞之歎，曰：「此兒在家則曾子之流，事君則蘭生之匹。」
> （708-1）

謝蘭遵守父母先食之禮，無論乳媼如何勉強，依然不肯先進食，此孝心獲得舅舅阮孝緒肯定：「此兒在家則曾子之流，事君則蘭生之匹。」明清世說體作者肯定孩童之孝心，認為孩童在家若能夠盡孝，日後必能以盡孝之心事君，因此，由孩童之孝心與孝行往往可預知其日後成就。

成人亦欣賞道德自制力強的孩童，認為這樣的孩童性格恬淡寡欲，焦竑《焦氏類林》曰：

> 楊愔四世同居，昆季就學者三十餘人，幼時學庭有李樹，實落，群兒爭取，惟愔頹然獨坐，季父暐見而異之，曰：「此兒恬裕有我家風。」（562-1）

好吃貪玩原爲兒童之天性，學庭李樹豈無主人耶？群兒爭先恐後搶拾落地果子，眾人譁然之際，楊愔「頹然獨坐」。兩相比較，形成一動一靜之鮮明對照。孩童喜熱鬧喧嘩，愛呼朋引伴，同儕之爭取果實，必然對楊愔形成召喚誘惑，欲抗拒同儕影響，實需要強大自制力。季父楊暐見楊愔小小年紀，竟能有如此道德自制力，讚曰：「此兒恬裕有我家風。」

對於小小年紀便文靜恬欲、穩重成熟，表露高度道德自制的孩童，古人極爲讚賞。七歲的李孝諧「平生未嘗回顧」；相較於尋常毛躁孩童，孝諧行止實成熟穩重，姑奇之，認爲其將來「當爲重器」（217-1）。王充兒時「不妄狎儕倫，不掩雀捕蟬」（45-1）。不與同儕遊戲、不掩雀捕蟬之孩童，儼然父母心中的乖寶寶，幾乎沒有「孩子」該有的模樣。六歲的王瞻從師讀書，有妓經門，一同上學的朋友紛紛離開座位，跑出外頭觀賞，唯有王瞻「獨不視，習業如初」。六歲兒童正值活潑愛看熱鬧的年紀，滿街喧嘩吵鬧，定力堅強的王瞻，其性格穩重成熟，一心專注眼前之書，不受外界事物引誘，與一般兒童喜愛嬉鬧玩耍之天性相互違背，從父僧虔言：「大宗不衰，寄之此子。」（91-1）外祖任王慈索取寶物，淡薄寡欲的王慈只取素琴、石硯、孝子圖而已，其淡薄寡欲如此，祖父大奇之。（75-1）兒童之本性或許有靜有動，這些文靜的類型被置入文本中，高度的道德自制不斷被反覆強調歌頌，充分顯示成人觀看的角度與偏好。

2. 文　學

明清以科舉取士，八股文爲講究文字對仗工整之體裁，因此，教兒屬對乃明清士人對幼兒啓蒙活動中普遍且重要之一環。中國舊時詩文多求對稱，故明清士人常欲於子弟年幼時，藉著教孩童作對子，從訓練識物、押韻等基本知識開始，傳授兒童字音字義對稱之理。作出一副對子，對孩子的智力和語文都是很好的訓練，而且，當時的家長以爲對子弟未來學做時文，也有直接助益，是以平日即進行屬詩爲文之訓練﹝註4﹞。在此時代浪潮下，小小年齡便善於屬對賦詩的兒童自然受到文人傾慕喜愛，孩童屬對賦詩過程中，可察其志向、體其性情，更進一步藉此觀看孩童之優劣。文學才華佳之兒童往往爲成人所看重。

吳肅公《明語林》云：

﹝註4﹞ 見熊秉貞：《童年憶往：中國孩子的歷史》（臺北：麥田出版社，2000 年 8 月再版），頁 98。

吳宗伯小時能文，識之者曰：「此兒玉光劍氣終不能掩。」（229-4）

焦竑《玉堂叢語‧夙惠》云：

> 王文恪公年十二能詩，人以呂純陽渡海像求題，公援筆書其上，云：
> 「扇作帆兮，劍作舟飄然，直渡海風秋，饒他弱水三千里，終到蓬
> 萊第一洲。」識者知其為遠器。（131-1）

小時能文的吳宗伯被寄予厚望；十二歲的王文恪以能詩而名，人以呂純陽渡
海像求題，意到筆隨，足見其文思敏捷。成人在年齡、識見、思想、文采、
處事等各方面均較兒童成熟，總是扮演兒童的教導者；成人向兒童求詩，益
發顯示其對於小兒之「才」的欣賞。

　　觀看上兩例，文才洋溢之兒在科舉取士的明清時代，未來成就似乎無可
限量；然而，此標準並非絕對。王用臣《斯陶說林》言：

> 周延儒幼時有神童之稱，而性頑劣，師以石硯盛水，頂之而跪，有
> 友雷一聲，謁師，見之，勸師放起。一聲曰：「欲汝作一文。」延儒
> 請題。一聲曰：「即以頂硯為題。」延儒曰：「一片石，一勺水，壓
> 住烏龍難擺尾。今朝幸遇一聲雷，扶搖直上九萬里。」一聲曰：「此
> 乃大貴之才。」師曰：「貴則貴矣，但姦人耳。」一聲曰：「何也？」
> 師曰：「烏龍乃賊龍也，何不言人龍。」果聯登會狀，後相烈宗，以
> 姦敗賜死。（282-1）

文學才華佳之兒童往往為成人所看重，預言其將來成就必然不低。周延儒借
用老師的朋友「雷一聲」之名，靈機應變，立即成詩。此詩雖妙，但是，「壓
住烏龍難擺尾」卻隱約透露其心術不端正、善於投機取巧之性格。觀看孩童
之文，可藉以預知其性格，更由此推論其未來。

　　在科舉制度盛行的年代下，擅長賦詩屬對之孩童，其未來被寄予厚望。
李德林年數歲誦左思賦，十餘日便度，高隆之見而嗟歎，遍告朝士云：
「若假其年，必為天下偉器。」（222-1）蔣公冕十歲，書過目成誦，鄉試第
一，丘文莊見而奇之，稱曰：「台輔之器。」（634-1）高九畹見方岳貢之文，
大讚賞之，以布為贈，認定其「名位等於江陵」。（135-1）寇萊公七歲，以一
首詠華山詩，博得其師讚譽：「賢郎聲口不凡，他年怎不作宰相？」（393-1）
薛文清年十五，隨父任滎陽教諭大參，陳宗「見薛文清文」，即大嘉賞曰：「才
雄氣廣，他日祿位不卑，非余儕備員竊祿者比。」（701-1）成人每每因孩童
文學造詣之高超而驚訝讚嘆，預言其將來必然厚祿位高，賞譽之詞不乏以古

之能文者比擬之，顯示內心深厚期待。

> 謝元正（謝眞）幼便聰慧，八歲爲春日閒居詩，從舅尚書王筠，奇其有佳致，謂所親曰：「此兒方大成，至如風定花猶落，乃追步惠連矣。」（703-1）

> 蘇晉數歲能文，嘗作八卦論，王紹宗見而歎曰：「此後來王粲也。」（743-1）

> 王道亨年十二作古塔詩，……，劉中行見而奇之曰：「寇萊公皋頭紅日之句不過是也。」（119-1）

> 潮陽蘇福，八歲賦初月詩，……，人詠之以示王鳳洲，王曰「極似陳白沙老來悟句。」（750-2）

謝惠連、王粲、寇萊公、陳白沙等皆爲古之能文者，以之爲讚美典範，除表露成人對兒童殷殷期盼之情外，這些能文之士亦使兒童心生孺慕景仰之情，進而效法模仿。

科舉取士盛行的明清時代，屬對賦詩的才能爲功成名就之階梯，觀看兒童所作詩文，實不失爲一個品評優劣的重要角度；擅長屬對賦詩之兒在這樣的時代背景之下，大量被標舉，是故明清世說體著作中出現數量龐大的文學類孩童。在「望子成龍」的心態下，這類孩童被期待日後成就無可限量，前文「必爲天下偉器」、「台輔之器」、「名位等於江陵」、「他年怎不作宰相」、「他日祿位不卑」等語，無非表露對孩童現階段的滿意，以及未來功成名就之期待。

3. 言　語

聰慧與否可由言語之優劣判斷，觀察孩童言語，可推知其性情或思想深度。依據孩童之提問，可追溯其思考方式；能產生「大哉問」之兒往往聰明優秀。江東偉《芙蓉鏡寓言》云：

> 許衡七歲受書，即問其師曰：「讀書何爲？」師曰：「取科第耳。」曰：「如斯而已乎？」師大奇之。（443-1）

許衡甫上學，便即刻問塾師：「讀書何爲？」塾師答以「取科第」，許衡顯然對此答感到不甚滿意，總覺得讀書似乎不僅止於此，又再度提問：「如斯而已乎？」許衡之第一次提問，可知其追根究底之求學態度；塾師之答未能滿足其疑慮，遂質疑之；第二次再度提問，許衡深思熟慮、喜好思考之求學態度

展露無遺，尋常孩童等待老師給予答案，便心滿意足；七歲的許衡卻渴望窮究一切，非要打破沙鍋問到底。

　　成人以言語做為觀看角度，評鑑孩童優劣；得體周全固然深得成人之心，詼諧俏皮亦使人耳目一新。明清世說體著作中，許多聰慧兒童與成人進行俏皮有趣的對話。此類孩童與成人之對話，通常事發偶然，出現於非正式場合，且往往由成人先開口「挑釁」。吳肅公《明語林》言：

> 吳鼇潭應童子試，縣尹佳其牘，問年幾何？曰十三。尹曰：「子豈外黃兒。」對曰：「君可中年令。」（232-1）

「子豈外黃兒」具有明顯調侃意味；縣尹佳其牘，深覺此文不應為一名十三歲小兒所成，這樣的質疑使吳鼇潭自尊略為受損；是以回敬「君可中年令」之言，以質疑之言回敬對方之質疑，妙矣。

　　成人並不一定欣賞唯唯諾諾，聽從命令的乖巧兒童，兒童若能靈機應變，勇敢表達自己的想法，亦頗討人喜愛。李紹文《皇明世說新語》曰：

> 何文肅喬新幼閱陳子桱《通鑑續編》，翰林周中規問：「子桱書法何如？」曰：「先輩著述非後生所敢議。然呂文煥降元不書其叛，張世傑溺海不書死節，曹彬、包拯之卒不書其官，紀義軒則採怪誕不經之談，書遼金則失內夏外夷之義，似有未當。」中規大驚，白其父冢宰公曰：「三郎學識，不意及也。」（246-1）

翰林周中規詢問何喬新讀陳子桱《通鑑續編》之感，喬新先謙言不敢非議先輩論述，接著便直指此書之非——「呂文煥降元不書其叛」、「張世傑溺海不書死節」、「曹彬、包拯之卒不書其官」、「紀義軒則採怪誕不經之談」、「書遼金則失內夏外夷之義」，其議論未採摭名家之言，全為己見，論述鏗鏘有力，廣博深厚之史學涵養，精闢深入之見解，一針見血，坦言自我見解而不隱諱，中規大驚，語其父曰：「三郎學識不意及也。」一名小兒具有如此犀利之批判性，令人自嘆弗如。聰慧之兒思慮周全成熟，其見解有時更甚於成人，發而為議論，或使人深省，或令人慚愧之情油然而生，達到勸諫效果。

　　在長幼有序的倫理制度下，幼敬老，老慈幼，各有一定關係與相處方式。言語得體之孩童遵守禮法，勇敢表達自我見解，董師中小時敏悟，唐古額爾袞器重之，撫其座曰：「子議論英發，襟度開朗，他日必居此座。」（589-1）伶牙俐齒的孩童以言語回敬成人，直言成人之非，年幼的于謙與僧人蘭古春兩度以言語相抗詰，古春欣賞其言語之機靈與文思之敏捷，與其師曰：

「此兒救時之相。」（15-1）無論得體周全或詼諧俏皮，言語均爲一種觀看角度，口才機穎之兒，日後成就必然不凡。

4. 膽　識

「膽識」是成人觀看角度之一，具有膽識的小兒往往成就非凡，或擔當武將軍帥，或成爲獨霸一方之主。

是否具備膽識，「遊戲」是個相當重要的觀看儀式。對兒童而言，遊戲是重要且愉快的事，在童年生活中佔有一席之地。從文化人類學的角度來觀察，兒童的遊戲是一種學習活動，用以進行文化傳承；從心理學角度來看，遊戲是一種社會學習。兒童遊戲並非一成不變的模仿，或是對成人行爲的複製，而是在遊戲中融入了兒童個人想法，透過想像與創造，並運用日常生活的自然物體與玩物，重新建構起兒童所觀察的成人生活，兒童並會重新設定成人生活的主題與功能，以符合特殊的遊戲邏輯與情感〔註5〕。孩童全神貫注於遊戲之際，充分展現自我，從旁觀看其言行舉止，與周遭玩伴之應對，不難知其性格、人際關係，從而品鑒其優劣、或推論未來成就。林茂桂《南北朝新語・品鑒》有王弘觀看王曇首子孫們遊戲之言行舉止，預知其未來性向之例：

> 王曇首兄弟集會，子孫任其戲，適僧達跳下地作彪子，僧虔累十二博，暮旣不墜落，亦不重作，僧綽採蠟燭珠爲鳳凰，僧達奪則打壞，亦復不惜。伯父弘嘆曰：「僧達俊爽不減人，然亡吾家者終此子也。僧虔必至公，僧綽當以文義見美。」（771-3）

遊戲反映兒童內在性格，在自由放鬆之狀態下，人潛藏的另一面毫無保留表露。僧達在遊戲過程中活潑頑皮，「跳下地作彪子」，對待僧綽之蠟燭珠「奪則打壞」，「亦復不惜」，是以推測其個性活躍、不受拘束，但由於其性格強悍，是以「亡吾家者終此子也」；僧虔「累十二博，暮旣不墜落，亦不重作。」其思慮周全，應當位至三公；「採蠟燭珠爲鳳凰」浪漫且富想像力，因此僧綽性格適合往文學方面發展，故將以文義見美。

遊戲，是一個兒童放鬆恣爲之場合，可藉由觀看遊戲性質、擔任角色，人際應對，品格優劣，孩童未來成就之推論於焉形成。焦竑《焦氏類林・夙惠》曰：

〔註5〕此乃 Fortes（1970）之研究，參考吳幸玲：《兒童遊戲與發展》（臺北：揚智文化事業股份有限公司，2003 年 10 月），頁 3～4。

司隸徐正名知人，苻堅六歲時嘗戲於路，正見而異焉，問曰：「苻郎，此官街，小兒行戲不畏縛邪？」苻堅曰：「吏縛有罪，不縛小兒。」正謂左右曰：「此兒有霸王相。」（303-1）

六歲的苻堅於道路旁遊戲，司隸徐正名見而異焉，故意以此街爲官街喝嚇之，問其在此遊戲是否不怕被縛？小小年紀的苻堅卻說出「吏縛有罪，不縛小兒」之理，如此理直氣壯，毫無畏懼，可見其不畏權勢之剛強性格，年幼已萌芽。徐正知人，遂認定「此兒有霸王相。」由於兒童在遊戲過程中加入了自己想法，故觀察兒童於遊戲過程之行爲，可窺知其個性。

遊戲性質反應個人氣質屬性。愛玩打仗遊戲的賈梁道，祖父深信其「長大必爲將」，遂口授兵法數萬言。（576-1）李遠與群兒玩戰鬥遊戲，指揮命令頗有大將之風，郡守見而奇之，命其更換遊戲，群兒散走，遠持杖叱之，奔散四方的兒童再度迅速組成原先的軍陣，雄壯威武，郡守見之，預言「此小兒必爲將帥。」（208-2）文靜內向的兒童必然不喜歡活潑打鬧如騎馬打仗等性質的遊戲，成人可以由兒童所喜好的遊戲屬性推測兒童氣質、觀看遊戲屬性、以及遊戲中的表現，預言其日後發展。

5. 才 藝

徐象梅《瑯嬛史唾·法書上》云：

王子敬年五六歲時學書，右軍從後潛掣其筆不脫，乃歎曰：「此兒當有大名。」遂書樂毅傳與之學，竟能極小眞書，可謂窮微入聖。（83-1）

書法乃代代孩童必學項目，年紀小小的子敬學習書法，右軍從背後潛掣其筆，手仍不鬆脫，其堅定不移的學習態度博得成人讚言。從才藝小兒學習態度，可略窺其性格。

徐象梅《瑯環史唾·名畫上》言：

戴安道幼時在瓦棺寺內畫，王長史見之，曰：「此童非徒善畫，亦終當致名。」（725-1）

王長史見戴安道之畫，認爲安道不僅擅長繪畫，日後必將獲致美名。小兒才藝往往獲得成人賞讚，進而肯定其將來成就。

明清時人對於身懷非主流才能的小兒秉持肯定態度，認爲此類兒童將來必致高名，職是之故，明清世說體著作內收錄了一些身懷特殊才藝之兒，擅長音樂、書法、棋奕、繪畫、刺繡、運動、武藝等。文人以小兒是否具

備特殊才藝觀看其優劣，身懷特殊才藝的小兒往往受到稱讚，認為將來必成大器。

6. 勤　學

明清時人對於勤學孩童給予極高讚譽。張墉《二十一史識餘·夙惠》道：

> 宗懍少聰令，好讀書，晝夜不倦，語輒引古事，鄉里呼為小兒學士。
> （286-2）

林茂桂《南北朝新語·標譽》云：

> 祖瑩字元珍，八歲能誦詩書，十二為中書學生，耽書，父母禁之，於灰中藏火，寢睡後，燃火讀書，以衣被蔽塞戶牖，恐為家人所覺，親屬呼為聖小兒。（320-4）

宗懍好讀書，晝夜不倦；祖瑩則趁父母熟睡後，偷偷燃火讀書，為恐家人察覺，遂以衣服、棉被塞住窗戶縫細。一獲得「小兒學士」之美譽，一獲得「聖小兒」之佳稱，莫不是因為其勤奮向上之求學態度，可見明清時人對於勤學孩童的肯定，認為其未來必然博得盛名。

學習態度是明清文人觀看孩童的重要角度，在科舉考試競爭激烈的年代，明清文人樂見天才，但更強調後天勤能補拙的學習功夫。幼時篤學，手不釋卷的王儉，其好學態度頗受叔父僧虔讚美：「我不患此兒無名，正恐名太盛耳。」（121-3）觀看勤學與否，是衡量孩童優劣的重要角度。

以出生異象、容貌、言行為主的觀看角度具有普遍性與客觀性，但亦受到個人主觀因素左右。基本上，以言行為主的觀看，遠勝過外在容貌。個人主觀亦容易形成不同看法，有時難免有相同對象，看法相異之情況，如：羊祜與山濤便對品鑒王夷甫有不同觀點。王世貞《世說新語補·識鑒》云：

> 王夷甫父乂為平北將軍，有公事，使行人論不得，時夷甫在京師，命駕見僕射羊祜、尚書山濤。夷甫時總角，姿才秀異，敘致既快，事加有理，濤甚奇之，既退，看之不輒，乃嘆曰：「生兒不當如王夷甫耶。」祜不然之，夷甫拂衣而起，祜謂賓客曰：「此人必將以盛名處當世大位，然敗俗傷化者，必此人也。」（115-1）

儘管王夷甫容貌氣質秀異，言辭暢達，敘事條理分明，羊祜、山濤對夷甫之評論各不相同，山濤有「生兒不當如王夷甫」之慨嘆；同樣的言談、行為，羊祜卻認為夷甫未來確實當居大位，然亦是敗俗傷化之人。山濤給予正面肯

定，羊祜之評價傾向於負面，此乃因爲品評角度雖受到時代風尚影響，個人主觀看法不同，是以評價各不相同。

　　作爲一名觀看者，成人由兒童出生異象、容貌、言行等觀看角度，試圖據此了解兒童性格、氣質，並預測其將來成就。要言之，貌美之小兒較具優勢，貌醜者亦可稱「異貌」，均爲成人所賞睞。言行方面，道德、文學、言語、膽識、才藝、勤學爲成人所觀看之角度；以上這些觀看角度，具有普遍性與客觀性，但受到個人主觀因素左右，產生不同評價。

三、觀看未來

　　檢視古代民俗，新生兒甫滿周歲，便有「抓周」儀式。此風俗流傳已久，爲民間測驗嬰兒性向，預卜前途之習俗。《顏氏家訓》記載：

> 江南風俗，兒生一期，爲製新衣，盥浴裝飾，男則用弓矢紙筆，女
> 則刀尺鍼縷，並加飲食之物及珍寶服玩，置之兒前，觀其姿意所取，
> 以驗貪廉愚智，名之爲試兒。〔註6〕

從這一則記載，我們可以知道，抓周之風俗魏晉南北朝已有，其作法如下：將各類物品羅列放置於孩童面前，任由孩童抓取，視其所抓取之物，預測其未來志業。「抓周」之目的主要在檢驗嬰兒之貪廉愚智，可說是古代最早觀測觀測孩童性向、品鑒孩童優劣之法。

　　趙瑜《兒世說》云：

> （曹）彬週歲日，父母以百玩之具羅于前，觀其所取，以覘終身之
> 業，彬左手提干戈，右手取俎豆，斯須取一印，餘無所視，後爲樞
> 密使相。（423-1）

曹彬周歲之日，父母爲其舉行抓周儀式，以覘其終身之業。曹彬左手提干戈，右手取俎豆，又取一印，後爲樞密使相，果然印證了兒時的抓周儀式。

　　以「抓周」觀測孩童性向，頗具占卜性質；好的結果固然可喜，但所抓之物若非世俗傳統肯定之物，這樣的孩童便不討喜。紅樓夢第二回：賈政欲測試寶玉未來志向，便將世上所有物件取來，誰知寶玉一概不取，只把些脂粉釵環抓來。賈政大怒，認爲此兒將來必爲酒色之徒，不大喜悅。

　　由於對兒童之企盼，渴望預知其未來成就，成人甚至故意於日常生活中

〔註6〕「抓周」又稱「試睟」、「試周」、「試兒」。見王利器：〈風操〉，《顏氏家訓集解》（北京：中華書局，1993 年 12 月），頁115。

安排一突發事件，藉以觀看兒童反應，希冀窺見孩童氣質、性格，藉以預測孩童未來成就。呂純如《學古適用編·觀人於所忽》言：

> 呂文靖公生四子：公弼、公著、公奭、公孺皆少。文靖與夫人語：「四兒他日皆繫金帶，但未知誰作相，吾將驗之。」他日，四子居外，夫人使小鬟擎寶器貯茶而往，教令至門，故跌踣之，三子皆失聲或走告夫人」，獨公著凝然不動，文靖謂夫人曰：「此子具相度矣」。（785-2）

寶器於眼前匡啷碎裂，「失聲」或「走以告人」皆顯示心思容易受到波動；唯獨公著心平氣和不受影響，是以呂文靖公認為四子中以公著性格較為沈著，推測此子必作宰相。

我們忍不住疑惑，何以從出生異象觀看嬰兒之吉凶未來？何以藉著觀看孩童容貌、言行推測其未來成就？有必要藉著抓周儀式為一名牙牙學語的小嬰孩檢測其貪廉愚智，預測其性向與成就嗎？成人何須刻意設計突發事件，以預測孩童未來成就？何不讓孩子順其自然成長，待長大後，無需預測，成就自然清楚明瞭。

觀看者基於自身價值觀點，發言評論；明清世說體著作內，除了〈品鑒〉、〈賞譽〉外，不少篇章記錄著成人針對兒童容貌、言行事蹟進行評論的文字，整個明清世說體著作內的兒童材料，可視為一部巨大的兒童品評之書。審視成人的觀看角度——「出生異象」、「容貌」、「言行」，無一不充滿預測與檢視意味，希冀從這些角度能夠觀看出孩童性格、氣質、優劣，以便預知其日後成就，因此，觀察成人品鑒與評論之語，多涉及預測孩童未來成就。醜陋如周燮者，連生身母親都欲拋棄，卻因「聖賢多有異貌」之言存留於世；未來可期待，這才是重點，童年也就不足論矣。中國成人往往「望子成龍，望女成鳳。」當嬰兒自母親腹內呱呱墜地，周遭殷殷盼望之眼，屢屢投注關切目光。觀看著孩子的成人，讚美言語暗暗藏著對孩子未來前途的殷殷期待；無論是出生之時的異象、占卜性質的抓周，以「容貌」、「言行」為主的觀看角度，甚或故意設計一突發事件，莫不反映成人焦急渴盼觀看獲知嬰孩未來之心情，箇中實蘊藏著深深期待。

第二節　創造新類型

明清世說體雖模仿《世說》，其內容亦有相合雷同處，在時代變遷下，增添不少內容。就「身分」方面而言，《世說》兒童身分多為貴族階級；明清世

說體著作之孩童身分雖亦多貴族階級，但選材層面較為廣泛，多了「奴僕」身分的孩童，展露忠誠護主的高尚情懷〔註7〕，其焦點稍稍擴及平民與奴僕身分之孩童，較多元化，可視為取材角度上的一種更新。依性別而言，在性別關注面向上，明清世說體著作有以女性為主題之專書，較《世說》範疇廣泛，總算注意到另一個性別的存在。就類型而言，《世說》各篇所輯錄之孩童多伶牙俐齒、巧於應對；耳聰目明、長於記憶；膽識過人、敏於洞察，其言行事蹟偏向「道德」、「文學」、「智勇」、「言語」四類；迄於明清世說體著作，更擴充了《世說》的兒童類型。

一、女　童

　　《隨園詩話‧補遺》記載袁枚設席款待女弟子：

　　　　庚戌春，掃墓杭州，女弟子孫碧梧邀女士十三人，大會於湖樓，各

　　　　以詩畫為贄，余設二席以待之。〔註8〕

由「以詩畫為贄」、「設二席以待」之言，可知袁枚與女弟子以詩唱和、往來之密切。此場景在女教書籍刊刻流行〔註9〕，倡導「女子無才便是德」的年代〔註10〕，「內言不出於閫」，女性聚會論詩，如此開放景象，無疑是一種令人

〔註7〕　如：勇敢善戰的哥舒翰家臣左車（147-1）、賣身為父償債的李丞相僕人之女　　　　　（3-1）。

〔註8〕　袁枚：《隨園詩話‧補遺》（臺北：廣文書局有限公司，1971年6月），卷一，　　　　　頁3上。

〔註9〕　所謂「女教書籍」，乃是專門教育女性遵守禮教、規範道德的書籍，其內容多　　　　　以婦女之德行教育為主。古代女性教育目的並不在於學習知識、發展智能，　　　　　而在教導女性學習閨門禮儀、知曉禮法，以便遵守婦道，克盡婦職。這類道　　　　　德教育的學習是女性教育主體。考察二十五史所記載之女學著作有八十本；　　　　　其他詩文集，如胡文楷《歷代婦女著作考》所收錄的女學著作亦不少。此外，　　　　　明清兩代亦有許多大型叢書載錄許多女性相關資料，例如：《女四書》、《教女　　　　　遺規》、《古今圖書集成》、《奩史》、《綠窗女史》、《東聽雨堂刊書》、《西京清　　　　　麓叢書》、《香豔叢書》等。

〔註10〕劉詠聰〈中國傳統才德觀及清代前期女性才德論〉一文對此問題有詳細討論。　　　　　劉氏認為清初王相編《女四書》，註解《女範捷錄》時提到「女子無才便是德」　　　　　一語時，謂為「古人之言」；而馮夢龍《智囊全集》更早指出「語有之：『男　　　　　子有德便是才，婦人無才便是德』」之語，可見明人著作已有此語。此外，陳　　　　　東原《中國婦女生活史》亦認為此語見於清初，宋代以前無此記錄（臺北：　　　　　臺灣商務印書館股份有限公司，1994年12月臺一版，頁189～202）。婦女才　　　　　德觀為晚明婦教議論焦點，可參考劉詠聰著作〈中國傳統才德觀及清代前　　　　　期女性才德論〉，此文收於王德威主編之《德‧才‧色‧權——論中國古代女

驚愕的畫面。隨園女弟子群體之出現，與時人提倡女子爲詩之觀念密切相關。
《隨園詩話‧補遺》又言：

> 俗稱女子不宜爲詩，陋哉言乎！聖人以《關雎》、《葛覃》、《卷耳》
> 冠《三百篇》之首，皆女子之詩。第恐針黹之餘，不暇弄筆墨，而
> 又無人唱和而表章之，則淹沒而不宣者多矣。〔註11〕

傳統觀念認爲女子不宜寫詩爲文，然以袁枚爲代表的一批文士，具有一定程
度之男女平等思想，對傳統觀念予以批判痛擊。袁枚重視女性的創作才華，
發掘其潛質，掃除女子爲詩的自我設限與輿論壓力。

對於女性文才的重視，魏晉早已開始；《世說》有〈賢媛〉篇，記載婦女
掌故，《世說》唯一女童，乃〈言語〉所載文才清妙的謝道蘊，其「未若柳絮
因風起」之句，名傳千古。然觀其〈夙惠〉所載，清一色爲男童，劉義慶並
未言明其兒童觀，但此編輯角度，似乎意指其內心對聰慧孩童之想望，其性
別應當爲「男」。明清世說體著作之選材亦以男童爲主，七百九十一個兒童事
蹟中，描述女童事蹟僅有三十一則，約佔4%左右，如此稀少的女童材料雖屬
鳳毛麟角，卻已是難能可貴。李清與嚴蘅二人之《女世說》，以女性爲主題，
纂述女性事蹟，箇中亦略窺穎悟聰慧之女童身影。

李清字心水，又字映碧，號天一居士，明興化人，官刑科、吏科給事中
〔註12〕。筆者未見李清《女世說》，根據陳汝衡《說苑珍聞》所言，李清《女
世說》有四卷，分〈淑德〉、〈仁孝〉、〈能哲〉、〈節烈〉、〈儒雅〉、〈雋才〉、〈毅
勇〉、〈雅量〉、〈俊邁〉、〈高尚〉、〈識鑒〉、〈通辯〉、〈規誨〉、〈穎慧〉、〈容聲〉、
〈藝巧〉、〈緣合〉、〈情深〉、〈企羨〉、〈悼感〉、〈眷惜〉、〈寵嬖〉、〈尤悔〉、〈乖
妒〉、〈蠱魅〉、〈侈汰〉、〈忿狷〉、〈紕謬〉、〈狡險〉、〈徵異〉、〈幽感〉共計三
十一門。〔註13〕

嚴蘅（年代未詳，約同治時），字端卿，爲錢塘陳元祿之妻，端卿工刺繡、

〔註11〕　性》（臺北：麥田出版股份有限公司，1998年），頁165～251。以及〈清代前
　　　　期關於女性應否有「才」之討論〉，同上書，頁253～309。女性才德觀之討論
　　　　亦可參考孫康宜著，李奭學翻譯：〈論女子才德觀〉，《古典與現代的女性闡釋》
　　　　（臺北：聯合文學出版社有限公司，1998年4月），頁134～164。
〔註11〕　袁枚：《隨園詩話‧補遺》卷一，頁8上。
〔註12〕　見〈遺逸列傳〉「李清」《清史稿》卷五○○，頁13816。關於李清其人其事，
　　　　可參考李靈年：〈李清與《女世說》〉，《蒲松齡研究》（2002年第四期），頁132
　　　　～141。
〔註13〕　見陳汝衡《說苑珍聞》（上海：上海古籍出版社，1981年12月），頁1～3。

小詞、音律，富有才情，未三十遽卒；《女世說》一書爲其手纂，其夫元祿破
兩夕錄之，閨友憂惻，爲絜此書〔註 14〕。筆者尋找多時，亦未見《女世說》
眞本，只於網路上找到哈佛大學圖書館提供讀者檢索的掃瞄本，爲 1921 年上
海聚珍倣宋印書局印本〔註 15〕。其《女世說》未分卷、未分類目，前有葉石
禮紈之引，後有其夫陳元祿附記，共記載九十一名女性事蹟，內容觸及婦女
各種才華與智慧，表彰其才情與技藝，不講門第、身分，較少禮教色彩。作
者也寫不和諧婚姻給婦女帶來的不幸，但這些婦女都能夠以詩畫自我消遣，
或交往文友，自我調節，尋找生活樂趣。《女世說》收錄十三名女童，分別爲：
許儷瓊十二歲作鸚鵡賦；朝鮮許蘭雪七歲能詩，嘗作「廣寒宮玉樓上梁」流
傳中國；蘇紉香九歲能詩，父報置膝上命賦中秋月；李芬子九歲賦落花詩；
殳墨姑生而奇慧，九歲能摹李龍眠，白描大士；王芬七歲偶成詩，有「月上
千峰靜」之句；王倩七齡詠句「蝶粉黏紈扇，蜂鬚浴硯池。」金士珊夙慧，
其母課以小詩，竹爐湯沸火初紅句，輒笑曰：「湯已沸矣，火猶始紅耶。」侯
孝儀九歲賦詩，得「愁生明月夜，人瘦落花天。」孫雲鳳八歲，父拈毛詩「關
關雎鳩」，應聲曰「嗈嗈鳴雁」；梁小玉七歲賦落花詩，八歲摹大令書；李芬
子九歲賦落花詩；黎大宜之母夢人贈瓊花一枝而生女，少聰慧。從內容觀察，
嚴蘅《女世說》多記小才女文學之事。

　　除了嚴蘅《女世說》，其它明清世說體著作內，女童身影散見於各篇，如：
〈兄弟〉、〈宮闈〉、〈術解〉、〈后瑞〉、〈夫婦〉、〈可嘉〉、〈聲樂〉、〈家閑〉、〈德
行〉、〈夙惠〉、〈閨彥〉、〈酬嘲部〉等，共記載十八名女童事蹟。所載之女童
事蹟，除了甄后、寶皇后、陳武帝后章氏之出生異象外；道德類有：自殺洗
刷父親罪名之十四歲女子、爲父親之死哭號涕泣的王章之女、自願賣身爲奴，
爲父親償債的僕人之女。文學類有：求知若渴，數用兄長筆硯的甄后、蒙受
武則天召見之唐代之小才女、十歲書北山移文的金鑾、早夭的施子野女、機
智回答祖父陳了翁提問的七歲小孫女、調侃兄長鬚髯的蘇小妹。智勇類僅一
例——爲父親求討救兵的荀灌；才藝類有：具音樂才華的蔡琰、手藝精巧的
盧媚娘、善繪梅鶴的宜黃人；以及天眞可愛的朱阿仙，共計有十八名女童事

〔註 14〕此書爲端卿亡後隔年，元祿得於諸鍼線籃中，漫漶塗乙，僅而能識時序，後
　　　　先都無詮次，未竟本也。
〔註 15〕其網址爲：http://hcl.harvard.edu/research/guides/courses/2005fall/chinlit200/part6.
　　　　html。點選「明清婦女著作」（Ming-Qing Women's Writings）即可進入檢索畫
　　　　面。

蹟。除了出生異象外，所載女童之言行事蹟大抵以道德類、文學類、智勇類、才藝類爲主。

整體言之，明清世說體著作所記女童多爲小小才女，稚嫩幼齡卻已展露文學天分；此書寫面向可溯源於晚明以來，婦女詩文才華逐漸受到社會重視，也因此，小小稚齡便能屬對賦詩的女童，更是稀世珍寶了。李延昰《南吳舊話錄》云：

> 施子野一女，八歲能做七字對，即有思致。門外老嫗云：「推車撞壁」，子野聞之，爲女曰：「汝試對之。」女應聲曰：「下坂走丸」。子野咬其頸曰：「何不爲男？吾得作門戶計。」未幾，女殤，子野哭之幾絕。（317-1）

施子野恨其女「何不爲男」，文思如此敏捷，若爲男子，日後必當前途無量，這樣的遺憾，固然是中國重男輕女之傳統；從另一角度思維，又何嘗不是對女童詩文才華之肯定呢？

晚明以來，女性著作盛行，於出版市場上佔有率逐漸提升。由於女性文本在出版業的興盛，婦女詩詞選集頓時成爲熱門讀物。基本上，明清文人文化是一種嚮往女性文本的新文化——在某一程度上，它是當時文人厭倦八股文的具體反映，不僅意味個人對實利的超越，且代表另一種閱讀的新趣味〔註16〕。十七世紀（明末清初）開始，女性識字率提高、印刷術廣爲流傳，學者與詩人紛紛編纂選集或專集，將自己收集女詩人作品的努力，比諸孔子編纂詩經。茲將明代較重要的女詩人選集分述如下：鐘惺選輯《名媛詩歸》；趙世杰編《古今女史》，此書現代重印本分兩集，分別爲《歷代女子詩集》及《歷代女子文集》；柳是編《閨集》第四卷，收錄於錢謙益編撰的《歷朝詩集》中；鄒斯漪選輯《詩媛八名家集》；王端淑編《名媛詩緯》；鄧漢儀編《天下名家詩觀初集》；劉雲份編《翠樓集》；徐樹敏、錢岳編《眾香詞》；袁枚編《隨園女弟子詩選》；完顏惲珠《國朝閨秀正始集》、妙蓮保編《續集》；周壽昌編《宮閨文選》；蔡殿齊編《國朝閨閣詩抄》、《續編》；徐乃昌編《小檀欒室彙刻百家閨秀詞》、《閨秀詞抄》等〔註17〕。大量女性詩集被編輯發行，出版量

〔註16〕晚明以來女性著作盛行之現象可參考孫康宜：〈從文學批評裡的「經典論」看明清才女詩歌的經典化〉，《文學的聲音》（臺北：三民書局股份有限公司，2001年10月），頁19～40。康正果：〈重新認識明清才女〉，《中外文學》第二十二卷第六期（1993年7月），頁121～131。

〔註17〕以上參考自孫康宜作，馬耀民譯：〈明清女詩人選集及其採輯策略〉，《中外文

大增，女性詩人選集和專集共超過三千種之多〔註 18〕。凡此種種，足可見當時婦女詩文活動之盛況。當時的女作家亦競相以躋身於女性詩選集爲榮，不少才女致力於詩詞的出版，並爲自己和其他女作家的專集命名並撰寫序跋，在豐富多樣的寫作實踐中創造了自身特有的「才女文化」。女性出版品受到男性、女性讀者青睞，由於市場需求增加，婦女詩文創作量亦大增。閨秀經由教職、書信、藝術作品及出版書籍接觸到外在世界，更與男性贊助人結識往來。〔註 19〕

　　傳統中國向來重男輕女，明清世說體著作之兒童材料，其選材取向以男童爲主，女童不僅數量稀少，有些並無姓名記載，依附於家族內其他年長男性，如父親（施子野女）、祖父（陳了翁孫女）、兄長（蘇小妹）等。對於女童而言，其姓名不是重點，其言行事蹟值得後人津津樂道、模仿效法，才是男性作者選材的角度。過去，學者注意到的是長成後的女性，筆者在明清世說體著作留心到編纂者對女童之記載，特別是偶吟佳句的小小才女，可爲才女研究補上一筆，使其更爲全面。明清時人欣賞才德兼備之女性，對於女童亦是抱持如此觀點，並不因爲年齡而有所區別。在重男輕女的傳統下，小才女的出現，可視爲明清文人對女性文學才華之重視。

二、勤　學

　　由於漢末以來政治、社會、學術上皆瀰漫著浮誇、虛矯之習，士人遂由失望，轉而對學問、道德心生厭棄，因此興趣便由「德性」轉爲「才性」，由「積學」轉爲「聰明」；前者需後天努力始得成就；後者爲先天既有、與生俱來。「才」既屬於「天生」，「天才」一詞便應運而生〔註 20〕。勤學類型的出現，或可代表時代欣賞角度之移轉。劉義慶《世說》並無小兒孜孜矻矻苦心勤學，

學》二十三卷第二期（1994 年 7 月），頁 27～61。

〔註 18〕歷代婦女詩文著作可詳參胡文楷：《歷代婦女著作考》（臺北：鼎文書局，1973 年 5 月）。

〔註 19〕關於明清閨秀、才女之書信來往，請參考：魏愛蓮作，劉裘蒂譯：〈十七世紀中國才女的書信世界〉，《中外文學》第二十二卷第六期（1993 年 11 月），頁 55～81。

〔註 20〕在魏晉時人眼中，「孩童」是最能夠證明「天生之才」的一群，因孩童習染未深，故其所展現，皆出於自然，不假外求。關於「智」、「慧」之意涵，詳參官廷森：〈智慧〉，見《晚明世說體著作研究》第四章第五節，（臺北：國立政治大學中國文學研究所碩士論文，1998 年），頁 185～201。

其〈夙惠〉所記載皆孩童聰敏早慧之事；明清世說體著作中，徐象梅《瑯嬛史唾》設有〈勤學〉一篇，收錄古人勤學事蹟，此外，於〈夙惠〉（〈夙慧〉）、〈文學〉等篇亦可略窺小兒勤學之事〔註21〕。可見，「夙惠」（夙慧）之意義迄於明清，已與《世說》內涵不同。

許慎《說文解字》云：「慧，儇也。」〔註22〕所謂「慧」乃指天生之聰明；魏晉時人強調天才早慧，其所喜好之類型偏向於孩童「天生」之聰智；然晚明所標舉之「智」重視學習反思，更強調後天學習以開鑿先天之聰智。明代萬曆以來，陸續出現許多敘述歷代智人智事之書籍，如：孫能傳《益智編》、樊玉衡《智品》、馮夢龍《智囊》等，這類書籍或取材自正史、旁及稗官、筆記、傳說等，反映晚明以來獨特的歷史文化現象。

以馮夢龍《智囊》一書所載條目、自序、總敘、評語觀之，馮夢龍以行事言談為準則，區分智之小大；認為「人有智，猶地有水，地無水則為焦土，人無智則為行屍。」〔註23〕又言：「智猶水，然藏于地中者，性；鑿而出之者；學，井潤之用，與江河參。」〔註24〕馮夢龍肯定人之先天之智，強調智慧的發展必須藉著後天學習，方能開鑿。

何良俊亦強調後天教育之長養，《何氏語林》曰：

> 世言早慧者大未必佳，自孔文舉小時，大夫陳韙已有是語，殆不然。夫黃帝徇齊，后稷岐嶷，此皆大聖人也，豈後果不佳耶。蓋人性皆善，而根有利鈍，若穎脫者，最易為善。夫既易為善，則易為惡，在所以養之耳，後人不論所養，而概責之早慧，吁可怪哉。（卷二十二〈夙慧〉之首，頁1上）

何良俊欣賞早慧孩童，認為人性皆為善，但根器卻有利鈍之分，聰慧者易為善，同樣的，卻也容易為惡；善惡在於後天之教育長養，與早慧無關。擇善

〔註21〕 如：張墉《二十一史識餘‧夙惠》載賈黃中每旦父親令其課讀「等身書」、王鋒好學書，倚井欄為書，書滿則洗，晨興先於塵上學書；徐象梅《瑯嬛史唾‧夙慧》載韓景山日誦書三與身齊、陸畢學棋無局，破荻為片，縱橫以為棋局；趙瑜《兒世說‧文學》有陶弘景以荻為筆畫灰中學書……等。

〔註22〕 見〔漢〕許慎：《說文解字》，《叢書集成初編》據平津館叢書本影印（北京：中華書局，1985年），卷十下，頁350。

〔註23〕 見馮夢龍：《智囊‧自序》。

〔註24〕 晚明崇智之思潮，可參考夏咸淳：〈《智囊》諸書與晚明崇智思潮〉，《學術月刊》（1998年十期），頁62～71。游友基：〈馮夢龍論「智」〉，《福建學刊》（1995年第三期），頁59～63。

或選惡，在於心中智慧之判斷，如何累積智慧，做出正確判斷，則在於後天教育之養成。

　　張岱《快園道古》亦曰：

> 昔孔文舉聰明絕世，而陳韙嘲之曰：「小時了了，長未必佳。」向以爲陳韙一時嫉妒之言，今乃閱世既久，而知斯言之未始不確也……蓋少年智慧亦似電光石火，政不可據以爲常也。嗟余老憊，猶憶稚年，文舉有言：「想君少時，必當了了。」（卷五〈夙慧部・小引〉，頁65）

張岱認爲「小時了了，長未必佳」之言，並非毫無道理，少年智慧猶如電光火石，若無持久學養，日後亦屬平凡庸碌之輩，因此，後天教育之長養益形重要。

　　欣賞「天才」，是以明清世說體著作輯錄了不少天生夙慧聰明的例子；在此同時，明清文人更進一步強調後天教育之長養，其著眼點更寬泛。此一現象實與當時文化息息相關。嘉靖中葉以來，經濟發展迅速，農業、手工業、商業、貿易均有長足進步，商品經濟、城市鄉鎮繁榮，封建宗法人身依附關係出現鬆動與疏離，服舍僭越禮份之情況日益顯著，禮制的鬆弛表現於服飾、輿馬、屋宇等方面；貧富差距擴大，價值觀趨於現實求利。明初儉樸純厚、貴賤有等的社會，經過明代中葉的過渡，到明末已是華侈相高、僭越違式〔註25〕。在此一資本主義興起的背景下，思想文化領域方面，明代中葉以後，程朱理學與傳統儒家式微，陽明心學成爲學術主要潮流；「致良知」之說，發展孟子的性善論，以「德性」爲核心，直指當下求善爲聖之途。黃宗羲指出：「自姚江指點出良知人人現在，一反觀而自得，便人人有個作聖之路，故無姚江，則古來之學脈絕矣。」〔註26〕自我意識的覺醒，促進了人對本性的思考與探究；王守仁云：「人孰無根？良知即是天植靈根，自生生不息。」〔註27〕強調主體之自覺，挑戰了宋元以來的名教禮法、聖賢經傳。這

〔註25〕明代社會風氣之轉變，請參考林麗月：〈明代禁奢令初探〉，《國立臺灣師範大學歷史學報》第二十二期（1994年6月），頁57～84。巫仁恕：〈明代平民服飾的流行風尚與士大夫的反應〉，《新史學》第十卷第三期（1999年9月），頁55～107。邱仲麟：〈明代北京的社會風氣變遷〉，《大陸雜誌》第八十八卷第三期（1994年3月），頁28～42。

〔註26〕〔明〕黃宗羲：〈姚江學案〉，《明儒學案》（臺北：中華書局，1981年），卷十，頁1上。

〔註27〕〔明〕王陽明：《傳習錄》下卷（臺北：商務印書館，1965年2月），頁218。

樣的社會文化背景，有利人類聰明才智之釋放；且晚明作者纂述智書具有實用目的，旨在借古鑒今，啓發時人心智，希冀統治者大膽重用才智之士，以強國利民，智書之論實具備破愚開智的啓蒙作用。

要言之，明清文人強調後天教育的重要性，天生聰慧之孩童亦必須日誦五車、刻苦勤學。「智」除了包含「慧」，另有謀畫、識見、經驗等，故人之有「智」，賴後天培養、鍛鍊。明清文人欣賞天才早慧之孩童，認爲人與生俱來之自然本性可以倚賴學習而獲得更進一步發展的機會；透過學習，不僅可發展「天性」，更可改變「習性」；先天素質是智力開發重要條件，但非智力因素如意志、信心、興趣、嗜好、勤學、善學等態度，皆對智力開發影響深遠。因此，除了天生之才，明清文人更強調後天受教育學習過程。由於注重後天學養，明清學者強調博聞強記、學而時習等學習原則與方法，希冀藉由這些後天學養，能使學問更上層樓。〔註28〕

從另一角度思維，捧書苦讀，渾然忘我，與孩童貪玩好動之天性大相逕庭，在科舉制度盛行的明清時代，苦讀勤學的類型肯定是孩童學習最佳榜樣，士人無不期望子弟勤學專注，以便日後功成名就。明清世說體著作出現勤學類型的孩童，或乃有希冀自家子弟仿效之企盼。

三、癖　疵

張岱言：

> 人無癖，不可與交，以其無深情也；人無疵，不可與交，以其無眞氣也。〔註29〕

張岱以爲癖凝型人物值得欣賞；正由於其癖疵，益發體顯其人其性之深情與眞氣；無癖之人太過於完美，顯得虛假不實，不可與之交往。

所謂「癖疵」乃指性格上有所偏執之人格類型。「癖」是人格具有若干特殊偏嗜；「疵」則指行事作風於德行修養有所匱乏。癖疵型人物表面看來怪異不合常理，卻能獲得晚明文人青睞，乃因文人以審美觀點看待，使得「癖疵」

〔註28〕 學者研究明清時人之學習原則與方法爲：博學守約、泛濟學涯；學思相資，自求自得；質疑問難，慎思明辨；綜合貫通、合理推論；學務眞知、貴在能用；批判繼承、發展創新等。參考喬炳臣、潘莉娟：〈元明及清代前期的學習思想〉，《中國古代學習思想史》（北京：人民教育出版社，1996年4月）第四編，頁391～517。

〔註29〕 〔明〕張岱：〈五異人傳〉，收錄於朱劍心選注《晚明小品選注》（臺北：臺灣商務印書館，1987年臺九版）卷七，頁235。

不再是偏差與過失，而成為有個性、風格之代稱。這樣的賞愛態度，使得晚明以來文人看待事物不再侷限於道德層面，著重強調個人真性情，因此放置明清世說體著作內的孩童不免也帶著這樣的審美觀。明清世說體著作裡出現一些特殊孩童；迥異於「理想孩童」，筆者稱之為「癖疵型」孩童，這類孩童有所缺陷，具有偏至才能，並不完美，但卻因其貼近真誠生命而獲得文人青睞。

《世說》輯錄之孩童皆為肢體正常者，由於對癖疵型人物的偏好，對於肢體殘缺之孩童並不輕薄鄙視。李延昰《南吳舊話錄》曰：

> 聾者唐汝詢五歲時從父兄耳學，無不暗記，箋注唐詩，旁引該博，
>
> 酒間誦上林子虛，賦杜白長篇，鏗金□玉，琅琅不遺一字。（359-1）

聾者唐汝詢從父兄學習，不因自身肢體殘缺而廢學，父兄所教，無不暗暗記住，箋注唐詩，旁徵博引，可見其學問之淵博。陳徵君曰：「人對仲言（按：唐汝詢），乃覺上帝之五官無權，古之異人廢心而用形，今之異人廢形而用心。」（358-1）肢體有所殘缺本為缺陷，汝詢不因形廢學，值得效法。

「貴人語遲」是自古以來老一輩的觀念。就現代醫學判斷，數歲未言，不無發展遲緩或罹患自閉症之可能。焦竑《焦氏類林》記載：

> 楊元琰數歲未言，相者云：「語遲者神足，必為重器。」（547-1）

焦竑將此篇置入〈識鑒〉，可知焦氏對「語遲」之看法；文本中，評論楊元琰之人為卜算吉凶之相者，可見古人對於語言發展遲緩兒，不以病態視之，反倒認為大器晚成。張墉《二十一史識餘》云：

> 裴俠七歲猶不能言，一日群鳥蔽天從西來，舉手指之，遂言。（611-1）

「夙惠」乃指天生的聰慧，「七歲猶不能言」怎可稱得上是「夙惠」？張墉將此篇列於〈夙惠〉，足見對「語遲」之觀點，應是贊同上述「語遲者神足」的說法。

從「不能言」迄於「忽而能言」、「誦之若流」，位於大腦皮質，控制人類思維和意識的語言中樞究竟產生怎樣的變異？文本並未指出，即便語言發展遲緩是一種瑕疵，古人總抱持著「大器晚成」之心態，並不鄙薄輕視這些孩童。

除了軀體與生理發展的瑕疵外，性格上之刁蠻亦可稱得上是另一種癖疵類型。徐象梅《瑯嬛史唾》曰：

> 張相國□幼子曰興師，俊邁而尚矯譎，有父風。幼時出門，遇其門

> 僧，遂傳相國處分，七笞之。相國知而責誚且曰：「見僧何罪而敢造
> 次。」對曰：「今日雖無罪過，想其向來隱惡不少。」相國不覺失笑。

（446-1）

張相國之子假傳相國口諭處分門僧，七笞之；其理由竟是「今日雖無罪過，
想其向來隱惡不少。」倚侍父親貴爲相國之身分，胡作非爲，蠻橫不講理，
著實爲重大缺陷，此篇爲徐象梅放入〈權譎〉主要著重於興師以其相國之子
身分玩弄僧人，然其回應僧人之言語，霸道蠻橫，卻又令人失笑。

　　刁蠻爲性格偏至，性格激烈又何嘗不是另一種偏至？張墉《二十一史識
餘》曰：

> 張湯父出，湯爲兒守舍，還而鼠盜肉，父怒笞湯，湯掘窟得盜鼠及
> 餘肉，劾鼠掠治傳爰書訊鞫論報，并取鼠與肉具獄，磔堂下，其父
> 見之，視其文辭如老獄吏，大驚，遂使書獄。（450-1）

父親誤會張湯盜肉，怒鞭笞之。飽受冤枉的張湯挖掘鼠穴，捕獲鼠，搜得未
食完之餘肉，書寫狀詞彈劾竊肉之鼠，並取鼠及餘肉，於堂下支解。此篇重
點原本放置於張湯之文筆老練；然從另一角度觀看，遭受誤會的張湯原可好
好解釋說明，卻採用了較爲激烈的方法——抓鼠及餘肉於堂前審判，以證明
自己清白。

　　另一類癖疵型孩童，並非有什麼重大性格或言行方面的缺陷，擁有天眞、
頑皮之特質，較爲接近一般孩童天性。王晫《今世說》曰：

> 魏昭士甫生二十餘月，……諸父嘗抱持，誘以果餅使歌之，聲悠揚
> 可聽，相詫爲英物。（732-1）

魏昭士不足三齡，尚溺在諸父懷抱中，以果子、糕餅等甜點引誘其唱歌，其
歌聲悠揚可聽。對於天性好吃好玩的孩童而言，以菓餌引誘不失爲投合其本
性之作法，丁元薦《西山日記》亦云：「陳練塘……幼時都夫人故嚴督之，而
以菓餌遺其師，誘之，使其親師而憚母。……」（508-1）與前述道德類孩童
相較，這樣的兒童較似乎擁有了眞實自我，會因爲嘴饞貪吃而受引誘，更貼
近了人性。

　　李延昰《南吳舊話錄》曰：

> 徐文定公方八歲，嘗緣塔捕鴿爲樂，偶失足下墜，見者驚呼，公持
> 鴿自若，顧之曰：「汝猶能盤旋塔縫，煩我數日思耶。」（350-1）

八歲的徐文定公爬上高塔捕捉鴿子，一不小心失足下墜，見者忍不住心驚大

呼，然徐文定公持鴿，神情自若，絲毫無緊張之色，猶顧盼左右，大聲呼告眾人「猶能盤旋塔縫，煩我數日思耶。」活潑俏皮之形象油然而生，應對進退不再謹守禮法，擁有自己的情緒、個性。

明清世說體著作中有不少孩童純真可愛之面向，李延昰《南吳舊話錄》曰：

> 朱邦憲有女四歲，名阿仙。見父歸，則婉轉牽衣，推之不去，母曰：
> 「若深於愛父耶？」女對曰：「父也，豈不愛，然愛母猶愛父也。」
> 母曰：「如愛父，任汝為之。」女曰：「愛父深。」則母尤喜。（170-1）

愛爸爸還是愛媽媽呢？此題千古以來無解，令兒童左右為難，卻是成人喜愛指定兒童回答的題目。成人之問，其實並非強求兒童一正確清晰之答，而是想看兒童面對此難題之神態與解決方法。朱阿仙見父親歸來，趨前撒嬌不離開，母問：「若深於愛父耶？」孩童既愛父親，又愛母親，要如何回答才恰當呢？阿仙「愛母猶愛父」之答，令人莞爾一笑。

孩童對父母撒嬌，乃屬人之常情，尤其小女孩兒純純依戀，更添嬌憨可愛。李延昰《南吳舊話錄》曰：

> 夢松方六歲，偶指余小像問之。兒曰：「渠像濃，濃不像渠。」已更
> 問之，又答云：「濃不像渠，渠不像濃。」余曰：「然則何像？」答
> 曰：「渠像渠。」（491-1）

六歲的夢松指著父親肖像，曰：「渠像濃，濃不像渠。」肖像與本人相像，本人卻與肖像不相似。再度追尋，夢松卻更改了答案，曰：「濃不像渠，渠不像濃。」肖像不像本人，本人與肖像亦不相似。父親問：「然則何像？」夢松曰：「渠像渠。」在父親追問下，夢松最後的答案竟然是本人與本人相像。此答實令人啼笑皆非，形成特殊之童言趣味。

孩童之純真稚情為明清世說體著作內的一股清流，貪吃、好玩、頑皮、嬌憨、純真、刁鑽等孩童性格並非完美無缺，然瑕疵是真誠無偽生命之體現，正因為有所偏至與缺陷，才顯得真實而可貴。

除此之外，劉義慶《世說》並無孩童擅長任何才藝之記載；因此，才藝小兒之記載，可說是一種新類型。「才藝類」孩童擅長音樂、書法、棋奕、繪畫、刺繡、體育、武藝，此類孩童具有某種非主流之偏至才能，亦可算是「癖疵」類型。此類記載吉光片羽，材料稀少，仍是一種彌足珍貴的紀錄，顯示文人在主流的文學涵養之外，也欣賞這些具有特殊才藝的孩子，足見文人對

孩童之欣賞角度益發多元。

晚明文人一反傳統道德，對於對癖疵性格之人給予極高評價，所欣賞之偏至人格類型，如：疵、癖、奇、嗜、狂、顛、懶，乃至愚拙頑鈍之輩，不過是至性之真的不同性格之展現。袁中郎云：

> 世人但有殊癖，終身不易，便是名士，如和靖之梅，元章之石，使
> 有一物易其所好，便不成家。」〔註30〕

袁中郎以有癖、有疵，為具備深情、真氣，唯有與眾不同之個性，為有傲世刺世之鋒芒，這正是晚明文人名士狂狷不羈，玩物玩世的突出表現。張岱《五異人傳》云：

> 余家瑞陽之癖於錢，髯張之癖於酒，紫淵之癖於氣，燕客之癖於土
> 木，伯凝之癖於書史，其一往深情，小則成疵，大則成癖。五人者，
> 皆無意於傳，而五人之負癖若此，蓋亦不得不傳之者矣。〔註31〕

由於對所癖事物之認同與珍視，故有詩癖、書癖、酒癖、茶癖、琴癖、硯癖、石癖、花癖、山水癖、煙霞癖、園林癖、花鳥癖、蹴踘癖等，所癖的對象能引發美感興味，使得癖的行為本身，亦成為值得欣賞審美的對象。有缺陷之表露即為真誠無偽的俗世生命，顛癖狂癡的人格偏至，所以令人美賞，乃因生命真誠無偽的表現。晚明文人喜好此一人格類型，在文字記錄中投射自我意志，並一再為癖疵人物辯解與美感造型，企圖從角色的再現與經驗中，不斷雕塑尚待完成的自己〔註32〕。或乃由於喜好癖疵型人物，士人寧為狂狷，不為鄉愿，處世態度與取人原則著重於真性情之流露，即便偏頗激越，依然令人讚嘆賞愛；殊異言行往往較易體顯個人特殊性情，引人注目。文人以當時觀念對前朝兒童事蹟進行評論，產生與《世說》不同的新兒童類型——女童、勤學、癖疵等；在文人編輯纂寫下，以舊有材料呈現自我新理念，這樣的「再創作」揉雜著時代審美因素，故而塑造出時代之下的兒童新類型，頗具意義。

《世說》之孩童循規蹈矩、穩重成熟，宛如小小成人；明清世說體卻開

〔註30〕袁宗道：〈好事〉，見《瓶史》卷下，頁8～9。此書為《叢書集成初編》據借月山房彙鈔本排印（北京：中華書局，1985年北京新一版）。

〔註31〕〔明〕張岱：〈五異人傳〉，收錄於朱劍心選注《晚明小品選注》（臺北：臺灣商務印書館，1987年臺九版）卷七，頁235。

〔註32〕詳參〈養護與裝飾——晚明文人對俗世生命的美感經營〉，見毛師文芳：《晚明閒賞美學》（臺北：臺灣學生書局，2000年4月），頁299～350。

始注意到兒童純眞之面向，記載孩童純眞活潑之言行、日常生活之玩笑，數量不多，卻是一種取材角度上的拓展。《世說》目光焦點僅止於肢體健全的正常孩童，明清世說體著作則對於殘障小兒之好學，秉持肯定、鼓勵之態度。《世說》中，孩童伶牙俐齒，機敏巧言，其呈現之形象清新討喜，多屬正面；明清世說體著作卻出現癖疵型孩童，雖不完美，具有某種缺陷，卻接近孩童眞實本性，受到文人賞愛。就兒童材料來說，《世說》僅止於兒童言行事蹟之記載；明清世說體著作之兒童材料卻擴及出生異象，記錄生子不舉、兒童犯法處置等相關議題。明清世說體著作除了承繼《世說》兒童類型，更注意到兒童較爲接近眞實本性的面向，發覺兒童的純眞與可愛；於是，在明清世說體中，存在著各式各樣的孩童樣貌，更貼近了眞實的兒童，拓展出另一種迥異於《世說》之風貌。

第五章　結　論

一、各章綜論

〈明清世說體著作之兒童書寫析論〉此文，根據明清時期之「世說體」著作為文本，切入以「兒童」為議題的探討，得出以下結論。

世說體發展迄於晚明，蔚為風尚，文人或補或仿，使得此一時期的世說體著作頗具時代特色。以歷代兒童言行為主的《兒世說》，其文字簡樸粗糙，毫無修辭可言，卻是一部收錄古今兒童言行的典籍，是值得注意的兒童材料。由於明清世說體著作之材料來源駁雜龐大，不僅抄撮前代著作，輯錄史書傳記，並援引當代著作，彼此交互影響，甚或作者親身耳聞目見，因此，同一則兒童事蹟不斷重複出現於文本內；基於作者編排之主觀意識、審美角度，即便同一則兒童事件，亦有列置於不同篇章內的情況發生。明清世說體著作輯錄史書傳記，其文或摘錄史書精華，聚焦敘事要點；或重新編輯組合，文辭精簡扼要；或根據史書鋪排，更增敘事趣味。職是之故，明清世說體著作書寫兒童言行事蹟之篇章多有固定模式，以「生平」、「時間」、「事件」為基本元素，結尾處偶有成人品鑒孩童之語。

與兒童相關的書寫類項甚為廣泛，除了出生異象外，探討生子不舉、兒童犯法處置等社會性議題；以兒童為主角的言行事蹟中，以道德類與文學類描述最多，顯示由魏晉迄於明清，整個大環境重視個人道德與文學的傳統並未改變。與劉義慶《世說》相較，明清世說體著作之孩童形象多元豐富，除了皇族世冑與士族子弟，其身分擴及市井小兒與奴僕；除了舊有以道德、文學見長的孩童外，成人目光焦點亦注意到女童的機智敏捷與文才高妙，呼應

當時社會對於女性才華的欣賞；除了欣賞天才之外，明清時人也強調重視後天教育，對勤學小兒之稱頌讚揚更是《世說》所未觸及之面向。晚明以來文人對於癖疵型人物的欣賞，也獲多獲少影響其兒童觀。文人所欣賞的孩童不再侷限於完美成熟的「小大人」，具有偏僻才能之兒亦獲得賞識，善長音樂、書法、繪畫、刺繡、棋奕等才藝的孩童備受讚賞；肢體有缺陷的孩童因勤學而得到成人肯定，蠻橫不講理的孩童因言語反應迅速使人啞然失笑。最為值得肯定的是，明清世說體著作擴展《世說》孩童類型，成人之眼放寬了，不單只讚譽孩童早熟如小大人的面貌，孩童原有的單純稚情，亦有頗值記述之處。

明清文人以自身角度觀看兒童，觀看者乃指所有成人。文本外，編纂者以第三人稱全知全能觀點高高俯視，觀看著兒童材料；文本內的觀看者，可以是熟悉的親族長輩，亦可為陌生路人。觀看場景相當廣泛，私密住家空間、公共領域、工作地點、兒童遊玩戲耍等地，皆可為成人觀看場所。從孩童容貌、言行，探視性向，預知其未來成就──成人總渴望預知孩童未來成就，出生之際的異象，滿周歲的抓周儀式、刻意安排事件測試孩童反應，無不反應成人「望子成龍、望女成鳳」的期盼心態。透過編輯、選材，藉著世說體著作刊刻流布，理想孩童典範於焉形成，我們無法回首檢視當時文人心態，但是，明清世說體著作內的孩童，卻是千挑萬選歷經時代考驗脫穎而出者，是文人所欲塑造之理想孩童，亦是時代下，孩童所欲模仿之典範。

二、延伸思考

黃世鈺《資優幼兒的教育輔導：早期發現與早期培育之研究》一書從生理、心理、認知、語言、情意、創造力等分析資優幼兒之特質﹝註1﹞。若以此書之資優幼兒特質檢視明清世說體之孩童們，可以發現：在生理特質方面，明清世說體之兒童主角們多精力旺盛、生理發展如坐、爬行、走路、跑步等發展超前同齡幼兒。在心理特質方面，獨立性強、個人意識明顯，對事物有個人看法、不服輸。在認知特質方面，孩童喜歡學習、勤於發問，渴望及早閱讀，具有多元主動的閱讀興趣，能自行廣泛閱讀；能獨立思考，並進行邏輯推理記憶力強而快速。語言能力發展早熟，有豐富的語詞、字彙，和優異

﹝註1﹞ 參考黃世鈺：《資優幼兒的教育輔導：早期發現與早期培育之研究》（臺北：五南圖書出版股份有限公司，2006年8月），頁43～45。

的口述能力，經常滔滔不絕，會很有道理的說明事情原由，以及頭頭是道表達看法，使用成人語氣的字彙和句型。情意特質方面，具有強烈正義感、其自律與判斷力高於同儕；具有領袖氣質，有引導從眾行為的傾向。在創造力特質方面，則表現出好奇心、想像力活潑獨特、觀察力敏銳、能夠主動探索、以變通而別出心裁的方式處理事情。

今人資優之定義未必適合古代，以今人「資優」定義觀察古代孩童，毫無疑問，明清世說體孩童於各個層面方面均呈現發展早熟之情況。從文人觀看品鑒兒童之角度，這些受到成人欣喜讚美的孩童，亦多屬於早慧成熟之類型，其品行、學問、涵養皆遠勝過同齡儕輩，甚至不輸於一般成人。古人與今人之理想兒童樣貌，似乎改變不大，只不過類型從刻板漸而演變成較為多元，然基本上皆期盼孩童成熟，提早跨越至成人階段。明清世說體著作之孩童不同於傳統《世說》孩童，其形象更清新活潑；不同於戲曲孩童，沒有賺人熱淚的情節，卻多了一份成人期許。這些刻意塑造的理想典範，是文人對孩童的殷殷期待，或可也是透過取材，緬懷追憶過往的孩提時光。

童年是社會建構物，隨著時間改變，同一社會中的不同社會階層與種族團體也會有不同的童年概念。對照西方兒童觀的發展，筆者發現，中西有諸多相同之處。中古思想家將兒童視為發展中的成人，特別喜歡天才兒童〔註2〕。聖徒傳的傳統總是強調聖人有著早熟的童年，這種文類的作者耽溺詳述這些「老小孩」（puer senex 即想法像老人的小孩）的偉大事蹟〔註3〕。明清世說體著作中大量的神童與天才，以及成人所發的評論，足證當時的兒童自小便被期待「成人」，兒童並不被當成「兒童」看待的，所有超乎年齡的成熟言行被貼上「讚」的標籤。

中古時代各種表示「兒童」的字，如：「puer」、「kneht」、「fante」、「vaslet」、「enfes」，也帶有依靠或奴役的意思。因此，這些字也就可以用在成年人或年輕人身上〔註4〕。考察古籍中的「童」字，亦帶有無知、愚昧之意。如：《國語‧鄭語》：「而近頑童窮固。」其注曰：「頑童，童昏故陋也。」漢代賈誼《新書‧道術》：「亞見窕察謂之慧，反慧為童。」《太玄經錯》：「童，無知。」

〔註2〕柯林‧黑伍德（Colin Heywood）著、黃煜文譯：《孩子的歷史》（臺北：麥田出版，2004 年 1 月），頁 57。

〔註3〕同前註，頁 30。

〔註4〕中古時代的童年（以及青少年）並沒有因為界定過於寬鬆或甚至不屑於界定而受到忽視。同註3，頁 31。

戲曲中的兒童角色稱爲「俫」。如：俫兒、徠兒，俫人、俫俫、哇哇、孩兒、禾俫皆指戲曲中的兒童角色。在戲曲中，對於知識淺薄者亦稱爲「俫」，具有輕視之意，如：「杓俫」、「捎俫」〔註5〕、「杓俫俫」等詞，皆形容輕重不分、不明厲害之人。故「俫」除了指兒童角色外，尚帶有無知、輕視、淺薄之意味。此現象十分耐人尋味，現實世界的「童」與戲曲角色中的「俫」，其字面意義均指「兒童」，同時亦帶有輕視意味。且「俫」爲宋元通用語，顯見時人對於兒童的看法，某種程度反應於「俫」的字面解釋上──兒童知識較爲淺薄，無知而愚昧。換句話說，相對於與成人，兒童是較不聰明的，知識水準層次較低的族群。中西方對於用來稱呼孩童的語詞，竟不約而同含有貶損意味。

另一個中西相同之處在於，西方在中古時期亦有溺嬰、殺嬰之例；中古及近代早期的殺嬰非常罕見，法院很少有這方面的案子紀錄，多數史家猜測，或許這種犯罪「非常廣泛」，或大家「習以爲常」，偶然出現的證據暗示這也許才是事實；史家懷疑當時的夫妻可以再不受懲罰的情況下處理掉不想要的小孩。西方法律直到很晚才承認殺害新生兒是一種犯罪〔註6〕。中古時代，兒童被遺棄在街頭，任由父母出賣；若非進入宗教場所，便成爲有錢人家的僕人；十八世紀末與十九世紀初，某些城鎮的遺棄嬰兒的規模甚爲驚人；與中國相似的是，對於遺棄小兒的收養，西方亦有類似慈幼局的「棄嬰醫院」，專門收容被拋棄的嬰兒。〔註7〕

一個文化沒有任何「兒童」的社會概念，仍可能存在。「童年」是一種社會結構，也是一種心理狀態，並非如嬰兒期般，是一個生物上的分類〔註8〕。筆者以明清世說體著作爲文本，著眼於「兒童」，希冀能夠挖掘更多兒童材料，探索古人兒童觀。耙梳明清世說體著作內的兒童材料，由於文本多達五十二部，唯恐遺漏錯過任何一則事蹟；在撰寫論文過程中，更感戒愼恐懼，受限於個人智慮不足，深怕對材料作了武斷主觀的詮釋，儘管筆者已竭力研究，

〔註5〕 元曲中每見「杓俫」字樣（如《玉湖春》的三折煞尾，《百花亭》的一折賺煞），雖就上下文義求之，他們皆屬貶辭，然「俫」爲少年人的含意卻未喪失。見馮沅君：〈古劇四考跋〉「路岐考：末尼與樂官」，見《古劇說彙》一書，收錄於《民國叢書》（上海：上海書店，1947 年），頁 44～45。

〔註6〕 同註2，頁 109～115。

〔註7〕 同註2，頁 115～120。

〔註8〕 參考蕭昭君譯，Neil Postman 著：《童年的消逝》（The Disappearance of Childhood），（臺北：遠流出版事業股份有限公司，1997 年 3 月），頁 6、47。

下筆多方低吟斟酌，仍不免錯誤百出，還望前輩方家不吝珠玉，多予教導指
正。此外，史傳中豐富的出生異象記載，是未來值得繼續研究的議題，這類
異象的顯示，或許與成人對孩童的期望有所關連；書寫「兒童犯法之處置」
時，深感對於古代孩童犯法之議題論述者頗少，「法律」也是一塊可以開發的
園地，需要辛勤灌溉；盼望未來能有機會，針對這些議題未足之處，更進一
步研究。

參考書目

一、歷代世說體著作（以成書朝代先後排序）

1. 〔南朝宋〕劉義慶：《世說新語》，《四部備要》據明刻本校刊，北京：中華書局，1965 年。

2. 〔唐〕劉肅：《大唐新語》，明萬曆間會稽商氏刊本，國家圖書館藏。

3. 〔唐〕劉餗：《隋唐嘉話》，明嘉靖間長洲顧氏刊本，國家圖書館藏。

4. 〔唐〕張鷟：《朝野僉載》，明萬曆間繡水沈氏尚白齋刊本，國家圖書館藏。

5. 〔唐〕王方慶：《續世說新書》，見《新唐書・藝文志》卷五十九雜家類。

6. 〔宋〕孔平仲：《續世說》，《四部備要》據守山閣本校刊，北京：中華書局，1965 年。

7. 〔宋〕王讜：《唐語林》，《百部叢書集成》據守山本影印，臺北：藝文印書館，1970 年。

8. 〔宋〕李垕：《南北史續世說》，明萬曆己酉俞安期刊本，國家圖書館藏。

9. 〔明〕何良俊：《何氏語林》，《筆記小說大觀》，臺北：新興書局，1988 年。

10. 〔明〕王世貞：《世說新語補》，明萬曆乙酉張氏原刊本，國家圖書館藏。

11. 〔明〕焦竑：《焦氏類林》，明萬曆間秣陵王元貞刊本，國家圖書館藏。

12. 〔明〕李贄：《初潭集》，《四庫全書存目叢書》據山東省圖書館藏明萬曆閔氏刻本影印，臺南：莊嚴文化事業有限公司，1995 年 9 月。

13. 〔明〕潘士藻：《闇然堂類纂》，《四庫全書存目叢書》據首都圖書館藏明

萬曆刻本影印，臺南：莊嚴文化事業有限公司，1995 年 9 月。

14. 〔明〕劉元卿：《賢奕編》，明萬曆間繡水沈氏尚白齋刊本，國家圖書館藏。

15. 〔明〕李紹文：《皇明世說新語》，《四庫全書存目叢書》據中國科學院圖書館藏明萬曆刻本影印，臺南：莊嚴文化事業有限公司，1995 年 9 月。

16. 〔明〕曹臣：《舌華錄》，明萬曆末年原刊本，國家圖書館藏。

17. 〔明〕孫能傳：《益智編》，明萬曆癸丑臨溪學官刊本，國家圖書館藏。

18. 〔明〕樊玉衡：《智品》，明萬曆間刊本，國家圖書館藏。

19. 〔明〕鄭仲夔：《清言》，《四庫全書存目叢書》據上海圖書館藏明萬曆四十五年刻玉塵新譚本影印，臺南：莊嚴文化事業有限公司，1995 年 9 月。

20. 〔明〕焦竑：《玉堂叢語》，明萬曆戊午曼山館刊本，國家圖書館藏。

21. 〔明〕徐象梅：《瑯嬛史唾》，《四庫全書存目叢書》據中國科學院圖書館藏明萬曆刻本，臺南：莊嚴文化事業有限公司，1995 年 9 月。

22. 〔明〕周應治：《霞外塵談》，《四庫全書存目叢書》據湖南圖書館藏明崇禎刻本影印，臺南：莊嚴文化事業有限公司，1995 年 9 月。

23. 〔明〕呂純如：《學古適用編》，《四庫全書存目叢書》據中國科學院圖書館藏明崇禎刻本影印，臺南：莊嚴文化事業有限公司，1995 年 9 月。

24. 〔明〕張墉：《二十一史識餘》，《四庫全書存目叢書》據安徽大學圖書館藏明崇禎十七年刻本影印，臺南：莊嚴文化事業有限公司，1995 年 9 月。

25. 〔明〕丁元薦：《西山日記》，民國八年上海商務印書館影印本，國家圖書館藏。

26. 〔明〕馮夢龍：《古今譚概》，《四庫全書存目叢書》據北京大學圖書館藏明刻本影印，臺南：莊嚴文化事業有限公司，1995 年 9 月。

27. 〔明〕林茂桂：《南北朝新語》，北京：中國書店，1990 年 7 月。

28. 〔明〕江東偉：《芙蓉鏡寓言》，浙江：浙江古籍出版社，1986 年 10 月。

29. 〔明〕鄭仲夔：《耳新》，明崇禎間原刊本，國家圖書館藏。

30. 〔明〕鄭仲夔：《雋區》，明崇禎間原刊本，國家圖書館藏。

31. 〔明〕馮夢龍：《智囊》，四川：巴蜀書社，1986 年 11 月。

32. 〔明〕馮夢龍：《智囊補》，《四庫全書存目叢書》據中央黨校圖書館藏明積秀堂刻本影印，臺南：莊嚴文化事業有限公司，1995 年 9 月。

33. 〔明〕馬嘉松：《十可篇》，明崇禎間刊本，國家圖書館藏。

34. 〔明〕孫令弘：《集世說》，見《中國文言小說書目》，頁 330。

35. 〔明〕趙瑜：《兒世說》，此書收錄於陶珽《續說郛》，清順治丁亥兩浙督

學李際期刊本，國家圖書館藏。

36. 〔明〕焦竑：《明世說》，見《明史・藝文志》卷九十八小說家類。

37. 〔明〕梁維樞：《玉劍尊聞》，《四庫全書存目叢書》據中國人民大學圖書館藏清順治賜鱗堂刻本影印，臺南：莊嚴文化事業有限公司，1995 年 9 月。

38. 〔清〕張岱：《快園道古》，浙江：浙江古籍出版社，1986 年 11 月。

39. 〔清〕汪琬：《說鈴》，道光十三年刊本，國家圖書館藏。

40. 〔清〕王用臣：《斯陶說林》，北京：中國書店，1991 年 3 月。

41. 〔清〕鄒統魯：《明逸編》，見《四庫全書總目》卷一四三，子部小說家類存目一雜事。

42. 〔清〕章撫功：《漢世說》，《四庫全書存目叢書》據中國科學院圖書館藏清七硯書堂鈔本影印，臺南：莊嚴文化事業有限公司，1995 年 9 月。

43. 〔清〕官偉鏐：《庭聞州世說》，《四庫全書存目叢書》據上海圖書館藏清康熙刻本影印，臺南：莊嚴文化事業有限公司，1995 年 9 月。

44. 〔清〕李清：《女世說》，見袁行霈、侯忠義編：《中國文言小說書目》（北京：北京大學出版社，1981 年 11 月），頁 348。

45. 〔清〕章繼泳：《南北朝世說》，見《中國文言小說書目》，頁 366。

46. 〔清〕嚴蘅：《女世說》，1921 年上海聚珍倣宋印書局印本。哈佛圖書館明清婦女著作檢索網址：http://hcl.harvard.edu/research/guides/courses/2005fall/chinlit200/part6.html。

47. 〔清〕吳肅公：《明語林》，《四庫全書存目叢書》據北京大學圖書館藏清光緒巴陵方氏廣東刻宣統元年印碧琳琅館叢書本影印，臺南：莊嚴文化事業有限公司，1995 年 9 月。

48. 〔清〕李延昰：《南吳舊話錄》，臺北：廣文書局有限公司，1971 年 8 月。

49. 〔清〕趙瑜：《兒世說》，清順治丁亥兩浙督學李際期刊本，國家圖書館藏。

50. 〔清〕王晫：《今世說》，清咸豐二年南海伍氏刊本，國家圖書館藏。

51. 〔清〕黃汝琳：《世說補》，民國十八年掃葉山房石印本，國家圖書館藏。

52. 〔民國〕易宗夔：《新世說》，《筆記小說大觀》三十六編根據中央圖書館善本影印，臺北：新興書局有限公司，1984 年 3 月。

二、**古籍**（以成書朝代先後排序）

1. 〔漢〕劉熙：《釋名》，《叢書集成初編》據小學彙函本影印，北京：中華

書局，1985 年。

2. 〔漢〕應劭撰，王利器校注：《風俗通義校注》，北京：中華書局，1981年。

3. 〔漢〕鄭玄注，〔唐〕賈公彥疏，〔清〕阮元校勘：《儀禮注疏》，臺北：藝文印書館，1955 年。

4. 〔漢〕司馬遷撰，〔劉宋〕裴駰集解，〔唐〕司馬貞索隱，〔唐〕張守節正義：《史記》，北京：中華書局，1982 年。

5. 〔漢〕鄭玄注，〔唐〕賈公彥疏，〔清〕阮元校勘：《周禮注疏》，臺北：藝文印書館，1955 年。

6. 〔漢〕鄭玄注，〔唐〕孔穎達等注疏，〔清〕阮元校勘：《禮記注疏》，臺北：藝文印書館，1955 年。

7. 〔漢〕趙岐注，〔宋〕孫奭疏，〔清〕阮元校勘：《孟子注疏》，臺北：藝文印書館，1955 年。

8. 〔漢〕毛公傳、鄭玄箋，〔唐〕孔穎達等正義，〔清〕阮元校勘：《毛詩正義》，臺北：藝文印書館，1955 年。

9. 〔東漢〕許慎，〔南唐〕徐鉉：《說文解字》，《叢書集成初編》據平津館叢書本影印，北京：中華書局，1985 年，。

10. 〔東漢〕班固撰，〔唐〕顏師古注：《漢書》，北京：中華書局，1982 年。

11. 〔魏〕何晏等注，〔宋〕邢昺疏，〔清〕阮元校勘：《論語注疏》，臺北：藝文印書館，1955 年。

12. 〔魏〕王弼、韓康伯注，〔唐〕孔穎達等正義，〔清〕阮元校勘：《周易》，臺北：藝文印書館，1955 年。

13. 〔晉〕杜預注，〔唐〕孔穎達等正義，〔清〕阮元校勘：《春秋左傳正義》，臺北：藝文印書館，1955 年。

14. 〔晉〕郭璞注，〔宋〕邢昺疏，〔清〕阮元校勘：《爾雅注疏》，臺北：藝文印書館，1955 年。

15. 〔晉〕陳壽撰，〔宋〕裴松之注：《三國志》，北京：中華書局，1985 年。

16. 〔晉〕范寧注，〔唐〕楊士勛疏，〔清〕阮元校勘：《春秋穀梁傳注疏》，臺北：藝文印書館，1955 年。

17. 〔南朝宋〕范曄撰，〔唐〕李賢等注，〔晉〕司馬彪補志：《後漢書》，北京：中華書局，1997 年。

18. 〔隋〕姚察、謝炅，〔唐〕魏徵、姚思廉合撰：《梁書》，北京：中華書局，1973 年。

19. 〔隋〕姚察，〔唐〕魏徵、姚思廉合撰：《陳書》，北京：中華書局，1997 年。

20. 〔唐〕玄宗御注，〔宋〕邢昺疏，〔清〕阮元校勘：《孝經注疏》，臺北：藝文印書館，1955 年。

21. 〔唐〕令狐德棻等撰：《周書》，北京：中華書局，1971 年。

22. 〔唐〕李延壽撰：《北史》，北京：中華書局，1997 年。

23. 〔唐〕李百藥撰：《北齊書》，北京：中華書局，1997 年。

24. 〔唐〕李延壽撰，《南史》，北京：中華書局，1997 年。

25. 〔唐〕房玄齡等撰：《晉書》，北京：中華書局，1997 年。

26. 〔唐〕魏徵撰：《隋書》，北京：中華書局，1997 年。

27. 〔梁〕沈約撰：《宋書》，北京：中華書局，1974 年。

28. 〔梁〕蕭子顯撰：《南齊書》，北京：中華書局，1997 年。

29. 〔後晉〕劉昫撰，《舊唐書》，北京：中華書局，1997 年。

30. 〔北齊〕魏收撰，《魏書》，北京：中華書局，1997 年。

31. 〔宋〕李昉等奉敕編：《太平御覽》，《四部叢刊》三編本據上海涵芬樓影印，臺北：臺灣商務印書館，1975 年。

32. 〔宋〕陳彭年、邱雍等修定：《廣韻》，收錄於《景印摛藻堂四庫全書薈要》，臺北：世界書局，1986 年。

33. 〔宋〕歐陽修撰，〔宋〕徐無黨注：《新五代史》，北京：中華書局，1997 年。

34. 〔宋〕居正等撰，《舊五代史》，北京：中華書局，1997 年。

35. 〔宋〕歐陽修、宋祁撰：《新唐書》，北京：中華書局，1997 年。

36. 〔宋〕潛說友纂修，中華書局編輯部編：《咸淳臨安志》，北京：中華書局，1990 年 6 月。

37. 〔明〕王陽明：《傳習錄》，臺北：商務印書館，1965 年 2 月。

38. 〔明〕黃宗羲：《明儒學案》，臺北：中華書局，1981 年。

39. 〔明〕袁宗道：《瓶史》，《叢書集成初編》據借月山房彙鈔本排印（北京：中華書局，1985 年北京新一版）。

40. 〔元〕脫脫等撰：《金史》，北京：中華書局，1997 年。

41. 〔元〕脫脫等撰：《宋史》，北京：中華書局，1997 年。

42. 〔元〕脫脫等撰：《遼史》，北京：中華書局，1997 年。

43. 〔明〕宋濂等撰：《元史》，北京：中華書局，1997 年。

44. 〔明〕張自烈：《正字通》，《四庫全書存目叢書》據北京大學圖書館藏清康熙刻本影印，臺南：莊嚴文化事業有限公司，1997 年。

45. 〔明〕應檟：《大明律釋義》（《續修四庫全書》據上海圖書館藏明嘉靖三十一年廣東布政使司刻本影印，上海：上海古籍出版社，2002 年）。

46. 〔清〕永瑢撰,《四庫全書總目提要》據萬有文庫版本印行,上海:商務印書館,1933 年。

47. 〔清〕高宗敕撰:《續文獻通考》,臺北:台灣商務印書館,1935 年據清光緒間浙江刊本縮印。

48. 〔清〕袁枚:《隨園詩話》,臺北:廣文書局有限公司,1971 年 6 月。

49. 〔清〕徐本、三泰等奉敕編纂,劉統勳等續纂:《大清律例》,此書收於《景印文淵閣四庫全書》,臺北:臺灣商務印書館,1983 年。

50. 〔清〕張廷玉等撰:《明史》,北京:中華書局,1997 年。

51. 〔清〕陸以湉撰,崔凡芝點校:《冷廬雜識》,北京:中華書局,1997 年 1 月。

52. 趙爾巽等撰:《清史稿》,北京:中華書局,1998 年。

三、專著（按出版年月遠近排序）

1. 馮沅君:《古劇說彙》,收錄於《民國叢書》,上海:上海書店,1947 年。

2. 謝國楨:《明清筆記叢談》,臺北:仲信出版社,1961 年 2 月。

3. 中央研究院歷史語言研究所校勘:《明實錄》,臺北:南港中央研究院歷史語言研究所出版,1966 年。

4. 張聖瑜:《中國古代兒童文學研究》,上海:商務印書館,1970 年。

5. 胡文楷:《歷代婦女著作考》,臺北:鼎文書局,1973 年 5 月。

6. 范煙橋:《中國小說史》,臺北:長安出版社,1977 年 9 月。

7. 郭立誠:《中國生育禮俗考》,臺北:文史哲出版社,1979 年 7 月。

8. 杜守城:《神童趣談》,臺北:河洛圖書出版社,1980 年 6 月。

9. 袁行霈、侯忠義編:《中國文言小說書目》,北京:北京大學出版社,1981 年 11 月。

10. 葉詠琍:《西洋兒童文學史》,臺北:東大圖書有限公司,1982 年 12 月。

11. 高鏡朗:《古代兒童疾病新論》,上海:上海科學技術出版社,1983 年。

12. 侯忠義:《中國文言小說參考資料》,北京:北京大學,1985 年 4 月。

13. 雷僑雲:《敦煌兒童文學》,臺北:臺灣學生書局,1985 年 9 月。

14. 周樹人:《中國小說史》,臺北:古風出版社,1987 年。

15. 朱劍心:《晚明小品選注》,臺北:臺灣商務印書館,1987 年臺九版。

16. 中華民國特殊教育學會主編:《資優學生鑑定與輔導》,臺北:心理出版社有限公司,1987 年 5 月。

17. 葉朗:《中國小說美學》,臺北:里仁書局,1987 年 6 月。

18. 雷僑雲：《中國兒童文學研究》，臺北：學生書局，1988 年。

19. 蔣風：《中國兒童文學》，太原：希望出版社，1988 年。

20. 張香還：《中國兒童文學史》，杭州：浙江少年兒童出版社，1988 年。

21. 畏冬編著：《中國古代兒童題材繪畫》，北京：紫禁城出版社，1988 年。

22. 蔣風、韓進：《中國兒童文學史》，安徽：安徽教育出版社，1988 年。

23. 郭箴一：《中國小說史》，臺北：臺灣商務印書館股份有限公司，1988 年 2 月臺八版。

24. 吳俊編校：《魯迅學術論著》，杭州市：浙江人民出版社，1988 年 6 月。

25. 宋浩慶：《中國小說史十五講》，臺北：木鐸出版社，1988 年 9 月。

26. 喬衛平：《中國古代幼兒教育史》，合肥：安徽教育出版社，1989 年。

27. 陳顧遠：《中國法制史》，《民國叢書》據商務印書館 1935 年版影印（上海：上海書店，1989 年）。

28. 侯忠義：《漢魏六朝小說史》，瀋陽：春風文藝出版社，1989 年 3 月。

29. 周中明：《中國的小說藝術》，臺北：貫雅文化事業有限公司，1990 年 1 月。

30. 侯忠義、劉世林：《中國文言小說史稿》上冊，北京：北京大學出版社，1990 年 3 月。

31. 陳平原：《中國小說敘事模式的轉變》，臺北：久大文化股份有限公司，1990 年 5 月。

32. 徐梓、王雪梅：《蒙學要義》，太原市：山西教育出版社，1991 年 2 月。

33. 寧稼雨：《中國志人小說史》，遼寧：遼寧人民出版社，1991 年 10 月。

34. 徐君慧《中國小說史》，廣西：廣西教育出版社，1991 年 12 月。

35. 郭有通：《中國天才盛衰史》，臺北市：國立編譯館，1992 年 10 月。

36. 李忠昌：《古代小說續書漫話》，遼寧：遼寧教育出版社，1992 年 10 月。

37. 侯忠義、劉世林：《中國文言小說史稿》下冊，北京：北京大學出版社，1993 年 2 月。

38. 任騁：《中國民間禁忌》，臺北：漢欣文化事業有限公司，1993 年 2 月。

39. 劉雨：《寫作心理學》，高雄：麗文文化事業股份有限公司，1993 年 3 月。

40. 王貴民：《中國禮俗史》，臺北：文津出版社有限公司，1993 年 7 月。

41. 陳文新：《中國文言小說流派研究》，武漢：武漢大學出版社，1993 年 9 月。

42. 上海圖書館編：《中國叢書綜錄》，上海：上海古籍出版社，1993 年 10 月。

43. 韓錫鐸:《中華蒙學集成》,瀋陽市:遼寧教育出版社,1993 年 11 月。

44. 王利器:《顏氏家訓集解》,北京:中華書局,1993 年 12 月。

45. 石昌渝:《中國小說源流論》,北京:三聯書店,1994 年 2 月。

46. 董乃斌:《中國古典小說的文體獨立》,北京:中國社會科學出版社,1994 年 2 月。

47. 吳志達:《中國文言小說史》,濟南:齊魯書社,1994 年 9 月。

48. 熊秉貞:《幼幼——傳統中國襁褓之道》,臺北:聯經出版社,1995 年。

49. 陳文新:《中國筆記小說史》,臺北:志一出版社,1995 年 3 月。

50. 林文寶:《歷代啟蒙教材初探》,臺北:萬卷樓圖書有限公司,1995 年 4 月。

51. 李悔吾:《中國小說史》,臺北:洪葉文化事業有限公司,1995 年 4 月。

52. 王連海編:《中國古代嬰戲造型圖典》,南昌:江西美術出版社,1995 年 5 月。

53. 吳禮權:《中國筆記小說史》,臺北:臺灣商務印書館股份有限公司,1995 年 5 月。

54. 蔡秋桃:《中國幼兒教育思想之演進》,臺北:五南圖書出版有限公司,1995 年 11 月。

55. 陳漢才:《中國古代幼兒教育史》,廣東:廣東高等教育出版社,1996 年。

56. 浦衛忠:《中國古代蒙學教育》,北京:中國城市出版社,1996 年 4 月。

57. 喬炳臣、潘莉娟:《中國古代學習思想史》,北京:人民教育出版社,1996 年 4 月。

58. 王恒展:《中國小說發展史概論》,山東:山東教育出版社,1996 年 5 月。

59. 喻岳衡主編:《傳統蒙學書集成》,長沙市:岳麓書社,1996 年 8 月。

60. 上海古籍出版社編:《中國古代蒙書精萃》,上海:上海古籍出版社,1996 年 10 月。

61. 寧稼雨:《中國文言小說總目提要》,山東:齊魯書社,1996 年 12 月。

62. 蕭昭君譯,Neil Postman 著:《童年的消逝》(The Disappearance of Childhood),臺北:遠流出版事業股份有限公司,1997 年 3 月。

63. 陸志平、吳功正:《小說美學》,北京:東方出版社,1997 年 4 月。

64. 王枝忠:《漢魏六朝小說史》,浙江:浙江古籍出版社,1997 年 6 月。

65. 蕭相愷:《宋元小說史》,浙江:浙江古籍出版社,1997 年 6 月。

66. 侯忠義:《隋唐五代小說史》,浙江:浙江古籍出版社,1997 年 6 月。

67. 宋兆麟：《中國生育、性、巫術》，臺北：揚智文化事業股份有限公司，1997 年 9 月。

68. 王德威主編：《德・才・色・權——論中國古代女性》，臺北：麥田出版股份有限公司，1998 年。

69. 蔣風主編：《兒童文學原理》，江蘇：安徽教育出版社，1998 年 4 月。

70. 孫康宜著，李奭學翻譯：《古典與現代的女性闡釋》，臺北：聯合文學出版社有限公司，1998 年 4 月。

71. 巴赫金：《小說理論》，河北：河北教育出版社，1998 年 6 月。

72. 楊義：《中國敘事學》，嘉義：南華管理學院，1998 年 6 月。

73. 劉詠聰：《中國古代的育兒》，臺灣：臺灣商務印書館股份有限公司，1998 年 9 月。

74. 閻愛民：《中國古代的家教》，臺灣：臺灣商務印書館股份有限公司，1998 年 9 月。

75. 張晉藩主編：《中國法制通史》，北京：法律出版社，1999 年。

76. 熊秉貞：《安恙：近世中國兒童的疾病與健康》，臺北：聯經出版社，1999 年

77. John Oates 編，邱維珍譯：《兒童發展導論》，臺北：五南圖書出版有限公司，1999 年 2 月。

78. 費德曼著，江麗美譯：《資優幼兒與人類潛能發展》，臺北：桂冠圖書股份有限公司，1999 年 5 月。

79. 張志公：《傳統語文教育初探》，香港：三聯書店有限公司，1999 年 7 月。

80. 李盾：《中國古代小說演進史》，臺北：文津出版社有限公司，1999 年 10 月。

81. 毛師文芳：《晚明閒賞美學》，臺北：臺灣學生書局，2000 年 4 月。

82. 熊秉貞：《童年憶往：中國孩子的歷史》，臺北：麥田出版社，2000 年 8 月再版。

83. 張新科：《唐前史傳文學研究》，西安：西北大學出版社，2000 年 9 月。

84. 尚聖德：《中華經典蒙書集注》，北京：華文出版社，2002 年 1 月。

85. 陳文新：《文言小說審美發展史》，武漢：武漢大學出版社，2002 年 10 月。

86. 鄭阿財、朱鳳玉：《敦煌蒙書研究》，蘭州市：甘肅教育出版社，2002 年 12 月。

87. 吳幸玲：《兒童遊戲與發展》，臺北：揚智文化事業股份有限公司，2003 年 10 月。

88. 王平：《中國古代小說敘事研究》，河北：河北人民出版社，2003 年 11月。

89. 上海書畫出版社編：《秋庭嬰戲》，上海市：上海書畫出版社，2004 年 7月。

90. 柯林・黑伍德（Colin Heywood）著，黃煜文譯：《孩子的歷史》，臺北：麥田出版，2004 年 1 月。

91. 周中明、吳家榮：《小說史話》，臺北：國家出版社，2004 年 2 月。

92. 王旭川：《中國小說續書研究》，上海：學林出版社，2004 年 5 月。

93. 〔英〕帕金爾著，張建中譯：《童年之死》，北京：華夏出版社，2005 年2 月。

94. 陳寶良、王熹：《中國風俗通史明代卷》，上海：上海文藝出版社，2005年 2 月。

95. 吳禮權：《古典小說篇章結構修辭史》，臺北：臺灣商務印書館股份有限公司，2005 年 12 月。

96. 黃世鈺：《資優幼兒的教育輔導：早期發現與早期培育之研究》，臺北：五南圖書出版股份有限公司，2006 年 8 月。

四、學位論文（以畢業年代遠近排序）

（一）博士論文

1. 張蓓蓓：《漢晉人物品鑒研究》，國立臺灣大學中國文學研究所博士論文，1983 年。

2. 舒大清：《中國古代童謠的發生及理性精神》，首都師範大學博士論文，2005 年。

（二）碩士論文

1. 陳永瑢：《《皇明世說新語》之研究》，國立高雄師範大學中國文學研究所，1990 年。

2. 蔡麗玲：《從晚明「世說體」著作的流行論張岱的《快園道古》》，國立清華大學文學研究所碩士論文，1992 年。

3. 姚琪妹：《「世說體」小說發展述論》，中興大學中國文學系研究所碩士論文，1995 年。

4. 方碧玉：《魏晉人物品評風尚研究——以《世說新語》為例》，國立中興大學歷史學研究所碩士論文，1996 年。

5. 戴佳琪：《何氏語林研究》，中國文化大學中國文學研究所碩士論文，1997 年。

6. 宮廷森：《晚明世說體著作研究》，國立政治大學中國文學研究所碩士論文，1998 年。

7. 張心愷：《明清時代蒙學施教所啓導之文化典範與應世智能》，臺灣師範大學歷史研究所碩士論文，1999 年。

8. 呂雅雯：《《世說新語》所呈現之魏晉神童群像研究》，中國文化大學中國文學研究所碩士論文，2001 年。

9. 李柏：《《世說新語》人物形象研究》，東北師範大學碩士論文，2005 年。

10. 鮮于煌：《《世說新語》：「世說體」確立的豐碑》，重慶師範大學碩士論文，2005 年。

11. 姚海英：《宋元小說中的兒童形象研究》，浙江師範大學碩士論文，2006 年。

12. 施錦瑢：《從認知發展理論探究《世說新語》中兒童的聰慧形象》，東海大學中國文學研究所碩士論文，2006 年。

13. 陳承漢：《民間故事《孔子項託相問書》及神童教育之研究》，南華大學文學研究所碩士論文，2006 年。

14. 蘇雯慧：《勸懲與存史——《大唐新語》研究》，國立政治大學中國文學文研究所碩士論文，2007 年。

15. 劉燕歌：《唐詩中的少年兒童生活研究》，西北大學碩士論文，2007 年。

五、期刊論文（以出版年代遠近排序）

1. 寧稼雨：〈關於李垕續世說——四庫提要辨誤一則〉，《文史知識》1985 年第十一期，頁 110～112。

2. 熊秉貞：〈傳統中國的乳哺之道〉，《中研院近史所集刊》第二十一期（1992 年），頁 141～145。

3. 熊秉貞：〈好的開始——中國近世士人子弟的幼年教育〉，《近世家族與政治比較歷史論文集》（臺北：中研院近史所，1992 年），頁 203～238。

4. 康正果：〈重新認識明清才女〉，《中外文學》第二十二卷第六期（1993 年 7 月），頁 121～131。

5. 熊秉貞：〈試窺明清幼兒的人事環境與情感世界〉，《本土心理學研究》第二期（臺北：桂冠圖書股份有限公司），1993 年 12 月，頁 251～276。

6. 曹爽：〈中國古代神童詩〉，《國文天地》第九卷第四期（1993 年 9 月），頁 47～52。

7. 魏愛蓮作，劉裘蒂譯：〈十七世紀中國才女的書信世界〉，《中外文學》第二十二卷第六期（1993 年 11 月），頁 55～81。

8. 邱仲麟：〈明代北京的社會風氣變遷〉，《大陸雜誌》第八十八卷第三期

（1994 年 3 月），頁 28～42。

9. 楊民蘇：〈試論唐代劉肅的軼事小說集《大唐新語》〉，《昆明師範高等專科學校學報》第十六卷第二期（1994 年 6 月），頁 41～50。

10. 劉靜貞：〈宋人生子不育風俗試探──經濟性理由的檢討〉，《大陸雜誌》第八十八卷第六期（1994 年 6 月），頁 26～41。

11. 林麗月：〈明代禁奢令初探〉，《國立臺灣師範大學歷史學報》第二十二期（1994 年 6 月），頁 57～84。

12. 孫康宜作，馬耀民譯：〈明清女詩人選集及其採輯策略〉，《中外文學》第二十三卷第二期（1994 年 7 月），頁 27～61。

13. 陳文新：〈「世說」體審美規範的確立──論《世說新語》〉，《學術論壇》1994 年第四期，頁 92～95。

14. 王鳳春、王浩：〈試論感生神話源於生殖崇拜〉，《松遼學刊（社會科學版）》1994 年第四期，頁 38～45。

15. 張錦池：〈志人小說論綱──中國小說探源〉，《北方論壇》1994 年第八期，頁 77～88。

16. 劉靜貞：〈從損子壞胎的報應傳說看宋代婦女的生育問題〉，《大陸雜誌》第九十卷第一期（1995 年 1 月），頁 25～39。

17. 李貞德：〈漢隋之間的「生子不舉」問題〉，《中央研究院歷史語言研究所集刊》第六十六本（1995 年 9 月），頁 747～812。

18. 陳文新：〈論軼事小說之「軼」〉，《貴州社會科學》1995 年第一期，頁 90～94。

19. 陳文新：〈論筆記體與傳奇體的品格差異〉，《學術研究》1995 年第一期，頁 108～112。

20. 游友基：〈馮夢龍論「智」〉，《福建學刊》1995 年第三期，頁 59～63。

21. 臧健：〈南宋農村「生子不舉」現象之分析〉，《中國史研究》1995 年第四期，頁 75～83。

22. 張學松：〈由中國古代童趣詩看作家的童心和童性〉，《遼寧師範大學學報（社會科學版）》1995 年第六期，頁 47～49。

23. 高帆：〈中國古代兒童詩淺探〉，《東北師大學報（哲學社會科學版）》1996 年第三期，頁 66～71。

24. 王枝忠：〈關於漢魏六朝小說的幾個問題〉，《福州大學學報（社會科學版）》1996 年第三期，頁 38～44。

25. 陳文新：〈論軼事小說之「小」〉，《貴州社會科學》1996 年第四期，頁 86～90。

26. 徐梓：〈歷史類傳統童蒙讀物的體裁和特徵〉，《史學史研究》1997 年第

一期，頁 53～60。

27. 張善慶：〈清通簡淡，空靈玄遠——從《世說新語》及其對後世影響談起〉，《濰江教育學院學報》1997 年第三期，頁 20～21。

28. 郭丹：〈史傳文學與中國古代小說〉，《明清小說研究》1997 年第四期，頁 80～87。

29. 劉桂莉：〈世說新語淺論〉，《四川師范學院學報》第一期（1998 年 1 月），頁 121～126。

30. 張固也：〈《續世說》的作者李垕是宋人〉，《文獻》1998 年第一期，頁 49。

31. 毛西旁：〈李垕應是「眉州丹棱人」〉，《文獻》1998 年第四期，頁 66。

32. 寧稼雨：〈文言小說界限與分類之我見〉，《明清小說研究》1998 年第四期，頁 171～182。

33. 夏咸淳：〈《智囊》諸書與晚明崇智思潮〉，《學術月刊》1998 年第十期，頁 62～71。

34. 熊秉貞：〈入情入理：中國近世童年經驗與幼教發展的兩面性〉，《禮教與情慾：近代早期中國文化發展的後／現代性》（臺北：中央研究院近代史研究所，1999 年），頁 313～325。

35. 何忠東：〈《世說新語》中的兒童話語藝術〉，《武陵學刊（社會科學）》第二十四卷第一期（1999 年 1 月），頁 43～44。

36. 周慶華：〈歷代啟蒙教材中兒童觀念的演變及其意義〉，《孔孟月刊》第三十七卷第八期（1999 年 4 月），頁 17～37。

37. 巫仁恕：〈明代平民服飾的流行風尚與士大夫的反應〉，《新史學》第十卷第三期（1999 年 9 月），頁 55～107。

38. 邢定生：〈淺析中國古代帝王感生神話〉，《玉溪師范學院學報》1999 年第一期，頁 87～91。

39. 張澤渡：〈「窬生」探詁〉，《貴州大學學報·社會科學版》第十八卷第一期（2000 年 1 月），頁 73～77。

40. 秦川：〈中國古代文言小說總集的類型特徵〉，《南昌大學學報（人文社會科學版）》第三十二卷第二期（2001 年第 4 月），頁 95～101。

41. 孫遜：〈明代文言小說總集述略〉，《上海師範大學學報（哲學社會科學版）》第三十卷第六期（2001 年 11 月），頁 40～48。

42. 陳榮基：〈談神童與神童詩〉，《語文學報》第八期（2001 年 12 月），頁 113～120。

43. 王平：〈敘述者、小說觀念與文言小說的文體特徵〉，《蒲松齡研究》（2002 年第四期），頁 117～131 轉 141。

44. 彭萍：〈杜甫詩歌中的兒童形象分析〉，《武漢科技大學學報（社會科學版）》第四卷第一期（2002 年 3 月），頁 103～105。

45. 王旭川：〈中國古代小說續書的類型與特徵〉，《零陵師範高等專科學校學報》第二十三卷第二期（2002 年 4 月），頁 49～51。

46. 石云孫：〈閃光的兒童話語——讀《世說新語》札記〉，《安慶師範學院學報（社會科學版）》第二十一卷第四期（2002 年 7 月），頁 68～71。

47. 李海燕：〈論《世說新語》中的少兒形象〉，《淮北煤師院學報（哲學社會科學版）》第二十三卷第四期（2002 年 8 月），頁 91～95。

48. 朱城：〈古書疑難辨析一則〉，《古漢語研究》2002 年第二期，頁 79～80。

49. 李娟：〈中國古代感生神話非圖騰崇拜說初論〉，《唐都學刊》第四期第十八卷（2002 年），頁 26～17。

50. 李靈年：〈李清與《女世說》〉，《蒲松齡研究》2002 年第四期，頁 132～141。

51. 聶鴻飛：〈從《世說新語》看漢魏六朝時期少年兒童的基本素質〉，《貴州大學學報（社會科學版）》第二十一卷第四期（2003 年 7 月），頁 91～95。

52. 舒韶雄：〈古詩中的兒童形象〉，《黃石教育學院學報》第二十卷第四期（2003 年 12 月），頁 27～32。

53. 陳文新：〈六朝軼事小說綜合研究述評〉，《齊魯學刊》2003 年第一期，頁 11～13。

54. 李瑄：〈論《世說新語》敘事的新變與傳承〉，《社會科學研究》2003 年第六期，頁 139～144。

55. 謝少卿：〈談《嬌女詩》中的兒童形象〉，《沙洋師範高等專科學校學報》2003 年第六期，頁 54～57。

56. 劉強：〈「《世說》學」論綱〉，《學術月刊》2003 年第十一期，頁 74～81。

57. 張忠斌：〈關於未成年人犯罪概念的比較與界定〉一文，收於陳興良：《中國刑法學年會文集》（北京市：中國人民公安大學出版社，2004 年），第二卷，頁 633～643。

58. 林美君：〈《世說新語》一書中早秀人才探索〉，《醒吾學報》第二十七期（2004 年 1 月），頁 319～347。

59. 熊國華：〈人物品評與《世說新語》的敘事結構〉，《西南師範大學學報》第三十卷第四期（2004 年 7 月），頁 162～165。

60. 田耕漁：〈《左傳》「寤生」夢解〉，《西南民族大學學報・人文社科版》第二十五卷第九期（2004 年 9 月），頁 203～204。

61. 齊慧源：〈芝蘭玉樹生階庭——《世說新語》中神童現象與魏晉家庭教育

論略〉，《徐州師範大學學報（哲學社會科學版）》第十七卷第六期（2004年11月），頁42～46。

62. 杜偉：〈論《詩經》中的少兒形象〉，《重慶師範大學學報（哲學社會科學版）》2004年第一期，頁64～69。

63. 王澤強：〈論「烏」意象的蘊意及演化〉，《學術探索》2004年第三期，頁115～119。

64. 王旭川：〈明代《世說新語》的研究及影響〉，《上海師範大學學報（社會科學版）》第三十四卷第三期（2005年5月），頁68～73。

65. 顏培建：〈「瘞生」臆解〉，《濟寧師範專科學校學報》第二十六卷第五期（2005年10月），頁81～82。

66. 魯統彥：〈論《世說新語》的史學特徵〉，《首都師範大學學報》2005年第二期，頁20～24。

67. 何正兵：〈《世說新語》：史傳的孿生和演化〉，《宜賓學院學報》2005年第三期，頁61～63。

68. 陳金琳：〈日落歸飛急霜台夕影寒——試論中國古典詩歌中的烏鴉意象〉，《株洲師範高等專科學校學報》第十一卷第三期（2006年6月），頁59～61。

69. 施紅梅：〈試論《世說新語》少兒形象的思想內涵〉，《宿州教育學院學報》第九卷第六期（2006年12月），頁86轉115。

70. 張延波：〈淺談杜甫筆下的兒童形象〉，《現代語文（文學研究版）》2006年第三期，頁36。

71. 王新：〈試論《世說新語》對史傳模式的繼承與突破〉，《徐州教育學院學報》第二十一卷三期（2006年9月），頁79～81。

72. 王春林：〈論中國古代法律中的矜老恤幼原則〉，《廣西青年干部學院學報》第十六卷第四期（2006年7月），頁68～69轉72。

73. 譚友坤、盧清：〈旌善與教化：中國古代慈幼恤孤史述論〉，《學前教育研究》2006年第十二期，頁51～53。

74. 李超：〈藍田生玉，何容不爾——略論魏晉夙惠與家世的關係〉，《樂山師範學院學報》第二十二卷第六期（2007年6月），頁95～98。

75. 呂菊：〈《世說新語》早慧現象探究〉，《重慶郵電大學學報（社會科學版）》第十九卷第三期（2007年5月），頁94～98。

76. 王同書：〈《世說新語》的「神童」〉，《明清小說研究》2007年第四期，頁298～306。

77. 李程：〈淺論《世說新語》中的少年兒童形象〉，《現代語文（文學研究版）》2007年第九期，頁124～125。

附　錄

附錄一：相關研究成果舉要

說明：由於「世說體」與「兒童」之相關研究甚眾，不勝枚舉，茲將近幾年
　　　之重要研究列舉如下，按年代先後順序排列。

壹、世說體

一、專　書

1. 袁行霈、侯忠義編：《中國文言小說書目》，北京：北京大學出版社，1981
   年 11 月。
2. 侯忠義：《漢魏六朝小說史》，瀋陽：春風文藝出版社，1989 年 3 月。
3. 侯忠義、劉世林：《中國文言小說史稿》上冊，北京：北京大學出版社，
   1990 年 3 月。
4. 寧稼雨：《中國志人小說史》，遼寧：遼寧人民出版社，1991 年 10 月。
5. 侯忠義、劉世林：《中國文言小說史稿》下冊，北京：北京大學出版社，
   1993 年 2 月。
6. 陳文新：《中國文言小說流派研究》，武漢：武漢大學出版社，1993 年 9
   月。
7. 陳文新：《中國筆記小說史》，臺北：志一出版社，1995 年 3 月。
8. 吳禮權：《中國筆記小說史》，臺北：臺灣商務印書館股份有限公司，
   1995 年 5 月。
9. 寧稼雨：《中國文言小說總目提要》，山東：齊魯書社，1996 年 12 月。
10. 陳文新：《文言小說審美發展史》，武漢：武漢大學出版社，2002 年 10
    月。

二、博碩士論文

1. 蔡麗玲：《從晚明「世說體」著作的流行論張岱的《快園道古》》，國立清華大學中國文學研究所碩士論文，1992 年。

2. 姚琪妹：《「世說體」小說發展述論》，中興大學中國文學研究所碩士論文，1995 年。

3. 沈鳴鳴：《王晫及其《今世說》研究》，蘇州大學碩士論文，2001 年。

4. 鮮于煌：《《世說新語》：「世說體」確立的豐碑》，重慶師範大學碩士論文，2005 年。

5. 高芳：《《玉劍尊聞》和《明語林》研究》南京師範大學碩士論文，2006 年。

6. 蘇雯慧：《勸懲與存史──《大唐新語》研究》，國立政治大學中國研究所碩士論文，2007 年。

三、期刊論文

1. 寧稼雨：〈關於李垕續世說──四庫提要辨誤一則〉，《文史知識》1985 年第十一期，頁 110～112。

2. 陳大康：〈王晫和他的《今世說》〉，《明清小說研究》1994 年第一期，頁 121～128。

3. 楊民蘇：〈試論唐代劉肅的軼事小說集《大唐新語》〉，《昆明師範高等專科學校學報》第十六卷第二期（1994 年 6 月），頁 41～50。

4. 武秀成：〈《大唐新語》佚文考〉，《古籍整理研究學刊》1994 年第五期，頁 31～33 轉 39。

5. 陳文新：〈「世說」體審美規範的確立──論《世說新語》〉，《學術論壇》1994 年第四期，頁 92～95。

6. 陳文新：〈論筆記體與傳奇體的品格差異〉，《學術研究》1995 年第一期，頁 108～112。

7. 陳文新：〈論軼事小說之「軼」〉，《貴州社會科學》1995 年第一期，頁 90～94。

8. 馬雪芹：〈《朝野僉載·率更令》條考辨〉，《古籍整理研究學刊》1995 年第一、二期合刊，頁 21～22。

9. 李慶西：〈《玉劍尊聞》及錢吳諸序〉，《中國文化》1995 年第一期，頁 177～180。

10. 游友基：〈馮夢龍論「智」〉，《福建學刊》1995 年第三期，頁 59～63。

11. 王澧華：〈《大唐新語》編纂考略〉，《陰山學刊（社會科學版）》1996 年第一期，頁 37～40。

12. 李靈年：〈世說體小說的上乘之作──讀《舌華錄》和《明語林》〉，《明

清小說研究》1996 年第二期，頁 177～183。

13. 王枝忠：〈關於漢魏六朝小說的幾個問題〉，《福州大學學報（社會科學版）》1996 年第三期，頁 38～44。

14. 陳文新：〈論軼事小說之「小」〉，《貴州社會科學》1996 年第四期，頁 86～90。

15. 張固也：〈《續世說》的作者李垕是宋人〉，《文獻》1998 年第一期，頁 49。

16. 吳國慶：〈《智囊》與《智囊補》比較〉，《徐州教育學院學報（哲學社會科學版）》1998 年第三期，頁 25～26。

17. 毛西旁：〈李垕應是「眉州丹棱人」〉，《文獻》1998 年第四期，頁 66。

18. 寧稼雨：〈文言小說界限與分類之我見〉，《明清小說研究》1998 年第四期，頁 171～182。

19. 夏咸淳：〈《智囊》諸書與晚明崇智思潮〉，《學術月刊》1998 年第十期，頁 62～71。

20. 陸林：〈《舌華錄》作者和版本考述〉，《明清小說研究》1999 年第三期，頁 165～173。

21. 任冠文：〈《初潭集》與李贄出家小議〉，《廣西師範大學學（哲學社會科學版）》第三十五卷第三期（1999 年 9 月），頁 99～101。

22. 智喜君：〈《大唐新語》〈諧謔〉篇試析〉，《鞍山師範學院學報》第一卷第四期（1999 年 12 月），頁 13～16。

23. 李南暉：〈《大唐新語》校札〉，《古籍整理研究學刊》2000 年第五期，頁 27～35。

24. 智喜君：〈《大唐新語》讀記〉，《遼寧師範大學學報（社會科學版）》第二十三卷第一期（2000 年），頁 98～100。

25. 李靈年：〈晚明曹臣與清言小品《舌華錄》〉，《中國典籍與文化》第三十六期（2001 年），頁 80～85。

26. 秦川：〈中國古代文言小說總集的類型特徵〉，《南昌大學學報（人文社會科學版）》第三十二卷第二期（2001 年第 4 月），頁 95～101。

27. 孫遜：〈明代文言小說總集述略〉，《上海師範大學學報（哲學社會科學版）》第三十卷第六期（2001 年 11 月），頁 40～48。

28. 段春旭：〈王用臣及其《斯陶說林》〉，《福建師範大學學報（哲學社會科學版）》2002 年第三期，頁 77～81。

29. 李靈年：〈李清與《女世說》〉，《蒲松齡研究》2002 年第四期，頁 132～141。

30. 王旭川：〈中國古代小說續書的類型與特徵〉，《零陵師範高等專科學校學報》第二十三卷第二期（2002 年 4 月），頁 49～51。

31. 陳敏：〈《大唐新語》的價值取向與文學成就〉，《安慶師範學院學報（社會科學版）》第二十一卷第四期（2002 年 7 月），頁 38～40。

32. 陳文新：〈六朝軼事小說綜合研究述評〉，《齊魯學刊》2003 年第一期，頁 11～13。

33. 王忠閣：〈論李贄《初潭集》對理學思想的批判〉，《江漢論壇》2003 年第三期，頁 78～80。

34. 李瑄：〈論《世說新語》敘事的新變與傳承〉，《社會科學研究》2003 年第六期，頁 139～144。

35. 劉強：〈「《世說》學」論綱〉，《學術月刊》2003 年第十一期，頁 74～81。

36. 周小兵：〈《何氏語林》是否包含《世說》的內容〉，《明清小說研究》2004 年第四期，頁 192～195。

37. 胡可先：〈《大唐新語》佚文辨證〉，《古籍整理研究學刊》第六期（2004 年 11 月），頁 86～87。

38. 徐永斌：〈《二拍》與馮夢龍的《情史》、《智囊》、《古今譚概》〉，《明清小說研究》2005 年第二期，頁 158～170。

39. 鐘小勇：〈略論《唐語林》在近代漢語詞匯研究中的價值——以《唐五代語言詞典》為參照〉，《綏化學院學報》第二十五卷第一期（2005 年 2 月），頁 113～117。

40. 李娟：〈《朝野僉載》中的品評用語研究〉，《巢湖學院學報》第七卷第六期（2005 年），頁 143～145。

41. 王旭川：〈明代《世說新語》的研究及影響〉，《上海師範大學學報（社會科學版）》第三十四卷第三期（2005 年 5 月），頁 68～73。

42. 劉春麗：〈《隋唐嘉話》對史學精神的繼承與突破〉，《江蘇廣播電視大學學報》2006 年第一期，頁 50～52。

43. 金丙燕：〈《大唐新語》讀記〉，《現代語文（文學研究版）》2006 年第十一期，頁 12～13。

44. 劉春麗：〈讀《隋唐嘉話》小記〉，《南京師範大學文學院學報》第一期（2006 年 3 月），頁 183。

45. 張春華：〈《朝野僉載》口語詞雜釋〉，《西昌學院學報（社會科學版）》第十九卷第三期（2007 年 9 月），頁 17～21。

46. 余志新：〈《唐語林》詞語札記〉，《滁州學院學報》第九卷第五期（2007 年 9 月），頁 31～33。

47. 鄺明月：〈《唐語林》的敘事特徵〉，《科教文匯（下旬刊）》（2007 年 10 月），頁 176～178。

48. 吳冠文：〈三談今本《大唐新語》的真偽問題〉，《復旦學報（社會科學版）》2007 年第一期，頁 20～29 轉 82。

49. 王虎：〈《朝野僉載・隋唐嘉話》補注〉，《蘇州大學學報（哲學社會科學版）》第六期（2007 年 11 月），頁 75～77。

貳、古代兒童相關研究

一、蒙書類

（一）專　書

1. 雷僑雲：《敦煌兒童文學》，臺北：臺灣學生書局，1985 年 9 月。
2. 徐梓、王雪梅：《蒙學要義》，太原市：山西教育出版社，1991 年 2 月。
3. 韓錫鐸：《中華蒙學集成》，瀋陽市：遼寧教育出版社，1993 年 11 月。
4. 林文寶：《歷代啓蒙教材初探》，臺北：萬卷樓圖書有限公司，1995 年 4 月。
5. 喻岳衡主編：《傳統蒙學書集成》，長沙市：岳麓書社，1996 年 8 月。
6. 上海古籍出版社編：《中國古代蒙書精萃》，上海：上海古籍出版社，1996 年 10 月。
7. 張志公：《傳統語文教育初探》，香港：三聯書店有限公司，1999 年 7 月。
8. 尚聖德：《中華經典蒙書集注》，北京：華文出版社，2002 年 1 月。
9. 鄭阿財、朱鳳玉：《敦煌蒙書研究》，蘭州市：甘肅教育出版社，2002 年 12 月。

（二）博碩士論文

1. 宋新民：《敦煌寫本識字類蒙書研究》，中國文化大學中國文學研究所博士論文，1990 年。
2. 張心愷：《明清時代蒙學施教所啓導之文化典範與應世智能》，臺灣師範大學歷史研究所碩士論文，1999 年。
3. 張錦婷：《敦煌寫本思想類啓蒙教材研究》，國立臺灣師範大學教育研究所碩士論文，2001 年。
4. 劉艷卉：《我國古代蒙學識字教材研究》，河南師範大學碩士論文，2002 年。
5. 蘇美珠：《厚積薄發騁神思——《龍文鞭影》研究》，國立彰化師範大學中國文學研究所碩士論文，2004 年。
6. 陳進德：《明清啓蒙教材研究》，臺北市立師範學院應用語言文學研究所碩士論文，2005 年。
7. 張紅梅：《蒙學讀物《三字經》述評》，華中師範大學碩士論文，2005 年。

8. 李小茹：《王應麟《急就篇補注》及相關問題研究》，西南師範大學碩士論文，2005 年。

9. 潘偉娜：《宋代新編童蒙讀物初探》，四川大學碩士論文，2005 年。

10. 柯志宏：《李翰《蒙求》教育内涵研究》，國立花蓮師範學院語文教育研究所碩士論文，2005 年。

11. 王璐：《敦煌寫本類書《兔園策府》探究》，西北師範大學碩士論文，2006 年。

12. 張金慧：《宋代道德類蒙學教材的特點研究》，東北師範大學碩士論文，2006 年。

13. 張玲子：《敦煌寫本《開蒙要訓》研究》，北京師範大學碩士論文，2007 年。

14. 何祚璞：《朱熹蒙學研究》，臺北市立教育大學中國語文學系碩士班論文，2007 年。

15. 李宜庭：《《幼學瓊林》教育意涵之研究》，臺北市教育大學國民教育研究所碩士論文，2007 年。

16. 陳小葉：《《幼學瓊林》之語文教育價值研究》，北京師範大學碩士論文，2007 年。

17. 馬冠男：《明代蒙學教材、教法研究》，揚州大學碩士論文，2007 年。

（三）期刊論文

1. 徐梓：〈歷史類傳統童蒙讀物的體裁和特徵〉，《史學史研究》1997 年第一期，頁 53～60。

2. 邰惠莉：〈敦煌本《六字千文》初探〉，《敦煌研究》1997 年第一期，頁 148～154。

3. 徐梓：〈《千字文》的流傳及其影響〉，《中國典籍與文化》1998 年第二期，頁 78～83。

4. 徐梓：〈《千字文》的續作及其改編〉，《中國典籍與文化》1998 年第三期，頁 52～57。

5. 周慶華：〈歷代啓蒙教材中兒童觀念的演變及其意義〉，《孔孟月刊》第三十七卷第八期（1999 年 4 月），頁 17～37。

6. 曾美貞：〈二十四孝——中國古代兒童讀物研究〉，《語文教育通訊》第二十一期（2000 年 12 月），頁 80～89。

7. 朱玉娟：〈「增廣昔時賢文」初探〉，《語文教育通訊》第二十期（2000 年 6 月），頁 69～82。

8. 黃東賢：〈千字文初探〉，《語文教育通訊》第二十一期（2000 年 12 月），頁 90～102。

9. 張娜麗：〈《敦煌本〈六字千文〉初探》析疑——兼述《千字文》注本問題〉，《敦煌研究》2001 年第三期，頁 100～105。

10. 張娜麗：〈《敦煌本〈六字千文〉初探》析疑（續）——兼述《千字文》注本問題〉，《敦煌研究》2002 年第一期，頁 93～96。

11. 歐純純：〈《太公家教》與後代童蒙教材的關係〉，《東方人文學誌》第一卷一期（2002 年 3 月），頁 121～138。

12. 李利民：〈試論《蒙求》之蒙童文學教育〉，《理論月刊》2005 年第十二期，頁 146～148。

13. 孫發友：〈從《增廣賢文》透視傳統中國人的處世觀〉，《湖北師範學院學報（哲學社會科學版）》第二十五卷第四期（2005 年），頁 82～84。

14. 舒愛珍：〈我國最早的童蒙教育暢銷書——李翰《蒙求》〉，《中國語文》第九十九卷三期（2006 年 9 月），頁 66～82。

15. 林榮森：〈《急就篇》名稱探源〉，《逢甲人文社會學報》第十三期（2006 年 12 月），頁 79～93。

16. 謝曉春：〈敦煌蒙書編撰的平民化傾向及其價值體現〉，《敦煌研究》2007 年第六期，頁 96～100 轉 116。

17. 王麗雅：〈由音韻觀察敦煌蒙書《百家姓》之編排方式〉，《古今藝文》第三十四卷第一期（2007 年 11 月），頁 79～84。

18. 劉長東：〈論中國古代的習字蒙書——以敦煌寫本《上大夫》等蒙書爲中心〉，《社會科學研究》2007 年第二期，頁 188～194。

二、童蒙教育類

（一）專　書

1. 喬衛平：《中國古代幼兒教育史》，合肥：安徽教育出版社，1989 年。

2. 蔡秋桃：《中國幼兒教育思想之演進》，臺北：五南圖書出版有限公司，1995 年 11 月。

3. 陳漢才：《中國古代幼兒教育史》，廣東：廣東高等教育出版社，1996 年。

4. 浦衛忠：《中國古代蒙學教育》，北京：中國城市出版社，1996 年 4 月。

5. 劉詠聰：《中國古代的育兒》，北京：臺灣商務印書館股份有限公司，1997 年 3 月。

6. 閻愛民：《中國古代的家教》，臺灣：臺灣商務印書館股份有限公司，1998 年 9 月。

（二）碩博士論文

1. 邱世明《王陽明兒童教育思想之研究》，臺北市立師範學院初等教育學系

碩士論文，1996 年。

2. 王寶彩：《明代道德教養類蒙書之研究》，逢甲大學中國文學研究所碩士論文，1996 年。

3. 郭婭：《宋代童蒙教育研究》，湖北大學碩士論文，1999 年。

4. 郭惠端：《呂坤的蒙書及其童蒙教育研究》，中興大學中國文學研究所碩士論文，2001 年。

5. 梅蕾：《隋唐童蒙教育文獻研究》，華中師範大學碩士論文，2001 年。

6. 王豔香：《明清時期童蒙讀物中的歷史教育初探》，首都師範大學，2003 年。

7. 鄒抒陽：《南宋理學蒙養研究》，南京大學碩士論文，2004 年。

8. 郅美麗：《宋代蒙學教育研究》，南京師範大學碩士論文，2004 年。

9. 任穎梔：《唐代歷史教育研究》，曲阜師範大學碩士論文，2004 年。

10. 李暉：《簡論宋代蒙學教育》，華中師範大學碩士論文，2005 年。

11. 徐永文：《南宋時期贛東北朱熹后學的教育活動與教育思想研究》，江西師範大學碩士論文，2005 年。

12. 謝智彥：《宋代童蒙教育思想研究》，彰化師範大學中國文學研究所碩士論文，2005 年。

13. 余家春：《宋代蒙學教育探究》，湖北大學碩士論文，2006 年。

14. 黃金東：《唐五代時期敦煌地區童蒙教育研究》，中央民族大學碩士論文，2006 年。

15. 張永萍：《唐五代宋初敦煌教育初探》，西北師範大學碩士論文，2006 年。

16. 陳承漢：《民間故事《孔子項託相問書》及神童教育之研究》，南華大學文學研究所碩士論文，2006 年。

17. 舒愛珍：《明代童蒙教育研究》，東吳大學中國文學研究所碩士論文，2007 年。

18. 鄭天蕙：《宋代蒙書分類研究》，輔仁大學中國文學研究所碩士論文，2007 年。

（三）期刊論文

1. 郭婭：〈宋代童蒙教育的主要特點〉，《史學月刊》2001 年第五期，頁 47～52。

2. 李雅琴：〈王守仁教育心理思想初探〉，《陝西師範大學學報（哲學社會科學版）》第三十卷（2001 年 5 月），頁 313～316。

3. 唐雲山：〈朱熹「教小兒讀《詩》不可破章析論──朱熹的童蒙詩歌教學

理論〉，《南師語教學報》第一期（2003 年 4 月），頁 31～46。

4. 郭婭：〈宋代童蒙教育興盛的原因及意義〉，《湖北大學學報（哲學社會科
學版）》第三十卷第一期（2003 年），頁 108～112。

5. 彭妮絲：〈朱熹童蒙教育思想研究〉，《環球技術學院學報》第四期（2004
年 7 月），頁 25～35。

6. 黃婉瑜：〈從《小學》論朱子童蒙教育理念〉，《東方人文學誌》第五卷三
期（2006 年 9 月），頁 181～198。

7. 李玉梅：〈朱熹蒙書的習慣說〉，《鵝湖》第三十二卷七期（2007 年 1
月），頁 32～41。

8. 王子今：〈兩漢童蒙教育〉，《史學集刊》第三期（2007 年 5 月），頁 15
～25。

9. 張俊相：〈《周易‧蒙卦》的童蒙道德養成教育觀〉，《倫理學研究》2008
年第一期，頁 99～102。

三、藝術類

（一）專　書

1. 畏冬編著：《中國古代兒童題材繪畫》，北京：紫禁城出版社，1988 年。

2. 故宮博物院編：《嬰戲圖》，臺北：故宮博物院，1990 年 4 月。

3. 王連海編：《中國古代嬰戲造型圖典》，南昌：江西美術出版社，1995 年
5 月。

4. 上海書畫出版社編：《秋庭嬰戲》，上海市：上海書畫出版社，2004 年 7
月。

（二）碩博士論文

1. 聶志文：《中國傳統陶瓷嬰戲紋裝飾之研究》，中國文化大學藝術研究所
碩士論文，1988 年。

2. 郭思伶：《由宋代兒童畫題感發對兒童生活之研究》，臺北市立師範學院
視覺藝術研究所碩士論文，2001 年。

3. 葉嬿慧：《明代《九九消寒圖》與《百子衣》之嬰戲圖像研究》，臺北藝
術大學美術史研究所碩士論文，2004 年。

4. 童文娸：《李嵩「嬰戲貨郎圖」的研究》，臺灣大學藝術史研究所碩士論
文，2006 年。

（三）期刊論文

1. 毛穎：〈唐鎏金嬰戲圖小銀瓶圖像探析〉，《南方文物》1995 年第四期，
頁 80～85。

2. 王連海：〈最喜小兒嬌憨〉，《中國民族博覽》1997 年第二期，頁 38～39。

3. 董彩琪:〈耀瓷嬰孩紋飾〉,《文博》1999 年第四期,頁 68～72。

4. 劉芳如:〈蘇漢臣嬰戲圖考之一〉,《故宮文物月刊》第十八卷第一期（2000 年 4 月）,頁 4～17。

5. 劉芳如:〈蘇漢臣嬰戲圖考之二〉,《故宮文物月刊》第十八卷第二期（2000 年 5 月）,頁 68～82。

6. 劉芳如:〈蘇漢臣嬰戲圖考之三〉,《故宮文物月刊》第十八卷第三期（2000 年 6 月）,頁 16～29。

7. 王兆乾:〈蘇漢臣的《嬰戲圖》與儺戲《五星會》〉,《黃梅戲藝術》2002 年第三期,頁 4～7。

8. 陳敏:〈論《嬰戲圖》的傳統理念和現代審視〉,《陶瓷研究》2003 年第一期,頁 13～16。

9. 胡朝陽:〈敦煌壁畫中的兒童騎竹馬圖〉,《尋根》2005 年第四期,頁 28～29。

10. 鄧建民:〈《嬰戲圖》的藝術特色〉,《景德鎮陶瓷》第十六卷第四期（2005 年）,頁 15～16。

11. 陳杰:〈從磁州窯彩繪嬰戲紋看宋金時期的兒童活動——兼談磁州窯彩繪嬰戲紋的風格特點〉,《四川文物》2005 年第五期,頁 47～53。

12. 郭愛紅:〈陶瓷繪畫裝飾藝術中的嬰戲圖〉,《景德鎮陶瓷》第十六卷第四期（2006 年）,頁 18～19。

13. 徐國琴:〈淺談釉下寫意嬰戲圖的創作〉,《景德鎮陶瓷》第十六卷第四期（2006 年）,頁 38。

14. 申小麗:〈清嘉慶粉彩嬰戲紋碗賞析〉,《文物世界》2006 年第一期,頁 65～68。

15. 劉明杉:〈明成化官窯嬰戲紋瓷器賞析〉,《藝術與投資》2007 年第三期,頁 57～58。

四、古代兒童文學類

（一）專 書

1. 張聖瑜:《中國古代兒童文學研究》,上海:商務印書館,1970 年。

2. 雷橋雲:《中國兒童文學研究》,臺北:學生書局,1988 年。

3. 蔣風:《中國兒童文學》,太原:希望出版社,1988 年。

4. 蔣風、韓進:《中國兒童文學史》,安徽:安徽教育出版社,1988 年。

5. 張香還:《中國兒童文學史》,杭州:浙江少年兒童出版社,1988 年。

（二）碩博士論文

1. 舒大清:《中國古代童謠的發生及理性精神》,首都師範大學博士論文,

2005 年。

（三）期刊論文

1. 曹爽：〈中國古代神童詩〉，《國文天地》第九卷第四期（1993 年 9 月），頁 47～52。

2. 王同書：〈《聊齋誌異》對古代兒童文學的開拓與超越〉，《蒲松齡研究紀念專號》1995 年第一期，頁 330～344。

3. 張學松：〈由中國古代童趣詩看作家的童心和童性〉，《遼寧師範大學學報（社會科學版）》1995 年第六期，頁 47～49。

4. 高帆：〈中國古代兒童詩淺探〉，《東北師大學報（哲學社會科學版）》1996 年第三期，頁 66～71。

5. 王瑾：〈中國古代童謠論〉，《杭州師範學院學報》第十七卷第一期（2000 年 1 月），頁 19～25。

6. 馬力：〈中國兒童文學中的女性意識探微〉，《兒童文學學刊》第五期（2001 年 5 月），頁 84～97。

7. 孫波：〈中國古代童謠論〉，《語文學刊》2005 年第十四期，頁 57～62。

8. 孫亞敏：〈楊萬里的童趣詩及其兒童觀〉，《上海師範大學學報（哲學社會科學版）》第三十六卷第三期（2007 年 5 月），頁 87～91。

9. 舒大清：〈論中國古代政治童謠的消長規律〉，《湖北師範學院學報》第二十七卷第二期（2007 年），頁 25～28。

五、兒童生活類

（一）專　書

1. 高鏡朗：《古代兒童疾病新論》，上海：上海科學技術出版社，1983 年。

2. 熊秉貞：《幼幼——傳統中國襁褓之道》，臺北：聯經出版社，1995 年。

3. 熊秉貞：《安恙：近世中國兒童的疾病與健康》，臺北：聯經出版社，1999 年。

4. 熊秉貞：《童年憶往：中國孩子的歷史》，臺北：麥田出版社，2000 年 8 月再版。

（二）碩博士論文

1. 王一平：《唐代兒童的養與教》，臺灣師範大學歷史研究所碩士論文，2004 年。

2. 田建榮：《中國古代兒童遊戲研究》，陝西師範大學碩士論文，2006 年。

3. 劉燕歌：《唐詩中的少年兒童生活研究》，西北大學碩士論文，2007 年。

4. 吳燕珠：《唐代親子詩研究》，成功大學中國文學研究所碩士論文，2006 年。

（三）期刊論文

1. 熊秉貞：〈傳統中國的乳哺之道〉，《中研院近史所集刊》第二十一期（1992 年），頁 141～145。

2. 熊秉貞：〈好的開始——中國近世士人子弟的幼年教育〉，《近世家族與政治比較歷史論文集》（臺北：中研院近史所，1992 年），頁 203～238。

3. 熊秉貞：〈試窺明清幼兒的人事環境與情感世界〉，《本土心理學研究》第二期（臺北：桂冠圖書股份有限公司），1993 年 12 月，頁 251～276。

4. 石云霄：〈古代兒童游戲與游戲童謠〉，《中國典籍與文化》1998 年第三期，頁 97～99。

5. 胡福貞：〈中國古代兒童遊戲今析〉，《西南師範大學學報（哲學社會科學版）》1998 年第一期，頁 98～100。

6. 王子今：〈漢代兒童的游藝生活〉，《中國史研究》1999 年第三期，頁 51～58。

7. 熊秉貞：〈入情入理：中國近世童年經驗與幼教發展的兩面性〉，《禮教與情慾：近代早期中國文化發展的後／現代性》（臺北：中央研究院近代史研究所，1999 年），頁 313～325。

8. 張世宗：〈童玩游藝與兒童文化〉，《兒童文學學刊》第八期（2002 年 11 月），頁 193～229。

9. 周保平、王瑞峰：〈漢畫遊戲研究〉，《中原文物》2004 年第五期，頁 65～70。

10. 胡朝陽：〈敦煌壁畫中的兒童騎竹馬圖〉，《尋根》2005 年四期，頁 28～29。

11. 路志峻：〈論敦煌文獻和壁畫中的兒童遊戲與體育〉，《敦煌學輯刊》2006 年第四期，頁 85～88。

12. 王義芝：〈敦煌古代兒童遊戲初探〉，《尋根》2007 年第三期，頁 62～71。

六、兒童形象類

（一）專　書

1. 林守城：《神童趣談》，臺北：河洛圖書出版社，1980 年 6 月。

2. 許春耘、徐文思著：《神童的故事》，合肥：人民出版社，1984 年。

3. 翁萃芝等編撰：《神童的故事》，高雄：愛智圖書有限公司，1987 年。

4. 顏炳耀主編：《神童的故事》，臺北：華一出版社，1988 年。

5. 寒莊編註：《神童巧對》，臺北：書林出版社，1991 年。

6. 張林主編：《神童》，臺北：漢藝色研出版社，1996 年。

（二）碩博士論文

1. 呂雅雯：《《世說新語》所呈現之魏晉神童群像研究》，中國文化大學中國文學研究所碩士論文，2001 年。

2. 李柏：《《世說新語》人物形象研究》，東北師範大學碩士論文，2005 年。

3. 姚海英：《宋元小說中的兒童形象研究》，浙江師範大學碩士論文，2006年。

4. 施錦瑢：《從認知發展理論探究《世說新語》中兒童的聰慧形象》，東海大學中國文學研究所碩士論文，2006 年。

（三）期刊論文

1. 何忠東：〈《世說新語》中的兒童話語藝術〉，《武陵學刊（社會科學）》第二十四卷第一期（1999 年 1 月），頁 43～44。

2. 陳榮基：〈談神童與神童詩〉，《語文學報》第八期（2001 年 12 月），頁113～120。

3. 彭萍：〈杜甫詩歌中的兒童形象分析〉，《武漢科技大學學報（社會科學版）》第四卷第一期（2002 年 3 月），頁 103～105。

4. 石云孫：〈閃光的兒童話語——讀《世說新語》札記〉，《安慶師範學院學報（社會科學版）》第二十一卷第四期（2002 年 7 月），頁 68～71。

5. 李海燕：〈論《世說新語》中的少兒形象〉，《淮北煤師院學報（哲學社會科學版）》第二十三卷第四期（2002 年 8 月），頁 91～95。

6. 聶鴻飛：〈從《世說新語》看漢魏六朝時期少年兒童的基本素質〉，《貴州大學學報（社會科學版）》第二十一卷第四期（2003 年 7 月），頁 91～95。

7. 舒韶雄：〈古詩中的兒童形象〉，《黃石教育學院學報》第二十卷第四期（2003 年 12 月），頁 27～32。

8. 汪聖鋒：〈汪洙及《神童詩》考辨〉，《中國典籍與文化》2003 年第二期，頁 85～87。

9. 謝少卿：〈談《嬌女詩》中的兒童形象〉，《沙洋師範高等專科學校學報》2003 年第六期，頁 54～57。

10. 林美君：〈《世說新語》一書中早秀人才探索〉，《醒吾學報》第二十七期（2004 年 1 月），頁 319～347。

11. 周曉琳：〈中國古代文人早熟現象的現代反思〉，《中國教育學報》第九期（2004 年 9 月），頁 14～16。

12. 齊慧源：〈芝蘭玉樹生階庭——《世說新語》中神童現象與魏晉家庭教育論略〉，《徐州師範大學學報（哲學社會科學版）》第十七卷第六期（2004年 11 月），頁 42～46。

13. 杜偉：〈論《詩經》中的少兒形象〉，《重慶師範大學學報（哲學社會科學版）》2004 年第一期，頁 64～69。

14. 劉伯倫：〈詩論二則〉，《長治學院學報》第二十二卷第四期（2005 年 8 月），頁 30～32。

15. 施紅梅：〈試論《世說新語》少兒形象的思想內涵〉，《宿州教育學院學報》第九卷第六期（2006 年 12 月），頁 86～87。

16. 張延波：〈淺談杜甫筆下的兒童形象〉，《現代語文（文學研究版）》2006 年第三期，頁 36。

17. 呂菊：〈《世說新語》早慧現象探究〉，《重慶郵電大學學報（社會科學版）》第十九卷第三期（2007 年 5 月），頁 94～98。

18. 李超：〈藍田生玉，何容不爾——略論魏晉夙惠與家世的關係〉，《樂山師範學院學報》第二十二卷第六期（2007 年 6 月），頁 95～98。

19. 王同書：〈《世說新語》的「神童」〉，《明清小說研究》2007 年第四期，頁 298～306。

20. 李程：〈淺論《世說新語》中的少年兒童形象〉，《現代語文（文學研究版）》2007 年第九期，頁 124～125。

附錄二：歷代世說體著作之兒童書寫篇章

說明：本附錄節錄世說體著作內的兒童言行事蹟，按照兒童「姓氏筆畫」編排；
「資料編號」爲兒童事蹟之累計；「姓名編號」爲每則兒童事蹟內主角
數量的累計（按：一個兒童主角可能有好幾則事蹟）。本附錄並將將世
說體文本分爲「明清以前」與「明清時期」，提供文本的比較與對照；
另一欄爲此則兒童事蹟的史傳出處，以期發現史傳與世說體之關聯。

資料編號	姓名編號	姓氏筆畫	兒童姓名	兒童事蹟	世說體文本		史　書	備　註
					明清以前	明清時期		
1	1	0	無名女童	父親背負殺鄰婦罪名，女兒自殺，囑父斬其首交與太倉丞。太倉丞夜夢查出兇手。		1.【明】馮夢龍：《古今譚槩》卷16〈鷙忍部〉，頁7。		
2	2	0	無名童子	童子以「七歲孩童當馬驛」與高祖「萬年天子坐龍廷」應對。		2.【清】吳肅公：《明語林》卷9〈夙惠〉，頁1上。		
3	3	0	李丞相僕人之女	父親竊走金錢，女兒自願賣身爲奴，替父償還。		1.【明】何良俊：《何氏語林》卷3〈德行下〉，頁10上。		
4	4	0	吳中小兒	徐相國戲問他日是否願效勞？對曰：「公相不足學，願爲聖人。」		1.【明】鄭仲夔：《清言》卷5〈夙惠〉，頁13上。		
5	5	0	吳地小兒	孔琇之處理十歲小兒偷割鄰家稻事件。	【宋】李垕：《南北史續世說》卷2〈政事〉，頁3下。	1.【明】張墉：《二十一史識餘》卷11〈政事下〉，頁4上。 2.【明】林茂桂：《南北朝新語》卷3〈懲戒〉，頁89上。	《南齊書》〈良政列傳〉「孔琇之」、《南史》〈孔靖列傳〉「靈符弟子琇之」	
6	6	0	中朝小兒	小兒父病，行乞藥，謂「來病君子所以爲虐耳」。	【南朝宋】劉義慶：《世說新語》卷上之上〈言語〉，頁13下～14上。	1.【明】王世貞：《世說新語補》卷12〈夙惠〉，頁17下～18下。 2.【明】李贄：《初潭集》卷20〈師友十〉「少年」，頁16。 3.【明】曹臣：《舌華錄》卷4〈諧語〉，頁14。 4.【明】馮夢龍：《古		

					今譚概》卷 23〈機警部〉，頁 6。 5.【清】黃汝琳：《世說新語補》卷 12〈夙惠〉，頁 9 上。	
7	7	0	陶庵比鄰之童子	十四歲能詩，詠月蝕。	1.【明】張岱：《快園道古》卷 5〈夙慧部〉，頁 70。	
8	8	0	無名女童	七歲能詩，則天召見令賦，作詩別父兄。	1.【明】鄭仲夔：《清言》卷 5〈夙惠〉，頁 11 下。	
9	9	0	神童	上戲與紅羅使直書一字，遂加一點成卜字。	1.【明】李紹文：《皇明世說新語》卷 5〈夙惠〉，頁 2 下～3 上。	
10	10	0	二兒	爭辯日之遠近，孔子無法決定孰是孰非。	1.【明】馮夢龍：《古今譚概》卷 25〈塞語部〉，頁 9 上。	
11	11	2	丁氏(梁武帝妃)	生於樊城，有神光之異。	1.【明】林茂桂：《南北朝新語》卷 3〈宮闈〉，頁 4 下～5 上。	《梁書》〈皇后列傳〉、《南史》〈后妃列傳〉
12	12	2	丁常任	孝宗曰：「曉來雲霧甚奇，卿見否？」對曰：「四海萬姓皆見之矣。」	1.曹臣：《舌華錄》卷 8〈穎語〉，頁 14。 2.【清】黃汝琳：《世說新語補》卷 12〈夙惠〉，頁 15 上。	
13	13	3	于慎行	以「磨磚砌地」，應對「煉石補天」。	1.【明】張岱：《快園道古》卷 5〈夙慧部〉，頁 69。	《明史》〈于慎行列傳〉有此人，無此事蹟。
14	14	3	于謙	七歲，僧蘭古春日：「此他日救時宰相。」	1.【明】李紹文：《皇明世說新語》卷 5〈夙惠〉，頁 1 下。 2.【明】鄭仲夔：《清言》卷 5〈夙惠〉，頁 12 上。 3.【明】江東偉：《芙蓉鏡寓言》二集〈夙惠〉，頁 146。	《明史》〈于謙列傳〉
15	14	3	于謙	幼時，母為其書髮雙角，僧人藍古春戲之，于以言語回敬。某日，古春見其梳三角髻，又戲之，于以言語回敬。古春曰：「此兒救時之相也。」	1.【明】馮夢龍：《古今譚概》卷 29〈談資部〉，頁 11。 2.【明】張岱：《快園道古》卷 5〈夙慧部〉，頁 68。	《明史》〈于謙列傳〉有此人記載，無此事蹟。
16	14	3	于謙	鄰老以「紅孩兒，騎黑馬遊街」戲之，于以「赤帝子，斬白蛇當道」回應。	1.【明】張岱：《快園道古》卷 5〈夙慧部〉，頁 67。	

17	15	3	于仲文	九歲，周文帝問曰：「書有何事？」對曰：「資父事君，忠孝而已。」	【宋】李垕：《南北史續世說》卷5〈夙慧〉，頁5下。	1.【明】林茂桂：《南北朝新語》卷2〈捷對〉，頁101上。	《隋書》〈于仲文列傳〉《北史》〈于栗磾列傳〉	
18	16	3	士龍	六歲能賦詩，時人以為項託、楊烏之儔。		1.【明】焦竑：《焦氏類林》卷4〈夙惠〉，頁28上。		
19	17	3	子產	初生，握拳而出。		1.【明】徐象梅：《瑯嬛史唾》卷15〈異產〉，頁26上。		
20	18	3	上官昭容	其母夢人與秤，問：「秤量天下豈是汝耶？」口中啞啞如應曰是。	【宋】王讜：《唐語林》，卷3〈夙慧〉，頁90。		《新唐書》〈后妃列傳〉「中宗韋皇后」有其人記載，無此事蹟。	
21	19	4	少昊	生於稚華之渚，時有五鳳隨方之，色集於帝庭，因曰鳳鳥氏。		1.【明】徐象梅：《瑯嬛史唾》卷1〈帝符〉，頁3上。		
22	19	4	少昊	女節夢接大星，意感而生少昊。		1.【明】徐象梅：《瑯嬛史唾》卷1〈后瑞〉，頁8上。		
23	20	4	文恭	以「致身肯讓人先」，應對「脫穎慚居客後」。		1.【明】張岱：《快園道古》卷5〈夙慧部〉，頁68。		
24	20	4	文恭	葬天衣祖墳，有黑氣，恐洩，文恭言：「此乃殺氣，放盡乃佳。」		1.【明】張岱：《快園道古》卷5〈夙慧部〉，頁67。		
25	21	4	文中子	十五為人師。		1.【明】徐象梅：《瑯嬛史唾》卷9〈著作〉，頁695。		
26	22	4	文彥博	文彥博以水灌入樹洞中，取出球。		1.【明】孫能傳：《益智編》卷34〈人事類三〉「蚤慧」，頁3下。 2.【明】趙瑜：《兒世說》卷1〈膽識〉，頁8上。	《宋史》有〈文彥博列傳〉但無此事蹟記載。	
27	23	4	毛俊之子	四歲，則天召試千字文，能暗書。人以為精魅所託，後不知所終。	【唐】張鷟：《朝野僉載》卷5，頁61。			
28	24	4	毛澄	七歲善屬對，大人賜以金錢，歸而擲之。		1.【明】李紹文：《皇明世說新語》卷5〈夙惠〉，4上。 2.【明】曹臣：《舌華錄》卷2〈豪語〉，頁8上。	《明史》〈毛澄列傳〉有此人記載，無此事蹟。	
29	25	4	元嘉	左手畫圓，右手畫方。口誦經史，目數群羊，代號神仙童子。	【宋】李垕：《南北史續世說》卷5〈夙慧〉，頁7上。	1.【明】焦竑：《焦氏類林》卷4〈夙惠〉，頁29下。 2.【明】林茂桂：《南北朝新語》卷2〈夙慧〉，頁89下。		

30	26	4	元昊(德明之子)	十餘歲，諫父：「以戰馬資鄰國已是失計，今更以貨殺邊人，則誰肯爲我用者。」		1.【明】焦竑：《焦氏類林》卷 1〈君臣〉，頁 7 上。 2.【明】李贄：《初潭集》卷 29〈君臣九〉「賢相」，頁 1 下～2 上。 3.【明】江東偉：《芙蓉鏡寓言》一集〈政事〉，頁 46～47。	《宋史》〈王礪列傳〉有元昊勸諫之事，內容略有不同。
31	26	4	元昊(德明之子)	幼時數諫父母臣宋。	【南朝宋】劉義慶：《世說新語》卷上之上〈言語〉，頁 22 上。	1.【明】王世貞：《世說新語補》卷 3〈言語中〉，頁 6 上。 2.【明】李贄：《初潭集》卷 7〈父子三〉「慧子」，頁 3 下。 3.【明】曹臣：《舌華錄》卷 1〈慧語〉，頁 4 下。 4.【明】馮夢龍：《古今譚槩》卷 28〈巧言部〉，頁 16。 5.【清】黃汝琳：《世說新語補》卷 12〈夙惠〉，頁 10 上。	《宋史》〈外國列傳一〉「夏國上」
32	27	4	元文遙	何選集試，一覽便誦。		1.【明】何良俊：《何氏語林》卷 15〈識鑒〉，頁 5 下。 2.【明】焦竑：《焦氏類林》卷 2〈識鑒〉，頁 39。 3.【明】李贄：《初潭集》卷 19〈師友九〉「推賢」，頁 10 下。	《北史》〈元文遙列傳〉《北齊書》〈元文遙列傳〉
33	28	4	魏世宗(元恪)	孝文欲觀諸子志向，大陳寶物，任其所取，唯獨宣武取骨如意。	【宋】李垕：《南北史續世說》卷 5〈夙慧〉，頁 5 上。		《魏書》〈帝紀〉「世宗宣武帝恪」、《北史》〈魏本紀〉「世宗宣武帝元恪」
34	29	4	孔融(孔文舉)	十餘歲，盛孝章察其容貌非常，載歸，與之結爲兄弟。	【南朝宋】劉義慶：《世說新語》卷上之上〈言語〉，頁 14 上。		《後漢書》有此人。無此事蹟記載。
35	29	4	孔融(孔文舉)	四歲，與兄食梨取小者。		1.【明】何良俊：《何氏語林》卷 22〈夙慧〉，頁 2 下～3 上。 2.【明】王世貞：《世說新語補》卷 12〈夙惠〉，頁 19。 3.【明】李贄：《初潭集》卷 2〈夫婦二〉「才識」，頁 3 上。	《後漢書》〈鄭孔荀列傳列傳〉「孔融」

						4.【明】曹臣：《舌華錄》卷9〈悽語〉，頁15。		
						5.【清】黃汝琳：《世說新語補》卷12〈夙惠〉，頁9。		
36	29	4	孔融(孔文舉)	謂吏曰：「我是李府君親。」李元禮問彼此有何親？答曰：「先君仲尼與君先人伯陽有師資之尊。」陳韙曰：「小時了了，大未必佳。」對曰：「想君小時必當了了。」	【南朝宋】劉義慶：《世說新語》卷上之上〈言語〉，頁14下～15上。	1.【明】王世貞：《世說新語補》卷12〈夙惠〉，頁18下～19上。 2.【明】李贄：《初潭集》卷7〈父子三〉「慧子」，頁2下～3上。 3.【明】曹臣：《舌華錄》卷1〈慧語〉，頁4下。 4.【清】黃汝琳：《世說新語補》卷12〈夙惠〉，頁9上。	《三國志·魏書》〈魏書十二〉「崔琰」	
37	30	4	王芬	七歲偶成詩，有「月上千峰靜」之句。		1.【清】嚴蘅：《女世說》，頁7上。		
38	31	4	王庭湊	始生，有鳩數十隻朝集庭樹，暮集簷下。	【宋】王讜：《唐語林》卷6〈補遺〉，頁176。		《舊唐書》有此人記載，無此事蹟。	
39	32	4	王敬則	母生敬則而胞衣紫色，謂人曰：「此兒有鼓角相。」		1.【明】張墉：《二十一史識餘》卷20〈容止〉，頁5上。		
40	33	4	王鞠劬	鞠劬幼時，同學三人言志。後三人皆卒如所志。		1.【清】官偉鏐：《庭聞州世說》卷4「論兩榜」，頁77下。		
41	34	4	王倩	七齡詠句「蝶粉黏紈扇，蜂鬚浴硯池。」		1.【清】嚴蘅：《女世說》，頁5上。		
42	35	4	王靈之	年十三，喪父二十年，鹽酢不入口。		1.【明】徐象梅：《瑯嬛史唾》卷3〈孝敬〉，頁20下。	《南史》〈孝義列傳上〉「王虛之」	《南史》作王虛之
43	35	4	王靈之	年十三，喪父二十年，鹽酢不入口。庭中橘樹隆多三實。		1.【明】徐象梅：《瑯嬛史唾》卷3〈精感〉，頁31下。	《南史》〈孝義列傳上〉「王虛之」	
44	36	4	王韶之	家貧好學，三日絕糧，執卷不輟。	【宋】李垕：《南北史續世說》卷2〈文學〉，頁26下。	1.【明】何良俊：《何氏語林》卷4〈言語上〉，頁19下。 2.【明】王世貞：《世說新語補》卷4〈言語下〉，頁1下～2上。 3.【明】曹臣：《舌華錄》卷1〈慧語〉，頁10下。		

						4.【明】林茂桂：《南北朝新語》卷1〈清介〉，頁42上。	
45	37	4	王充(字仲任)	兒時，不妄狎儕倫，不掩雀捕蟬。		1.【明】趙瑜：《兒世說》卷1〈至性〉，頁6。	《後漢書》有此人，無此事蹟。
46	38	4	王章之女	夜起號哭：「平生獄上呼囚，數嘗至九，今八而止。我君素剛，先死者必君。」父果死。		1.【明】張墉：《二十一史識餘》卷20〈鳳惠〉，頁11下～12上。	《漢書》〈趙尹韓張兩王列傳〉「王章」
47	39	4	王泰(字仲通)	數歲，祖母聚集諸孫散棗，群兒競取，泰獨不取。	【宋】孔平仲：《續世說》卷4〈鳳惠〉，頁8上。	1.【明】何良俊：《何氏語林》卷22〈鳳惠〉，頁5下。 2.【明】王世貞：《世說新語補》卷12〈鳳惠〉，頁24下～25上。 3.【明】林茂桂：《南北朝新語》卷1〈清介〉，頁41下。 4.【明】趙瑜：《兒世說》卷1〈恬裕〉，頁9上。 5.【清】黃汝琳：《世說新語補》卷12〈鳳惠〉，頁12下。	《梁書》〈王泰列傳〉 《南史》〈王曇首列傳〉
48	40	4	王華	六歲與群兒戲水，醉漢遺留數十金，指其處，其人欲酬謝，卻不受。		1.【明】焦竑：《玉堂叢語》卷7〈鳳惠〉，頁29下。 2.【清】梁維樞：《玉劍尊聞》卷7〈鳳惠〉，頁27下～28上。 3.【清】吳肅公：《明語林》卷2〈德行下〉，頁3下。	《宋書》〈王華列傳〉
49	41	4	王覽(字玄通)	年數歲，母虐待兄長，維護之。		1.【明】張墉：《二十一史識餘》卷2〈兄弟〉，頁19。	《晉書》〈王祥列傳〉
50	42	4	王承裕	暑月如廁，諸姊使婢三置三藏扇子，無慍色。		1.【明】李紹文：《皇明世說新語》卷3〈雅量上〉，頁24下。 2.【清】吳肅公：《明語林》卷5〈雅量〉，頁3下～4上。	《明語林》作「王承祐」
51	43	4	王規	少稱孝童，十二歲通五經。		1.【明】林茂桂：《南北朝新語》卷1〈謙慎〉，頁67下。	《梁書》〈王規列傳〉 《南史》〈王曇首列傳〉。

52	44	4	王尙絅	五歲讀孝經，謂其父當立身揚名以顯後世。		1.【清】梁維樞：《玉劍尊聞》卷 7〈凤惠〉，頁 26 上。	
53	45	4	王舜	年七歲，兄長殺父，長大爲父親報仇，姊妹爭相爲兇手。		1.【明】張壎：《二十一史識餘》卷 3〈夫婦〉，頁 14。	《隋書》〈列女傳〉「孝女王舜」、《北史》〈列女傳〉「孝女王舜」
54	46	4	王紘	刺史問孝經云何，答曰：「在上不驕，爲下不亂。」		1.【明】張壎：《二十一史識餘》卷 20〈凤惠〉，頁 17 下～18 上。 2.【明】林茂桂：《南北朝新語》卷 2〈凤慧〉，頁 89 下。 3.【明】江東偉：《芙蓉鏡寓言》二集〈凤惠〉，頁 146。	《北齊書》〈王紘列傳〉 《北史》〈王紘列傳〉
55	46	4	王紘	侯景與人論掩衣法，王紘曰：「掩衣左右，何足是非？」	【宋】李垕：《南北史續世說》卷 5〈凤慧〉，頁 7 上。	1.【明】張壎：《二十一史識餘》卷 20〈凤惠〉，頁 18 上。	《北史》〈王紘列傳〉
56	47	4	王韶(字九成)	願替父被賊人殺害，盜遂去。		1.【明】潘士藻：《闇然堂類纂》卷 1〈訓悌〉「孝免干豐」，頁 5 下。	
57	48	4	王寶孫	年十三、四，干預朝政、控制大臣。		1.【明】張壎：《二十一史識餘》卷 32〈閹寺〉，頁 4。	《南史》〈恩倖列傳〉「茹法珍」
58	49	4	王廷陳(字稚欽)	好逐街市童兒之戲，父母挾朴之。呼曰：「大人，奈何虐海內名士。」		1.【明】焦竑：《玉堂叢語》卷 8〈簡傲〉，頁 11 下～12 上。 2.【明】馮夢龍：《古今譚槩》卷 12〈矜嫚部〉，頁 7 下。 3.【清】梁維樞：《玉劍尊聞》卷 8〈寵禮〉，頁 30 上。	《明史》〈文苑列傳二〉「王廷陳」
59	50	4	王勃(字子安)	九歲得顏師古注漢書，讀之作指瑕以摘其失。		1.【明】徐象梅：《瑯嬛史唾》卷 9〈著作〉，頁 20 下～21 上。	《新唐書》〈文藝列傳上〉「王勃」
60	51	4	王大參	鄰翁曰：「良藥苦口利於病患，忠言逆耳利於行。」大參曰：「在醫言醫，所謂善言不離口，善藥不離手。」		1.【清】李延昰：《南吳舊話錄》卷 15〈凤惠〉，頁 6 下～7 上。	
61	51	4	王大參	七歲，客曰：「參苓朮草半夏陳皮。」大參對曰：「禹湯文武成王周公。」		1.【清】李延昰：《南吳舊話錄》24〈閨彥〉，頁 5。	

62	52	4	王鳳嫻	大父試以駢句：「秀眉新月小。」對曰：「鬒髮片雲濃。」		1.【明】李紹文：《皇明世說新語》卷5〈夙惠〉下，頁5下。 2.【明】鄭仲夔：《清言》卷5〈夙惠〉，頁12下～13上。 3.【明】張岱：《快園道古》卷5〈夙慧部〉，頁65～66。 4.【清】吳肅公：《明語林》卷3〈文學〉，頁10下。	
63	53	4	王世貞(字元美)	年十四，師賦寶刀篇，得漢字韻，思久不屬，元美得句。	【宋】李垕：《南北史續世說》卷5〈夙慧〉上。	1.【明】張墉：《二十一史識餘》卷20〈夙惠〉，頁18上。	《明史》〈文苑列傳三〉「王世貞」有此人記載，但無此事蹟。
64	54	4	王昕	幼能誦書，日以中晷舉手，極上為率。	【宋】李垕：《南北史續世說》卷5〈夙慧〉下。	1.【明】林茂桂：《南北朝新語》卷2〈夙慧〉，頁88下。	《北史》〈王憲列傳〉
65	55	4	王行(字止仲)	髫時，為主嫗看稗官演說背誦，主人翁異之，授之魯論，輒成誦。		1.【清】吳肅公：《明語林》卷3〈文學〉，頁7下。	《明史》〈文苑列傳〉「王行」
66	56	4	王冕	七、八歲，竊入學舍聽誦忘牧牛，母建議聽其所志，遂依僧寺苦讀。		1.【清】吳肅公：《明語林》卷3〈文學〉，頁7上。	
67	57	4	王鋒	四歲，好學書，家無紙，倚井欄為書，五歲學鳳尾諾。武帝賜以玉麒麟。	【宋】李垕：《南北史續世說》卷5〈夙慧〉，頁4上。	1.【明】焦竑：《焦氏類林》卷6〈書法〉，頁17上。 2.【明】李贄：《初潭集》卷14〈師友四〉「書畫」，頁24上。 3.【明】徐象梅：《瑯嬛史唾》卷11〈法書中〉，頁8上。 4.【明】張墉：《二十一史識餘》卷20〈夙惠〉，頁16。 5.【明】馮夢龍：《古今譚槩》卷6〈無術部〉，頁2上。 6.【明】林茂桂：《南北朝新語》卷2〈巧藝〉，頁132下～133上。	《南史》〈齊高帝諸子列傳下〉「江夏王鋒」 《南北朝新語》作「王風」，疑誤！
68	58	4	王元規	八歲隨母親依舅氏，臨海土豪欲妻以女，元規曰：「豈得苟安異壤輒婚非類。」		1.【明】徐象梅：《瑯嬛史唾》卷5〈志氣〉，頁22下。 2.【明】張墉：《二十一史識餘》卷20〈夙惠〉，頁16上。	《陳書》〈儒林列傳〉「王元規」、《南史》〈儒林列傳〉「王元規」

						3.【明】江東偉:《芙蓉鏡寓言》二集〈夙惠〉,頁141。		
69	59	4	王雱(字元澤)	被問何者爲獐何者爲鹿,答曰:「獐邊是鹿,鹿邊是獐。」		1.【明】何良俊:《何氏語林》卷22〈夙慧〉,頁11下。 2.【明】王世貞:《世說新語補》卷12〈夙惠〉,頁28上。 3.【明】李贄:《初潭集》卷20〈師友十〉「少年」,頁20。 4.【明】曹臣:《舌華錄》卷1〈慧語〉,頁1下。 5.【明】馮夢龍:《古今譚槩》卷23〈機警部〉,頁7上。 6.【明】趙瑜:《兒世說》卷1〈言語〉,頁2上。 7.【清】黃汝琳:《世說新語補》卷12〈夙惠〉,頁14上。		王安石之子,《宋史》有此人記載,無此事蹟。
70	60	4	王丹麓之子小能	父病畏寒,雪夕閉戶,坐父膝上,曰:「風不畏寒,何由喜撲人懷。」		1.【清】王晫:《今世說》,卷5〈夙惠〉,頁13上。		
71	61	4	王丹麓之子鼎(字應和)	眾客討論孔子是否有無鬍鬚。鼎曰:「孔子亦無眉耶?」		1.【清】王晫:《今世說》,卷5〈夙惠〉,頁12下~13上。		
72	62	4	王慈(字伯寶)	謝超宗戲曰:「卿書何如虔公?」慈曰:「慈書比大人,猶雞之比鳳。」蔡約戲言:「眾僧今日何乾乾?」慈曰:「卿如此不知禮,何以興蔡氏之宗。」	1.【宋】孔平仲:《續世說》卷6〈排調〉,頁16下。 2.【宋】李垕:《南北史續世說》卷1〈言語〉,頁15。	1.【明】馮夢龍:《古今譚槩》卷24〈酬嘲部〉,頁18上。	《南史》〈王曇首列傳〉	
73	62	4	王慈(字伯寶)	謝超宗戲曰:「卿書何如虔公?」慈曰:「慈書比大人,猶雞之比鳳。」	【宋】孔平仲:《續世說》卷6〈排調〉,頁16下。	1.【明】何良俊:《何氏語林》卷27〈排調〉,頁13上。 2.【明】曹臣:《舌華錄》卷4〈謔語〉,頁21下。 3.【明】鄭仲夔:《清言》卷8〈排調上〉,頁9下。	《南史》〈王曇首列傳〉	

					4.【明】徐象梅:《瑯嬛史唾》卷11〈法書中〉,頁8下~9上。		
					5.【明】張墉:《二十一史識餘》卷19〈排調〉,頁8上。		
					6.【明】林茂桂:《南北朝新語》卷4〈嘲誹〉,頁42上。		
74	62	4	王慈(字伯寶)	蔡約戲言:「眾僧今日何乾乾?」慈曰:「卿如此不知禮,何以興蔡氏之宗。」	【宋】孔平仲:《續世說》卷6〈排調〉,頁16下。	1.【明】曹臣:《舌華錄》卷4〈諧語〉,頁21。 2.【明】鄭仲夔:《清言》卷8〈排調上〉,頁9。 3.【明】林茂桂:《南北朝新語》卷4〈嘲誹〉,頁40下。	《南史》〈王曇首列傳〉
75	62	4	王慈(字伯寶)	八歲,外祖之物,獨取素琴、石硯、孝子圖。		1.【明】張墉:《二十一史識餘》卷20〈夙惠〉,頁16上。 2.【明】林茂桂:《南北朝新語》卷1〈清介〉,頁41。	《南史》〈王曇首列傳〉
76	63	4	王鎮惡	五月五日生,家人惡之,祖父認為此為非常兒,將來必興門,故名鎮惡。		1.【明】張墉:《二十一史識餘》卷36〈補遺中〉,頁1下。 2.【明】林茂桂:《南北朝新語》卷2〈命名〉,頁107下。	《宋書》〈王鎮惡列傳〉 《南史》〈王鎮惡列傳〉
77	64	4	王弼	好莊老,何晏曰:「後生可畏,若斯人者,可與言天人之際矣。」		1.【明】焦竑:《焦氏類林》卷4〈夙惠〉,頁28上。 2.【明】李贄:《初潭集》卷20〈師友十〉「少年」,頁16下~17上。	《三國志·魏書》〈魏書二十八〉「王弼」
78	65	4	王元謨	幼不群,其世父曰:「此兒氣概高亮,有太尉彥雲之風。」	【宋】李垕:《南北史續世說》卷3〈識鑒〉,頁30下。		《宋書》〈王玄謨列傳〉 《南史》〈王玄謨列傳〉	史書記為「王玄謨」
79	66	4	王高麗	佛寺中戲,謝混見,問可否與周旋。		1.【明】何良俊:《何氏語林》卷24〈寵禮〉,頁18下。	
80	67	4	王羲之	七歲善書,十二竊父書讀之,小時有老成氣,衛夫人曰:「此子必蔽吾名」。		1.【明】曹臣:《舌華錄》卷9〈悽語〉,頁14下~15上。 2.【明】徐象梅:《瑯嬛史唾》卷11〈法書上〉,頁4。	

81	67	4	王羲之(王右軍)	年少時，發覺王敦與錢鳳密謀反之事，佯裝熟睡躲避災禍。	【南朝宋】劉義慶：《世說新語》卷下之下〈假譎〉，頁19下～20上。	1.【明】王世貞：《世說新語補》卷19〈假譎〉，頁10。 2.【明】李贄：《初潭集》卷18〈師友八〉「智人」，頁26。 3.【明】樊玉衡：《智品》卷5〈能品二〉，頁51下～52上。 4.【明】馮夢龍：《智囊》卷13〈捷智部〉「靈變」，頁292～293。 5.【清】黃汝琳：《世說新語補》卷19〈假譎〉，頁4下～5上。		應爲「王允之」，誤爲「王羲之」
82	68	4	王獻之(子敬)	五歲有書意，衛夫人書大雅吟以賜之。		1.【明】徐象梅：《瑯嬛史唾》卷9〈夙慧〉，頁24上。		
83	68	4	王獻之(字子敬)	學書右軍，從後潛掣其筆不脫，遂書樂毅傳與之學，能極小眞書。		1.【明】徐象梅：《瑯嬛史唾》卷11〈法書上〉，頁5下。		
84	68	4	王獻之(王子敬)	數歲，見門生樗蒲，曰：「南風不競。」門生輕其小兒，子敬曰：「遠慙荀奉倩近愧劉眞長。」拂衣而去。	【南朝宋】劉義慶：《世說新語》卷中之上〈方正〉，頁16下～17上。	1.【明】王世貞：《世說新語補》卷12〈夙惠〉，頁23下。 2.【清】黃汝琳：《世說新語補》卷12〈夙惠〉，頁12上。	《晉書》〈王羲之列傳〉	
85	69	4	王允之(字深猷)	年少時，發覺王敦與錢鳳密謀反之事，佯裝熟睡躲避災禍。		1.【明】孫能傳：《益智編》卷35〈人事類四〉「危疑」，頁7。 2.【明】呂純如：《學古適用編》卷66〈人有應卒之才〉，頁1。	《晉書》〈王舒列傳〉	
86	70	4	王陽明	十一歲，其祖攜往京師，與客賦詩，矢口而成。		1.【清】吳肅公：《明語林》卷9〈夙惠〉，頁4上。	《明史》有此人，無此事蹟記載。	
87	70	4	王陽明	七歲，僧曰：「此兒跨竈也。」		1.【明】李紹文：《皇明世說新語》卷6〈巧藝〉，頁20。	《明史》有此人，無此事蹟記載。	
88	70	4	王陽明	年十四從隱士許半圭學，風雨閃電之際，獨行城上練其膽力。		1.【明】張岱：《快園道古》卷13〈隱逸部〉，頁103。	《明史》有此人，無此事蹟記載。	

89	70	4	王陽明	年十二，繼母待之不慈，設計一系列異象，使繼母改變待己之態度。		1.【明】馮夢龍：《古今談概》卷21〈譎知部〉，頁15。 2.【明】馮夢龍：《智囊》卷28〈雜智部〉「小慧」，頁642～643。 3.【清】梁維樞：《玉劍尊聞》卷9〈假譎〉，頁38下。	《明史》有此人，無此事蹟記載。	
90	70	4	王陽明	幼問塾師何謂第一等事。師曰：「讀書登地。」對曰：「登地恐非第一等事，或讀書學聖賢耳。」		1.【明】李紹文：《皇明世說新語》卷5〈夙惠〉，頁5上。 2.【明】江東偉：《芙蓉鏡寓言》二集〈夙惠〉，頁147。	《明史》有此人，無此事蹟記載。	
91	71	4	王瞻	六歲，讀書時有伎經門，瞻獨不視，從父僧虔曰：「大宗不衰，寄之此子。」		1.【明】何良俊：《何氏語林》卷16〈賞譽上〉，頁19下。 2.【明】林茂桂：《南北朝新語》卷2〈品鑒〉，頁3上。	《南史》〈王弘列傳〉	
92	72	4	王戎(字濬沖)	眾人皆採道邊李樹，戎不動。問其故，答曰：「樹在道邊而多子，此必苦李。」	【南朝宋】劉義慶：《世說新語》卷中之上〈雅量〉，頁19下。	1.【明】何良俊：《何氏語林》卷22〈夙慧〉，頁5上。 2.【明】王世貞：《世說新語補》卷12〈夙惠〉，頁20下。 3.【明】李贄：《初潭集》卷20〈師友十〉「少年」，頁17上。 4.【明】曹臣：《舌華錄》卷1〈慧語〉，頁6下～7上。 5.【清】黃汝琳：《世說新語補》卷12〈夙惠〉，頁10上。	《晉書》〈王戎列傳〉	
93	72	4	王戎(字濬沖)	阮籍謂王渾曰：「濬沖清貴，非卿倫也，共卿言不如共阿戎談。」		1.【明】何良俊：《何氏語林》卷15〈識鑒〉，頁12下。	《晉書》〈王戎列傳〉	
94	72	4	王戎(字濬沖)	七歲，觀賞虎吼其聲震地，戎湛然不動，了無恐色。	【南朝宋】劉義慶：《世說新語》卷中之上〈雅量〉，頁19下。		《晉書》〈王戎列傳〉	
95	73	4	王珪	語出驚人，有千里之志。		1.【明】張墉：《二十一史識餘》卷20〈夙惠〉，頁20下。	《宋史》〈王珪列傳〉	

96	74	4	王敦	潘陽仲曰：「君蜂目已露，但豺聲未振耳，必能食人，亦當為人所食。」	【南朝宋】劉義慶：《世說新語》卷中之上〈識鑒〉，頁29上。	1.【明】王世貞：《世說新語補》卷8〈識鑒〉，頁17下～18上。 2.【明】李贄：《初潭集》卷18〈師友八〉「知人」，頁18上。 3.【明】樊玉衡：《智品》卷13〈盜品〉，頁9。 4.【清】黃汝琳：《世說新語補》卷8〈識鑒〉，頁8上。	《晉書》〈王敦列傳〉	
97	75	4	王訓	生而紫胞法當貴，聰警有識量，父曰：「不墜基業，其在文殊。」		1.【明】林茂桂：《南北朝新語》卷2〈標譽〉，頁24上。	《南史》〈王曇首列傳〉	
98	75	4	王訓	幼聰慧，僧惠超曰：「四郎眉目疎朗，舉動和韻，此是興門戶者。」	【宋】李垕：《南北史續世說》卷5〈夙慧〉，頁2上。		《南史》〈王曇首列傳〉	
99	76	4	王懌	幼聰敏，彭城王異之，曰：「此兒風神外偉，黃中內潤。」	【宋】李垕：《南北史續世說》卷5〈夙慧〉，頁5上。		《魏書》〈孝文五王列傳〉「清河王懌」、《北史》〈孝文六王列傳〉「清河王懌」	
100	77	4	王紳(字仲縉)	幼孤，鞠於其兄。慷慨有志操，文章馳騁變化，出人意表。		1.【明】李紹文：《皇明世說新語》卷2〈文學〉，頁12下。 2.【明】呂純如：《學古適用編》卷9〈求忠臣於孝子之門〉，頁17下～18上。	《明史》〈忠義列傳一〉「王褘」	
101	77	4	王紳(字仲縉)	年十三，從太史學，太史奇之，名其齋曰：「繼志。」		【清】吳肅公：《明語林》卷6〈賞譽〉，頁1下。	《明史》〈忠義列傳一〉「王褘」	
102	78	4	王僧孺	幼貧，於市道遇中丞，鹵簿驅迫溝中。及拜御史中丞，引騶清道，感慨之。		1.【明】張墉：《二十一史識餘》卷1〈父子〉，頁17上。 2.【明】林茂桂：《南朝新語》卷3〈悔恨〉，頁97下。	《梁書》〈王僧孺列傳〉《南史》〈王僧孺列傳〉	
103	78	4	王僧孺	五歲機警，問孝經何所述？願常讀之。父以一李與之，不受。		1.【明】林茂桂：《南北朝新語》卷1〈孝友〉，頁2上。	《南史》〈王僧孺列傳〉	
104	78	4	王僧孺	五歲，父親以一李與之，不受，曰：「大人未見不容先嘗。」	【宋】孔平仲：《續世說》卷4〈夙慧〉，頁8下。	1.【明】何良俊：《何氏語林》卷22〈夙慧〉，頁6上。	《南史》〈王僧孺列傳〉	

105	79	4	王僧祐	少聰悟，叔父曰:「此兒神明意用，當不做率爾人。」	【宋】李垕:《南北史續世說》卷5〈夙慧〉，頁1下。	1.【明】何良俊:《何氏語林》卷16〈賞譽上〉，頁15上。 2.【明】王世貞:《世說新語補》卷10〈賞譽下〉，頁5下。 3.【明】焦竑:《焦氏類林》卷4〈夙惠〉，頁28下。 4.【明】李贄:《初潭集》卷7〈父子三〉「慧子」，頁6下。 5.【明】林茂桂:《南北朝新語》卷2〈標譽〉，頁22下～23上。 6.【明】江東偉:《芙蓉鏡寓言》二集〈賞譽〉，頁112。 7.【明】趙瑜:《兒世說》卷1〈賞譽〉，頁11下。 8.【清】黃汝琳:《世說新語補》卷10〈賞譽下〉，頁3上。	《南史》〈王弘列傳〉	
106	80	4	王曇首	幼有素尚，兄弟分財，唯取圖書而已。		1.【明】林茂桂:《南北朝新語》卷2〈品鑒〉，頁3上。	《宋書》〈王曇首列傳〉 《南史》〈王曇首列傳〉	
107	80	4	王曇首	十四五，便歌。諸妓向謝公稱歎，王騎馬往土山庾家墓林中，作一曲子，卒曲便去。		1.【明】何良俊:《何氏語林》卷26〈簡傲〉，頁6下～7上。 2.【明】王世貞:《世說新語補》卷13〈企羨〉，頁21下～22上。 3.【明】馬嘉松:《十可篇》卷9〈可嘉〉，頁12。 4.【清】黃汝琳:《世說新語補》卷13〈企羨〉，頁9下～10上。	《宋書》〈王曇首列傳〉、《南史》〈王曇首列傳〉有此人傳記，無此事蹟記載。	《十可篇》作「王曇」
108	81	4	王麟	年十三，知府愛之，曰:「使讀書不輟，不數年，天下無書矣。」		1.【明】李紹文:《皇明世說新語》卷5〈夙惠〉，頁5。		
109	82	4	王浚(字彭祖)	爲賤孽子，小時不爲親黨所知，王渾預言其日後成就極佳。		1.【明】何良俊:《何氏語林》卷15〈識鑒〉，頁14下。	《晉書》〈王沈列傳〉記載此人，但無此事蹟。	

110	83	4	王浚(字定樂)	八歲，問盧景裕：「祭神如神在，為有神耶？無神耶？」對曰：「有。」又問：「有神當云祭神，神在，何煩？」景裕無法答。	【宋】李壆：《南北史續世說》卷5〈夙慧〉，頁6下。	1.【明】焦竑：《焦氏類林》卷4〈夙惠〉，頁29上。 2.【明】李贄：《初潭集》卷20〈師友十〉「少年」，頁17下～18上。 3.【明】張墉：《二十一史識餘》卷20〈夙惠〉，頁18上。 4.【明】馮夢龍：《古今譚槩》卷25〈塞語部〉，頁6下。 5.【明】林茂桂：《南北朝新語》卷2〈清言〉，頁67上。	《北齊書》〈高祖十一王列傳〉「永安簡平王浚」 《北史》〈齊宗室諸王列傳上〉「神武諸子」	
111	84	4	王伯安	好走狗鬥雞六博，相者買雀贈之，曰：「異日萬戶侯也。」遂發憤讀書。		1.【清】吳肅公：《明語林》卷9〈自新〉，頁13下～14上。		此處應非王守仁
112	85	4	王伯安(王守仁)	十歲，問師何為第一事，師曰：「讀書登第。」伯安曰：「毋乃希聖」。		1.【清】吳肅公：《明語林》卷4〈言志〉，頁4下。	《明史》有此人，無此事蹟記載。	
113	85	4	王伯安(王守仁)	年十五，綜觀山川形勝，慨然有志氣。		1.【明】鄭仲夔：《清言》卷6〈豪爽〉，頁5下～6上。	《明史》〈王守仁列傳〉	
114	86	4	王友直	幼從父游，矢志恢復中原。		1.【明】呂純如：《學古適用編》卷41〈濟大事以權〉，頁11。	《宋史》〈王友直列傳〉	
115	87	4	王夷甫	山濤曰：「生兒不當如王夷甫。」羊祜曰：「亂天下者必此子也！」	【南朝宋】劉義慶：《世說新語》卷中之上〈識鑒〉，頁28下～29上。	1.【明】王世貞：《世說新語補》卷8〈識鑒〉，頁19。 2.【明】焦竑：《焦氏類林》卷2〈識鑒〉，頁41下～42上。 3.【明】李贄：《初潭集》卷18〈師友八〉「知人」，頁17下～18上。 4.【明】樊玉衡：《智品》卷1〈神品一〉，頁11下～12上。 5.【清】黃汝琳：《世說新語補》卷8〈識鑒〉，頁8下。		
116	88	4	王澄(字平子)	諫王夷甫妻郭氏不可令婢女擔糞，郭氏怒捉衣裾欲杖，平子逃脫。	【南朝宋】劉義慶：《世說新語》卷中之下〈規箴〉，頁31下。	1.【明】李贄：《初潭集》卷1〈夫婦一〉「妬婦」，頁15上。	《晉書》〈王戎列傳〉	

						2.【明】張墉：《二十一史識餘》卷28〈貪穢〉，頁19下～20上。		
						3.【明】馮夢龍：《古今譚概》卷15〈貪穢部〉「婢擔糞」，頁3下。		
117	89	4	王融	文辭捷速，援筆可待，贈從叔儉詩及書。		1.【明】張墉：《二十一史識餘》卷19〈排調〉，頁8。	《南史》〈王融列傳〉	
						2.【明】林茂桂：《南北朝新語》卷二〈夙慧〉，頁87下～88上。	《南齊書》〈王融列傳〉	
118	90	4	王湝	筆跡未工，韓毅戲之。答曰：「昔甘羅相秦，未聞能書，凡人惟論才何如，豈能動筆遮。」	【宋】李垕：《南北史續世說》卷5〈夙慧〉，頁6下～7上。	1.【明】張墉：《二十一史識餘》卷20〈夙惠〉，頁18下～19上。	《北齊書》〈高祖十一王列傳〉「彭城景思王湝」、《北史》〈齊宗室諸王列傳上〉「神武諸子」	
119	91	4	王道亨	年十二，作古塔詩，人奇之。		1.【明】李紹文：《皇明世說新語》卷5〈夙惠〉，頁4下。		
120	92	4	王儉(字仲寶)	叔王僧虔曰：「吾不患此兒無名，恐名太盛耳。」袁粲曰：「宰相之才也，栝栢豫章雖小已具有棟梁氣。」	【宋】李垕：《南北史續世說》卷5〈夙慧〉，頁1下～2上。	1.【明】焦竑：《焦氏類林》卷4〈夙惠〉，頁28下。	《南史》〈王曇首列傳〉	
						2.【明】李贄：《初潭集》卷7〈父子三〉「慧子」，頁6下。		
						3.【明】趙瑜：《兒世說》卷1〈賞譽〉，頁11下。		
121	92	4	王儉(字仲寶)	叔王僧虔曰：「吾不患此兒無名，正恐名太盛耳。」	【宋】孔平仲：《續世說》卷3〈箴規〉，頁19下。	1.【明】何良俊：《何氏語林》卷19〈箴規〉，頁9下。	《南史》〈王曇首列傳〉	
						2.【明】王世貞：《世說新語補》卷12〈規箴下〉，頁6上。		
						3.【明】徐象梅：《瑯環史唾》卷10〈譽兒〉，頁25下。		
						4.【清】黃汝琳：《世說新語補》卷12〈規箴下〉，頁1上。		
122	92	4	王儉(字仲寶)	袁粲曰：「宰相之才也，栝栢豫章雖小已具有棟梁氣。」		1.【明】鄭仲夔：《清言》卷4〈識鑒〉，頁6上。	《南史》〈王曇首列傳〉	《瑯環史唾》作「王國寶」
						2.【明】徐象梅：《瑯環史唾》卷8〈賞譽〉，頁7上。		

					3.【明】林茂桂：《南北朝新語》卷 2〈標譽〉，頁 23 上。		
123	93	4	王粲(字仲宣)	初入長安，年幼弱、容狀短小，一坐盡驚。		1.【明】何良俊：《何氏語林》卷 24〈寵禮〉，頁 15 上。 2.【明】焦竑：《焦氏類林》卷 5〈寵禮〉，頁 18 下。 3.【明】徐象梅：《耶孃史唾》卷 6〈寵禮〉，頁 1 下～2 上。	《後漢書》〈張王种陳列傳〉、《三國志‧魏書》〈王粲〉
124	93	4	王粲(字仲宣)	年十四，讀道邊碑，背誦不失一字。		1.【明】徐象梅：《耶孃史唾》卷 14〈強識〉，頁 5 下。 2.【明】趙瑜：《兒世說》卷 1〈彊記〉，頁 5 下。	《後漢書》〈張王种陳列傳〉、《三國志‧魏書》〈王粲〉
125	94	4	王筠	幼而警悟，沈約一見以爲似外祖袁粲。		1.【明】張墉：《二十一史識餘》卷 20〈容止〉，頁 6 下。 2.【明】林茂桂：《南北朝新語》卷 2〈標譽〉，頁 24 下。	《南史》〈王曇首列傳〉
126	94	4	王筠	幼便警悟，沈約見其所著輒嗟咨吟咏，以爲不逮。		1.【明】徐象梅：《耶孃史唾》卷 8〈賞譽〉，頁 7 下～8 上。	《梁書》〈王筠列傳〉 《南史》〈王曇首列傳〉
127	95	4	王宇	張三丰曰：「此兒奇特不凡，他日必爲河南人物，貴顯不足言也。」		1.【明】李紹文：《皇明世說新語》卷 5〈夙惠〉，頁 4 上。	
128	96	4	王絢	讀論語至周監於二代。外祖戲曰：「可改耶耶乎文哉？」絢曰：「尊者之名，安可戲耳？寧可道草翁之風必舅。」	1.【宋】孔平仲：《續世說》卷 6〈排調〉，頁 16 下。 2.【宋】李垕：《南北史續世說》卷 5〈夙慧〉，頁 2 下。	1.【明】曹臣：《舌華錄》卷 4〈諧語〉，頁 4。 2.【明】張墉：《二十一史識餘》卷 20〈夙惠〉，頁 15 上。 3.【明】馮夢龍：《古今譚槩》卷 24〈酬嘲部〉，頁 18 下。 4.【明】林茂桂：《南北朝新語》卷 4〈嘲詆〉，頁 40 下。	《宋書》〈列傳〉、《南史》〈王彧列傳〉
129	97	4	王脩(字叔治)	七歲喪母，母以社日亡，叔治感念亡母，哀甚初喪。鄰里聞之，爲之罷社。		1.【明】何良俊：《何氏語林》卷 1〈德行〉，頁 11 上。 2.【明】王世貞：《世說新語補》卷 1〈德行上〉，頁 9 下～10 上。 3.【明】焦竑：《焦氏	《三國志》〈魏書〉「王脩」

					類林》卷 1〈父子〉，頁 26 下。		
					4.【明】李贄：《初潭集》，卷 6〈父子二〉「孝子」，頁 2 下。		
					5.【明】趙瑜：《兒世說》卷 1〈至性〉，頁 6 下～7 上。		
					6.【清】黃汝琳：《世說新語補》卷 1〈德行上〉，頁 4 下。		
130	98	4	王脩(字敬仁，亦稱荀子)	年十三，作眞人論。	【南朝宋】劉義慶：《世說新語》卷上之下〈文學〉，頁 26 上。	1.【明】王世貞：《世說新語補》卷 6〈文學下〉，頁 4 下～5 上。 2.【明】趙瑜：《兒世說》卷 1〈文學〉，頁 4 上。 3.【清】黃汝琳：《世說新語補》卷 6〈文學下〉，頁 2 下。	《晉書》〈外戚列傳〉「王濛子脩」
131	99	4	王文恪(王鏊)	十二能詩，人以呂純陽渡海像求題。		1.【明】焦竑：《玉堂叢語》卷 7〈夙惠〉，頁 30 下～31 上。	
132	99	4	王文恪(王鏊)	兒時，公戲執婢手，舅試之：「奴手爲拏，此後莫拏奴手。」對曰：「人言是信，從今毋信人言。」		1.【明】趙瑜：《兒世說》卷 1〈屬對〉，頁 1 上。 2.【清】張岱：《快園道古》卷 5〈夙慧部〉，頁 68。	
133	100	4	王遠知	母親晝寢夢靈鳳集身有娠，聞腹中啼聲。寶誌曰:「生子當爲神仙宗伯也。」	【宋】孔平仲：《續世說》卷 8〈棲逸〉頁 6 上。		《舊唐書》〈隱逸列傳〉「王遠知」、《新唐書》〈方技列傳〉「袁天綱子客師」
134	101	4	方子振	八歲知奕，年至十三，天下無敵。		1.【清】吳肅公：《明語林》卷 10〈巧藝〉，頁 6 下。	
135	102	4	方岳貢	髫年，其文異之，高九畹以布爲贈。		1.【清】李延昰：《南吳舊話錄》卷 17〈賞譽〉，頁 20 下～21 上。	《明史》有此人列傳，無此事蹟記載。
136	103	4	方孝孺(字希直)	幼精敏絕倫，雙眸炯炯，日讀書累萬言，善屬文，人呼爲小韓子。		1.【明】李紹文：《皇明世說新語》卷 5〈夙惠〉，頁 1 上。 2.【明】鄭仲夔：《清言》卷 5〈夙惠〉，頁 12 上。 3.【明】焦竑：《玉堂叢語》卷 7〈夙惠〉，頁 28 下～29 上。	《明史》〈方孝孺列傳〉

			人物	內容				
						4.【明】呂純如:《學古適用編》卷 52〈成就後進〉,頁 10 上。 5.【清】吳肅公:《明語林》卷 9〈夙惠〉,頁 2 上。		
137	104	4	元順(字子和)	九歲書王羲之小學篇數千言,十五日通徹。師陳豐曰:「比江夏黃童,不得無雙。」文宣云:「藍田生玉,何容不爾。」	【宋】李垕:《南北史續世說》卷 5〈夙慧〉,頁 5 上。	1.【明】何良俊:《何氏語林》卷 22〈夙慧〉,頁 7 下。	《北史》〈景穆十二王列傳〉「任城王雲」、《魏書》〈景穆十二王列傳〉「任城王雲」	《史書》載為「王子和」
138	105	4	介子推	年十五相荊。		1.【明】何良俊:《何氏語林》卷 22〈夙慧〉,頁 2 下。 2.【明】趙瑜:《兒世說》卷 1〈恬裕〉,頁 9 上。		
139	106	4	太昊	履巨人跡,意有所動,虹且繞之,遂生太昊。		1.【明】徐象梅:《瑯嬛史唾》卷 1〈后瑞〉,頁 7 下。		
140	107	4	叕墨姑	生而奇慧,九歲能摹李龍眠,白描大士。		1.【清】嚴蘅:《女世說》,頁 5 下。		
141	108	5	愍懷太子(司馬遹)	六、七歲,宮中夜失火,牽太子入黑暗中。		1.【明】何良俊:《何氏語林》卷 22〈夙慧〉,頁 5。 2.【明】孫能傳:《益智編》卷 34〈人事類三〉「蚤慧」,頁 2 下~3 上。 3.【明】樊玉衡:《智品》卷 10〈具品〉,頁 10 下~11 上。 4.【清】黃汝琳:《世說新語補》卷 12〈夙惠〉,頁 10 下。	《晉書》〈愍懷太子列傳〉	
142	108	5	愍懷太子(司馬遹)	六、七歲,宮中夜失火,牽太子入黑暗中。觀豕牢,建議帝將肥豕殺以享士。		1.【明】李贄:《初潭集》卷 7〈父子三〉「慧子」,頁 5 下。 2.【明】馮夢龍:《智囊》卷 15〈捷智部〉「敏悟」,頁 321。	《晉書》〈愍懷太子列傳〉	
143	109	5	晉孝武帝(司馬曜)	年十二,認為「晝動夜靜」,自有攝養之術。	【南朝宋】劉義慶:《世說新語》卷中之下〈夙惠〉,頁 38。	1.【明】王世貞:《世說新語補》卷 12〈夙惠〉,頁 24。 2.【明】李贄:《初潭集》卷 23〈君臣三〉「能言之臣」,10 上。 3.【清】黃汝琳:《世說新語補》卷 12〈夙惠〉,頁 12 上。		

144	109	5	晉孝武帝(司馬曜)	十餘歲，父親(簡文帝崩)立至暝不臨。曰：「哀至則哭，何常之有？」	【南朝宋】劉義慶：《世說新語》卷上之上〈言語〉，頁35上。	1.【明】王世貞：《世說新語補》卷12〈夙惠〉，頁24上。 2.【明】李贄：《初潭集》卷23〈君臣三〉「能言之臣」，頁10上。 3.【明】曹臣：《舌華錄》卷1〈慧語〉，頁5上。 4.【清】黃汝琳：《世說新語補》卷12〈夙惠〉，頁12上。	《晉書》〈孝武帝紀〉	
145	110	5	晉明帝(司馬紹)	數歲，元帝問：「長安與日孰遠？」對曰：「日遠，不聞人從日邊來。」隔日又問，對曰：「長安遠，舉目見日不見長安。」	【南朝宋】劉義慶：《世說新語》卷中之下〈夙惠〉，頁37下～38上。	1.【明】王世貞：《世說新語補》卷12〈夙惠〉，頁21下～22上。 2.【明】李贄：《初潭集》卷7〈父子三〉「慧子」，頁4下。 3.【明】曹臣：《舌華錄》卷1〈慧語〉，頁7上。 4.【明】孫能傳：《益智編》卷34〈人事類三〉「盡慧」，頁3上。 5.【清】黃汝琳：《世說新語補》卷12〈夙惠〉，頁10下～11上。	《晉書》〈帝紀第六〉「肅宗明帝紹」	
146	111	5	司馬光	打破水缸救同伴。		1.【明】孫能傳：《益智編》卷34〈人事類三〉「盡慧」，頁3下～4上。 2.【明】趙瑜：《兒世說》卷1〈膽識〉，頁8上。	《宋史》〈司馬光列傳〉	
147	112	5	左車	十五歲隨哥舒翰殺敵，哥舒翰擅長使槍，將敵人弄下馬，左車則斬敵首。		1.【明】徐象梅：《瑯環史唾》卷3〈將畧下〉，頁7下。	《舊唐書》〈哥舒翰列傳〉《新唐書》〈哥舒翰列傳〉	
148	113	5	甘羅	年十二，代替張唐完成使命。		1.【明】樊玉衡：《智品》卷4〈能品一〉，頁35～36。	《史記》〈樗里子甘茂列傳〉「甘羅」	
149	114	5	田文	五月五日生，長與戶齊者，將不利於父母----爲自己辯駁。		1.【明】孫能傳：《益智編》卷34〈人事類三〉「盡慧」，頁1上。	《史記》〈孟嘗君列傳〉	
150	115	5	丘遲(字子希)	八歲屬文，父親靈鞠有才名，曰：「氣骨似我。」		1.【明】徐象梅：《瑯環史唾》卷10〈譽兒〉，頁26上。 2.【明】林茂桂：《南北朝新語》卷2〈品鑒〉，頁19上。	《梁書》〈文學列傳〉「丘遲」、《南史》〈文學列傳〉「丘遲」	

151	116	5	白居易	生六七月指「之」、「無」兩字認之。	【宋】孔平仲：《續世說》卷4〈夙慧〉，頁10。		《舊唐書》〈白居易列傳〉	
152	117	6	羊欣(羊敬元)	年十二，著新絹裙晝寢，王獻之書裙數幅而去。羊本工書，因此彌善。	【宋】孔平仲：《續世說》卷6〈巧藝〉，頁9上。【宋】李垕：《南北史續世說》卷6〈巧藝〉，頁23下。	1.【明】何良俊：《何氏語林》卷23〈巧藝〉，頁21上。 2.【明】王世貞：《世說新語補》卷16〈巧藝〉，頁4下～5上。 3.【明】焦竑：《焦氏類林》卷6〈書法〉，頁16。 4.【明】李贄：《初潭集》，卷14〈師友四〉「書畫」，頁23下。 5.【明】周應治：《霞外麈談》卷9〈寄因〉，頁4上。 6.【明】江東偉：《芙蓉鏡寓言》三集〈寵禮〉，頁196。 7.【明】王世貞：《世說新語補》卷16〈巧藝〉，頁2下。	《南史》〈羊欣列傳〉	
153	118	6	任昉	四歲誦詩，八歲屬文，自制月儀，辭表甚美。		1.【明】張墉：《二十一史識餘》卷36〈補遺中〉，頁11下。 2.【明】鄭仲夔：《清言》卷4〈賞譽上〉，頁10上。	《南史》〈任昉列傳〉	
154	118	6	任昉	母親夢五色采旗四角懸鈴，其中一鈴落入懷中而孕，遂生昉。		1.【明】林茂桂：《南北朝新語》卷4〈異跡〉，頁105上。	《南史》〈任昉列傳〉	
155	118	6	任昉	褚彥回謂其父曰：「聞卿有令子，相為喜之。所謂百不為多，一不為少。」	【宋】李垕：《南北史續世說》卷4〈賞譽〉，頁6上。	1.【明】焦竑：《焦氏類林》卷4〈賞譽〉，頁14上。 2.【明】李贄：《初潭集》，卷5〈父子一〉「賢子」，頁14下。 3.【明】鄭仲夔：《清言》卷4〈賞譽上〉，頁10上。 4.【明】徐象梅：《瑯嬛史唾》卷8〈賞譽〉，頁10上。	《南史》〈任昉列傳〉	
156	119	6	任嘏	年十二，就師學不再問，一年通三經。		1.【明】徐象梅：《瑯嬛史唾》卷9〈明經〉，頁3。		
157	120	6	任末	年十四，學無常師，好學。		1.【明】徐象梅：《瑯嬛史唾》卷16〈格言〉，頁2下。		

158	120	6	任末	年十四，晝夜勤學苦讀（削荊為筆、夜則映月望星….）		1.【明】焦竑：《焦氏類林》卷 3〈文學〉，頁 39 上。 2.【明】李贄：《初潭集》卷 12〈師友二〉「讀書」，頁 8 上。		
159	121	6	江總持	聰慧，神采英拔。		1.【明】何良俊：《何氏語林》卷 16〈賞譽上〉，頁 25 下～26 上。 2.【明】林茂桂：《南北朝新語》卷 2〈品鑑〉，頁 16 上。	《陳書》〈江總列傳〉 《南史》〈江夷列傳〉	
160	122	6	江紑(字含潔)	父有眼患，子夢一僧云：「飲慧眼水必差。」取水煮藥，果差。	【宋】李塦：《南北史續世說》卷 10〈感動〉，頁 17 上。	1.【明】林茂桂：《南北朝新語》卷 2〈巧藝〉，頁 130 下。	《梁書》〈孝行列傳〉「江紑」、《南史》〈江夷列傳〉	
161	123	6	江厥	十一歲兒童感慨「伯既如此，何心獨存？」越井死。		1.【明】林茂桂：《南北朝新語》卷 4〈仇隙〉，頁 37 下。	《南史》〈江祐列傳〉	史書記為「江蒨」
162	124	6	江從簡	小時有文情，作採荷調以刺敬容。		1.【明】何良俊：《何氏語林》卷 28〈輕詆〉，頁 8 上。 2.【明】王世貞：《世說新語補》卷 19〈輕詆〉，頁 4 上。 3.【明】李贄：《初潭集》卷 15〈師友五〉「嘲笑」，頁 18 下～19 上。 4.【明】馮夢龍：《古今譚概》卷 6〈無術部〉，頁 1 下～2 上。 5.【明】江東偉：《芙蓉鏡寓言》四集〈輕詆〉，頁 231～232。 6.【明】趙瑜：《兒世說》卷 1〈排調〉，頁 3 上。 7.【清】黃汝琳：《世說新語補》卷 19〈輕詆〉，頁 2 上。	《南史》〈江革列傳〉	
163	125	6	江淹	十三，於樵所得貂蟬將鬻以供母，母止之，曰：「此汝休徵也。」		8.【明】林茂桂：《南北朝新語》卷 4〈徵兆〉，頁 85 上。 9.【明】趙瑜：《兒世說》卷 1〈異徵〉，頁 12 下。	《南史》〈江淹列傳〉	

164	126	6	齊煬王宇文憲	周文分諸子良馬，憲獨取駿逸者，帝喜此兒智識不凡，當成重器。	【宋】李昉：《南北史續世說》卷5〈夙慧〉，頁7下。		《周書》〈齊煬王憲傳〉《北史》〈周室諸王列傳〉「文帝十王」
165	127	6	宇文貴(齊煬王之子)	始讀孝經，謂人曰：「讀此一經爲立身根本。」年十一，從父親憲打獵，射殺野馬及鹿十五。	【宋】李昉：《南北史續世說》卷5〈夙慧〉，頁7下。		《周書》〈齊煬王憲傳〉《北史》〈周室諸王列傳〉「文帝十王」
166	128	6	宇文泰(周文帝)	母王氏夢抱子登天，不至而止。父曰：「雖不至天，貴亦極矣。」	【宋】李昉：《南北史續世說》卷10〈志怪〉，頁12上。	1.【明】林茂桂：《南朝新語》卷3〈宮闈〉，頁11。	《周書》〈帝紀〉「文帝宇文泰上」、《北史》〈周本紀〉「太祖文帝宇文泰」
167	129	6	宇文深	小時，布置行伍，有軍陣之勢。父喜之，認爲以後必爲名將。	【宋】李昉：《南北史續世說》卷5〈夙慧〉，頁7。		《周書》〈宇文測列傳〉《北史》〈周宗室列傳〉「廣川公測」
168	130	6	宇文士及	割肉以餅拭手，帝屢目之，士及佯爲不悟，更徐拭而後啗之。	【唐】劉餗：《隋唐嘉話》上卷，頁7。【宋】王讜：《唐語林》卷3〈夙慧〉，頁93。		
169	131	6	朱熹	父指天，問天之上何物？與群兒戲沙中，獨端坐以指畫沙，視之則八卦也。		1.【明】江東偉：《芙蓉鏡寓言》二集〈夙慧〉，頁144。	《宋史》〈道學列傳〉「朱熹」
170	132	6	朱阿仙	與母親「愛父或愛母」之對話。		1.【清】李延昰：《南吳舊話錄》卷24〈閨彥〉，頁23上。	
171	133	6	明太祖(朱元璋)	幼時見群鵝遊戲，立青白旗，命鵝前往，一花鵝不知所適。		1.【明】馮夢龍：《古今譚槩》卷36〈雜志部〉，頁1下。	
172	134	6	明神宗(朱翊鈞)	年十二，內史持申時祛卷鬼文，改鬼爲魘。		1.【清】梁維樞：《玉劍尊聞》卷7〈夙惠〉，頁27上。	
173	135	6	朱勃	能誦詩書，衣方領，能矩步，辭言嫻雅。況謂援曰：「朱勃小器速成，智盡此耳。」		1.【明】焦竑：《焦氏類林》卷2〈識鑒〉，頁37下。2.【明】曹臣：《舌華錄》卷1〈慧語〉，頁12下～13上。3.【明】鄭仲夔：《清言》卷4〈識鑒〉，頁5上。4.【明】張墉：《二十一史識餘》卷5〈識鑒〉，頁5上。	《後漢書》〈馬援列傳〉

174	136	6	朱暉	年十三，不准賊人掠奪家中婦女衣物。賊見其小，壯其志，遂去。		1.【明】張墉：《二十一史識餘》卷17〈俠烈〉，頁27上。	《後漢書》〈朱樂何列傳〉「朱暉」
175	137	6	朱文徵	八九歲，上出對云：「能書父父子子」，朱應聲曰：「奇遇君君臣臣。」		1.【清】李延昰：《南吳舊話錄》卷15〈夙惠〉，頁1。	
176	138	7	阮籍(字嗣宗)	性恬靜兀然，彈琴長嘯以終日。		1.【明】徐象梅：《瑯嬛史唾》卷6〈恬裕上〉，頁21下。	《晉書》〈阮籍列傳〉
177	139	7	阮孝緒	幼有至性，穿池築山爲樂。		1.【明】何良俊：《何氏語林》卷20〈棲逸〉，頁14上。 2.【明】周應治：《霞外麈談》卷2〈鴻冥〉，頁5下。 3.【明】張墉：《二十一史識餘》卷21〈棲逸〉，頁12下～13上。	《梁書》〈處士列傳〉「阮孝緒」、《南史》〈隱逸列傳下〉「阮孝緒」
178	139	7	阮孝緒	十歲隨父爲湘州行事，不書官紙，以成父之清。	【宋】李垕：《南北史續世說》卷2〈政事〉，頁8上。	1.【明】徐象梅：《瑯嬛史唾》卷9〈夙慧〉，頁25下～26上。	《南史》〈隱逸列傳下〉「阮孝緒」
179	140	7	邢邵(字子才)	十歲能屬文，日誦萬言。讀漢書五日，略能遍記。		1.【明】焦竑：《焦氏類林》卷3〈文學〉，頁31下～32上。 2.【明】徐象梅：《瑯嬛史唾》卷14〈強識〉，頁6上。 3.【明】張墉：《二十一史識餘》卷14〈文學上〉，頁17上。	《北齊書》〈邢邵列傳〉《北史》〈邢巒列傳〉《焦氏類林》作「邢劭」疑誤！
180	141	7	呂升	楊季任見童子拋書包爲戲，召前出對，狡生機靈回答。		1.【明】李紹文：《皇明世說新語》卷5〈夙惠〉，頁2下。 2.【明】馮夢龍：《古今譚概》卷29〈談資部〉，頁11下。	
181	142	7	呂原	九歲能文。		1.【明】李紹文：《皇明世說新語》卷5〈夙惠〉，頁4下。	《明史》有此人記載，但無此事蹟。
182	143	7	呂蒙	年十四，竊隨姊夫擊賊，母恚，蒙曰：「不探虎穴安得虎子。」		1.【明】曹臣：《舌華錄》卷2〈豪語〉，頁6上。 2.【明】徐象梅：《瑯環史唾》卷5〈志氣〉，頁21下～22上。	《三國志》〈吳書九〉「呂蒙」

					3.【明】張墉：《二十一史識餘》卷 12〈幹局〉，頁 7 下。		
183	144	7	呂思禮	年十四，受學於徐遵明。長於論難，諸生為之語曰：「講書論易餘難敵。」		1.【明】徐象梅：《瑯環史唾》卷 9〈明經〉，頁 3 下。	《周書》〈呂思禮列傳〉《北史》〈呂思禮列傳〉
184	145	7	李芬子	九歲賦落花詩。		1.【清】嚴蘅：《女世說》，頁 4 下。	
185	146	7	李約齋	族兄問術士：「約齋如何？」術者曰：「君家兄弟非池中之物。」		1.【清】李延昰：《南吳舊話錄》卷 15〈夙惠〉，頁 8。	
186	147	7	李時勉(名懋，以字行)	自勵曰：「顏曾希聖，四勿三省。」		1.【清】梁維樞：《玉劍尊聞》卷 7〈夙惠〉，頁 25 下～26 上。 2.【清】吳肅公：《明語林》卷 4〈言志〉，頁 2 上。	《明史》〈李時勉列傳〉有此人記載，無此事蹟。
187	148	7	李稚廉	給金寶，不接受，擲於地面。		1.【明】張墉：《二十一史識餘》卷 20〈夙惠〉，頁 17 下。 2.【明】林茂桂：《南北朝新語》卷1〈清介〉，頁 55 上。	《北齊書》〈李稚廉列傳〉
188	149	7	李崇(字永隆)	幼以父賢功拜爵，親族賀之，獨泣，因「無動於國，幼受列侯當報主恩，不得終孝養，是以悲耳。」	【宋】李垕：《南北史續世說》卷 5〈夙慧〉，頁 7 下。	1.【明】焦竑：《焦氏類林》卷 4〈夙惠〉，頁 30 下。 2.【明】李贄：《初潭集》卷 7〈父子三〉「慧子」，頁 7 下。 3.【明】徐象梅：《瑯嬛史唾》卷 9〈夙慧〉，頁 26 下～27 上。 4.【明】張墉：《二十一史識餘》卷 20〈夙惠〉，頁 19 上。 5.【明】林茂桂：《南北朝新語》卷1〈謙慎〉，頁 70 上。	《隋書》〈李穆列傳〉
189	150	7	李太白	小時大人令誦子虛賦，私心慕之。		1.【明】何良俊：《何氏語林》卷 11〈言志下〉，頁 14 下。	
190	151	7	李豫亭(字元薦)	熊輵峰試對：「祖父孫諳封三代。」應聲曰：「堯舜禹授受一中。」		1.【清】李延昰：《南吳舊話錄》卷 15〈夙惠〉，頁 4。	

191	152	7	李傑(字世賢)	數歲,兄指紫微星屬對。		1.【清】梁維樞:《玉劍尊聞》卷7〈夙惠〉,頁26下。	
192	153	7	英公（李勣）	年十二三爲無賴賊,逢人則殺。十四五爲難當賊,有所不快者,無不殺之。	【唐】劉餗:《隋唐嘉話》上卷,頁5。		《舊唐書》、《新唐書》有此人記載,無此事蹟。
193	154	7	李清(號映碧)	童時見湖陽公主坐屏後像,舉筆抹其面。		1.【清】王晫:《今世說》卷3〈方正〉,頁12下。	《清史稿》〈遺逸列傳〉「李清」有此人記載,但無此事蹟。
194	155	7	李誠(李師中)	爲童子時,論其父緯之功於朝,以狀白韓魏公。		1.【明】何良俊:《何氏語林》卷26〈簡傲〉,頁18。	《宋史》〈李師中列傳〉
195	156	7	李宗諤(字昌武)	七歲,恥以父任官。		1.【明】趙瑜:《兒世說》卷1〈言志〉,頁10下。	《宋史》〈李昉列傳〉
196	157	7	李義府	八歲號神童。上賜以烏,進詩。	【唐】劉肅:《大唐新語》卷7〈知微〉,頁80~81。 【宋】王讜:《唐語林》卷3〈賞譽〉,頁82。		【唐】劉肅:《大唐新語》卷7〈知微〉,頁80~81。 【宋】王讜:《唐語林》卷3〈賞譽〉,頁82。
197	158	7	唐宣宗(李忱)	強記默識,廝役之賤、灑掃者一見輒記其姓氏。	【宋】王讜:《唐語林》卷3〈夙慧〉,頁92。		《舊唐書》、《新唐書》皆有宣宗記載,無此事蹟。
198	159	7	李百藥(字重規)	七歲,有讀徐陵文者云:「刈瑯瑯之稻。」百藥引左傳杜預注解釋。	【宋】孔平仲:《續世說》卷4〈夙慧〉,頁9下。	1.【明】何良俊:《何氏語林》卷22〈夙慧〉,頁8。 2.【明】王世貞:《世說新語補》卷12〈夙惠〉,頁25上。 3.【明】焦竑:《焦氏類林》卷4〈夙惠〉,頁31上。 4.【清】黃汝琳:《世說新語補》卷12〈夙惠〉,頁12下。	【宋】孔平仲:《續世說》卷4〈夙慧〉,頁9下。
199	160	7	李繪	六歲自願入學,家人弗許,伺伯姊牘之閑,輒竊用,通急就章。		1.【明】張墉:《二十一史識餘》卷20〈夙慧〉,頁17下。	《北齊書》〈李渾列傳〉
200	161	7	李衡	小時,聞羊道有人物,徃干之,道曰:「多士之世,尚書劇曹郎也。」		1.【明】何良俊:《何氏語林》卷15〈識鑒〉,頁8。	《三國志·吳書》〈吳書三〉「孫休」

201	162	7	李華	十四舉孝廉，遇虎爭一羊。按劍斬羊腹，虎各以其半去。		1.【明】徐象梅：《瑯環史唾》卷5〈雄武〉，頁9下。	
202	163	7	李密	隋陽帝曰：「箇小兒瞻視異常，勿令宿衛。」	【宋】孔平仲：《續世說》卷4〈識鑒〉，頁3下～4上。	1.【明】何良俊：《何氏語林》卷22〈容止〉，頁27下。	《新唐書》〈李密列傳〉
203	164	7	李賀	韓退之、皇甫湜令面賦一篇，目為高軒過。		1.【明】徐象梅：《瑯環史唾》卷9〈夙慧〉，頁27上。	《新唐書》〈文藝列傳〉「李賀」
204	165	7	李君威	幼而爽悟，備知前代故事若指諸掌。		1.【明】林茂桂：《南北朝新語》卷3〈豪爽〉，頁52上。	《北史》〈列傳〉「涼武昭王李暠」
205	166	7	李存勗	昭宗異其狀貌，曰：「兒有奇表，後當富貴，無忘予家。」		1.【明】張墉：《二十一史識餘》卷20〈夙惠〉，頁20下～21上。	《新五代史》〈唐本紀〉「莊宗下」
206	166	7	李存勗	父曰：「吾行老矣，此奇兒也，後二十年其能代我戰于此乎。」		1.【明】張墉：《二十一史識餘》卷1〈父子〉，頁8下。	《新五代史》〈唐本紀〉「莊宗下」
207	167	7	李賢	九歲從師，人譏其不精，對曰：「至如忠孝之道，實銘于心。」		1.【明】焦竑：《焦氏類林》卷4〈夙惠〉，頁28下。2.【明】徐象梅：《瑯嬛史唾》卷9〈夙慧〉，頁25下。3.【明】林茂桂：《南北朝新語》卷2〈學問〉，頁47上。	《周書》〈李賢列傳〉《北史》〈李賢列傳〉
208	168	7	李遠	幼有器局，與群兒為戰鬥戲，指揮有法。		1.【明】張墉：《二十一史識餘》卷20〈夙惠〉，頁18下。2.【明】林茂桂：《南北朝新語》卷3〈膂力〉，頁76下～77上。	《周書》〈李賢列傳〉《北史》〈李賢列傳〉
209	169	7	李邕(李北海)	小時，閱李嶠萬卷藏書，未幾辭去。嶠驚試問奧篇隱帙，了辯如響。		1.【明】何良俊：《何氏語林》卷8〈文學中〉，頁22上。2.【明】徐象梅：《瑯嬛史唾》卷14〈強識〉，頁7下。3.【明】周應治：《霞外麈談》卷8〈博雅〉，頁4上。	《新唐書》〈文藝列傳〉「李邕」
210	170	7	李嶠	夢人以雙筆贈文。		1.【明】趙瑜：《兒世說》卷1〈異徵〉，頁13上。	《舊唐書》〈李嶠列傳〉《新唐書》〈李嶠列傳〉
211	171	7	李至剛	買筆時與同族李十二官對話，具妙語。		1.【清】李延昰：《南吳舊話錄》卷15〈夙惠〉，頁3。	

212	172	7	李節之	二道一跪誦，一坐揮麈。節之曰：「跪者有意，不若坐者自然。」		1.【清】李延昰：《南吳舊話錄》卷15〈夙惠〉，頁8下。	
213	173	7	李存我	妙語回應朋友之戲言。友曰：「此兒別出機杼，異日必當華實並茂。」		1.【清】李延昰：《南吳舊話錄》卷15〈夙惠〉，頁11下～12上。	
214	174	7	李東陽	四歲作大書，景帝抱置膝上，賜珍果。六歲、八歲復召之試講尙書。		1.【清】吳肅公：《明語林》卷9〈夙惠〉，頁2上。	《明史》〈李東陽列傳〉
215	174	7	李東陽	與程敏政同召，試對：「螃蟹渾身甲胄。」敏政對曰：「鳳凰遍體文章。」東陽對曰：「蜘蛛滿腹經綸。」		1.【清】梁維樞：《玉劍尊聞》卷7〈夙惠〉，頁28下～30上。 2.【清】吳肅公：《明語林》卷9〈夙惠〉，頁2下。	
216	175	7	李諧	幼有風采。李愷謂：「領軍門下見一神人。」	【宋】李垕：《南北史續世說》卷5〈容止〉，頁23上。	1.【明】林茂桂：《南北朝新語》卷2〈標譽〉，頁44上。	《北史》〈李崇列傳〉
217	176	7	李禮成(字孝諧)	七歲，其姑奇之曰：「此兒平生未嘗回顧，當爲重器。」		1.【明】林茂桂：《南北朝新語》卷2〈標譽〉，頁31上。 2.【明】趙瑜：《兒世說》卷1〈賞譽〉，頁12上。	《北史》〈列傳〉「序傳」涼武昭王李暠
218	177	7	李泌(字長源)	七歲，賦方圓動靜。	【宋】孔平仲：《續世說》卷4〈捷悟〉，頁12。		《新唐書》〈李泌列傳〉
219	177	7	李泌(字長源)	兒時，勸諫張九齡勿喜軟美之言。		1.【明】何良俊：《何氏語林》卷19〈箴規〉，頁16下～17上。 2.【明】焦竑：《焦氏類林》卷1〈師友〉，頁56。 3.【明】劉元卿：《賢奕編》卷2〈敍倫〉，頁30。 4.【明】鄭仲夔：《清言》卷5〈規箴〉，頁8上。 5.【明】徐象梅：《瑯嬛史唾》卷7〈嚴峻下〉，頁8下～9上。 6.【明】呂純如：《學古適用編》卷49〈相度合當如此〉，頁5。	《新唐書》〈李泌列傳〉

						7.【明】張壻：《二十一史識餘》卷8〈規箴〉，頁18。		
220	177	7	李泌(字長源)	九歲賦詩，諸人讚賞，九齡獨戒之，認爲早得美名必有所折。		1.【明】焦竑：《焦氏類林》卷4〈夙惠〉，頁31下～32上。	《新唐書》〈李泌列傳〉	
221	178	7	李德林	善屬文。魏收謂其父曰：「賢子文筆終當繼溫子昇。」	【宋】李垕：《南北史續世說》卷5〈夙慧〉，頁8下。	1.【明】何良俊：《何氏語林》卷17〈賞譽下〉，頁4下。2.【明】徐象梅：《瑯嬛史唾》卷8〈賞譽〉，頁9。3.【明】林茂桂：《南北朝新語》卷2〈品鑒〉，頁14。	《北史》〈李德林列傳〉《隋書》〈李德林列傳〉	
222	178	7	李德林	數歲誦左思蜀都賦，高隆之嘆異。	【宋】李垕：《南北史續世說》卷5〈夙慧〉，頁8下。	1.【明】何良俊：《何氏語林》卷22〈夙慧〉，頁8上。2.【明】徐象梅：《瑯環史唾》卷9〈夙慧〉，頁26上。3.【明】張壻：《二十一史識餘》卷19〈排調〉，頁13下。	《北史》〈李德林列傳〉《隋書》〈李德林列傳〉	
223	179	7	李德裕(李衛公)	幼時，宰相問喜讀何書？德裕因其言不當，故不回應。	【宋】王讜：《唐語林》卷3〈夙慧〉，頁92。	1.【明】何良俊：《何氏語林》卷22〈夙慧〉，頁10下～11上。2.【明】江東偉：《芙蓉鏡寓言》二集〈夙惠〉，頁141。3.【明】馮夢龍：《智囊》卷15〈捷智部〉「敏悟」，頁322。		
224	180	7	唐憲宗(李純)	德宗抱至膝上戲，問其何人，對曰：「第三天子。」	【宋】孔平仲：《續世說》卷4〈夙慧〉，頁10下。	1.【明】曹臣：《舌華錄》卷1〈慧語〉，頁11上。		
225	181	7	唐肅宗(李亨)	猜中明皇所欲設之宰相名。	【宋】王讜：《唐語林》卷3〈夙慧〉，頁90～91。		《新唐書》〈崔義玄列傳〉	
226	181	7	唐肅宗(李亨)	玄宗器之，謂武惠妃曰此兒甚有異相，贈上清玉珠，繫於頸。		1.【明】馬嘉松：《十可篇》卷9〈可嘉〉，頁51下。		
227	182	7	唐代宗(李豫)	幼時，元宗曰：「此兒有異相，亦是吾家一福天子。」	【宋】王讜：《唐語林》卷3〈識鑒〉，頁75。			《十可篇》作「肅宗」
228	183	7	吳猛	兒時，夏夜多蚊不搖扇，恐蚊叮咬父母。		1.【明】徐象梅：《瑯嬛史唾》卷3〈孝敬〉，頁23下。	《晉書》〈藝術列傳〉「吳猛」	

229	184	7	吳宗伯	小時能文，識之者曰：「此兒玉光劍氣終不能掩。」		1.【明】李紹文：《皇明世說新語》卷 5〈容止〉，頁 14 上。 2.【明】鄭仲夔：《清言》卷 6〈容止〉，頁 8 下。 3.【明】焦竑：《玉堂叢語》卷 7〈企羨〉，頁 4。 4.【清】吳肅公：《明語林》卷 6〈賞譽〉，頁 1 下～2 上。		
230	185	7	吳隱之(字處默)	居父母喪，食鹽菹以其甘，掇而棄之。		1.【明】徐象梅：《耶嬛史唾》卷 3〈孝敬〉，21 下。	《晉書》〈良吏列傳〉「吳隱之」	
231	186	7	吳威卿	坐客論詩，吳曰：「孤雲獨去閒非佳耶。」		1.【清】：王晫《今世說》卷 5〈夙惠〉，頁 11 下。		
232	187	7	吳黿潭	應童子試，縣尹曰：「子豈外黃兒。」對曰：「君可中牟令。」		1.【清】吳肅公《明語林》卷 9〈夙惠〉，頁 5 上。		
233	188	7	吳萊	七歲能屬文，強記。		1.【明】張墉：《二十一史識餘》卷 15〈文學下〉，頁 3 上。	《元史》〈黃溍列傳〉「吳萊」	
234	189	7	吳旌兒	八歲能講武經。顧偉南曰：「君才太高不宜速就。」		1.【清】：李延昰《南吳舊話錄》卷 15〈夙惠〉，頁 15。		
235	190	7	吳祐	年十二，父親欲殺青簡以寫經書，祐舉歷史之例諫父。		1.【明】焦竑：《焦氏類林》卷 4〈夙惠〉，頁 26。 2.【明】李贄：《初潭集》卷 7〈父子三〉「慧子」，頁 1 下～2 上。 3.【明】孫能傳：《益智編》卷 34〈人事類三〉「蚤慧」，頁 2。 4.【明】樊玉衡：《智品》卷 8〈雅品一〉，頁 35 下～36 上。 5.【明】呂純如：《學古適用編》卷3〈一清足以槩天下之賢〉，頁 2 上。 6.【明】呂純如：《學古適用編》卷 40〈不自爲可疑〉，頁 4 下～5 上。 7.【明】張墉：《二十一史識餘》卷 20〈夙惠〉，頁 13 上。	《後漢書》〈吳延史盧趙列傳〉「吳祐」	

						8.【明】江東偉：《芙蓉鏡寓言》二集〈凤惠〉，頁 142。	
236	191	7	杜育(杜子光)	奇才博學，能著文章，心解性達，無不貫綜，一時稱爲舞陽杜孔子。		1.【明】何良俊：《何氏語林》卷 17〈賞譽下〉，頁 1 上。 2.【明】徐象梅：《瑯嬛史唾》卷 9〈文章〉，頁 10 下。	
237	192	7	杜審言之子杜幷	爲父親報仇，殺死陷害父親的仇人。	【唐】劉肅：《大唐新語》卷 5〈孝行〉，頁 55。		《舊唐書》〈文苑列傳上〉「杜易簡」、《新唐書》〈文藝列傳上〉「杜審言」
238	193	7	杜鎬(字文周)	建議兄長子毀父親畫像之處理，可以僧道毀天尊佛像比擬之。		1.【明】孫能傳：《益智編》卷 34〈人事類三〉「蠢慧」，頁 3 下。 2.【明】馮夢龍：《智囊》卷 15〈捷智部〉「敏悟」，頁 323。	《宋史》〈杜鎬列傳〉
239	194	7	杜孺懷	隨父於竹林中遊戲，應聲回答父親之對子。		3.【清】李延昰：《南吳舊話錄》卷 15〈凤惠〉，頁 6 上。	
240	195	7	杜安(字伯夷)	貴戚遺之書，安藏之。後捕貴戚賓客，安開壁出書，封印如故，不離其患。		1.【明】焦竑：《焦氏類林》卷 4〈凤惠〉，頁 26 上。 2.【明】孫能傳：《益智編》卷 36〈人事類五〉「急難」，頁 8 上。 3.【明】張墉：《二十一史識餘》卷 20〈凤惠〉，頁 12 上。 4.【明】趙瑜：《兒世說》卷 1〈方正〉，頁 9 下。	《後漢書》〈杜欒劉李劉謝列傳〉「杜根」	《兒世說》作「杜根」
241	196	7	宋犖（字牧仲）	容貌出眾，上愛之，賜食，欲攜回給祖母。		1.【清】王晫：《今世說》卷 7〈寵禮〉，頁 10。	《清史》〈宋犖德列傳〉有此人記載，無此事蹟。
242	197	7	宋荔裳	一老甲榜見其讀史記，閱數行，棄之曰：「不見佳，讀之何益？」		1.【清】王用臣：《斯陶說林》卷 7〈清談上〉，頁 47 下～48 上。	《清史稿》有其人記載，無此事蹟。
243	198	7	宋景濂	善記誦，一月背四書五經。		1.【明】焦竑：《玉堂叢語》卷 7〈凤惠〉，頁 28。	
244	199	7	何遵(字孟循)	幼時，祖父折葵命向日拜，北面拜，曰：「闕在北。」		1.【明】李紹文：《皇明世說新語》卷 5〈凤惠〉，頁 3 上。	《明史》〈何遵列傳〉有此人，但無此事蹟。

						2.【明】鄭仲夔:《清言》卷 5〈夙惠〉,頁 12 下。	
						3.【明】江東偉:《芙蓉鏡寓言》二集〈夙惠〉,頁 146。	
245	200	7	晉穆帝何后	將產之夕,有群烏夜鳴於屋,一邑之烏皆應。		1.【明】徐象梅:《瑯嬛史唾》卷 1〈后瑞〉,頁 9 下。	
246	201	7	何喬新	閱讀陳子經通鑑續編,議論子經書法,有自己見解。		1.【明】李紹文:《皇明世說新語》卷 5〈夙惠〉,頁 3。	《明史》有此人記載,無此事蹟。
						2.【明】江東偉:《芙蓉鏡寓言》二集〈夙惠〉,頁 146。	
						3.【清】吳肅公:《明語林》卷 9〈夙惠〉,頁 2 下~3 上。	
247	201	7	何喬新	髫齔時器識出群,向少宰公提問。		【明】丁元薦:《西山日記》卷上〈器識〉,頁 2 下。	《明史》有此人,無此記載。
248	202	7	何遜	八歲能詩,沈休文曰:「每讀卿詩一日,三復猶不已。」		1.【明】徐象梅:《瑯嬛史唾》卷 6〈企羨上〉,頁 8。	《梁書》〈文學列傳上〉「何遜」、《南史》〈何承天列傳〉
						2.【明】張墉:《二十一史識餘》卷 15〈文學下〉,頁 7 下。	
						3.【明】林茂桂:《南北朝新語》卷 2〈標譽〉,頁 30 上。	
249	203	7	何妥	顧良戲之曰:「汝何是荷葉之荷,抑河水之河?」對曰:「先生姓顧,是堅固之固,抑新故之故?」	【宋】孔平仲:《續世說》卷 4〈夙慧〉,頁 9 上。【宋】李垕:《南北史續世說》卷 5〈夙慧〉,頁 9 上。	1.【明】何良俊:《何氏語林》卷 22〈夙慧〉,頁 8 上。	《隋書》〈儒林列傳下〉「何妥」、《北史》〈儒林列傳下〉「何妥」
						2.【明】徐象梅:《瑯嬛史唾》卷 9〈夙慧〉,頁 25 上。	
						3.【明】張墉:《二十一史識餘》卷 20〈夙惠〉,頁 19 下。	
						4.【明】馮夢龍:《古今譚概》卷 24〈酬嘲部〉,頁 15 下。	
						5.【明】林茂桂:《南北朝新語》卷 2〈捷對〉,頁 102 下。	
						6.【明】趙瑜:《兒世說》卷 1〈排調〉,頁 2 下。	
250	204	7	何烱	年十五,受業一期通五經章句,白晢美容貌。		1.【明】焦竑:《焦氏類林》卷 6〈容止〉,頁 37 下。	《南史》〈何尚之列傳〉 《梁書》〈孝行列

						2.【明】李贄：《初潭集》，卷 20〈師友十〉「標榜」，頁 21 下。	傳」「何炯」
						3.【明】張墉：《二十一史識餘》卷 20〈容止〉，頁 5 下。	
251	205	7	何晏(字平叔)	七、八歲慧心天悟。魏武讀兵書，有未解者問何晏。		1.【明】徐象梅：《瑯環史唾》卷 9〈夙慧〉，頁 23 下。	
252	205	7	何晏(字平叔)	慧心天悟，每出遊，觀者盈路。		1.【明】何良俊：《何氏語林》卷 22〈容止〉，頁 22 上。	
253	205	7	何晏(字平叔)	魏武愛之，欲以爲子，乃畫地自處，曰：「何氏之廬也。」	【南朝宋】劉義慶：《世說新語》卷中之下〈夙惠〉，頁 37 下。	1.【明】何良俊：《何氏語林》卷 22〈夙慧〉，頁 4 下～5 上。 2.【明】李贄：《初潭集》，卷 20〈師友十〉「少年」，頁 16 下。 3.【明】趙瑜：《兒世說》卷 1〈方正〉，頁 9 下。	
254	205	7	何晏(字平叔)	魏武欲以爲子，晏坐則專席，止則獨立，曰：「禮異姓不相大。」		1.【明】徐象梅：《瑯嬛史唾》卷 7〈嚴峻上〉，頁 3 下。	
255	206	7	沈友(字子正)	年十一，華歆請登車，沈一席話使華羞愧，曰：「桓靈以來，未有幼童若此者。」		1.【明】何良俊：《何氏語林》卷 22〈夙慧〉，頁 3。 2.【明】張墉：《二十一史識餘》卷 20〈夙惠〉，頁 14 下。 3.【清】李延昰：《南吳舊話錄》，卷 15〈夙惠〉，頁 12。	《三國志·吳書》〈吳書二〉「吳主權」
256	207	7	沈孚先	十歲著大臣論。稍長尚風節，讀漢書黨錮傳。		1.【清】王晫：《今世說》，卷 5〈夙惠〉，頁 10 下～11 上。	
257	208	7	沈東老	八歲言必有偶，錢文通曰：「前茅後勁，森然逼人。」		1.【清】李延昰：《南吳舊話錄》，卷 15〈夙惠〉，頁 2 下。	
258	209	7	沈漢儀	總角從父遊苑中，父問何以淵明愛菊？對曰：「淡而能久也。」		1.【清】王晫：《今世說》，卷 5〈夙惠〉，頁 10 下。	
259	210	7	狄仁傑	兒童時，門人被害，縣官詰問之，仁傑堅坐讀書。	1.【唐】劉肅：《大唐新語》，卷 6〈舉賢〉，頁 65。 2.【宋】孔平仲：《續世說》，卷 4〈夙慧〉，頁 9 下。		《舊唐書》〈狄仁傑列傳〉

260	211	7	岑之敬	五歲讀孝經，每燒香正坐。		1.【明】徐象梅：《瑯嬛史唾》卷 9〈夙慧〉，頁 25 上。	《陳書》〈文學列傳〉「岑之敬」、《南史》〈文學列傳〉「岑之敬」
261	212	7	祈世培	持水令婢吐，找出竊食雞蛋之人。		1.【明】張岱：《快園道古》卷 5〈夙慧部〉，頁 69。	
262	213	7	吾了盧謹	十歲，郡守試之以五馬賦，揮毫立就。		1.【明】江東偉：《芙蓉鏡寓言》二集〈夙惠〉，頁 147。	
263	214	7	洪鍾	四歲能作大書，不敢於地書聖壽無疆四字。		1.【明】李紹文：《皇明世說新語》卷 5〈夙惠〉，頁 2 下。 2.【明】鄭仲夔：《清言》卷 5〈夙惠〉，頁 12。 3.清】吳肅公：《明語林》卷 9〈夙惠〉，頁 3 上。	《明史》〈洪鍾列傳〉
264	215	7	車胤	太守王胡之謂其父曰：「此兒當至高名。」	【南朝宋】劉義慶：《世說新語》卷中之上〈識鑒〉，頁 34 上。		《晉書》〈車胤列傳〉有此人，事蹟記載不同。
265	216	7	宜黃人	工詩畫，善繪鶴，見者疑為真。		1.【明】鄭仲夔：《雋區》卷 7〈藝雋〉，頁 4 下。	
266	217	7	卓有枚	師使讀論語，在書下竊讀司馬公通鑒。		1.【清】王晫：《今世說》卷 5〈夙惠〉，頁 11 上。	
267	218	7	來護兒	讀書至擊鼓，捨書曰：「大丈夫當為國滅賊取功名，安能區區事筆硯？」	【宋】李垕：《南北史續世說》卷 5〈豪爽〉，頁 17 下。	1.【明】焦竑：《焦氏類林》卷 5〈豪爽〉，頁 7 上。 2.【明】李贄：《初潭集》卷 17〈師友七〉「豪客」，頁 30 上。 3.【明】曹臣：《舌華錄》卷 2〈豪語〉，頁 5 上。	《北史》〈來護兒列傳〉《隋書》〈來護兒列傳〉
268	219	8	金鑾	十歲，書北山移文。父親剛買終南紫石欲開文士傳，遂輒以勒之。		1.【明】焦竑：《焦氏類林》卷 4〈夙惠〉，頁 31 下。 2.【明】李贄：《初潭集》卷 7〈父子三〉「慧子」，頁 8 上。 3.【明】徐象梅：《瑯嬛史唾》卷 9〈夙慧〉，頁 27 下。	
269	220	8	金士珊	其母課以小詩，竹爐湯沸火初紅句，輒笑曰：「湯已沸矣，火猶始紅耶。」		1.【清】嚴蘅：《女世說》，頁 4 上。	

270	221	8	金正希	七歲能文，嘗作學而第一、爲政第二題。		1.【清】王用臣：《斯陶說林》卷 5〈文藝下〉，頁 1 上。	
271	222	8	長孫承業	諸子驍勇，號曰鐵小兒。	【宋】李垕：《南北史續世說》卷 9〈驍勇〉，頁 27 上。	1.【明】林茂桂：《南北朝新語》卷 3〈膂力〉，頁 73 下。	《魏書》〈長孫道生列傳〉《北史》〈長孫道生列傳〉
272	223	8	長孫子彥(長孫承業之子)	幼墜馬，開肉鋸骨，言笑自若。	【宋】李垕：《南北史續世說》卷 9〈驍勇〉，頁 27 上。	1.【明】張墉：《二十一史識餘》卷 12〈拳勇〉，頁 23 下。2.【明】林茂桂：《南北朝新語》卷 3〈膂力〉，頁 73 上。	《魏書》〈長孫道生列傳〉《北史》〈長孫道生列傳〉
273	224	8	長孫紹遠	十三歲，王試以禮記月令，讀一遍，誦之若流。	【宋】李垕：《南北史續世說》卷 5〈夙慧〉，頁 5 下。	1.【明】焦竑：《焦氏類林》卷 4〈夙惠〉，頁 30 上。2.【明】李贄：《初潭集》卷 20〈師友十〉「少年」，頁 18 上。3.【明】林茂桂：《南北朝新語》卷 2〈夙慧〉，頁 88 下。4.【明】江東偉：《芙蓉鏡寓言》二集〈夙惠〉，頁 142。5.【明】趙瑜：《兒世說》卷 1〈穎記〉，頁 5 上。	《周書》〈長孫紹遠傳〉《北史》〈長孫道生列傳〉
274	225	8	明克讓	十四歲，令詠儀賢堂前脩竹：「非君多愛賞，誰貴此貞心。」	【宋】李垕：《南北史續世說》卷 5〈夙慧〉，頁 9 上。		《北史》〈文苑列傳〉「明克讓」、《隋書》〈明克讓列傳〉
275	226	8	明經公	兒時穎異，十餘齡質轉鈍，夜夢掬水河干攀龍直上，河水皆沸，而心大開悟。		1.【清】官偉鏐：《庭聞州世說》卷 3「明經公」，頁 59 下～60 上。	
276	227	8	周弘正	年十歲通老子、周易。人曰：「觀汝清理警發，後世知名當出吾右。」		1.【明】林茂桂：《南北朝新語》卷 2〈夙慧〉，頁 90 下。	《陳書》〈周弘正列傳〉《南史》〈周朗列傳〉
277	228	8	周清源	幼時有詩名，詠白丁香句。		1.【清】王用臣：《斯陶說林》卷 4〈文藝上〉，頁 24 上。	
278	229	8	周用齋	幼時每爲同學誘至城上，則盤桓不能下。		1.【明】馮夢龍：《古今譚槩》卷 4〈專愚部〉，頁 13 下～14 上。	
279	230	8	周續之(字道祖)	年十二，通五經、五緯。	【宋】孔平仲：《續世說》卷 8〈棲逸〉，頁 2 上。	1.【明】焦竑：《焦氏類林》卷 3〈文學〉，頁 21 下。2.【明】李贄：《初潭	《宋書》〈隱逸列傳〉「周續之」

						集》，卷 12〈師友二〉「六經子史」，頁 13 下。 3.【明】張墉：《二十一史識餘》卷 20〈夙惠〉，頁 15 下。	
280	231	8	周文育	年十一，反覆游水中數里，跳高五六尺。		1.【明】張墉：《二十一史識餘》卷 12〈拳勇〉，頁 23 上。	《陳書》〈周文育列傳〉、《南史》〈周文育列傳〉
281	232	8	周變	生而貌醜，母欲棄之，父聞聖賢多有異貌，認為興我宗者，乃此兒也。		1.【明】焦竑：《焦氏類林》卷 6〈容止〉，頁 35 下。 2.【明】李贄：《初潭集》卷 7〈父子三〉「貌子」，頁 9 上。 3.【明】張墉：《二十一史識餘》卷 20〈夙惠〉，頁 12 下。	《後漢書》〈周黃徐姜申屠列傳〉「周變」
282	233	8	周延儒	有神童之稱，性頑劣。		1.【清】王用臣：《斯陶說林》卷 2〈軼事上〉，頁 19 上。	
283	234	8	到溉	任昉訪其於田舍，曰：「此子日下無雙。」	【宋】李垕：《南北史續世說》卷 5〈夙慧〉，頁 2 上。	1.【明】何良俊：《何氏語林》卷 16〈賞譽上〉，頁 24 上。	《梁書》〈到洽列傳〉、《南史》〈到彥之列傳〉	史書記載此事主角為溉之弟到洽
284	235	8	到藎	聰慧，登北固樓受詔賦詩。皇上懷疑祖父文章假手於藎。	【宋】李垕：《南北史續世說》卷 5〈夙慧〉，頁 2 下。	1.【明】何良俊：《何氏語林》卷 27〈排調〉，頁 13 下～14 上。 2.【明】張墉：《二十一史識餘》卷 1〈父子〉，頁 6 下～7 上。 3.【明】林茂桂：《南北朝新語》卷 3〈恩寵〉，頁 25 下～26 上。	《梁書》〈到溉列傳〉、《南史》〈到彥之列傳〉	
285	236	8	到鏡	母夢懷鏡而生。		1.【明】林茂桂：《南北朝新語》卷 2〈命名〉，頁 108 上。	《南史》〈到彥之列傳〉	
286	237	8	宗懍	聰敏好讀書，語引古事，號小兒學士。	【宋】李垕：《南北史續世說》卷 5〈夙慧〉，頁 8 上。	1.【明】徐象梅：《瑯嬛史唾》卷 7〈敏給〉，頁 28 下。 2.【明】張墉：《二十一史識餘》卷 20〈夙惠〉，頁 18 下。 3.【明】趙瑜：《兒世說》卷 1〈文學〉，頁 3 下。	《北史》〈宗懍列傳〉、《周書》〈宗懍列傳〉	
287	238	8	宗元卿	祖母扶養，祖母病，元卿在遠，心痛。		1.【明】徐象梅：《瑯嬛史唾》卷 3〈精感〉，頁 29 下。	《南史》〈孝義列傳〉「宗元卿」	

288	239	8	宗元幹	小時叔父問其志，對曰：「願乘長風破萬里浪。」	【宋】李壁：《南北史續世說》卷5〈豪爽〉，頁11上。	1.【明】何良俊：《何氏語林》卷10〈言志上〉，頁24下。 2.【明】王世貞：《世說新語補》卷13〈豪爽〉，頁5下。 3.【明】焦竑：《焦氏類林》卷5〈豪爽〉，頁5上。 4.【明】李贄：《初潭集》，卷5〈父子一〉「賢子」，頁15上。 5.【明】曹臣：《舌華錄》卷2〈豪語〉，頁3上。 6.【明】周應治：《霞外麈談》卷4〈曠覽〉，頁5下。 7.【明】趙瑜：《兒世說》卷1〈言志〉，頁11上。 8.【清】黃汝琳：《世說新語補》卷12〈夙惠〉，頁12下。	《南史》〈宗慤列傳〉 《宋書》〈宗慤列傳〉
289	240	8	宗舉兒(宗定九之子)	年五歲，於庭院遊戲，討論月中桂樹。		1.【清】王晫：《今世說》卷5〈夙惠〉，頁12下。	
290	241	8	邴原(字根矩)	少孤，過書舍泣，羨他人不孤、得學，師惻然，學不收資。		1.【明】焦竑：《焦氏類林》卷3〈文學〉，頁39上。 2.【明】李贄：《初潭集》卷12〈師友二〉「讀書」，頁6上。 3.【明】張墉：《二十一史識餘》卷20〈夙惠〉，頁14上。 4.【明】馬嘉松：《十可篇》卷10〈可冊〉，頁2上。	《三國志》〈魏書〉「邴原」
291	241	8	邴原(字根矩)	童齓之中，嶷然有異。		1.【明】何良俊：《何氏語林》卷10〈言志上〉，頁8。	《三國志》〈魏書〉「邴原」
292	242	8	林觀	七歲，嬉遊市中，以觿詩自命，有人令咏洩氣。		1.【明】馮夢龍：《古今譚槩》卷27〈文戲部〉，頁1。 2.【清】王用臣：《斯陶說林》卷9〈詼笑〉，頁13上。	
293	243	8	林章	七歲能詩，塾師試題群羊落。		1.【清】吳肅公：《明語林》卷9〈夙惠〉，頁4下～5上。	

294	244	8	岳柱	八歲，觀畫師何澄畫陶母剪髮圖，指陶母手中金釧詰之。		1.【明】何良俊：《何氏語林》卷22〈夙慧〉，頁11下。 2.【明】王世貞：《世說新語補》卷12〈夙惠〉，頁28上。 3.【明】李贄：《初潭集》卷20〈師友十〉「少年」，頁19下。 4.【明】曹臣：《舌華錄》卷8〈辯語〉，頁3上。 5.【明】馮夢龍：《古今譚概》卷25〈塞語部〉，頁2下。 6.【明】趙瑜：《兒世說》卷1〈膽識〉，頁7下～8上。 7.【清】黃汝琳：《世說新語補》卷12〈夙惠〉，頁15上。	《元史》〈阿魯渾薩理列傳〉	
295	245	8	念賢(字蓋盧)	善相者過，諸生競指之，獨不往。		1.【明】林茂桂：《南北朝新語》卷1〈嚴正〉，頁13。	《周書》〈念賢列傳〉 《北史》〈念賢列傳〉	
296	246	8	魏高宗(拓拔濬)	五歲，隨祖父北巡，湊巧一帥虜奴，曰：「奴今遭我，汝宜釋之。」太武聞之曰：「此兒雖小，欲以天子自處。」	【宋】李垕：《南北史續世說》卷5〈夙慧〉，頁5上。		《魏書》〈帝紀〉「高宗文成帝濬」、《北史》〈魏本紀第二〉「高宗文成帝拓拔濬」	
297	247	8	胡忠安公	母夜夢有老僧來謁，手持三花以一遺之，公遂產，其髮尚白，踰月後乃黑。		1.【明】焦竑：《玉堂叢語》卷8〈志異〉，頁3。		
298	248	8	屈挾(屈遵之孫)	酒醉不覺，守將逃歸，太武令斬之。曰：「若鬼有知，問其子孫，朕何以應。」乃赦。		1.【明】林茂桂：《南北朝新語》卷4〈傷逝〉，頁97下～98上。	《魏書》〈屈遵列傳〉 《北史》〈屈遵列傳〉	「屈挾」疑誤！《史書》做「屈拔」。
299	249	8	承官(字少子)	八歲，為人牧豕，拾薪勤學。		1.【明】張墉：《二十一史識餘》卷14〈文學上〉，頁12下。	《後漢書》〈宣張二王杜郭吳鄭趙列傳〉「承宮」	「承官」疑誤！應為「承宮」
300	250	8	阿筠(約齋少子)	父親門人戲曰：「食者過半矣。」筠曰：「鮑魚不登俎豆，是以未敢佐觸。」		1.【清】李延昰：《南吳舊話錄》卷15〈夙惠〉，頁8下～9上。		
301	251	9	叔孫俊	年十五，內侍左右，發覺將軍懷刃，殺之。		1.【明】林茂桂：《南北朝新語》卷3〈才畧〉，頁43下。	《魏書》〈叔孫建列傳〉《北史》〈叔孫建列傳〉	

302	252	9	叔譽	晉平公使叔譽於周見太子晉，與之言，五稱而五霸。		1.【明】徐象梅：《瑯環史唾》卷 9〈夙慧〉，頁 23 上。		
303	253	9	苻堅	六歲時，於道路遊戲，不畏司隸徐正名。		1.【明】焦竑：《焦氏類林》卷 4〈夙慧〉，頁 28 上。 2.【明】李贄：《初潭集》卷 20〈師友十〉「少年」，頁 17 下。 3.【明】江東偉：《芙蓉鏡寓言》二集〈夙慧〉，頁 141。	《晉書》〈載記〉「苻堅上」	
304	254	9	苻生(字長生)	七歲，無一目，祖戲之：「吾聞瞎兒一淚。」苻生怒，引刀自刺出血。		1.【明】馮夢龍：《古今譚概》卷 16〈鷙忍部〉，頁 7 下～8 上。	《晉書》〈苻生載記〉、《魏書》〈臨渭氐苻健列傳〉	
305	255	9	范雲	六歲讀毛詩，日誦九紙，下筆立成。人稱「公輔之才」。		1.【明】林茂桂：《南北朝新語》卷2〈夙慧〉，頁 90 下。	《梁書》有其傳記，無此事蹟記載。	
306	256	9	范宣	八歲，後園挑菜誤傷指，非痛而哭，乃因身體髮膚受之父母，不敢毀傷。	【南朝宋】劉義慶：《世說新語》卷上之上〈德行〉，頁 10 上。	1.【明】王世貞：《世說新語補》卷1〈德行上〉，頁 19。 2.【明】徐象梅：《瑯嬛史唾》卷 3〈孝敬〉，頁 21 上。 3.【明】張墉：《二十一史識餘》卷 20〈夙慧〉，頁 15 上。 4.【明】趙瑜：《兒世說》卷 1〈至性〉，頁 6 上。 5.【清】黃汝琳：《世說新語補》卷 1〈德行上〉，頁 8 下。	《晉書》〈儒林列傳〉「范宣」	
307	257	9	范喬(字伯孫)	兩歲，祖父臨終以硯台贈之。五歲，祖母告知此事，執硯涕泣。		【明】徐象梅：《瑯嬛史唾》卷 9〈夙慧〉，頁 27 上。	《晉書》〈隱逸列傳〉「范粲」	
308	258	9	范純佑	十餘歲，取富氏子展覽的葬器擘而視眾，曰：「正恐愚民致疑害爾先塋。」		1.【明】孫能傳：《益智編》卷 34〈人事類〉「蚤慧」，頁 4 上。		
309	259	9	范注	六歲孤，依外家，家貧，燃薪寫書誦讀。		1.【明】趙瑜：《兒世說》卷 1〈文學〉，頁 3 下～4 上。	《晉書》〈范汪列傳〉	《史書》記載為「范汪」
310	260	9	柳遐	年十二，謁見西昌侯，雅試遣左右踐其衣裾，徐步稍前，曾不顧盼。		1.【明】林茂桂：《南北朝新語》卷 2〈夙慧〉，頁 90 上。	《北史》〈柳遐列傳〉有此人，無此事蹟。	

311	261	9	柳公綽	生三日，柳子華曰：「保惜此兒福氣吾兄弟不能及，興吾門者此人也。」	【宋】孔平仲：《續世說》卷4〈識鑒〉，頁6下。		《舊唐書》〈柳公綽列傳〉、《新唐書》〈柳公綽列傳〉	
312	262	9	柳渾(字夷曠)	巫曰：「其相夭且賤，爲浮屠道可緩死。」渾曰：「去聖教爲異術，不若速死。」		1.【明】張墉：《二十一史識餘》卷20〈夙惠〉，頁20下。	《新唐書》〈柳渾列傳〉	
313	263	9	柳芳	記憶力強。念百韻詩，暗記之。念其他文章，一遍皆能記。	【宋】王讜：《唐語林》卷3〈夙慧〉，頁91~92。		《新唐書》〈柳芳列傳〉有此人記載，無此事蹟。	
314	264	9	柳慶	權貴請託，慶爲父作書具草。父曰：「此兒有意氣，丈夫理當如是。」	【宋】李垕：《南北史續世說》卷5〈夙慧〉，頁8上。		《周書》〈柳慶列傳〉、《北史》〈柳虯列傳〉	
315	264	9	柳慶	父親曝書，於雜賦中取賦一篇，慶讀三遍，無所遺。		1.【明】焦竑：《焦氏類林》卷4〈夙惠〉，頁29下。 2.【明】林茂桂：《南北朝新語》卷2〈夙慧〉，頁90上。	《周書》〈柳慶列傳〉、《北史》〈柳虯列傳〉	
316	265	9	柳偃(字彥游)	年十二，武帝問尚書有何句？對曰：「德惟善政，政在養人。」	【宋】李垕：《南北史續世說》卷5〈夙慧〉，頁3下。	1.【明】張墉：《二十一史識餘》卷35〈補遺中〉，頁5。 2.【明】林茂桂：《南北朝新語》卷2〈夙慧〉，頁91上。	《南史》〈柳元景列傳〉	
317	266	9	施子野之女	八歲，能做七字對，子野恨其不爲男。不久，女殤，子野哭之幾絕。		1.【清】李延昰：《南吳舊話錄》卷24〈閨彥〉，頁14下。		
318	267	9	施槃	以「朝霞似錦，晚霞似錦，東川錦，西川錦」，回應「新月如弓，殘月如弓，上弦弓，下弦弓。」		1.【清】張岱：《快園道古》卷5〈夙慧部〉，頁69。		
319	268	9	禹	禹母修巳出行見流星貫昴，夢感易接，既而吞神珠，背剖而生禹。		1.【明】徐象梅：《瑯嬛史唾》卷1〈后瑞〉，頁8下。		
320	269	9	祖瑩	少耽書，父母恐其成疾，禁之，於灰中藏火，父母寢後燃火讀書。	【宋】李垕：《南北史續世說》卷5〈夙慧〉，頁6下。	1.【明】焦竑：《焦氏類林》卷4〈夙惠〉，頁29上。 2.【明】李贄：《初潭集》卷7〈父子三〉「慧子」，頁7上。	《魏書》〈祖瑩列傳〉、《北史》〈祖瑩列傳〉	

						3.【明】徐象梅:《瑯環史唾》卷8〈勤學〉,頁26下。	
						4.【明】林茂桂:《南北朝新語》卷2〈標譽〉,頁37。	
						5.【明】趙瑜:《兒世說》卷1〈文學〉,頁3下。	
321	270	9	皇甫績	外祖憫其孤幼,特捨之。績自杖三十,精心學問。		1.【明】徐象梅:《瑯嬛史唾》卷5〈志氣〉,頁24上。	《隋書》〈皇甫績列傳〉《北史》〈皇甫績列傳〉
322	271	9	段秀實	六歲母病,不勻飲,至七日病間乃食,時號孝童。		1.【明】呂純如:《學古適用編》卷7〈忠義會須有用〉,頁25下。	《舊唐書》〈段秀實列傳〉、《新唐書》〈段秀實列傳〉
323	272	9	韋皋	鎮西川,進奉聖樂曲,兼樂工舞人曲譜到京。	【宋】王讜:《唐語林》卷3〈夙慧〉,頁92。		
324	273	9	郗士美	年十二通五經,史記漢書皆能成誦。父友蕭穎士、顏真卿相與論繹。		1.【明】徐象梅:《瑯環史唾》卷9〈明經〉,頁4下～5上。	《舊唐書》〈郗士美列傳〉、《新唐書》〈郗士美列傳〉
325	274	9	紀文達	具神童之譽,四子書讀一遍即棄之。		1.【清】王用臣:《斯陶說林》卷7〈清談上〉,頁49下～50上。	
326	275	9	耶律阿保機	一出生體如三歲兒,能匍匐,三月能行。		1.【明】張墉:《二十一史識餘》卷37〈補遺〉,頁25上。	
327	276	9	侯孝儀	九歲賦詩,得「愁生明月夜,人瘦落花天」。		1.【清】嚴蘅:《女世說》,頁8下。	
328	277	10	倪謙	生而體異,有四乳,雙眸炯炯如電。		1.【明】焦竑:《玉堂叢語》卷6〈容止〉,頁46下。 2.【清】梁維樞:《玉劍尊聞》卷7〈容止〉,頁34上。	《明史》有其人記載,無此事蹟。
329	278	10	倪岳(字舜咨,諡文毅)	五歲,領悟天包地之理。		3.【明】李紹文:《皇明世說新語》卷5〈夙惠〉,頁5上。 4.【明】曹臣:《舌華錄》卷8〈辯語〉,頁5上。 5.【明】焦竑:《玉堂叢語》卷7〈夙惠〉,頁30上。 6.【明】江東偉:《芙蓉鏡寓言》二集〈夙惠〉,頁147。 7.【清】吳肅公:《明語林》卷9〈夙惠〉,頁3下。	《明史》〈倪岳列傳〉有此人記載,無此事蹟。

330	279	10	倪鴻寶道梁鳴泉公	五歲請就師學，父親認爲非吉日不佳，對曰：「以破吾愚豈不佳。」		1.【清】梁維樞：《玉劍尊聞》卷7〈夙惠〉，頁28上。	
331	280	10	殷陶	十二父喪，長蛇至，舉家奔走，陶居廬不動。		1.【明】焦竑：《焦氏類林》卷4〈夙惠〉，頁27上。 2.【明】李贄：《初潭集》卷6〈父子二〉「孝子」，頁7上。 3.【明】趙瑜：《兒世說》卷1〈至性〉，頁7上。	
332	281	10	殷仲嗣	幼而篤學，行在舟車，手不釋卷。		1.【明】徐象梅：《瑯嬛史唾》卷8〈勤學〉，頁23下。	
333	282	10	桓南郡(桓元，字敬道)	五歲，車騎曰：「靈寶成人當以此坐還之。」鞠愛過於所生。	【南朝宋】劉義慶：《世說新語》卷中之下〈夙惠〉，頁38下。	1.【明】王世貞：《世說新語補》卷12〈夙惠〉，頁24下。 2.【清】黃汝琳：《世說新語補》卷12〈夙惠〉，頁12下。	
334	282	10	桓南郡(桓元，字敬道)	小時與諸從兄養鵝共鬥，南郡鵝每不如，甚以爲忿，夜往殺諸兄之鵝。	【南朝宋】劉義慶：《世說新語》卷下之下〈忿狷〉，頁29。	1.【明】王世貞：《世說新語補》卷19〈忿狷〉，頁28上。 2.【明】李贄：《初潭集》，卷9〈兄弟上〉，頁8下。 3.【清】黃汝琳：《世說新語補》卷19〈忿狷〉，頁13下。	
335	283	10	桓驎	十二歲，客爲詩，桓應聲答。		1.【明】何良俊：《何氏語林》卷22〈夙慧〉，頁1下～2上。 2.【明】焦竑：《焦氏類林》卷4〈夙惠〉，頁26下。	《新唐書》、《舊唐書》有桓驎集。
336	284	10	夏侯稱	好軍旅戰陣遊戲，父使其讀項羽傳學習用兵，認爲「能自爲之」。		1.【明】徐象梅：《瑯嬛史唾》卷5〈志氣〉，頁22下。 2.【明】張墉：《二十一史識餘》卷20〈夙惠〉，頁14上。	《三國志》〈魏書九〉「夏侯淵」
337	285	10	夏竦（子喬）	幼，師令其爲水賦，限以萬字，作三千字示師，師怒，益得六千字。		1.【明】焦竑：《焦氏類林》卷3〈文學〉，頁35上。 2.【明】李贄：《初潭集》卷13〈師友三〉「爲文」，頁7上。	《宋史》〈夏竦列傳〉有此人記載，無此事蹟。

338	286	10	夏存古	九歲，陳黃門召存古飲，存古曰：「童子固不敢濫與斯座。」		1.【清】李延昰：《南吳舊話錄》卷 17〈賞譽〉，頁 22。	
339	286	10	夏存古	十餘歲，陳臥子來訪，父親使存古出拜，案頭有世說，臥子閱之，問存古關於世說之問題。		1.【清】李延昰：《南吳舊話錄》卷 2〈忠義〉，頁 28。	
340	286	10	夏存古	葛靖戲存古：「尊君近日何以喜爲裁翦。」存古亦以幽默方式回應。		1.【清】李延昰：《南吳舊話錄》卷 16〈任誕〉，頁 15 下。	
341	286	10	夏存古	於庭前薙草遊玩，父友以言語戲之。		1.【清】李延昰：《南吳舊話錄》卷 18〈諧謔〉，頁 20 下～21 上。	
342	286	10	夏存古	勸告陸生勿詆松無賢士。		1.【清】李延昰：《南吳舊話錄》卷 5〈夙惠〉，頁 13 下～14 上。	
343	287	10	徐　釚(字電發)	早歲韶令，天姿英敏，年十二，和無題詩。		1.【清】王晫：《今世說》卷 5〈夙惠〉，頁 10 上。	《清史稿》〈文苑列傳一〉「陳維崧」有此人記載，無此事蹟。
344	288	10	徐闇公	七歲，族兄某寫蠻夷爲夷蠻，師呵之，公曰：「無害也。」		1.【清】李延昰：《南吳舊話錄》卷 15〈夙惠〉，頁 12 下。	
345	289	10	徐光	年十四爲人秫馬，時時書屋柱爲詩頌，不親爲馬事。		1.【明】徐象梅：《兩浙名賢錄》卷 8〈勤學〉，頁 27 下。	
346	290	10	徐羽儀	九歲，正色勸諫同舍生，自恨不足格友，爲之不食，同舍乃慚謝。		1.【清】王晫：《今世說》卷 3〈方正〉，頁 13 下。	
347	291	10	徐穉(徐孺子)	人語之：「若令月中無物，當極明邪？」答曰：「不然，譬如人眼中有瞳子，無此必不明。」	【宋】劉義慶：《世說新語》卷上之上〈言語〉，頁 13 下。	1.【明】王世貞：《世說新語補》卷 12〈夙惠〉，頁 17。 2.【明】李贄：《初潭集》卷 20〈師友十〉「少年」，頁 15 下。 3.【明】曹臣：《舌華錄》卷 1〈慧語〉，頁 4。 4.【明】徐象梅：《兩浙名賢錄》卷 9〈夙慧〉，頁 24 上。 5.【明】趙瑜：《兒世說》卷 1〈言語〉，頁 2 上。 6.【清】黃汝琳：《世說新語補》卷 12〈夙惠〉，頁 8 下。	《後漢書》有此人記載，但無此事蹟。

348	291	10	徐穉(徐孺子)	庭中有一木，郭林宗以爲不祥。對曰：「爲宅之法，正如方口，口中有人，囚字何殊？」		1.【明】馮夢龍：《古今談概》卷25〈塞語部〉「爲宅」，頁4上。	《後漢書》有此記載，但無此事蹟。	
349	292	10	徐敬業	十餘歲，英公認爲此兒相不善，將赤吾族。欲殺之，敬業屠馬腹伏其中火過浴血而立。		1.【明】孫能傳：《益智編》卷36〈人事類五〉「急難」，頁6上。 2.【明】樊玉衡：《智品》卷10〈具品〉，頁20上。 3.【明】馮夢龍：《智囊》卷13〈捷智部〉「靈變」，頁293～294。	《舊唐書》〈李勣列傳〉提及徐敬業，但無記載此事蹟。	
350	293	10	徐文定(徐光啓)	八歲，緣塔捕鴿爲樂，偶失足下墜，見者驚呼。公持鴿自若。		1.【清】李延昰：《南吳舊話錄》卷15〈夙惠〉，頁3下～4上。	《明史》〈徐光啓列傳〉有此人記載，但無此事蹟。	
351	294	10	徐文貞	父云：「父遠回、子遠迎，父子之恩天性也。」公曰：「君居上、臣居下，君臣之義人倫哉。」		1.【清】李延昰：《南吳舊話錄》卷15〈夙惠〉，頁4下。	《明史》有此人記載，無此事蹟。	
352	295	10	徐陵(徐孝穆)	僧寶誌摩其頂，曰：「天上石麒麟也。」	【宋】李垕：《南北史續世說》卷5〈夙慧〉，頁4下。	1.【明】何良俊：《何氏語林》卷15〈識鑒〉，頁19下。 2.【明】焦竑：《焦氏類林》卷4〈賞譽〉，頁16下。 3.【明】李贄：《初潭集》卷20〈師友十〉「少年」，頁18下。 4.【明】周應治：《霞外麈談》卷6〈清鑒〉，頁5。 5.【明】張墉：《二十一史識餘》卷9〈賞譽〉，頁19下。 6.【明】林茂桂：《南北朝新語》卷2〈夙慧〉，頁91下。 7.【明】江東偉：《芙蓉鏡寓言》二集〈夙惠〉，頁141。 8.【明】趙瑜：《兒世說》卷1〈異徵〉，頁13上。	《陳書》〈徐陵列傳〉 《南史》〈徐摛列傳〉	
353	295	10	徐陵(徐孝穆)	母夢五色雲化爲鳳凰集左肩，生陵；僧寶誌摩其頂，曰：「天上石麒麟也。」		1.【明】何良俊：《何氏語林》卷15〈識鑒〉，頁19下。 2.【明】張墉：《二十一史識餘》卷9〈賞譽〉，頁19下。	《陳書》〈徐陵列傳〉 《南史》〈徐摛列傳〉	

						3.【明】林茂桂：《南北朝新語》卷2〈夙慧〉，頁91下。		
354	295	10	徐陵(徐孝穆)	早慧，慧雲法師每嗟其早就，謂之顏回。		1.【明】何良俊：《何氏語林》卷22〈夙慧〉，頁6上。	《南史》〈徐摛列傳〉《陳書》〈徐陵列傳〉	
355	295	10	徐陵(徐孝穆)	目有青睛，時人以爲聰慧之相。		1.【明】何良俊：《何氏語林》卷22〈容止〉，頁27下。2.【明】張墉：《二十一史識餘》卷20〈容止〉，頁5下。	《南史》〈徐摛列傳〉《陳書》〈徐陵列傳〉	
356	296	10	徐之才	八歲，周捨戲曰：「不用心思義，而但事食乎。」答曰：「聖人虛其心實其腹。」	【宋】李垕：《南北史續世說》卷5〈夙慧〉，頁9。	1.【明】焦竑：《焦氏類林》卷4〈夙惠〉，頁30下。2.【明】李贄：《初潭集》卷20〈師友十〉「少年」，頁18上。3.【明】鄭仲夔：《清言》卷5〈夙惠〉，頁11上。4.【明】張墉：《二十一史識餘》卷20〈夙惠〉，頁19下。5.【明】林茂桂：《南北朝新語》卷2〈捷對〉，頁100上。6.【明】江東偉：《芙蓉鏡寓言》二集〈夙惠〉，頁142。	《北齊書》〈徐之才列傳〉《北史》〈藝術列傳下〉「徐謇」	
357	297	10	唐汝詢(唐仲言)	五歲喪明，聞兄師講誦，能默記。父授以經史，無不成誦。		1.【清】李延昰：《南吳舊話錄》卷17〈賞譽〉，頁17。		
358	297	10	唐汝詢(唐仲言)	五歲而瞽，聞人誦輒能記能解，以所記所解者出爲詩文，字音能析其義。		1.【清】李延昰：《南吳舊話錄》卷4〈才筆〉，頁21上。		
359	297	10	唐汝詢(唐仲言)	從父兄學，無不暗記，箋注唐詩，誦上林子虛，不遺一字。		1.【清】吳肅公：《明語林》卷3〈文學〉，頁12。		
360	298	10	荀愷	小而智，外祖父賞識之，候汝長大當共天下。		1.【明】徐象梅：《瑯環史唾》卷8〈藻鑒〉，頁1下。		
361	299	10	荀羨	七歲，陰白其母：「得一利刀子足以殺賊。」		1.【明】徐象梅：《瑯環史唾》卷9〈夙慧〉，頁24下。1.【明】趙瑜：《兒世說》卷1〈豪豪〉，頁13下。	《晉書》〈荀崧列傳〉	

362	300	10	荀爽	年十二通春秋論語，林喬見而稱之曰：「可爲人師。」		1.【明】徐象梅：《瑯環史唾》卷9（明經），頁2上。 2.【明】趙瑜：《兒世說》卷1〈師友〉，頁10上。	《後漢書》〈荀韓鍾陳列傳〉	
363	301	10	荀攸	年十三，攸祖曇卒，故吏求守曇墓，攸觀察其有非常之色，果亡命者。		1.【明】趙瑜：《兒世說》卷1〈膽識〉，頁8。	《三國志・魏書》〈魏書十〉「荀攸」	
364	302	10	荀子文	年十三，聰辨不群，人欲以其住所譏之，一番回應使對方無言以對。		1.【明】焦竑：《焦氏類林》卷4〈夙惠〉，頁26下～27上。 2.【明】李贄：《初潭集》卷20〈師友十〉「少年」，頁18。		
365	303	10	荀灌(荀崧之女)	年十三，率領將士討救兵，解救城困之危。		1.【明】張墉：《二十一史識餘》卷3〈夫婦〉，頁13上。	《晉書》〈列女列傳〉「荀崧小女灌」	
366	304	10	高歡(齊高祖神武帝)	出生，目有精光，長頭高顴，齒白如玉，所居白道南，數有赤光紫氣		1.【明】林茂桂：《南北朝新語》卷4〈異跡〉，頁102上。	《北齊書》〈帝紀〉「神武帝上」、《北史》〈齊本紀〉「高祖神武帝高歡」	
367	305	10	高洋(北齊文宣帝)	內明決而外如不慧。治亂絲，斬之，曰：「亂者必斬。」	【宋】李垕：《南北史續世說》卷4〈捷悟〉，頁31下。	1.【明】焦竑：《焦氏類林》卷5〈豪爽〉，頁6上。 2.【明】李贄：《初潭集》，卷5〈父子一〉「賢子」，頁15上。 3.【明】孫能傳：《益智編》卷34〈人事類三〉「幹辦」，頁6下。 4.【明】樊玉衡：《智品》卷5〈能品二〉，頁63下～64上。 5.【明】張墉：《二十一史識餘》卷1〈父子〉，頁7上。	《北齊書》〈帝紀〉「文宣帝」	
368	305	10	高洋(北齊文宣帝)	生時家徒四壁，數月未能言，突然能言。		1.【明】林茂桂：《南北朝新語》卷3〈宮闈〉，頁8下。	《北齊書》〈帝紀〉「文宣帝」、《北史》〈齊本紀〉「顯祖文宣帝高洋」	
369	306	10	北齊廢帝高殷	六歲時，初學反語於跡字。註云：「自反。」侍者未解，太子曰：「跡字足傍亦爲跡，豈非自反耶。」		1.【明】林茂桂：《南北朝新語》卷2〈夙慧〉，頁88上。	《北齊書》〈廢帝紀〉《北史》〈齊本紀中〉「廢帝高殷」	

370	307	10	南陽王高緯	十餘歲，愛波斯狗，恣情強暴，曰：「吾學文宣伯為人。」。		1.【明】林茂桂：《南北朝新語》卷4〈誕傲〉，頁15上。	《北齊書》〈武成十二王列傳〉「南陽王綽」	
371	308	10	安德王高延宗	為文宣所養，年十二，騎置腹上，令溺巳臍中。		1.【明】林茂桂：《南北朝新語》卷4〈仵侮〉，頁9下。	《北齊書》〈文襄六王列傳〉「安德王延宗」、《北史》〈齊宗室諸王列傳下〉「文襄諸子」	
372	309	10	高定	讀尚書至湯誓，問父：「奈何以臣伐君？」父答：「應天順人。」又問：「用命賞於祖，不用命戮於社，豈是順人。」父不能答。	【宋】孔平仲：《續世說》卷4〈夙慧〉，頁10上。 【宋】王讜：《唐語林》卷1〈言語〉，頁14。	1.【明】何良俊：《何氏語林》卷22〈夙慧〉，頁11上。 2.【明】王世貞：《世說新語補》卷12〈夙惠〉，頁26。 3.【明】焦竑：《焦氏類林》卷4〈夙惠〉，頁31。 4.【明】李贄：《初潭集》卷7〈父子三〉「慧子」，頁5下～6上。 5.【明】曹臣：《舌華錄》卷8〈辯語〉，頁2上。 6.【明】馮夢龍：《古今譚槩》卷25〈塞語部〉，頁10上。 7.【明】馮夢龍：《智囊》卷15〈捷智部〉「敏悟」，頁323。 8.【清】黃汝琳：《世說新語補》卷12〈夙惠〉，頁13上。	《舊唐書》〈高郢列傳〉、《新唐書》〈高郢列傳〉	
373	310	10	高昂	幼時有壯氣，每言：「男兒當橫行天下，自取富貴。」其父曰：「此兒不滅吾族，當大吾門。」	【宋】李垕：《南北史續世說》卷5〈豪爽〉，頁13上。	1.【明】焦竑：《焦氏類林》卷5〈豪爽〉，頁6下。 2.【明】李贄：《初潭集》卷17〈師友七〉「豪客」，頁29下～30上。 3.【明】林茂桂：《南北朝新語》卷3〈豪爽〉，頁53。	《北齊書》〈高乾列傳〉、《北史》〈高祐列傳〉	
374	311	10	高則成	以「落湯蝦子著紅衫，鞠躬如也。」回應尚書戲言：「出水蛙兒穿綠襖，美目盼兮。」		1.【明】馮夢龍：《古今譚槩》卷29〈談資部〉，頁8下。		
375	312	10	高琳(字季珉)	母撿回彩石，夜夢有人告知彩石為精，持之必生子，遂生高琳。		1.【明】林茂桂：《南北朝新語》卷4〈異跡〉，頁104下。	《周書》〈高琳列傳〉《北史》〈高琳列傳〉	

376	313	10	高允(字伯恭)	崔宏曰:「高子黃中內潤文明外照,必爲一代偉器。」	【宋】李垕:《南北史續世說》卷5〈夙慧〉,頁5下~6上。	1.【明】何良俊:《何氏語林》卷17〈賞譽下〉,頁1下。 2.【明】林茂桂:《南北朝新語》卷2〈標譽〉,頁35下。	《魏書》〈高允列傳〉、《北史》〈高允列傳〉	
377	314	10	袁君正(字世忠)	年數歲,父疾,晝夜不眠,家人勸其暫休,答曰:「患未瘳,眠亦不安。」	【宋】孔平仲:《續世說》卷4〈夙慧〉,頁8上。	1.【明】何良俊:《何氏語林》卷22〈夙慧〉,頁6下。 2.【明】焦竑:《焦氏類林》卷4〈夙惠〉,頁31上。 3.【明】林茂桂:《南北朝新語》卷1〈孝友〉,頁1。 4.【明】趙瑜:《兒世說》卷1〈至性〉,頁6上。	《南史》〈袁湛列傳〉	
378	315	10	袁憲(字德章)	被召爲正言生祭酒,到溉目送之,愛其神采。		1.【明】林茂桂:《南北朝新語》卷2〈姿儀〉,頁113上。	《陳書》〈袁憲列傳〉、《南史》〈袁湛列傳〉	
379	315	10	袁憲(字德章)	被召爲正言生,講座內不怯場,數難終不能屈。	【宋】李垕:《南北史續世說》卷5〈夙慧〉,頁3。	1.【明】李贄:《初潭集》卷20〈師友十〉「少年」,頁19。 2.【明】張墉:《二十一史識餘》卷14〈文學上〉,頁20下。 3.【明】林茂桂:《南北朝新語》卷2〈品鑒〉,頁7上。	《陳書》〈袁憲列傳〉、《南史》〈袁湛列傳〉	
380	315	10	袁憲(字德章)	趙知禮曰:「袁生舉止詳中,故有陳汝之風。」		1.【明】何良俊:《何氏語林》卷16〈賞譽上〉,頁25。 2.【明】王世貞:《世說新語補》卷10〈賞譽下〉,頁9上。	《南史》〈袁湛列傳〉	
381	316	10	袁憨孫	少好學,有清才,叔父曰:「我門不乏賢,憨孫必當復三公。」	【宋】李垕:《南北史續世說》卷5〈夙慧〉,頁3上。		《南史》〈袁湛列傳〉	
382	317	10	袁充	充初衣葛衫,客戲之:「袁郎子絺兮綌兮,淒其以風。」對曰:「爲絺與綌,服之無斁。」	【宋】孔平仲:《續世說》卷4〈捷悟〉,頁12。 【宋】李垕:《南北史續世說》卷5〈夙慧〉,頁8下。	1.【明】焦竑:《焦氏類林》卷4〈夙惠〉,頁30下~31上。 2.【明】徐象梅:《瑯環史唾》卷9〈夙慧〉,頁25上。 3.【明】張墉:《二十一史識餘》卷20〈夙惠〉,頁19。 4.【明】江東偉:《芙蓉鏡寓言》二集〈夙惠〉,頁141。	《隋書》〈袁充列傳〉、《北史》〈袁充列傳〉	

383	318	10	袁履善(字太沖)	與群兒戲，自稱小相公。彭公戲曰：「願爲小相。」袁曰：「竊比老彭。」		1.【明】曹臣：《舌華錄》卷 8〈穎語〉，頁 14 下。 2.【明】馮夢龍：《古今譚概》卷 28〈巧言部〉，頁 11 上。 3.【明】張岱：《快園道古》卷 5〈夙慧部〉，頁 67。 4.【清】李延昰：《南吳舊話錄》卷 15〈夙慧〉，頁 5。		
384	319	10	孫叔敖	兒時見兩頭蛇埋之。		1.【明】李贄：《初潭集》卷 20〈師友十〉「少年」，頁 15。	《史記》〈循吏列傳〉有此人記載，無此事蹟。	
385	320	10	孫雲鳳	八歲，父拈毛詩「關關雎鳩」，應聲曰「嗈嗈鳴雁」。		1.【清】嚴蘅：《女世說》，頁 4 下。		
386	321	10	孫詩樵	童年作秋闈怨一絕。		1.【清】王用臣：《斯陶說林》卷 4〈文藝上〉，頁 47。		
387	322	10	孫駒	莫雲卿云：「駒齒未落而標追風之質。」駒曰：「龍文未具何敢邀譽長者。」		1.【清】李延昰：《南吳舊話錄》卷 15〈夙慧〉，頁 3 上。		
388	323	10	孫逖	年十五，崔日用輕視之，令爲土火爐賦，握翰即成，二人結爲忘年之交。	【宋】孔平仲：《續世說》卷 4〈捷悟〉，頁 12 上。		《舊唐書》〈文苑列傳中〉「孫逖」、《新唐書》〈文藝列傳中〉「孫逖」	
389	324	10	孫承恩	五歲，吳一齋以紅燭試破，答曰：「色似朝霞，光同夜月。」		1.【明】李紹文：《皇明世說新語》卷 5〈夙慧〉，頁 5 下。 2.【清】梁維樞：《玉劍尊聞》卷 7〈夙惠〉，頁 27。 3.【清】李延昰：《南吳舊話錄》卷 15〈夙慧〉，頁 2 下。	《明史》有此人，無此事蹟記載。	
390	325	10	孫周翰	眾人簪花，侯曰：「口吹楊柳成新曲。」對曰：「頭戴花枝學後生。」		1.【明】馮夢龍：《古今譚概》卷 12〈矜嫚部〉，頁 16 下。		
391	326	10	孫策	十四歲，詣袁術，劉豫州來，求去。袁曰：「劉豫洲何若？」答曰：「英雄忌人。」		1.【明】何良俊：《何氏語林》卷 22〈夙慧〉，頁 3 上。 2.【明】王世貞：《世說新語補》卷 12〈夙慧〉，頁 19 下。		

						3.【明】李贄：《初潭集》卷 20〈師友十〉「少年」，頁 16 上。	
						4.【明】江東偉：《芙蓉鏡寓言》二集〈夙惠〉，頁 140。	
						5.【清】黃汝琳：《世說新語補》卷 12〈夙惠〉，頁 9 下。	
392	327	10	孫思邈	七歲就學，日諷千言。	1.【唐】劉肅：《大唐新語》卷 10〈隱逸〉，頁 110～111。 2.【宋】孔平仲：《續世說》卷 4〈夙慧〉，頁 10 上。	1.【明】何良俊：《何氏語林》卷 22〈夙慧〉，頁 8 下。	《舊唐書》〈方伎列傳〉「孫思邈」
393	328	10	寇萊公	七歲詠華山詩，師謂其不凡。		1.【清】黃汝琳：《世說新語補》卷 12〈夙惠〉，頁 14 上。	
394	329	10	寇儁	幼有識量，廉恕不以財利爲心。賣物予人，利得絹一匹，訪其主還之。		1.【明】呂純如：《學古適用編》卷 89〈先輩典型〉，頁 4 下～5 上。 2.【明】林茂桂：《南北朝新語》卷 1〈清介〉，頁 55 上。	《周書》〈寇儁列傳〉 《北史》〈寇讚列傳〉
395	330	10	班固(自孟堅)	王仲任曰：「此兒必爲天下知名。」		1.【明】焦竑：《焦氏類林》卷 4〈賞譽〉，頁 10 上。 2.【明】鄭仲夔：《清言》卷 4〈識鑒〉，頁 5 下。	
396	331	10	索琳(索綝)	父曰：「吾兒廊廟之才，州郡吏不足污吾兒也。」		1.【明】張墉：《二十一史識餘》卷 1〈父子〉，頁 5 上。 2.【明】趙瑜：《兒世說》卷 1〈賞譽〉，頁 12 上。	《晉書》〈索靖傳〉	《二十一史識餘》作「索綝」
397	332	10	趙贊	五歲，默唸論語、孝經，舉童子於汴州。	【宋】孔平仲：《續世說》卷 4〈夙慧〉，頁 10 下～11 上。		《舊五代史·唐書》〈明宗本紀六〉「天成四年」
398	333	10	原穀	父母欲棄年老祖父母，原穀將凶具攜回，感悟父母。		1.【明】孫能傳：《益智編》卷 30〈說詞類三〉「善諫」，頁 4 上。	
399	334	10	奚時亨	九歲就外傅，救濟婦人。父親喜曰：「此兒勝我。」		1.【清】李延昰：《南吳舊話錄》卷 9〈陰德〉，頁 2。	
400	335	10	師逵(字九達)	年十三，母思食藤花菜，至城外二十五里得之。回程遇虎，捨之而去。		1.【清】吳肅公：《明語林》卷 1〈德行上〉，頁 8 上。	《明史》〈師逵列傳〉

401	336	10	晏元獻	童子時，張文節推薦於朝，命就試，試題十日前以作，請求別命題。		1.【明】呂純如：《學古適用編》卷76〈勿欺是事君第一義〉，頁5。		
402	337	10	員俶	能言佛道孔子，九歲升坐，詞辯注射，帝異之。		1.【明】李贄：《初潭集》卷20〈師友十〉「少年」，頁19下～20上。	《新唐書》〈李泌列傳〉	
403	338	10	息香(楊香)	年十四，打虎救父。		1.【明】徐象梅：《瑯嬛史唾》卷3〈孝敬〉，頁23下。 2.【明】趙瑜：《兒世說》卷1〈至性〉，頁7下。	。	《瑯嬛史唾》記爲息香，《兒世說》記爲楊香。
404	339	11	梁小玉	七歲賦落花詩，八歲摹大令書。		1.【清】嚴衡：《女世說》，頁4上。		
405	340	11	梁彥光	七歲，求紫石英治父病，忽於園中得之，人以爲至情所感。	【宋】李垕：《南北史續世說》卷10〈感動〉，頁20下。	1.【明】林茂桂：《南北朝新語》卷1〈孝友〉，頁3下。	《隋書》〈循吏列傳〉「梁彥光」、《北史》〈循吏列傳〉「梁彥光」	
406	341	11	梁元	五歲，帝問所讀書，對曰：「曲禮。」使誦之，即誦上篇。	【宋】李垕：《南北史續世說》卷5〈夙慧〉，頁1上。		《梁書》〈元帝本紀〉、《南史》〈梁本紀第八〉「元帝」	
407	342	11	梁鴻(梁伯鸞)	不與人同食，比舍炊已，呼伯鸞及熱釜炊，伯鸞曰：「童子鴻不因人熱者也」，滅灶更燃之。		1.【明】何良俊：《何氏語林》卷1〈德行上〉，頁4下。 2.【明】王世貞：《世說新語補》卷1〈德行上〉，頁2下～3上。 3.【明】焦竑：《焦氏類林》卷2〈長厚〉，頁18下。 4.【明】李贄：《初潭集》卷20〈師友十〉「少年」，頁15下。 5.【明】曹臣：《舌華錄》卷2〈狂語〉，頁12。 6.【明】樊玉衡：《智品》卷8〈雅品一〉，頁32下～33上。 7.【明】馮夢龍：《古今譚槩》卷1〈迂腐部〉，頁24下。 8.【明】馬嘉松：《十可篇》卷3〈可快〉，頁52下。 9.【清】黃汝琳：《世說新語補》卷1〈德行上〉，頁1下。	《後漢書》〈逸民列傳〉「梁鴻」有此人記載，無此事蹟。	

408	343	11	常添壽	宰相程輝書「醫非細事」四字，添壽塗去「細」字改「相」字。		1.【明】張爌：《二十一史識餘》卷20〈夙惠〉，頁21上。 2.【明】江東偉：《芙蓉鏡寓言》二集〈夙惠〉，頁145。	《金史》〈程輝列傳〉	
409	344	11	常敬忠	十五明經擢第，數年遍誦五經。上書自舉。	【宋】王讜：《唐語林》卷3〈夙慧〉，頁92。			
410	345	11	常義	生而能言。		1.【明】徐象梅：《瑯嬛史唾》卷1〈后瑞〉，頁8上。		
411	346	11	陶文僖	塾師規定夏不得揮扇等，文僖安之。		1.【清】吳肅公：《明語林》卷9〈夙惠〉，頁4上。		
412	347	11	陶成	性至巧，嘗見銀工製器，效之，即出其右。		1.【明】馮夢龍：《古今譚槩》卷11〈佻達部〉，頁13上。		
413	348	11	陶弘景(字通明)	四歲，以荻為筆畫灰中學書。		1.【明】趙瑜：《兒世說》卷1〈文學〉，頁5下。	《南史》〈隱逸列傳下〉「陶弘景」	
414	348	11	陶弘景(字通明)	幼有異操，十歲得葛洪神仙傳，晝夜研究，有養生之志。	1.【宋】孔平仲：《續世說》卷8〈棲逸〉，頁3。 2.【宋】李垕：《南北史續世說》卷6〈棲逸〉，頁4下～5上。	1.【明】何良俊：《何氏語林》卷8〈文學中〉，頁4下。 2.【明】王世貞：《世說新語補》卷14〈棲逸〉，頁20下。 3.【明】焦竑：《焦氏類林》卷8〈仙宗〉，頁5下。 4.【明】江東偉：《芙蓉鏡寓言》三集〈栖逸〉，頁175。 5.【明】江東偉：《芙蓉鏡寓言》一集〈文學〉，頁62。 6.【清】黃汝琳：《世說新語補》卷14〈棲逸〉，頁9。	《梁書》〈處士列傳〉「陶弘景」 《南史》〈隱逸列傳下〉「陶弘景」	
415	349	11	陶庵	以「榴花似火不生烟」，應對「荷葉如盤難貯水」。		1.【明】張岱：《快園道古》卷5〈夙慧部〉，頁69～70。		
416	349	11	陶庵	以「眉公跨鹿，錢塘縣裡打秋風」，回應「太白騎鯨，采石江邊撈夜月」。		1.【明】張岱：《快園道古》卷5〈夙慧部〉，頁70。		
417	349	11	陶庵	以筆中花朵夢將來」回應「畫裡仙桃摘不下」。		1.【明】張岱：《快園道古》卷5〈夙慧部〉，頁69。		

418	350	11	陶淡(字處靜)	十五歲，服食絕穀，家累千金，終日端拱，絕不婚宦。		1.【明】何良俊：《何氏語林》卷20〈棲逸〉，頁5下。	《晉書》〈隱逸列傳〉「陶淡」	
419	351	11	陶季直	四歲，祖父以四函銀至於前，季直獨不取，曰：「若有賜當先父伯，不應度及諸孫。」	【宋】孔平仲：《續世說》卷4〈夙慧〉，頁8下。	1.【明】焦竑：《焦氏類林》卷4〈夙惠〉，頁29上。 2.【明】李贄：《初潭集》卷7〈父子三〉「慧子」，頁7上。 3.【明】張墉：《二十一史識餘》卷20〈夙惠〉，頁15下。 4.【明】趙瑜：《兒世說》卷1〈恬裕〉，頁8下～9上。	《梁書》〈止足列傳〉「陶季直」、《南史》〈孝義列傳下〉「陶季直」	
420	352	11	曹濮陽	父偶見案頭有邀博飲訂之事，大怒。濮陽曰：「博我以文，先作文而後飲酒耳。」父轉背，解顏而出。		1.【清】李延昰：《南吳舊話錄》卷15〈夙惠〉，頁9上。		
421	353	11	曹沖	五、六歲，秤象事件。		1.【明】焦竑：《焦氏類林》卷4〈夙惠〉，頁27下。 2.【明】李贄：《初潭集》卷7〈父子三〉「慧子」，頁3上。 3.【明】孫能傳：《益智編》卷34〈人事類三〉「遙慧」，頁2上。 4.【明】呂純如：《學古適用編》卷77〈集事在於用智〉，頁5上。 5.【明】張墉：《二十一史識餘》卷20〈夙惠〉，頁13下。 6.【明】馮夢龍：《智囊》卷18〈術智部〉「權奇」，頁399。 7.【明】馮夢龍：《智囊》卷15〈捷智部〉「敏悟」，頁324。	《三國志‧魏書》〈魏書二十〉「鄧哀王沖」	
422	353	11	曹沖	曹操馬鞍爲鼠囓，吏懼，沖以刀穿單衣如鼠齧，遂解吏之危。		1.【明】呂純如：《學古適用編》卷77〈集事在於用智〉，頁5。 2.【明】張墉：《二十一史識餘》卷20〈夙惠〉，頁13下～14上。	《三國志‧魏書》〈魏書二十〉「鄧哀王沖」	

423	354	11	曹彬	抓周，左手提干戈，右手取俎豆，斯須取一印，餘無所視。		1.【明】趙瑜：《兒世說》卷1〈將略〉，頁14上。	《宋史》〈曹彬列傳〉	
424	355	11	郭太(字林宗)	年十四，母使給事縣庭，對曰：「大丈夫安能斗筲之役。」		1.【明】趙瑜：《兒世說》卷1〈言志〉，頁10下。	《後漢書》〈郭符許列傳〉「郭太」	「郭泰」疑誤，應是「郭太」
425	356	11	郭亮	成童，上書乞收師李固之屍體。		1.【明】張墉：《二十一史識餘》卷20〈夙惠〉，頁12。	《後漢書》〈李杜列傳〉「李固」	
426	357	11	庾杲之	幼有孝行，宋司空劉勔奇之，曰：「見卿足使江漢崇望杞梓發聲。」		1.【明】徐象梅：《瑯環史唾》卷8〈賞譽〉，頁9下～10上。 2.【明】張墉：《二十一史識餘》卷9〈賞譽〉，頁18下。	《南史》〈庾杲之列傳〉	
427	358	11	庾會(庾亮之子)	數歲，溫太眞隱幔恓之，此兒神色怡然。	【南朝宋】劉義慶：《世說新語》卷中之上〈雅量〉，頁21下～22上。	1.【明】王世貞：《世說新語補》卷7〈雅量上〉，頁26上。 2.【明】李贄：《初潭集》卷5〈父子一〉「賢子」，頁12下。 2.【清】黃汝琳：《世說新語補》卷7〈雅量上〉，頁11上。		
428	359	11	庾子輿(字孝卿)	五歲讀孝經手不釋卷，認爲「孝者，德之本」。	【宋】李畳：《南北史續世說》卷2〈文學〉，頁31上。	1.【明】焦竑：《焦氏類林》卷3〈文學〉，頁24下。 2.【明】李贄：《初潭集》卷12〈師友二〉「六經子史」，頁16下。 3.【明】徐象梅：《瑯嬛史唾》卷9〈明經〉，頁3下。 4.【明】江東偉：《芙蓉鏡寓言》一集〈文學〉，頁62。 5.【明】趙瑜：《兒世說》卷1〈文學〉，頁3。	《南史》〈庾域列傳〉	
429	360	11	崔涓	俊爽強記。剛到郡，不認識諸使，以紙寫名貼於胸前。	【宋】王讜：《唐語林》卷3〈夙慧〉，頁92～93。			
430	361	11	崔緇郎	相國之子，七歲，僧掌其頰曰：「既愛官，何不食肉？」自此方味葷血。	【宋】王讜：《唐語林》，卷3〈夙慧〉，頁94。			

431	362	11	崔子約	五歲喪父不肯食肉，喪母哀毀骨立，人云：「崔九作孝，風吹即倒。」	【宋】李垕：《南北史續世說》卷1〈德行〉，頁8上。	1.【明】徐象梅：《瑯嬛史唾》卷8〈賞譽〉，頁10上。 2.【明】林茂桂：《南北朝新語》卷1〈孝友〉，頁4上。	《北史》〈崔逞列傳〉	
432	363	11	崔英	苻堅殿上臥，眾人皆趨，英獨緩步，乃因「陛下非桀紂」，無需畏懼。		1.【明】鄭仲夔：《清言》卷5〈夙惠〉，頁10下。		
433	364	11	崔琰（季珪)	九歲應秀才舉，陳元方嫌其幼，琰機智應答。		1.【明】馮夢龍：《古今譚槩》卷24〈酬嘲部〉，頁17上。	《三國志‧魏書》有此人傳記，無此事蹟。	
434	365	11	崔宏	「冀州神童」。人稱其有「王佐之才」。		1.【明】林茂桂：《南北朝新語》卷2〈標譽〉，頁32。	《北史》〈崔宏列傳〉 《魏書》〈崔玄伯列傳〉	
435	366	11	崔瞻	李神儁無子，見崔瞻，歎曰爲後生第一。	【宋】孔平仲：《續世說》卷7〈企羨〉，頁3上。 【宋】李垕：《南北史續世說》卷5〈夙慧〉，頁5下。	1.【明】何良俊：《何氏語林》卷24〈企羨〉，頁6上。 2.【明】李贄：《初潭集》，卷8〈父子四〉「喪子」，頁3上。 3.【明】林茂桂：《南北朝新語》卷2〈標譽〉，頁33上。	《北史》〈崔逞列傳〉	
436	367	11	崔亮	年十歲，傭書自業，不願意獨飽。		1.【明】張墉：《二十一史識餘》卷20〈夙惠〉，頁20下。	《北史》〈崔亮列傳〉、《魏書》〈崔亮列傳〉	
437	368	11	許儷瓊	十二歲作鸚鵡賦。		1.【清】嚴蘅：《女世說》，頁8上。		
438	369	11	許蘭雪	七歲能詩，嘗作「廣寒宮玉樓上梁」流傳中國。		1.【清】嚴蘅：《女世說》，頁10上。		
439	370	11	許彝千	從祖原孝索冠見之，曰：「此子是許氏南來之秀。」		1.【清】官偉鏐：《庭聞州世說》卷3「陳藍臺」，頁50下～51上。 2.【清】王晫：《今世說》卷4〈賞譽〉，頁14上。		
440	370	11	許彝千	每臥聽父親讀書，且輒默誦。父曰：「兒臥時乃過我醒時。」		1.【清】王晫：《今世說》卷5〈夙惠〉，頁11上。		
441	371	11	許劭(字子將)	十許歲，謝子微稱其：「此乃希世之偉人。」		1.【清】王晫：《今世說》卷4〈賞譽〉，頁135。	《三國志‧魏書》〈和洽列傳〉	
442	372	11	許衡	少時，有梨，眾爭之，非其有而取之，不可。		1.【明】江東偉：《芙蓉鏡寓言》二集〈方正〉，頁77。	《元史》〈許衡列傳〉	

443	372	11	許衡	七歲受書，問師讀書何爲？師曰:「取科第耳。」對曰:「如斯而已乎？」		1.【明】江東偉:《芙蓉鏡寓言》二集〈夙惠〉，頁 145。	《元史》〈許衡列傳〉	
444	373	11	章谷(章言)	熟師外出，朋友來訪，群兒記不得朋友姓氏，章以筆狀其顴頷鬚眉。		1.【清】王晫:《今世說》，卷 5〈夙惠〉，頁 11 下～12 上。		
445	374	11	章中丞	九歲，中丞以三國志注爲據，指「某甲」非妄作。		1.【清】李延昰:《南吳舊話錄》，卷 15〈夙惠〉，頁 10。		
446	375	11	張興師	幼時，假傳父親處分鞭笞門僧，曰:「想其向來隱惡不少。」		1.【明】徐象梅:《瑯嬛史唾》卷 15〈權譎〉，頁 22。		
447	376	11	張志和	母親夢楓生腹上而產。		1.【明】李贄:《初潭集》，卷 16〈師友六〉「隱逸」，頁 19 上。		
448	377	11	張敬兒	於田中臥，夢有角之犬子舐之，有娠而生敬兒。		1.【明】林茂桂:《南北朝新語》卷 4〈異跡〉，頁 109 上。	《南史》〈張敬兒列傳〉	
449	378	11	張槃	口授書即了了常。雞鳴忽呼母，才讀書便曉此道理。		1.【清】吳肅公:《明語林》卷 9〈夙惠〉，頁 2 下。		
450	379	11	張湯	鼠盜肉，父怒笞湯。湯掘窟得盜鼠及餘肉，書寫狀詞陳之，其筆法如老獄吏。		1.【明】張墉:《二十一史識餘》卷 20〈夙惠〉，頁 11 下。	《史記》〈酷吏列傳〉 《漢書》〈張湯列傳〉	
451	380	11	張元	祖父欲將元就井浴，對曰:「不能褻露其體於白日之下。」		1.【明】張墉:《二十一史識餘》卷 20〈夙惠〉，頁 18 下。 2.【明】趙瑜:《兒世說》卷 1〈方正〉，頁 10 上	《周書》〈孝義列傳〉「張元」	
452	380	11	張元	祖父欲將元就井浴，對曰:「不能褻露其體於白日之下。」將所得杏歸還其主。		1.【明】林茂桂:《南北朝新語》卷 1〈清介〉，頁 49 下。	《周書》〈孝義列傳〉「張元」、《北史》〈孝行列傳〉「張元」	
453	380	11	張元	六歲，杏樹多落園中，諸兒競取，元將所拾者送還其主。	【宋】李垕:《南北史續世說》卷 5〈夙慧〉，頁 9 上。		《周書》〈孝義列傳〉「張元」、《北史》〈孝行列傳〉「張元」	
454	381	11	張元楨	七歲能屬文，請君王讀太極圖、西銘諸書。		1.【明】焦竑:《玉堂叢語》卷 3〈講讀〉，頁 10 下。	《明史》〈張元禎列傳〉	
455	382	11	張陟	舉日試萬言，時號「張萬言」。	【宋】王讜:《唐語林》卷 3〈夙慧〉，頁 92。		《舊唐書》〈張涉列傳〉	

456	383	11	張策(字少逸)	父獲得一鼎，策以年號推論鼎文爲謬，取魏志檢驗，果如其所言。	【宋】孔平仲：《續世說》卷4〈捷悟〉，頁12下。	1.【明】何良俊：《何氏語林》卷21〈捷悟〉，頁6下。 2.【明】孫能傳：《益智編》卷34〈人事類三〉「蚤慧」，頁3。 3.【明】張墉：《二十一史識餘》卷14〈文學上〉，頁23下。	《舊五代史・梁書》〈張策列傳〉《新五代史》〈唐六臣傳〉「張策」	
457	384	11	張方平(字安道)	家貧無書，與人借三史，得其詳。		1.【明】徐象梅：《耶環史唾》卷14〈強識〉，頁8上。	《宋史》〈張方平列傳〉	
458	385	11	張英	巡案王賜谷以墊卓爲題，命英作一破；應聲對答，王極稱賞。		1.【清】王用臣：《斯陶說林》，卷5〈文藝下〉，頁1下。		
459	386	11	張居正(張江陵)	七、八歲，舉止不凡，以子曰二字爲題賦詩。		1.【清】梁維樞：《玉劍尊聞》卷5〈識鑒〉，頁14下。 2.【清】吳肅公：《明語林》，卷9〈夙惠〉，頁4下。	《明史》〈張居正列傳〉	
460	386	11	張居正(張江陵)	以「潛龍奮起，九天雷雨即時來」，應對「雛鶴學飛，萬里風雲從此始」。		1.【明】丁元薦：《西山日記》卷上〈神識〉，頁2上。 2.【明】張岱：《快園道古》卷5〈夙慧部〉，頁68。 3.【清】王用臣：《斯陶說林》卷2〈軼事上〉，頁15下。		
461	387	11	張寧	七歲題畫龍，云莫點睛，恐飛去。		1.【明】李紹文：《皇明世說新語》卷5〈夙惠〉，頁3下。		
462	388	11	張聖清	生秀慧，弱不勝衣，十齡誦詩，十二嫻經術，補諸生高等，早夭。		1.【清】李延昰：《南吳舊話錄，卷14〈闊逸〉，頁8下～9上。 2.【清】李延昰：《南吳舊話錄》，卷17〈賞譽〉，頁22上。		
463	389	11	張莊懿公子昱	中表顧姓者曰：「顧陸朱張三國時四姓最盛，張爲殿。」昱曰：「君家先世以樸雅取重，兄奈何顛倒脣吻。」		1.【清】李延昰：《南吳舊話錄》，卷15〈夙惠〉，頁1下。		
464	390	11	張欣泰	好隸書，讀子史。年十餘，問弓馬多少，曰：「性怯畏馬，無力牽弓。」	【宋】李垕：《南北史續世說》卷5〈夙慧〉，頁2下～3上。	1.【明】林茂桂：《南北朝新語》卷3〈豪爽〉，頁51上。	《南齊書》〈張欣泰列傳〉《南史》〈張興世列傳〉	

465	391	11	張霸(字伯饒)	七歲通春秋，復進餘書，父母曰：「汝小未能也。」霸曰：「我饒爲之。」		1.【明】徐象梅：《瑯嬛史唾》卷9〈夙慧〉，頁24上。 2.【明】張墉：《二十一史識餘》卷20〈夙慧〉，頁13上。	《後漢書》〈鄭范陳賈張列傳〉「張霸」
466	392	11	張潛(字仲升)	幼有志節，慕荊軻、聶政爲人。		1.【明】徐象梅：《瑯嬛史唾》卷14〈折節〉，頁16上。	《金史》〈隱逸列傳〉「張潛」
467	393	11	張廷臣	有塾客邀遊西湖，一吏主飲具，廷臣認爲此人必有問題，果侵车被訐者		1.【清】吳肅公：《明語林》，卷9〈夙慧〉，頁4下。	
468	394	11	張吳興(張玄祖)	齯齒，人戲曰：「君口何爲開狗竇？」對曰：「正使君輩從此中出入。」	【南朝宋】劉義慶：《世說新語》卷下之下〈排調〉，頁6下。	1.【明】王世貞：《世說新語補》卷18〈排調下〉，頁10下。 2.【明】李贄：《初潭集》卷20〈師友十〉「少年」，頁17。 3.【明】曹臣：《舌華錄》卷4〈諧語〉，頁15上。 4.【明】徐象梅：《瑯嬛史唾》卷9〈夙慧〉，頁26下。 5.【明】馮夢龍：《古今譚槩》卷24〈酬嘲部〉，頁15上。 6.【明】趙瑜：《兒世說》卷1〈排調〉，頁2下～3上。 7.【清】黃汝琳：《世說新語補》卷12〈夙惠〉，頁11上。	《南齊書》有此人記載，但無此事蹟。 《兒世說》作「張玄之」
469	395	11	張率	十二能屬文，與陸倕同載詣沈約，約語任昉：「此二子後進才秀皆南金也。」		1.【明】何良俊：《何氏語林》卷16〈賞譽上〉，頁23下。 2.【明】林茂桂：《南北朝新語》卷2〈標譽〉，頁28上。	《南史》〈張率列傳〉 《梁書》〈張率列傳〉
470	396	11	張憑	張蒼梧（憑祖）謂憑父曰：「我不如汝。」憑父未解。蒼梧曰：「汝有佳兒。」張憑年數歲,曰：「阿翁詎宜以子戲父。」	【南朝宋】劉義慶：《世說新語》卷下之下〈排調〉，頁8上。	1.【明】王世貞：《世說新語補》卷18〈排調下〉,頁7。 2.【明】李贄：《初潭集》卷7〈父子〉「慧子」，頁5下。 3.【明】曹臣：《舌華錄》卷3〈冷語〉，頁8上。	《晉書》〈張憑列傳〉

					4.【明】徐象梅:《瑯嬛史唾》卷 7〈嚴峻下〉,頁 8 上。 5.【明】黃汝琳:《世說新語補》卷 12〈夙惠〉,頁 11 下～12 上。		
471	397	11	張敷華	七歲,里社有竹木之崇,指揮群兒砍樹,破除迷信。		1.【明】李紹文:《皇明世說新語》卷 5〈夙惠〉,頁 3 下。 2.【明】鄭仲夔:《清言》卷 5〈夙惠〉,頁 12 下。 3.【明】呂純如:《學古適用編》卷 39〈濟大事以膽〉,頁 154。 4.【明】江東偉:《芙蓉鏡寓言》二集〈夙惠〉,頁 146。	《明史》〈張敷華列傳〉
472	398	11	張九成	八歲,默誦六經通大旨,父客試之,答如響,眾人嘆爲奇童。	【唐】張鷟:《朝野僉載》卷 3,頁 31～32。 【宋】孔平仲:《續世說》卷 2〈文學〉,頁 12 上。	1.【明】趙瑜:《兒世說》卷 1〈異徵〉,頁 12 下。	《宋史》有此人記載,無此事蹟。
473	399	11	張鷟(字文成)	五歲夢大鳥五采降於家,人賞曰:「此生天下無雙矣」。		1.【明】焦竑:《焦氏類林》卷 1〈父子〉,頁 27 上。 2.【明】李贄:《初潭集》卷 6〈父子二〉「孝子」,頁 7 上。 3.【明】林茂桂:《南北朝新語》卷 1〈孝友〉,頁 1 下～2 上。	《舊唐書》〈張薦列傳〉《新唐書》〈張薦列傳〉
474	400	11	張敷	數歲求母遺物,得一扇,流涕。		1.【明】何良俊:《何氏語林》卷 12〈方正〉,頁 11 下～12 上。	《宋書》〈張敷列傳〉
475	401	11	陸績	小時,在孫討逆坐,大人認爲需以武定天下,公紀大聲言出自己看法。		1.【清】李延昰:《南吳舊話錄》卷 1〈孝友〉,頁 16 上～17 上。	
476	402	11	陸中丞(陸樹德,字與成)	父手錢一緡納其袖,曰:「與兒作美食。」已而具美食,輒歸奉贈父。		1.【明】徐象梅:《瑯嬛史唾》卷 9〈夙慧〉,頁 25 下。	《明史》〈陸樹德列傳〉有其人記載,無此事蹟。
477	403	11	陸畢	小時候學棊無局,乃破荻爲片,縱橫以爲棊局。		1.【清】李延昰:《南吳舊話錄》卷 15〈夙惠〉,頁 9。	《南史》〈齊武帝諸子下〉「武陵昭王曄」	疑誤!史書記載爲「武陵昭王曄」

478	404	11	陸伯達	舞象時，平泉公讀杜子美詩，提出不同觀點。		1.【明】張岱：《快園道古》卷5〈夙慧部〉，頁69。	
479	405	11	陸景鄴	以「思親懷橘歸」，回應「畏母偷菱走」；以「屋下點天燈」，回應「石獅子呆笑」。		1.【明】張岱：《快園道古》卷5〈夙慧部〉，頁69。	
480	405	11	陸景鄴	塾師命賦禹鼎，又賦送族兄客楚。	【宋】孔平仲：《續世說》卷4〈夙慧〉，頁8下。 【宋】李垕：《南北史續世說》卷5〈夙慧〉，頁4下。	1.【明】何良俊：《何氏語林》卷22〈夙慧〉，頁7上。 2.【明】徐象梅：《瑯環史唾》卷9〈夙慧〉，頁25下。	
481	406	11	陸從典(字由儀，陸瓊之子)	八歲，讀沈約集，見回文硯銘，援筆擬之，便有佳致。		1.【明】徐象梅：《瑯環史唾》卷10〈譽兒〉，頁25下。	《陳書》〈陸瓊列傳〉 《南史》〈陸慧曉列傳〉
482	407	11	陸瓊	幼聰慧。祖父襄歎曰：「此兒必荷門基，所謂百不為多，一不為少。」		1.【明】林茂桂：《南北朝新語》卷2〈夙慧〉，頁88下～89上。	《陳書》〈陸瓊列傳〉 《南史》〈陸慧曉列傳〉
483	408	11	陸爽	九歲，日誦兩千餘言，楊遵彥異之曰：「陸氏有人。」		1.【清】李延昰：《南吳舊話錄》卷15〈夙惠〉，頁9下～10上。	《隋書》〈陸爽列傳〉 《北史》〈陸俟列傳〉
484	409	11	陸椒頌	九歲，寶孝若曰：「張文朱武，陸忠顧厚，此語是雲間典故。」寶脫襪捏足拇指，屢嗅不已。椒頌曰：「正所謂盛肥丁瘦，梅香寶臭。」		1.【明】何良俊：《何氏語林》卷15〈識鑒〉，頁14上。 2.【明】徐象梅：《瑯環史唾》卷8〈藻鑒〉，頁2上。	
485	410	11	陸雲(字士龍)	尚書閔鴻曰：「此兒若非龍駒，當是鳳雛。」		1.【清】李延昰：《南吳舊話錄》卷15〈夙惠〉，頁14下～15上。	《晉書》〈陸雲列傳〉
486	411	11	陸亮輔	聰穎好學，每忘櫛沐。祖父遺留玉簪一支，待其成進士，與其珰髮。		1.【明】江東偉：《芙蓉鏡寓言》二集〈夙惠〉，頁144～145。	
487	412	11	陸九淵(字子靜)	三、四歲時，問父親天地何所窮盡，至深思忘寢。		1.【明】曹臣：《舌華錄》卷1〈慧語〉，頁8下。 2.【明】林茂桂：《南北朝新語》卷2〈捷對〉，頁101。	《宋史》〈儒林列傳四〉「陸九淵」

488	413	11	陸琇	陸馥謂子陸琇曰：「吾今年老，屬汝幼童，詎堪爲陸氏宗首乎？」琇對曰：「苟非翻力，何患童稚？」		1.【明】何良俊：《何氏語林》卷 15〈識鑒〉，頁 4 上。 2.【明】王世貞：《世說新語補》卷 9〈賞譽上〉，頁 3 下～4 上。 3.【明】焦竑：《焦氏類林》卷 3〈政事〉，頁 11 上。 4.【明】呂純如：《學古適用編》卷 22〈人自不敢犯〉，頁 3。 5.【明】江東偉：《芙蓉鏡寓言》二集〈識鑒〉，頁 92～93。	《魏書》〈陸俟列傳〉	
489	414	11	陳藍臺	父登進士第，郡僚咸集，陳藍臺尚幼，閉門讀書。		1.【明】徐象梅：《瑯嬛史唾》卷 1〈后瑞〉，頁 10。 2.【明】林茂桂：《南北朝新語》卷 3〈宮閨〉，頁 5 下。		
490	415	11	陳武帝后章氏	母遇道士遺以小龜，日三年方有徵。及生后，遂失龜。		1.【清】李延昰：《南吳舊話錄》卷 15〈夙惠〉，頁 12 下～13 下。	《陳書》〈皇后列傳〉「高祖章皇后」、《南史》〈后妃列傳下〉「陳武宣章皇后」	
491	416	11	陳夢松	指父親小像問曰「渠像儂，儂不像渠。」已更問之，又答云：「儂不像渠，渠不像儂。」余曰：「然則何像，答曰：「渠像渠。」	【宋】孔平仲：《續世說》卷 4〈夙慧〉，頁 9 上。			
492	417	11	陳叔達(字子聰)	十餘歲常侍宴，賦詩十韻，援筆便就。	【唐】李垕：《南北史續世說》卷 9〈驍勇〉，頁 25 上。		《舊唐書》〈陳叔達列傳〉	
493	418	11	陳伯之	十三、四歲，喜歡穿獺皮冠，帶刺刀，候鄰居稻熟偷割之。		1.【明】丁元薦：《西山日記》卷下〈正學〉，頁 1 下～2 上。	《梁書》〈陳伯之列傳〉《南史》〈陳伯之列傳〉	
494	419	11	陳茂烈	髫年喪父，不與群兒伍，夜讀書，祖母止之，仍不輟。		1.【明】焦竑：《玉堂叢語》卷 1〈文學〉，頁 28。		
495	420	11	陳白沙(陳獻章)	讀書一覽則記，讀孟子至有天民者，歎曰：「大丈夫行已當如是也。」		1.【明】何良俊：《何氏語林》卷 22〈夙慧〉，頁 1 下。 2.【明】曹臣：《舌華錄》卷 7〈讖語〉，頁 5 上。	《明史》〈儒林列傳二〉「陳獻章」	

						3.【明】張璘：《二十一史識餘》卷 27〈俗侫〉，頁 17上。	
						4.【明】馮夢龍：《古今譚概》卷 17〈容悅部〉，頁 4下。	
496	421	11	陳咸	小時父召至床下教之，咸瞌睡，頭觸屏風。父怒責，咸曰：「具曉所言。」		1.【清】吳肅公：《明語林》卷 9〈夙惠〉，頁 3下。	《漢書》〈公孫劉田王楊蔡陳鄭傳第三十六〉「陳萬年」
497	422	11	陳沂	五歲屬對，八歲摹古人畫，十歲能詩，十二歲作赤寶山賦。		1.【清】李延昰：《南吳舊話錄》卷 15〈夙惠〉，頁 2上。	《明史》〈文苑列傳〉有陳沂之記載，無此事蹟。
498	423	11	陳太史(陳懿德)	八歲，貴人不知六郎出處，太史因其無書卷氣，乃辭出。		1.【明】劉元卿：《賢逸編》卷 2〈家閑〉，頁 32。	
499	424	11	陳了翁孫女	七歲，回答祖父提問：「並坐不橫肱何也。」對曰：「恐妨坐者。」		1.【明】李紹文：《皇明世說新語》卷 5〈夙惠〉，頁 4下。	
						2.【明】丁元薦：《西山日記》卷上〈器識〉，頁 4。	
500	425	11	陳剩夫	父為銀工，常攜其攻業於人，其人密為之，勸父不需執業而蒙盜賊之名。		1.【清】吳肅公：《明語林》卷 3〈文學〉，頁 10上。	
501	425	11	陳剩夫	幼賣油給養，一日經里塾聞講書義，從師學，晝仍賣油。		1.【明】徐象梅：《瑯環史唾》卷 8〈藻鑒〉，頁 1下。	
502	426	11	陳蕃	十五為父親齎書詣功曹薛勤，勤曰：「卿有不凡子，吾來候之。」		1.【明】徐象梅：《瑯嬛史唾》卷 5〈志氣〉，頁 21下。	《後漢書》有此人，無此事蹟記載。
						2.【明】曹臣：《舌華錄》卷 2〈豪語〉，頁 7上。	
						3.【明】趙瑜：《兒世說》卷 1〈言志〉，頁 10下～11上。	
503	426	11	陳蕃	父友問何以不灑掃庭宇？對曰：「大丈夫當掃除天下，何事一室乎？」		1.【清】李延昰：《南吳舊話錄》卷 15〈夙惠〉，頁 11。	《後漢書》〈陳王列傳〉「陳蕃」
504	427	11	陳軼符	同諸賢白龍潭觀劇，人謂劉先主與漢壽情猶兄弟。陳認為此小說之虛構情節。	【南朝宋】劉義慶：《世說新語》卷中之上〈方正〉，頁 1上。	1.【明】王世貞：《世說新語補》卷 12〈夙惠〉，頁 17上。	

					2.【明】李贄：《初潭集》卷 7〈父子三〉「慧子」，頁 2。		
					3.【明】曹臣：《舌華錄》卷 8〈辯語〉，頁 4 下。		
					4.【清】黃汝琳：《世說新語補》卷 12〈夙惠〉，頁 8 上。		
505	428	11	陳元方	陳太丘與友約，友不至，太丘舍去。客人至，怒責父之離去。元方以「日中不至是無信」、「對子罵父是無禮」回應。	【南朝宋】劉義慶：《世說新語》卷上之下〈政事〉，頁 1。	1.【明】曹臣：《舌華錄》卷 8〈穎語〉，頁 17 上。	
506	428	11	陳元方	十一歲，與袁公一段問答。1.賢家君在太丘遠近稱之，何所履行？→彊者綏之以德、弱者撫之以仁。2.不知卿家君法孤，孤法卿父？→周公不師孔子，孔子亦不師周公。		1.【清】李延昰：《南吳舊話錄》卷 15〈夙惠〉，頁 10 下。	
507	429	11	陳黃門	七歲，偶閱世說，師呵之。隔日，以世說典故回應師友之提問。		1.【明】丁元薦：《西山日記》卷下〈母範〉，頁 1。	
508	430	11	陳練塘	以菓餌遺其師，使親師而憚母。		1.【明】孫能傳：《益智編》卷 24〈刑獄類一〉「讞議」，頁 13 上。	
509	431	11	移剌履	五歲，見雲往來天際，謂乳母曰：「此所謂臥看青天行白雲者邪？」		1.【明】張壎：《二十一史識餘》卷 20〈夙惠〉，頁 21 下。	《金史》〈移剌履列傳〉
510	432	11	莫中江	主司試以「為政八佾里仁公冶長」為題，應聲回答。		1.【清】李延昰：《南吳舊話錄》卷 15〈夙惠〉，頁 5 上。	
511	433	11	貫酸齋	年十二、三，臂力絕人，驅三惡馬，越二跨三，運槊生風。		1.【明】張壎：《二十一史識餘》卷 12〈拳勇〉，頁 27 下。	《元史》〈小雲石海涯列傳〉
512	434	11	麻九疇	以神童召見。章宗問其怯否？對曰：「君臣，父子也，寧懼？」		1.【明】張壎：《二十一史識餘》卷 20〈夙惠〉，頁 21 上。	

513	435	11	康買得	年十四，情急之下殺人救父親，減死一等。		1.【明】趙瑜：《兒世說》卷1〈至性〉，頁7下。	《舊唐書》〈刑法志〉 《新唐書》〈孝友列傳〉「張琇」	
514	436	11	宿食舒	七歲，自賣養母。		1.【明】李紹文：《皇明世說新語》卷5〈夙惠〉，頁2。 2.【明】焦竑：《玉堂叢語》卷7〈夙惠〉，頁31下。 3.【明】張岱：《快園道古》卷5〈夙慧部〉，頁65。		
515	437	12	傅亮(字季友)	四歲解衣與人無吝。	【唐】張鷟：《朝野僉載》卷3，頁31～32。 【宋】孔平仲：《續世說》卷2〈文學〉，頁12上。	1.【明】趙瑜：《兒世說》卷1〈異徵〉，頁12下。	《宋書》〈傅亮列傳〉 《南史》〈傅亮列傳〉	
516	438	12	傅昭(字茂遠)	袁雍州來訪，讀書自若，雍州曰：「此兒神情不凡，必是佳器。」		1.【明】何良俊：《何氏語林》卷15〈識鑒〉，頁18下～19上。 2.【明】林茂桂：《南北朝新語》卷2〈夙慧〉，頁91上。	《南史》〈列傳〉「傅昭」《梁書》〈列傳〉「傅昭」	
517	439	12	傅介子	年十四好讀書，棄觚而嘆曰：「大丈夫當立功異域，何能坐事散儒？」		1.【明】焦竑：《焦氏類林》卷5〈豪爽〉，頁1下。 2.【明】李贄：《初潭集》卷28〈君臣八〉「將臣」，頁2下。 3.【明】徐象梅：《瑯環史唾》卷5〈志氣〉，頁21。		
518	440	12	馮吉翂(字彥霄)	父被陷害，請求代父死，官府欲舉為純孝，翂認為此乃因父取名，拒止。		1.【明】樊玉衡：《智品》卷5〈能品二〉，頁61上。	《梁書》〈孝行列傳〉「吉翂」、《南史》〈孝義列傳下〉「吉翂」	
519	441	12	馮天隨	善屬對，七歲時，客曰：「新知」，馮應聲曰：「舊暱」。		1.【清】李延昰：《南吳舊話錄》卷15〈夙惠〉，頁13下。		
520	442	12	馮行可	年十四，為父祈求免除死刑。		1.【明】李紹文：《皇明世說新語》卷3〈方正〉，頁14下～15上。 2.【清】吳肅公：《明語林》卷2〈言語〉，頁10下。 3.【清】李延昰：《南吳舊話錄》卷1〈孝友〉，頁10上～11上。		

521	443	12	程敏政(字克勤)	英宗指金猊曰：「以賜若。」敏政趨下叩頭，英宗曰：「是子終以償敗。」		1.【明】李紹文：《皇明世說新語》卷8〈紕漏〉，頁25下。 2.【明】鄭仲夔：《清言》卷10〈紕漏〉，頁6下。	
522	443	12	程敏政(字克勤)	李賢許字以女指席間果試曰：「因荷而得藕。」對曰：「有杏不須梅。」		1.【明】趙瑜：《兒世說》卷1〈屬對〉，頁1下。	《明史》〈文苑列傳二〉「程敏政」
523	443	12	程敏政(程篁墩)	生而蚤慧，賦聖節瑞雪詩，并經義各一卷，文采燦然。		1.【明】焦竑：《玉堂叢語》卷7〈夙惠〉，頁31下～32上。	《明史》〈文苑列傳二〉「程敏政」
524	444	12	程駿	師言今世名教尚老莊，其言虛誕，不可以經世。程回應老師言論，頗有自己見解。		1.【明】江東偉：《芙蓉鏡寓言》二集〈夙惠〉，頁144。	《魏書》〈程駿列傳〉《北史》〈程駿列傳〉
525	445	12	彭脊菴(彭勖)	七歲，入佛寺不拜，曰：「彼佛裸跣不衣冠，我何拜爲。」		1.【明】李紹文：《皇明世說新語》卷5〈夙惠〉，頁3上。 2.【明】馮夢龍：《古今譚槩》卷10〈越情部〉，頁1下。 3.【明】江東偉：《芙蓉鏡寓言》二集〈夙惠〉，頁146。 4.【清】吳肅公：《明語林》卷5〈識鑒〉，頁13下。	《明史》〈彭勖列傳〉
526	446	12	彭神符	彭神符生而有文在其手。		1.【明】徐象梅：《瑯嬛史唾》卷16〈殊質〉，頁14下。	
527	447	12	彭思永	兒時，拾獲金釵歸還失主。		2.【明】張墉：《二十一史識餘》卷4〈清介〉，頁25上。	《宋史》〈彭思永列傳〉
528	448	12	彭華	年十五、六，解決兩人持券證爭產。		1.【明】焦竑：《玉堂叢語》卷7〈夙惠〉，頁29。 2.【明】張岱：《快園道古》卷5〈夙慧部〉，頁66～67。	《明史》有此人記載，無此事蹟。
529	449	12	黃香(字文彊)	幼聰穎，誦識六經，事母至孝，爲「天下無雙江夏黃香」。		1.【明】何良俊：《何氏語林》卷22〈夙慧〉，頁1下。 2.【明】焦竑：《焦氏類林》卷5〈寵禮〉，頁17下。 3.【明】趙瑜：《兒世說》卷1〈至性〉，頁7。	《後漢書》〈文苑列傳上〉「黃香」

						4.【清】黃汝琳：《世說新語補》卷 12〈夙惠〉，頁 8 下。		
530	450	12	黃帝	十歲知神農之非改其政。		1.【明】徐象梅：《璅環史唾》卷 9〈夙慧〉，頁 23 上。		
531	451	12	黃潤玉(字孟清)	徙江南富民實北京，願代父行，曰：「父去日益老，兒去日益長。」		1.【明】李紹文：《皇明世說新語》卷 5〈夙惠〉，頁 1 下。 2.【明】曹臣：《舌華錄》卷 1〈慧語〉，頁 3 下～4 上。 3.【明】鄭仲夔：《清言》卷 5〈夙惠〉，頁 12 上。 4.【明】吳肅公：《明語林》卷 1〈德行上〉，頁 5 下。	《明史》〈黃潤玉列傳〉	《明語林》爲「黃潤玉」，「黃潤」疑誤
532	452	12	黃令舍人之兒	年十三，分析目前情勢，說服項王，勿令男子十五以上詣城東阬之。		1.【明】樊玉衡：《智品》卷 2〈妙品一〉，頁 43 上。 2.【明】張墉：《二十一史識餘》卷 20〈夙惠〉，頁 11。	《史記》〈項羽本紀〉、《漢書》〈列傳〉「陳勝項籍傳」	
533	453	12	黃琬(字子琰)	司徒盛允有疾，黃太尉瓊遣子問候，允戲之，琬對曰：「蠻夷猾夏，責在司徒。」拂衣辭去。		1.【明】何良俊：《何氏語林》卷 22〈夙慧〉，頁 2 下。 2.【明】李贄：《初潭集》卷 7〈父子三〉「慧子」，頁 1 下。 3.【明】曹臣：《舌華錄》卷 4〈譃語〉，頁 18 上。 4.【明】張墉：《二十一史識餘》卷 20〈夙惠〉，頁 12 下。	《後漢書》〈左周黃列傳〉	
534	453	12	黃琬(字子琰)	七歲，發生日食現象，祖父無法回答太后問題，子琰曰：「何不言日食之餘，如月之初。」		1.【明】何良俊：《何氏語林》卷 22〈夙慧〉，頁 2。 2.【明】王世貞：《世說新語補》卷 12〈夙惠〉，頁 17 下。 3.【明】李贄：《初潭集》卷 7〈父子三〉「慧子」，頁 1。 4.【明】曹臣：《舌華錄》卷 1〈慧語〉，頁 3 下。 5.【清】黃汝琳：《世說新語補》卷 12〈夙惠〉，頁 8 下。	《後漢書》〈左周黃列傳〉	

535	454	12	僔檀子禮	年十三，援筆立成高昌殿賦，父曰：「吾家之東阿也。」		1.【明】徐象梅：《瑯環史唾》卷10〈譽兒〉，頁25下。		
536	455	12	舒芬(字國裳)	父親得到一葬地，發於四世之後，舒芬請移三世祖，應驗於己。		1.【明】趙瑜：《兒世說》卷1〈豪豪〉，頁13上。	《明史》〈舒芬列傳〉有此人記載，但無此事蹟。	
537	456	12	揚信(字子鳥)	幼而聰悟。作九數而得之，為父親解決問題。		1.【明】徐象梅：《瑯環史唾》卷9〈夙慧〉，頁23下。		
538	457	12	曾魯(字得之)	七歲，暗誦九經，一字不遺。		1.【清】吳肅公：《明語林》卷9〈夙惠〉，頁2下。	《明史》〈曾魯列傳〉	
539	458	12	景清	向同學借書，開玩笑不還，訟之師，生不能憶一字，景清誦終卷。		1.【清】張岱：《快園道古》卷5〈夙慧部〉，頁68。	《明史》〈景清列傳〉有此人記載，無此事蹟。	(景清，本耿姓，訛景)
540	459	12	游明根	幼年牧羊，以壺漿借人書字傍學之。		1.【明】徐象梅：《瑯環史唾》卷8〈勤學〉，頁25上。 2.【明】林茂桂：《南北朝新語》卷3〈鷹引〉，頁63上～64上。	《北史》〈游雅列傳〉	
541	460	12	渾瑊	年十一，隨父親防秋，被戲問：「將乳母來否？」。	【宋】王讜：《唐語林》卷4〈豪爽〉，頁102。			
542	461	13	褚淵(字彥回)	生母求寶物於嫡母，淵曰：「但令淵在，何患無寶。」		1.【明】趙瑜：《兒世說》卷1〈言志〉，頁11。	《南史》〈褚裕之列傳〉	
543	462	13	褚陶(字季雅)	年十三作鷗鳥水碓二賦。嚴仲弼見而奇之，曰：「褚先生復出矣。」		1.【明】徐象梅：《瑯環史唾》卷8〈賞譽〉，頁10下。	《晉書》〈文苑列傳〉「褚陶」	
544	463	13	隋高祖(楊堅)	生而龍顏，額有五柱入頂，目光外射，有文在手曰王。		1.【明】徐象梅：《瑯環史唾》卷1〈帝符〉，頁7上。	《北史》〈隋本紀〉「高祖文帝」、《隋書》〈高祖帝紀〉「開皇年前」	
545	464	13	楊昭(元德太子)	三歲，高祖腰痛，舉手憑文獻后，昭避去。欲為其娶婦，泣曰：「一朝娶婦，懼將遠離。」	【宋】孔平仲：《續世說》卷4〈夙慧〉，頁9上。	1.【明】張墉：《二十一史識餘》卷20〈夙惠〉，頁20上。 2.【明】林茂桂：《南北朝新語》卷2〈夙慧〉，頁90上。	《隋書》〈煬帝三男列傳〉「元德太子昭」、《北史》〈隋宗室諸王列傳〉「煬帝三子」	
546	465	13	楊東里	繼父祀先，東里獨不見命。母語其故，於外別室祀其三室。		1.【明】丁元薦：《西山日記》卷上〈器識〉，頁3上～4上。		

						2.【清】吳肅公:《明語林》卷 9〈夙惠〉,頁 1 下。		
547	466	13	楊元琰(字溫)	數歲未言,相者云:「語遲者神足,必爲重器。」		1.【明】焦竑:《焦氏類林》卷 2〈識鑒〉,頁 43 下。	《舊唐書》〈良吏列傳下〉「楊元琰」、《新唐書》〈桓彥範列傳〉	
548	467	13	楊孟春	八、九歲背誦六經,著書十萬餘言,名曰「論鑒」。		1.【清】吳肅公:《明語林》卷 9〈夙惠〉,頁 5 上。	《明史》〈文苑列傳一〉「楊基」	楊基字孟載,疑誤!
549	468	13	楊朋石	讀碑文,退而舉筆疾書,不失一字。		1.【清】李延昰:《南吳舊話錄》卷 15〈夙惠〉,頁 5 下。		
550	469	13	楊恒(字武子)	幼時,讀論語至宰予晝寢有感,終身未嘗晝寢。		1.【明】張墉:《二十一史識餘》卷 17〈機警〉,頁 10 下。	《元史》〈楊桓列傳〉	「楊恒」疑誤,應爲「楊桓」。
551	470	13	楊石淙	人取鋪家雜記,令目一過,別本寫出,半字不訛		1.【明】張岱:《快園道古》卷 5〈夙慧部〉,頁 67。		
552	471	13	楊烱	童子科授校書郎。年十一,待制弘文館。		1.【明】趙瑜:《兒世說》卷 1〈文學〉,頁 4 下。		
553	472	13	楊烏	子雲言:「無家童烏,九歲預吾玄文。」		1.【明】趙瑜:《兒世說》卷 1〈文學〉,頁 4 上。		
554	473	13	楊綰	四歲,夜宴親賓舉坐中物以四聲呼之,瑄指鐵樹曰:「燈盞柄曲。」	【宋】孔平仲:《續世說》卷 4〈夙慧〉,頁 10 上。	1.【明】何良俊:《何氏語林》卷 22〈夙慧〉,頁 10 上。	《舊唐書》〈楊綰列傳〉	
555	474	13	楊容華	幼善屬文,爲新粧詩。	【唐】張鷟:《朝野僉載》卷 3,頁 30。			
556	475	13	楊繼盛(諡忠愍)	七歲,家貧,父使牧牛,經里塾見群兒讀書心好之。學然猶不廢牧。		1.【清】吳肅公:《明語林》卷 3〈文學〉,頁 11 上。	《明史》〈楊繼盛列傳〉	
557	476	13	楊厚	九歲,托疾不言不食,改善母親與前妻之子不相安。		1.【明】張墉:《二十一史識餘》卷 20〈夙惠〉,頁 12 下～13 上。	《後漢書》〈蘇竟楊厚列傳〉「楊厚」	
558	477	13	楊用修	七歲,擬古戰場文。		1.【明】張岱:《快園道古》卷 5〈夙慧部〉,頁 66。 2.【清】吳肅公:《明語林》卷 9〈夙惠〉,頁 3 下。		
559	478	13	楊士奇	十四、五歲,陳孟潔曰:「士奇雖寒士,後當大用,惜予老不及見,其勉之。」		1.【清】吳肅公:《明語林》卷 5〈識鑒〉,頁 9 上。		

560	479	13	楊愔(字遵彥)	舅問讀何書？對曰：「誦詩。」舅曰：「誦至渭陽未邪？」愔號泣感噎。		1.【明】張墉：《二十一史識餘》卷 20〈夙惠〉，頁 20 上。 2.【明】林茂桂：《南北朝新語》卷2〈夙惠〉，頁91 下。	《北齊書》〈楊愔列傳〉《北史》〈楊播列傳〉	
561	479	13	楊愔(字遵彥)	從父嘗謂人：「此兒駒齒未落，已是我家龍文，十歲後當求之千里外。」		1.【明】何良俊：《何氏語林》卷 17〈賞譽下〉，頁 2 下。 2.【明】鄭仲夔：《清言》卷 4〈賞譽上〉，頁 10 下。 3.【明】徐象梅：《瑯環史唾》卷 8〈藻鑒〉，頁 3 下。 4.【明】林茂桂：《南北朝新語》卷2〈品鑒〉，頁 20 上。	《北史》〈楊播列傳〉、《北齊書》〈楊愔列傳〉	
562	479	13	楊愔(字遵彥)	楊暐嘆曰：「此兒恬裕有我家風。」於竹林修葺一室，以銅盤盛肉飯之。		1.【明】林茂桂：《南北朝新語》卷2〈標譽〉，頁 44 上。 2.【明】李贄：《初潭集》卷 7〈父子三〉「慧子」，頁 7。	《北史》〈楊播列傳〉、《北齊書》〈楊愔列傳〉	
563	479	13	楊愔(字遵彥)	學庭有李樹，群兒競取，愔獨坐。從父嘗謂人：「此兒駒齒未落，已是我家龍文。」於竹林修葺一室，以銅盤盛肉飯之。	【宋】李垕：《南北史續世說》卷5〈夙慧〉，頁6 上。	1.【明】焦竑：《焦氏類林》卷 4〈夙惠〉，頁 30。 2.【明】李贄：《初潭集》卷 7〈父子三〉「慧子」，頁 7 下。	《北史》〈楊播列傳〉、《北齊書》〈楊愔列傳〉	
564	480	13	楊牢	六歲自學校歸，誤入父友家，指導父友棋局。父友曰：「爾後必有文。」	【宋】王讜：《唐語林》卷3〈夙慧〉，頁 93。			
565	481	13	楊文貞	年十二，鄉人請為童子師，分其徒之半與鱓生，使得束脩養母。		1.【明】李紹文：《皇明世說新語》卷 1〈德行〉，頁 4 下。		
566	482	13	楊文敏	年十三，論古今名相，曰：「皋夔伊周誠不易，其餘毋乃可學。」		1.【明】李紹文：《皇明世說新語》卷 5〈夙惠〉，頁 1。 2.【清】吳肅公：《明語林》卷 4〈言志〉，頁 1 下。		
567	483	13	楊石齋(字廷和)	少神異，稱奇童。年十二舉鄉試，其第進士也先於父。		1.【明】焦竑：《玉堂叢語》卷 7〈夙惠〉，頁 32 下。		
568	484	13	楊脩(楊氏子)	六歲，孔君平指楊梅曰：「此是君家果。」對曰：「未聞孔雀是夫子家禽。」	【南朝宋】劉義慶：《世說新語》卷上之上〈言語〉，頁 25 下。	1.【明】王世貞：《世說新語補》卷 12〈夙惠〉，頁 21 上。		

					2.【明】李贄：《初潭集》卷 7〈父子三〉「慧子」，頁 3 下。		
					3.【明】曹臣：《舌華錄》卷 8〈辯語〉，頁 2 下。		
					4.【明】馮夢龍：《古今譚槩》卷 24〈酬嘲部〉，頁 15 上。		
					5.【清】黃汝琳：《世說新語補》卷 12〈夙惠〉，頁 10 上。		
569	485	13	楊一清(卒諡文襄	幼穎異，日誦數千言。八歲以奇童薦。		1.【明】焦竑：《玉堂叢語》卷 7〈夙惠〉，頁 32。	《明史》〈楊一清列傳〉
570	486	13	楊億(字大年)	太宗問：「久離鄉里，得無念父母乎？」對曰：「臣見陛下，一如臣父母。」		1.【明】何良俊：《何氏語林》卷 22〈夙惠〉，頁 11。 2.【明】曹臣：《舌華錄》卷 8〈穎語〉，頁 15 上。 3.【明】徐象梅：《瑯嬛史唾》卷 5〈清辯〉，頁 17 下。 4.【明】趙瑜：《兒世說》卷 1〈言語〉，頁 2 上。	《宋史》〈楊億列傳〉有此人記載，無此事機。
571	487	13	賈言忠	數歲記諷書，一日萬言。七歲神童擢第，事親以孝聞。	【唐】劉肅：《大唐新語》卷 8〈聰敏〉，頁 85。		《新唐書》、《舊唐書》有此人記載，無此事蹟。
572	488	13	賈嘉隱	年七歲，以神童召見，松樹槐樹事件。	【唐】劉肅：《大唐新語》卷 8〈聰敏〉，頁 84～85。 【唐】劉餗：《隋唐嘉話》中卷，頁 16。 【宋】王讜：《唐語林》卷 3〈夙惠〉，頁 93～94。	1.【明】曹臣：《舌華錄》卷 4〈諧語〉，頁 2 上。 2.【明】鄭仲夔：《清言》卷 5〈夙惠〉，頁 11。 3.【明】徐象梅：《瑯嬛史唾》卷 9〈夙慧〉，頁 26 下。 4.【明】馮夢龍：《古今譚槩》卷 23〈機警部〉，頁 6 下～7 上。	
573	489	13	賈黃中	六歲知臺閣，七歲神童及第，父嘗取書與其等身高，令誦之。		1.【明】張墉：《二十一史識餘》卷 20〈夙惠〉，頁 21 上。 2.【明】趙瑜：《兒世說》卷 1〈文學〉，頁 4 下～5 上。	《宋史》〈賈黃中列傳〉
574	490	13	賈彝(字彥倫)	十歲詣長安，訟父冤獲申，遠近嘆曰：「此子英英賈誼之後。」	【宋】李垕：《南北史續世說》卷 5〈夙惠〉，頁 5 下。	1.【明】焦竑：《焦氏類林》卷 4〈夙惠〉，頁 30 上。 2.【明】林茂桂：《南北朝新語》卷 2〈標譽〉，頁 33 下。	《北史》〈賈彝列傳〉、《魏書》〈賈彝列傳〉

575	491	13	賈逵(字梁道)	十歲暗誦六經，號爲「聖童」。		1.【明】黃汝琳：《世說新語補》卷 12〈夙惠〉，頁 8 下。	《三國志・魏書》有此人記載，無此事蹟。
576	491	13	賈逵(字梁道)	兒時戲弄常設部伍，祖父異之，口授兵法數萬言。		1.【明】徐象梅：《瑯環史唾》卷 9〈夙惠〉，頁 24 上。	《三國志・魏書》〈賈逵〉
577	491	13	賈逵(字梁道)	五歲不能言，其姐攜其聽鄰塾讀書輒默識，後能言，誦之若流。		1.【明】趙瑜：《兒世說》卷 1〈彊記〉，頁 5 下。	《三國志・魏書》有此人記載，無此事蹟。
578	492	13	虞愿(字士恭)	四歲，中庭橘熟人競取，獨愿恬然。		1.【明】趙瑜：《兒世說》卷 1〈恬裕〉，頁 9。	《南齊書》〈良政列傳〉「虞愿」、《南史》〈循吏列傳〉「虞愿」
579	493	13	虞景銘(黃昊)	十歲，善屬文，嘗薄柳州乞巧更作辭巧文。		1.【清】王晫：《今世說》，卷 5〈夙惠〉，頁 11 下。	《清史稿》〈文苑列傳一〉「陸圻」
580	494	13	虞寄	客戲曰：「郎子姓愚，必當無智。」寄對曰：「文字不辨，豈得非愚。」	【宋】李垕：《南北史續世說》卷 5〈夙慧〉，頁 4 下。	1.【明】焦竑：《焦氏類林》卷 4〈夙惠〉，頁 29 下。 2.【明】鄭仲夔：《清言》卷 5〈夙惠〉，頁 11 上。 3.【明】徐象梅：《瑯環史唾》卷 9〈夙惠〉，頁 24 下。 4.【明】張墉：《二十一史識餘》卷 20〈夙惠〉，頁 15 下～16 上。 5.【明】馮夢龍：《古今譚槩》卷 24〈酬嘲部〉，頁 15 下。 6.【明】林茂桂：《南北朝新語》卷 2〈捷對〉，頁 106。	《陳書》〈列傳〉「虞荔」、《南史》〈列傳〉「虞荔」
581	495	13	虞荔	陸問以五經十事，對無遺。		1.【明】趙瑜：《兒世說》卷 1〈彊記〉，頁 5 上。	《陳書》〈列傳〉「虞荔」、《南史》〈列傳〉「虞荔」
582	496	13	虞監(虞世南)	寫列女傳，以裝屏風，未及閱卷，乃闇書之，一字無失。	【唐】劉餗：《隋唐嘉話》中卷，頁 9。 【宋】王讜：《唐語林》卷 3〈夙慧〉，頁 93。		《舊唐書》〈虞世南列傳〉
583	497	13	虞翻	年十二，客有候其兄者，翻追與書。		1.【明】李贄：《初潭集》卷 20〈師友十〉「少年」，頁 16 上。 2.【明】張墉：《二十一史識餘》卷 20〈夙慧〉，頁 14 下～15 上。	《三國志・吳書》〈吳書十二〉「虞翻」

584	498	13	解縉(字大紳)	六歲時,祖父戲之:「小兒何所愛。」對曰:「愛者芝蘭室……」		1.【明】張岱:《快園道古》卷5〈夙慧部〉,頁66。 2.【清】吳肅公:《明語林》卷9〈夙惠〉,頁1下～2上。	《明史》〈解縉列傳〉有此人,無此事蹟記載。	
585	498	13	解縉(字大紳)	跌倒,眾嘲笑,吟曰:「細雨落綢繆,磚街滑似油,鳳凰跌在地,笑殺一群牛。」		1.【明】馮夢龍:《古今譚槩》卷23〈機警部〉,頁14下。	《明史》〈解縉列傳〉有此人,無此事蹟記載。	
586	498	13	解縉(字大紳)	父親抱之置椅上,婦翁過其家,云:「父立子坐,禮乎。」對曰:「嫂溺叔援,權也。」		1.【明】李紹文:《皇明世說新語》卷5〈夙惠〉,頁1上。 2.【明】曹臣:《舌華錄》卷8〈穎語〉,頁13下。 3.【明】張岱:《快園道古》卷5〈夙慧部〉,頁67。 4.【明】趙瑜:《兒世說》卷1〈屬對〉,頁1下。 5.【清】吳肅公:《明語林》卷9〈夙惠〉,頁2上。	《明史》〈解縉列傳〉有此人,無此事蹟記載。	《兒世說》作「李東陽」
587	498	13	解縉(字大紳)	幼時,自謂:「處其心常在熙春麗日之間,則天下無可惡之人。」		1.【明】李紹文:《皇明世說新語》卷1〈言語上〉,頁23上。 2.【明】鄭仲夔:《清言》卷4〈雅量〉,頁2下。	《明史》〈解縉列傳〉有此人,無此事蹟記載。	
588	498	13	解縉(字大紳)	橫寫「圖寫禽獸」與父親友人開玩笑。		1.【明】張岱:《快園道古》卷5〈夙慧部〉,頁68。	《明史》〈解縉列傳〉有此人,無此事蹟記載。	
589	499	13	董師中	小時敏悟。右相撫其座曰:「子議論英發,襟度開朗,他日必居此座。」		1.【明】何良俊:《何氏語林》卷17〈賞譽下〉,頁23下。	《金史》〈董師中列傳〉	
590	500	13	董卓之孫	七歲,派遣騎駃騠馬出入,以為麟駒鳳雛至,殺人之子如蜜蟲。		1.【明】徐象梅:《瑯嬛史唾》卷15〈紕漏〉,頁16上。		
591	501	13	董中峰	八歲,詠胡桃。		1.【清】吳肅公:《明語林》卷9〈夙惠〉,頁4上。		
592	502	13	廉范(字叔度)	迎父棺木,拒絕太守資助,船沉沒,抱棺,後獲救。		1.【明】張壏:《二十一史識餘》卷4〈清介〉,頁16下。	《後漢書》〈郭杜孔張廉王蘇羊賈陸列傳〉「廉范」	

593	503	13	路隨	髫齔喪父，不識父容，母言其貌類父，終身不攬鏡。	【宋】王讜：《唐語林》，卷1〈德行〉，頁5。	1.【明】徐象梅：《瑯嬛史唾》卷3〈孝敬〉，頁21上。	《舊唐書》〈路隨列傳〉	
594	504	13	鄒智	十二歲，過目不忘、燒樹葉讀書，夜以繼日。		1.【明】焦竑：《玉堂叢語》卷7〈夙惠〉，頁31上。 2.【清】梁維樞：《玉劍尊聞》卷3〈文學〉，頁27下。 3.【清】吳肅公：《明語林》卷3〈文學〉，頁9下。	《明史》〈鄒智列傳〉	
595	505	13	溫恢	年十五，散財救濟宗族，州里比之郇越。		1.【明】張墉：《二十一史識餘》卷5〈識鑒〉，頁7上。	《三國志‧魏書》〈溫恢〉	
596	506	13	詹金龍	帝曰：「一盂果子賜五歲之神童。」對曰：「三尺草莽對萬年之天子。」		1.【明】趙瑜：《兒世說》卷1〈屬對〉，頁1上。		
597	507	14	甄后	九歲，喜書，數用兄之筆硯。		1.【明】張墉：《二十一史識餘》卷2〈兄弟〉，頁25下～26上。	《三國志》〈魏書〉「文昭甄皇后」	
598	507	14	甄后	甄皇后生，每寢，家人彷彿見如人有持玉衣覆其上。		1.【明】徐象梅：《瑯嬛史唾》卷1〈后瑞〉，頁9上。	《三國志》〈魏書〉「文昭甄皇后」	
599	508	14	管輅(字公明)	年十五，與單子春談，少引聖籍，多發天然，號為神童。		1.【明】何良俊：《何氏語林》卷7〈文學上〉，頁6。 2.【明】王世貞：《世說新語補》卷5〈文學中〉，頁4下～5上。 3.【明】焦竑：《焦氏類林》卷4〈夙惠〉，頁27下。 4.【明】李贄：《初潭集》卷15〈師友五〉「清言」，頁4下～5上。 5.【清】黃汝琳：《世說新語補》卷5〈文學中〉，頁2上。	《三國志‧魏書》〈魏書二十九〉「管輅」	
600	508	14	管輅(字公明)	單子春請相見，與談學問。		1.【明】李贄：《初潭集》卷15〈師友五〉「清言」，頁5。	《三國志‧魏書》〈魏書二十九〉「管輅」	
601	508	14	管輅(字公明)	畫地為日月星辰，言語不常，父母禁之，答曰：「家雞野鵠尚知天時，況人乎。」		1.【明】曹臣：《舌華錄》卷1〈慧語〉，頁8下。 2.【明】徐象梅：《瑯嬛史唾》卷9〈夙慧〉，頁23下。	《三國志‧魏書》〈魏書二十九〉「管輅」	

						3.【明】張墉：《二十一史識餘》卷 20〈夙惠〉，頁 14下。	
						4.【明】江東偉：《芙蓉鏡寓言》二集〈夙惠〉，頁 144。	
602	509	14	趙憙(字伯陽)	爲從兄復仇，仇家生病，不殺；仇家自縛，不與相見，其後光明正大殺之。		1.【明】張墉：《二十一史識餘》卷 27〈仇隙〉，頁 1下。	《後漢書》〈伏侯宋蔡馮趙牟韋列傳〉「趙憙」
603	510	14	趙至	十四歲，隨車問嵇康姓名，卒走數百里從學。		1.【明】焦竑：《焦氏類林》卷 1〈師友〉，頁 51上。 2.【明】李贄：《初潭集》卷 19〈師友九〉「推賢」，頁 11上。 3.【明】鄭仲夔：《耳新》卷 3〈懿好〉，頁 8下。	
604	510	14	趙至	勤學讀書，聽聞父畊叱牛聲，釋書哭泣自傷不能致榮華，使父親免於勤苦。		1.【明】焦竑：《焦氏類林》卷 1〈父子〉，頁 24下。 2.【明】李贄：《初潭集》卷 6〈父子二〉「孝子」，頁 3。 3.【明】徐象梅：《瑯嬛史唾》卷 5〈志氣〉，頁 22上。 4.【明】張墉：《二十一史識餘》卷 1〈父子〉，頁 4下。	《晉書》〈文苑列傳〉「趙至」
605	511	14	趙光逢	幼嗜墳典，動守規檢，人目爲玉界尺。	【宋】孔平仲：《續世說》卷 1〈德行〉，頁 7上。	1.【明】何良俊：《何氏語林》卷 17〈賞譽下〉，頁 16下。	《舊五代史・唐書》〈趙光逢列傳〉、《新五代史》〈唐六臣傳〉「趙光逢」
606	512	14	趙禹功	九歲，家貧，無法以畫易米，吟詩一首，父笑：「有子如此，饑亦何憾。」		1.【清】王晫：《今世說》卷 5〈夙惠〉，頁 12。	
607	513	14	趙葵(字南仲)	年十二、三，朝廷賞將士，恩不償勞，軍欲爲變，葵一言定軍心。		1.【明】焦竑：《焦氏類林》卷 4〈幹局〉，頁 6下～7上。 2.【明】李贄：《初潭集》卷 28〈君臣八〉「將臣」，頁 9下～10上。 3.【明】呂純如：《學古適用編》卷 66〈人有應卒之才〉，頁 5下。	《宋史》〈趙葵列傳〉

					4.【明】孫能傳：《益智編》卷 20〈兵戎類九〉「定亂」，頁 12 下。		
					5.【明】樊玉衡：《智品》卷 7〈能品四〉，頁 18 下。		
					6.【明】張墉：《二十一史識餘》卷 17〈機警〉，頁 10 上。		
					7.【明】江東偉：《芙蓉鏡寓言》二集〈夙惠〉，頁 145。		
					8.【明】馮夢龍：《智囊》卷 13〈捷智部〉「靈變」，頁 300〜301。		
608	514	14	趙隱(字彥深)	孝順，母曰：「家貧兒小，何以能濟？」彥深五歲，泣曰：「天若哀矜，兒大時當仰報。」		1.【明】林茂桂：《南北朝新語》卷1〈孝友〉，頁 5。	《北齊書》〈趙彥深列傳〉、《北史》〈趙彥深列傳〉
609	515	14	裴讞之	七歲勤學知名。楊愔曰：「河東士族京官不少，唯此家兄弟全無鄉音。」		1.【明】林茂桂：《南北朝新語》卷2〈標譽〉，頁 43 下〜44 上。	《北齊書》〈裴讓之列傳〉《北史》〈裴佗列傳〉
610	516	14	裴公美	志操堅正，兄弟同學，絕年不出門，人烹鹿，招其共食，不肯。		1.【明】何良俊：《何氏語林》卷 3〈德行下〉，頁 4 下。	
611	517	14	裴俠	七歲不能言，群鳥蔽天，舉手指之，能言。		1.【明】張墉：《二十一史識餘》卷 20〈夙惠〉，頁 19 下。 2.【明】林茂桂：《南北朝新語》卷4〈異跡〉，頁 109 上。	
612	517	14	裴俠	年十三，喪父，空中有人指示葬父處所。		1.【明】林茂桂：《南北朝新語》卷4〈異跡〉，頁 109 下。	《北史》〈裴俠列傳〉
613	518	14	裴安祖(裴駿從弟)	八歲，就師讀詩，至鹿鳴篇，云：「鹿得食相呼況人乎。」從此未嘗獨食。	【宋】李塗：《南北史續世說》卷 5〈夙惠〉，頁 6 上。	1.【明】焦竑：《焦氏類林》卷 4〈夙惠〉，頁 30 上。 2.【明】張墉：《二十一史識餘》卷 20〈夙惠〉，頁 17 上。 3.【明】林茂桂：《南北朝新語》卷 2〈夙慧〉，頁 91 下。	《北史》〈裴駿列傳〉、《魏書》〈裴駿列傳〉

614	519	14	裴諏之(字士正)	借書百卷，十許日還，疑其不能讀，每卷策問，應答無疑。	【宋】李垕：《南北史續世說》卷2〈文學〉，頁37上。	1.【明】焦竑：《焦氏類林》卷3〈文學〉，頁43上。 2.【明】李贄：《初潭集》，卷13〈師友三〉「博物」，頁15下～16上。 3.【明】徐象梅：《耶孃史唾》卷14〈強識〉，頁7上。 4.【明】張墉：《二十一史識餘》卷15〈文學下〉，頁2下。 5.【明】林茂桂：《南北朝新語》卷2〈夙慧〉，頁88。	《北史》〈裴佗列傳〉、《北齊書》〈裴讓之列傳〉	
615	520	14	裴秀	年十餘歲，人曰：「後進領袖有裴秀。」		1.【清】黃汝琳：《世說新語補》卷9〈賞譽上〉，頁1下。		
616	521	14	孫放(字齊莊)	客問曰：「孫安國何在？」答曰：「庾穉恭家。」又答曰：「未若諸庾之翼翼。」	【南朝宋】劉義慶：《世說新語》卷下之下〈排調〉，頁7上。	1.【明】王世貞：《世說新語補》卷18〈排調下〉，頁4下。 2.【明】曹臣：《舌華錄》卷4〈諧語〉，頁15。 3.【明】馮夢龍：《古今談概》卷24〈酬嘲部〉，頁17下。 4.【清】黃汝琳：《世說新語補》卷18〈排調下〉，頁2下。	《晉書》〈孫盛列傳〉	
617	521	14	孫放(字齊莊)	庾公問齊莊何不慕仲尼而慕莊周？答曰：「聖人生知故難企慕。」	【南朝宋】劉義慶：《世說新語》卷上之上〈言語〉，頁27。	1.【明】曹臣：《舌華錄》卷8〈辯語〉，頁12上。	《晉書》〈孫盛列傳〉	
618	521	14	孫放(字齊莊)	孫盛獵場見齊莊，年七、八歲，曰：「所謂無小無大，從公於邁。」	【南朝宋】劉義慶：《世說新語》卷上之上〈言語〉，頁27上。	1.【明】王世貞：《世說新語補》卷12〈夙慧〉，頁23。 2.【明】曹臣：《舌華錄》卷8〈穎語〉，頁14上。 3.【清】黃汝琳：《世說新語補》卷12〈夙慧〉，頁11下。	《晉書》〈孫盛列傳〉	
619	522	14	齊鬱林	五歲，床前戲，高帝命令左右拔白髮問之：「見我誰邪？」答曰：「太翁。」	【宋】李垕：《南北史續世說》卷10〈擬弄〉，頁20下～21上。		《南史》〈齊本紀下第五〉「廢帝鬱林王」	

620	523	14	爾朱敞	年十二，與大街群兒交換衣服，遂得免禍。		1.【明】孫能傳：《益智編》卷 36〈人事類五〉「急難」，頁 5 下。 2.【明】樊玉衡：《智品》卷 12〈讜品二〉，頁 3 下。	《隋書》〈爾朱敞列傳〉	
621	524	14	爾朱文畧	馬上彈琵琶十曲，試使文畧寫之，得八曲。		1.【明】林茂桂：《南北朝新語》卷 2〈夙慧〉，頁 89。	《北齊書》〈外戚列傳〉「爾朱文畧」	
622	525	14	蒲衣子	八歲，舜師之，讓以天下，不受而去。		1.【明】徐象梅：《瑯嬛史唾》卷 9〈夙慧〉，頁 23 上。		
623	526	14	察罕	植杖於地，脫帽跪拜，曰：「獨行則帽在上而尊，二人行則年長者尊。」		1.【明】張墉：《二十一史識餘》卷 20〈夙惠〉，頁 21 下。	《元史》〈察罕列傳〉	
624	527	14	蒼舒	欲雞舞。取大鏡，立雞前，雞見形而舞不止。		1.【明】焦竑：《焦氏類林》卷 4〈夙惠〉，頁 27。 2.【明】李贄：《初潭集》，卷 7〈父子三〉「慧子」，頁 3 上。		
625	528	14	臧嚴	善記，精漢書。湘東王宣惠執四部書目試之，皆無遺失。	【宋】李壄：《南北史續世說》卷 9〈博洽〉，頁 1。	1.【明】焦竑：《焦氏類林》卷 3〈文學〉，頁 43 上。 2.【明】徐象梅：《瑯嬛史唾》卷 14〈強識〉，頁 6 下。 3.【明】林茂桂：《南北朝新語》卷 2〈夙慧〉，頁 87 下。	《南史》〈臧燾列傳〉 《梁書》〈文學列傳下〉「臧嚴」	
626	529	15	鄭善果	年九歲，繼承父爵，家人以其嬰弗告之，受冊，悲痛不能自已。	【宋】孔平仲：《續世說》卷 4〈夙慧〉，頁 9。		《舊唐書》〈鄭善果列傳〉、《新唐書》〈鄭善果列傳〉	
627	530	15	鄭端簡公	幼時志四方，無書不讀，學以致用。		1.【明】丁元薦：《西山日記》卷下〈正學〉，頁 3 下～4 上。		
628	531	15	衛玠	總角時乘羊車入洛陽，見者曰：「誰家璧人？」		1.【明】何良俊：《何氏語林》卷 22〈容止〉，頁 23 上。 2.【明】焦竑：《焦氏類林》卷 6〈容止〉，頁 36 上。 3.【明】李贄：《初潭集》，卷 20〈師友十〉「令色」，頁 13 下～14 上。	《晉書》〈衛瓘列傳〉	
629	531	15	衛玠	五歲，神衿可愛，祖父曰：「此兒有異顧，吾老不見其大耳。」	【南朝宋】劉義慶：《世說新語》卷中之上〈識鑒〉，頁 29 下。	1.【清】黃汝琳：《世說新語補》卷 12〈夙惠〉，頁 11 上。	《晉書》〈衛瓘列傳〉	

630	531	15	衛玠	總角時問樂令夢。思考多日不得，遂成病。樂爲之剖析，小差。	【南朝宋】劉義慶：《世說新語》卷上之下〈文學〉，頁10上。	1.【明】王世貞：《世說新語補》卷5〈文學中〉，頁7。 2.【明】李贄：《初潭集》卷13〈師友三〉「談學」，頁22上。 3.【明】曹臣：《舌華錄》卷1〈慧語〉，頁6上。 4.【清】黃汝琳：《世說新語補》卷5〈文學中〉，頁3上。	《晉書》〈樂廣列傳〉	
631	531	15	衛玠	風神秀異，其舅言，與之同坐，如明珠在側。		1.【明】何良俊：《何氏語林》卷22〈容止〉，頁23上。 2.【明】焦竑：《焦氏類林》卷6〈容止〉，頁36上。 3.【明】李贄：《初潭集》，卷7〈父子三〉「貌子」，頁8。 4.【明】周應治：《霞外麈談》卷6〈清鑒〉，頁8上。	《晉書》〈樂廣列傳〉	
632	532	15	蔣濤	聰慧善對，有父執武弁者，同由佛寺，指三佛出對，濤應對。		1.【明】馮夢龍：《古今譚概》卷29〈談資部〉，頁8下～9上。		
633	533	15	蔣平階(字大鴻)	善談。一令曰：「江淮河漢，萬水朝宗好到底。」對曰：「衡廬茅蔣，天下與人歸江南好。」		1.【清】李延昰：《南吳舊話錄》卷15〈夙惠〉，頁14。	《清史稿》〈藝術列傳一〉「蔣平階」有此人記載，無此事蹟。	
634	534	15	蔣公晁	十歲，書過目成誦。丘文莊曰：「台輔之器。」		1.【明】焦竑：《玉堂叢語》卷7〈夙惠〉，頁32下。		
635	535	15	齊高帝劉皇后	生時紫光滿室，父恨其非男，母曰雖女亦足興吾家。		1.【明】林茂桂：《南北朝新語》卷3〈宮闈〉，頁4下。	《南齊書》〈皇后列傳〉「高昭劉皇后」、《南史》〈后妃列傳上〉「高昭劉皇后」	
636	536	15	宋廢帝劉昱	五六歲能緣漆帳竿去地丈餘，如此者半食。	【唐】李垕：《南北史續世說》卷10〈癡弄〉，頁20下。		《南史》〈宋本紀下〉「後廢帝」	
637	537	15	劉苞	四歲而孤，六、七歲見諸叔伯常泣，乃因早孤，聽聞諸叔伯與父親多相似，心中悲苦。		1.【明】張墉：《二十一史識餘》卷20〈夙惠〉，頁16下～17上。	《梁書》〈文學列傳上〉「劉苞」、《南史》〈劉苞列傳〉	
638	538	15	劉曄	母臨終之際，恐父之侍者亂家，囑昤殺之；迄十三歲，殺侍者。		1.【明】張墉：《二十一史識餘》卷35〈補遺上〉，頁13下。		

639	539	15	劉仁軌	幼而好學，每行經所在，書空畫地，由是博通經史。		1.【明】徐象梅：《㴑嬡史唾》卷8〈勤學〉，頁27下。	《舊唐書》〈劉仁軌列傳〉	
640	540	15	劉殷(字長盛)	九歲，母思食菫，號於澤中得數斛，又蘺下得十五鍾粟。		1.【明】趙瑜：《兒世說》卷1〈至性〉，頁6下。	《晉書》〈孝友列傳〉「劉殷」	
641	541	15	劉謹	六歲，父戍雲南，問家人雲南何許？家人指西南。朝夕向西南拜。		1.【清】吳肅公：《明語林》卷1〈德行上〉，頁1下。	《明史》〈孝義列傳〉「劉謹」	
642	542	15	劉元海	幼時，好左傳，孫吳兵法、史漢諸子無不覽。		1.【明】焦竑：《焦氏類林》卷3〈文學〉，頁45下～46上。	《晉書》〈劉元海載記〉	
643	543	15	劉溥(字原博)	八歲，賦溝水詩。		1.【清】吳肅公：《明語林》卷9〈夙惠〉，頁2。	《明史》〈文苑列傳二〉「劉溥」	
644	544	15	劉歊	十歲，讀莊子逍遙篇，隨問而答，皆有情理。		1.【明】林茂桂：《南北朝新語》卷2〈夙慧〉，頁91上。 2.【明】趙瑜：《兒世說》卷1〈文學〉，頁4上。	《梁書》〈處士列傳〉「劉歊」、《南史》〈劉懷珍列傳〉	
645	545	15	劉顯	魏人送古器，有隱起字，劉顯按文讀之為校，年月一字不差。	【宋】李垕：《南北史續世說》卷9〈博洽〉，頁3上。	1.【明】焦竑：《焦氏類林》卷3〈文學〉，頁46下。 2.【明】林茂桂：《南北朝新語》卷2〈夙慧〉，頁91上。	《梁書》〈劉顯列傳〉、《南史》〈劉瓛列傳〉	
646	546	15	劉沆(字茂瀯)	五歲，於屏風古詩讀一遍能背誦。梁武帝命群臣賦詩，二百字三刻便成。		1.【明】林茂桂：《南北朝新語》卷2〈夙慧〉，頁88上。	《梁書》〈文學列傳上〉「到沆」、《南史》〈到彥之列傳〉	
647	547	15	劉覽	七百人一見，並記名姓。		1.【明】林茂桂：《南北朝新語》卷2〈夙慧〉，頁90下。		
648	548	15	劉太中(劉昌，字欽謨)	少而穎敏，過酒家，取進簿，閱而焚之，呼筆更次第，其數不爽。		1.【清】梁維樞：《玉劍尊聞》卷7〈夙惠〉，頁26。		
649	549	15	劉秀之	十歲，與諸兒遊戲，突有大蛇來，眾兒莫不驚呼，獨秀之不動。	【宋】李垕：《南北史續世說》卷3〈雅量〉，頁28上。		《宋書》〈劉秀之列傳〉、《南史》〈劉穆之列傳〉	
650	550	15	劉佑	年十四、五，汗出香氣撲人。		1.【明】鄭仲夔：《雋區》卷8〈通雋〉，頁13下。	劉佑為劉綎之子，《明史》有劉綎記載。	
651	551	15	劉玉(字咸栗)	幼時，問父親天何依、地何際？終有壞否？父笑曰：「童子何慮之遠。」		1.【明】李紹文：《皇明世說新語》卷5〈夙惠〉，頁4。	《明史》〈劉玉列傳〉有此人，無此事蹟。	

652	551	15	劉玉(字咸栗)	幼時，問父親天何依、地何際？終有壞否？父笑曰：「童子何慮之遠。」 六歲，侍客有談及天下阨塞及運道，曰：「勿使奸雄聞之。」		1.【明】丁元薦：《西山日記》卷上〈器識〉，頁3上。	《明史》〈劉玉列傳〉有此人，無此事蹟。
653	551	15	劉玉(字咸栗)	六歲，侍客有談及天下阨塞及運道，曰：「勿使奸雄聞之。」		1.【明】李紹文：《皇明世說新語》卷5〈夙惠〉，頁4上。 2.【明】孫能傳：《益智編》卷34〈人事類三〉「蚤慧」，頁4下。 3.【明】江東偉：《芙蓉鏡寓言》二集〈夙惠〉，頁146～147。	《明史》〈劉玉列傳〉有此人，無此事蹟。
654	552	15	劉主靜	幼時臥病，其父即病所得其祀竈文，驚曰：「此子有八面受敵之才。」		1.【明】李紹文：《皇明世說新語》卷5〈夙惠〉，頁3下。	
655	553	15	劉恭嗣	十歲，戲於講堂，司馬德操拊其頭。		1.【明】何良俊：《何氏語林》卷15〈識鑒〉，頁10下～11上。 2.【明】江東偉：《芙蓉鏡寓言》二集〈識鑒〉，頁93～94。	《三國志‧魏書》〈劉廙〉
656	554	15	劉誠意	年十四，入學從師受春秋經，人未嘗見其執經讀誦而默識無遺。		1.【明】焦竑：《玉堂叢語》卷6〈師友〉，頁3下～4上。	
657	555	15	劉孝綽	七歲屬文，舅舅王融曰：「天下文章無我，當歸阿士。」	【宋】李厚：《南北史續世說》卷4〈賞譽〉，頁4下～5上。	1.【明】何良俊：《何氏語林》卷16〈賞譽上〉，頁22下。 2.【明】王世貞：《世說新語補》，卷10〈賞譽下〉，頁8下～9上。 3.【明】焦竑：《焦氏類林》卷6〈矜率〉，頁50上。 4.【明】李贄：《初潭集》，卷16〈師友五〉「嘲笑」，頁17。 5.【明】徐象梅：《瑯嬛史唾》卷8〈賞譽〉，頁7下。 6.【明】林茂桂：《南北朝新語》卷2〈品鑒〉，頁16下。	《梁書》〈劉孝綽列傳〉《南史》〈劉孝綽列傳〉

					7.【明】江東偉《芙蓉鏡寓言》二集〈賞譽〉，頁110。 8.【明】趙瑜：《兒世說》卷1〈賞譽〉，頁12。 9.【清】黃汝琳：《世說新語補》卷10〈賞譽下〉，頁4下。		
658	556	15	劉真長	小時諸人比之袁羊，母勸勿受之，又有人比之范汪者、劉復喜，母親又不聽，後論者比之荀粲。		1.【明】何良俊：《何氏語林》卷15〈識鑒〉，頁16下～17上。 2.【明】王世貞：《世說新語補》，卷8〈識鑒〉，頁22下。 3.【明】李贄：《初潭集》卷3〈夫婦三〉「賢婦」，頁11下～12上。 4.【清】黃汝琳：《世說新語補》卷8〈識鑒〉，頁10上。	《晉書》〈劉惔列傳〉	
659	557	15	劉恕	年四歲，客言孔子無兄弟。對曰：「以其兄之子妻之，非兄乎」。		1.【明】曹臣：《舌華錄》，卷8〈辯語〉，頁5下。 2.【明】徐象梅：《瑯嬛史唾》，卷9〈夙慧〉，頁27下。	《宋史》〈文苑列傳六〉「劉恕」	
660	558	15	劉晏	八歲獻東封書。以「獨朋字未正」暗示朝政朋黨傾軋之問題。	【宋】王讜：《唐語林》，卷3〈夙慧〉，頁91。	1.【明】曹臣：《舌華錄》，卷6〈諷語〉，頁10。 2.【明】孫能傳：《益智編》，卷34〈人事類三〉「蚤慧」，頁3上。 3.【明】趙瑜：《兒世說》，卷1〈言語〉，頁2下。 4.【明】趙瑜：《兒世說》，卷1〈文學〉，頁4下。 5.【清】黃汝琳：《世說新語補》，卷12〈夙惠〉，頁13。	《舊唐書》〈劉晏列傳〉、《新唐書》〈劉晏列傳〉	
661	559	15	東漢明帝(劉莊)	年十二，處理天下墾田多不以實詔，太守檢覈百姓多不平均的問題。		1.【明】孫能傳：《益智編》卷34〈人事類三〉「蚤慧」，頁1下～2上。		
662	560	15	東漢光武帝(劉秀)	生有赤光照室，如五麟七鳳。		1.【明】徐象梅：《瑯嬛史唾》卷1〈帝符〉，頁6下。	《後漢書》〈光武帝紀〉	

663	561	15	漢昭帝(劉弗陵)	年十四，破解上官桀陷害霍光之計。		1.【明】李贄：《初潭集》，卷 22〈君臣二〉「明君」，頁 1～2 上。 2.【明】孫能傳：《益智編》卷 34〈人事類三〉「蚤慧」，頁 1 下。 3.【明】馮夢龍：《智囊》卷 7〈明智部〉「剖疑」，頁 151。	《漢書》〈武五子列傳〉「燕剌王劉旦」	
664	562	15	漢武帝(劉徹)	年十二，繼母殺父，防年殺繼母以報父仇，武帝認爲不宜以大逆論之。		1.【明】焦竑：《焦氏類林》卷 4〈夙惠〉，頁 25 下～26 上。 2.【明】李贄：《初潭集》卷 7〈父子三〉「慧子」，頁 1 上。 3.【明】孫能傳：《益智編》卷 24〈刑獄類一〉「讞議」，頁 9 下。 4.【明】呂純如：《學古適用編》卷 46〈片言折獄〉，頁 3 上。		
665	563	15	劉瓛（字珪）	五歲，聞舅舅讀管寧傳，欣然請更讀，因聽受曰：「可及此耳。」		1.【明】徐象梅：《瑯嬛史唾》卷 5〈志氣〉，頁 24 上。 2.【明】林茂桂：《南北朝新語》，卷 2〈學問〉，頁 51 上。	《南史》〈劉瓛列傳〉	
666	564	15	蔡文姬(蔡琰)	六歲，父親鼓琴絃絕，知道斷第幾根絃。		1.【明】何良俊：《何氏語林》卷 23〈術解〉，頁 5 下。 2.【明】王世貞：《世說新語補》，卷 15〈術解〉，頁 20 下～21 上。 3.【明】焦竑：《焦氏類林》卷 7〈聲樂〉，頁 55 下～56 上。 4.【明】李贄：《初潭集》卷 4〈夫婦四〉「苦海諸媼」，頁 7 下。 5.【清】黃汝琳：《世說新語補》卷 15〈術解〉，頁 9 下。	《後漢書》〈列女傳〉「董祀妻」	
667	565	15	蔡興宗	幼爲父親所重，父曰：「我年六十，行事不及十歲小兒。」	【宋】李垕：《南北史續世說》卷 5〈夙慧〉，頁 3 下。	1.【明】焦竑：《焦氏類林》卷 4〈夙惠〉，頁 28 下～29 上。	《宋書》〈蔡廓列傳〉、《南史》〈蔡廓列傳〉	

						2.【明】張壛:《二十一史識餘》卷20〈鳳惠〉,頁15。 3.【明】林茂桂:《南北朝新語》卷2〈標譽〉,頁26下~27上。		
668	566	15	魯肅	年十五,好爲奇計,借糧與周瑜。		1.【明】趙瑜:《兒世說》卷1〈豪豪〉,頁13下。	《三國志・吳書》有此人記載,但無此事蹟。	
669	567	15	諸駿男	幼有文藻,舅祖曰:「子居馬市,故自龍駒。」		1.【清】王晫:《今世說》卷4〈賞譽〉,頁12下~13上。		
670	568	15	慕容廆	張茂先見其兒時異其狀,曰:「卿槃世之器也。」		1.【明】徐象梅:《瑯環史唾》卷8〈藻鑒〉,頁2下。	《晉書》〈載記〉「慕容廆」	
671	569	15	樂彥輔	夏侯玄謂其父曰:「向見廣,神姿朗澈,終爲名士。」		1.【明】何良俊:《何氏語林》卷15〈識鑒〉,頁13下。	《晉書》〈樂廣列傳〉	
672	570	15	練子寧	幼時,師命作水竹村居詩。		1.【明】焦竑:《玉堂叢語》卷7〈鳳惠〉,頁29下~30上。	《明史》〈練子寧列傳〉有此人記載,但無此事蹟。	
673	571	15	樂思晦男	未十歲,勸諫武后勿信來俊臣。	【宋】孔平仲:《續世說》卷〈鳳慧〉,頁10下。		《舊唐書》〈酷吏列傳上〉「來俊臣」、《新唐書》〈酷吏列傳〉「來俊臣」	
674	572	16	錢鶴灘	髫齔,回應客人之對子,客拊其背曰:「此臚唱時第一人口氣耶。」		1.【清】李延昰:《南吳舊話錄》卷15〈鳳惠〉,頁2下。		
675	573	16	錢肇陽	方舞勺,塾師問心字作何解?答甚妙,塾師辭去。		1.【清】李延昰:《南吳舊話錄》卷15〈鳳惠〉,頁7上~8上。		
676	574	16	錢鏐	指揮群兒爲隊伍,號令有法。		1.【明】趙瑜:《兒世說》卷1〈將客〉,頁13下~14上。	《新五代史》〈吳越世家第七〉「錢鏐」	
677	575	16	盧伯源	年十四詣長安,相者預言其成就。		1.【明】林茂桂:《南北朝新語》卷2〈巧藝〉,頁128上。	《魏書》〈盧玄列傳〉、《北史》〈盧玄列傳〉	
678	576	16	盧莊道	拜訪父友,人獻書,無意窺見,強記。父友取其他文章測試,亦一閱便能記。	【唐】劉肅:《大唐新語》卷8〈聰敏〉,頁83~84。			
679	577	16	盧媚娘	年十四,手藝精巧,能於一尺絹上,繡法華經七卷,字之大小不逾栗粒。		1.【明】馬嘉松:《十可篇》卷9〈可嘉〉,頁22下~23上。		

680	578	16	盧氏(燕文正公弟某女婦)	爲家公求官。	【宋】王讜:《唐語林》卷3〈夙慧〉,頁91。		
681	579	16	駱統(字公緒)	八歲,年饑,曰:「士大夫糟糠不足,我何心獨飽。」		1.【明】何良俊:《何氏語林》卷1〈德行上〉,頁15上。 2.【明】張墉:《二十一史識餘》卷2〈兄弟〉,頁25下。 3.【明】趙瑜:《兒世說》卷1〈至性〉,頁6下。	《三國志》〈吳書十二〉「駱統」
682	580	16	獨孤及(字至之)	兒時讀孝經,志在立身行道揚名於後世。		1.【明】鄭仲夔:《清言》卷5〈夙惠〉,頁11下。 2.【明】趙瑜:《兒世說》卷1〈言志〉,頁11上。	《新唐書》〈獨孤及列傳〉
683	581	17	蕭惠開	明識過人,三千沙門一閱其名,退無所失。		1.【明】林茂桂:《南北朝新語》卷2〈夙慧〉,頁87下。	《南史》〈蕭思話列傳〉
684	582	17	宜都王鏗(蕭鏗)	十歲被屏風壓到背,顏色不異,言談無輟。	【宋】孔平仲:《續世說》卷3〈雅量〉,頁13上。	1.【明】林茂桂:《南北朝新語》卷1〈雅量〉,頁65下。	《南史》〈齊高帝諸子列傳下〉「宜都王鏗」
685	583	17	建平王大球(蕭大球)	七歲,發願凡有眾生應獲苦報,悉大球代罪。		1.【明】何良俊:《何氏語林》卷22〈夙慧〉,頁6。 2.【明】林茂桂:《南北朝新語》卷2〈玄解〉,頁76上。	《梁書》〈太宗十一王列傳〉「建平王大球」、《南史》〈梁簡文帝諸子列傳〉「建平王大球」
686	584	15	綏建王(蕭大摯)	幼有膽氣。城陷,歎:「大丈夫當殺賊。」嫗警惕其勿妄言,否則禍將至。	【宋】李垕:《南北史續世說》卷5〈夙慧〉,頁10上。		
687	585	17	齊武帝(蕭賾)	年十三,夢人以筆畫身,左右爲兩翅。		1.【明】徐象梅:《瑯嬛史唾》卷1〈帝符〉,頁6下~7上。	《南史》〈齊本紀〉「武帝」
688	586	17	蕭大圜(字仁顯)	四歲能誦三都賦、孝經、論語。七歲,居母喪,便有成人性。		1.【明】林茂桂:《南北朝新語》卷2〈夙慧〉,頁89上。	《周書》〈蕭大圜列傳〉《北史》〈蕭大圜列傳〉
689	586	17	蕭大圜(字仁顯)	幼聰敏,神情俊悟。江陵平,入魏大見知遇,深信因果。		1.【明】何良俊:《何氏語林》卷11〈言志下〉,頁10上~11下。	《周書》〈蕭大圜列傳〉《北史》〈蕭大圜列傳〉
690	586	17	蕭大圜(字仁顯)	梁武帝問五經要事,應答無滯。	【宋】李垕:《南北史續世說》卷4〈賞譽〉,頁7上。	1.【明】焦竑:《焦氏類林》卷4〈賞譽〉,頁15下。	《周書》〈蕭大圜列傳〉《北史》〈蕭大圜列傳〉

691	587	17	梁武帝(蕭衍)	母吞庭前菖蒲花，遂生之。		1.【明】徐象梅：《瑯嬛史唾》卷1〈后瑞〉，頁10上。 2.【明】林茂桂：《南北朝新語》卷3〈宮闈〉，頁4下。	《梁書》〈皇后列傳〉「太祖張皇后」、《南史》〈后妃列傳上〉「梁文獻張皇后」	
692	588	17	蕭思話	小時以博誕遊邀爲事，鄰曲患之，後折節讀書，有所成就。	【宋】孔平仲：《續世說》卷7〈自新〉，頁1。 【宋】李垕：《南北史續世說》卷5〈豪爽〉，頁18上。	1.【明】何良俊：《何氏語林》卷23〈自新〉，頁2上。 2.【明】張墉：《二十一史識餘》卷17〈機警〉，頁11上。 3.【明】林茂桂：《南北朝新語》卷1〈圖新〉，頁103上。 4.【明】江東偉：《芙蓉鏡寓言》三集〈自新〉，頁163。 5.【明】趙瑜：《兒世說》卷1〈自新〉，頁8下。	《宋書》〈蕭思話列傳〉、《南史》〈蕭思話列傳〉	《兒世說》作「蕭思詁」
693	589	17	蕭幾	十五歲，爲楊公謀，沈約奇之。楊平南謀文，不減希逸之氣。	【宋】李垕：《南北史續世說》卷5〈夙慧〉，頁9下。		《梁書》〈蕭幾列傳〉、《南史》〈齊宗室列傳〉「曲江公遙欣」	
694	590	17	蕭遙欣(曲江公)	七歲，規勸善於彈射的同伴勿彈殺小鳥。	【宋】李垕：《南北史續世說》卷5〈夙慧〉，頁3下。	1.【明】林茂桂：《南北朝新語》卷3〈懲戒〉，頁93下。	《南史》〈齊宗室列傳〉「曲江公遙欣」	
695	591	17	蕭統(昭明太子)	五歲能讀五經，顧野王七歲讀五經，張九成八歲誦六經。		1.【明】趙瑜：《兒世說》卷1〈彊記〉，頁5下～6上。	顧野王(字希馮)，事見《南史》〈顧野王列傳〉、《陳書》〈顧野王列傳〉 張九成：《宋史》有此人記載，無此事蹟。 昭明太子見《梁書》〈列傳第二〉「昭明太子」，有此人記載，但無此事。	
696	591	17	蕭統(昭明太子)	十二歲，助獄官讞事。	【宋】李垕：《南北史續世說》卷5〈夙慧〉，頁9下。	1.【明】江東偉：《芙蓉鏡寓言》二集〈夙惠〉，頁142。	《南史》〈梁武帝諸子列傳〉「昭明太子統」	
697	592	17	蕭賁	善書畫，於扇上圖山水，咫尺之內，便覺萬里爲遙。	【宋】孔平仲：《續世說》卷6〈巧藝〉，頁10上。 【宋】李垕：《南北史續世說》卷6〈巧藝〉，頁22下。	1.【明】何良俊：《何氏語林》卷23〈巧藝〉，頁23。 2.【明】李贄：《初潭集》卷14〈師友四〉「書畫」，頁30下。 3.【明】徐象梅：《瑯嬛史唾》卷11〈名	《南史》〈齊武帝諸子〉「竟陵文宣王子良」	《續世說》作「蕭爲遙」

					【宋】	【明】	史源	備註
						書上〉，頁 20 下。 4.【明】林茂桂：《南北朝新語》卷 2〈巧藝〉，頁 133 上。		
698	593	17	蕭繹	五歲，高帝使學鳳尾諾，一學即工，賜以玉麒麟。	【宋】孔平仲：《續世說》卷 4〈夙慧〉，頁 8 下。		《南史》〈高帝諸子列傳下〉「江夏王鋒」	「蕭繹」疑誤，應為「王鋒」
699	594	17	薛世雄	與群臣畫地為城池，令諸兒為攻守勢，不從則撻之。諸兒畏懼。	【宋】李垕：《南北史續世說》卷 5〈夙慧〉，頁 8 下～9 上。		《隋書》〈薛世雄列傳〉《北史》〈薛世雄列傳〉	
700	595	17	薛訪車之子	十四，歌聲美妙。		1.【明】徐象梅：《兩浙史唾》卷 12〈音樂〉，頁 2 下。		
701	596	17	薛文清	年十五，陳宗曰：「才雄氣廣，他日祿位不卑，非於儕輩員竊祿者比。」		1.【明】李紹文：《皇明世說新語》卷 4〈賞譽〉，頁 4 上。		
702	597	17	薛□初	兒時戲於河濱，見一黃蛇，群兒無視，以為不祥。		1.【明】林茂桂：《南北朝新語》卷 4〈徵兆〉，頁 89。		
703	598	17	謝貞(字元正)	八歲作春日閒居詩，舅舅王筠曰：「至如風定花猶落，直欲追步惠連。」	【宋】孔平仲：《續世說》卷 4〈夙慧〉，頁 9 上。 【宋】李垕：《南北史續世說》卷 5〈夙慧〉，頁 4 下。	1.【明】何良俊：《何氏語林》卷 22〈夙慧〉，頁 6 下～7 上。 2.【明】王世貞：《世說新語補》卷 12〈夙惠〉，頁 25。 3.【明】焦竑：《焦氏類林》卷 4〈夙惠〉，頁 29 下。 4.【明】李贄：《初潭集》卷 20〈師友十〉「少年」，頁 17 下。 5.【明】徐象梅：《兩浙史唾》卷 8〈賞譽〉，頁 10 上。 6.【清】黃汝琳：《世說新語補》卷 12〈夙惠〉，頁 12 下～13 上。	《陳書》〈孝行列傳〉「謝貞」、《南史》〈孝義列傳下〉「謝蘭」	
704	598	17	謝貞	祖母病，貞不食。八歲作春日閒居詩，舅舅王筠曰：「至如風定花猶落，直欲追步惠連。」		1.【明】張墉：《二十一史識餘》卷 20〈夙惠〉，頁 16 下。	《陳書》〈孝行列傳〉「謝貞」、《南史》〈孝義列傳下〉「謝蘭」	《二十一史識餘》作「李貞」，疑誤！
705	599	17	謝璯	八歲善詩，客命賦暮秋，援筆立就。客驚呼為「奇童」。		1.【明】李紹文：《皇明世說新語》卷 5〈夙惠〉，頁 5 上。	《明史》〈文苑列傳二〉「顧璘弟瑮 陳沂 王韋 朱應登等」	

706	600	17	謝幾卿	八歲，與父親超宗別於新亭，悲傷投水獲救。十二歲，補國子生，王儉測試之，謂：「謝超宗爲不死矣。」	【宋】李垕：《南北史續世說》卷5〈夙慧〉，頁1。		《梁書》〈文學列傳下〉「謝幾卿」、《南史》〈謝靈運列傳〉	
707	601	17	謝幾卿	年十二，補國子生。太子策試，辨釋無滯。		1.【明】趙瑜：《兒世說》卷〈文學〉，頁4下。	《梁書》〈文學列傳下〉「謝幾卿」、《南史》〈謝靈運列傳〉	
708	602	17	謝藺	五歲喪父，乳媼欲令飯，不進。		1.【明】徐象梅：《瑯嬛史唾》卷3〈孝敬〉，21下～22上。 2.【明】張墉：《二十一史識餘》卷20〈夙惠〉，頁17上。	《梁書》〈孝行列傳〉「謝藺」、《南史》〈孝義列傳〉下「謝藺」	
709	603	17	謝靈運	幼穎悟。祖父曰：「我尚生瑍，瑍兒何爲不及我？」	【宋】李垕：《南北史續世說》卷5〈夙慧〉，頁1上。	1.【明】何良俊：《何氏語林》卷27〈排調〉，頁8下。 2.【明】王世貞：《世說新語補》卷18〈排調下〉，頁11下。 3.【明】曹臣：《舌華錄》卷3〈冷語〉，頁4下。 4.【明】林茂桂：《南朝新語》卷2〈品鑒〉，頁6上。 5.【明】江東偉：《芙蓉鏡寓言》四集〈排調〉，頁218。 6.【清】黃汝琳：《世說新語補》卷18〈排調下〉，頁5下。	《宋書》〈謝靈運列傳〉《晉書》〈謝安列傳〉	
710	604	17	謝弘微	謝混言姪弘微曰：「此兒深中夙敏，方成佳器，有子如此足矣。」	【宋】李垕：《南北史續世說》卷5〈夙慧〉，頁1下。	1.【明】何良俊：《何氏語林》卷15〈識鑒〉，頁17下。	《宋書》〈謝弘微列傳〉《南史》〈謝弘微列傳〉	
711	605	17	謝莊	宋文曰：「藍田生玉豈虛也哉。」	【宋】李垕：《南北史續世說》卷5〈夙慧〉，頁1下。		《南史》〈謝弘微列傳〉	
712	606	17	謝朓	十歲能屬文，父謝莊撫其背，曰：「眞吾家千金。」	【宋】李垕：《南北史續世說》卷5〈夙慧〉，頁1下。	1.【明】徐象梅：《瑯環史唾》卷10〈譽兒〉，頁25下。 2.【明】李贄：《初潭集》卷7〈父子三〉「慧子」，頁6下。 3.【明】林茂桂：《南朝新語》卷2〈標譽〉，頁23下。	《梁書》〈謝朓列傳〉 《南史》〈謝弘微列傳〉	

713	607	17	謝惠連	不爲父方明所知，謝靈運大相知賞。認爲方明不能禮賢下士，載之去。	【宋】李垕：《南北史續世說》卷4〈賞譽〉，頁2。	1.【明】何良俊：《何氏語林》卷16〈賞譽上〉，頁14。 2.【明】鄭仲夔：《清言》卷4〈賞譽上〉，頁10上。 3.【明】張墉：《二十一史識餘》卷23〈任誕〉，頁13下～14上。 4.【明】林茂桂：《南北朝新語》卷2〈標譽〉，頁25下～26上。	《宋書》〈謝靈運列傳〉《南史》〈謝靈運列傳〉	
714	607	17	謝惠連	族兄靈運賞之。云：「每有篇章對惠連，則得佳語。」思詩，夢見惠連即得佳句。	【宋】孔平仲：《續世說》卷2〈文學〉，頁8下。 【宋】李垕：《南北史續世說》卷2〈文學〉，頁24下～25上。	1.【明】何良俊：《何氏語林》卷8〈文學中〉，頁8上。 2.【明】徐象梅：《瑯嬛史唾》卷8〈賞譽〉，頁7上。 3.【明】林茂桂：《南北朝新語》卷2〈標譽〉，頁22。	《南史》〈謝方明列傳〉	
715	608	17	謝尚(字仁祖)	八歲，諸人曰：「年少一坐之顏回。」仁祖曰：「坐無尼父，焉別顏回。」	【南朝宋】劉義慶：《世說新語》卷上之上〈言語〉，頁26。	1.【明】李贄：《初潭集》卷7〈父子三〉「慧子」，頁4上。 2.【明】曹臣：《舌華錄》卷8〈穎語〉，頁15上。 3.【明】馮夢龍：《古今談概》卷12〈矜嫚部〉，頁10上。 4.【清】黃汝琳：《世說新語補》卷12〈夙惠〉，頁11上。	《晉書》〈謝尚列傳〉	
716	609	17	謝安	小時候有名譽，慕容廆餉謝白狼□一雙。		1.【明】徐象梅：《瑯嬛史唾》卷6〈企羨上〉，頁5上。	《晉書》〈謝安列傳〉有此記載，無此事蹟。	
717	609	17	謝安	四歲時，桓彝曰：「此兒風神秀徹，異日當繼踪王東海。」		1.【明】何良俊：《何氏語林》卷16〈賞譽上〉，頁10下。 2.【明】焦竑：《焦氏類林》卷2〈識鑒〉，頁42上。 3.【明】徐象梅：《瑯嬛史唾》卷八〈藻鑒〉，頁2下。 4.【明】趙瑜：《兒世說》卷1〈賞譽〉，頁12上。	《晉書》〈謝安列傳〉	
718	609	17	謝安(謝太傅)	謝奕做剡令，老翁犯法，謝以醇酒罰之，乃至過醉，謝太傅爲其求情。	【南朝宋】劉義慶：《世說新語》卷上之上〈德行〉，頁9上。	1.【清】王世貞：《世說新語補》卷1〈德行〉，頁18。 2.【清】黃汝琳：《世說新語補》卷1〈德行上〉，頁8上。		

719	610	17	韓康伯	母親自成襦，令康伯捉熨斗，康伯曰:「火在熨斗中而柄熱，今既箸襦下亦當軟，故不需耳。」	【南朝宋】劉義慶:《世說新語》卷中之下〈夙惠〉，頁38上。	1.【明】王世貞:《世說新語補》卷12〈夙惠〉，頁23下～24上。 2.【明】李贄:《初潭集》卷7〈父子三〉「慧子」，頁5上。 3.【明】曹臣:《舌華錄》卷1〈慧語〉，頁7下。 4.【清】黃汝琳:《世說新語補》卷12〈夙惠〉，頁12上。	《晉書》〈韓伯列傳〉	
720	611	17	韓景山	十歲能文，日誦書三與身齊。		1.【明】徐象梅:《瑯環史唾》卷9〈夙慧〉，頁26上。	《晉書》〈載記第十〉「韓恒」有此人記載，未見此事蹟。	
721	612	17	韓邦靖	五歲，與客奕，背坐不視棋局，以口對奕，不差一著。		1.【清】梁維樞:《玉劍尊聞》卷7〈夙惠〉，頁30上。	《明史》〈韓邦奇列傳〉，有此人記載，但無此事蹟。	
722	612	17	韓邦靖	五歲，讀論語文王至德篇之若有思:「即如是，武王非矣。」		1.【明】李紹文:《皇明世說新語》卷5〈夙惠〉，頁5下。 2.【明】江東偉:《芙蓉鏡寓言》二集〈夙惠〉，頁147。	《明史》〈韓邦奇列傳〉，有此人記載，但無此事蹟。	
723	613	17	戴封(字平仲)	年十五，詣太學，師卒，送喪，經過家門，拜親不宿而去。		1.【明】張墉:《二十一史識餘》卷3〈師友〉，頁20下。	《後漢書》〈獨行列傳〉「戴封」	
724	614	17	戴大賓	以「兔毫筆寫狀元坊」，回應「虎皮褥蓋太師椅」。		1.【明】馮夢龍:《古今譚槩》卷29〈談資部〉，頁15下。 2.【明】張岱:《快園道古》卷5〈夙慧部〉，頁66。		
725	615	17	戴逵 (字安道)	幼時於瓦官寺作畫，王長史曰:「此童非徒善畫，亦終當致名。」庾道季云:「神猶太俗，卿未盡耳。」	【南朝宋】劉義慶:《世說新語》卷中之上〈識鑒〉，頁32上。	1.【明】徐象梅:《瑯環史唾》卷11〈名畫上〉，頁19下～20上。		
726	615	17	戴逵 (字安道)	總角，以雞卵汁、溲白丸作鄭玄碑，自為文鑴之，詞麗器妙。		1.【明】焦竑:《焦氏類林》卷4〈夙惠〉，頁28上。 2.【明】李贄:《初潭集》卷20〈師友十〉「少年」，頁17上。 3.【明】鄭仲夔:《清言》卷5〈夙惠〉，頁10。	《晉書》〈隱逸列傳〉「戴逵」	

						4.【明】徐象梅:《瑯環史唾》卷 11〈法書中〉,頁 6 下~7上。	
						5.【明】張墉:《二十一史識餘》卷 20〈夙惠〉,頁 15 上。	
727	616	17	應奉	兒時所經履,莫不暗記。		1.【明】張墉:《二十一史識餘》卷 15〈文學下〉,頁 3 下。 2.【明】趙瑜:《兒世說》卷 1〈疆記〉,頁 5 下。	《後漢書》〈楊李翟應霍爰徐列傳第三十八〉「應奉」
728	617	17	鮮于文宗	文宗七歲喪父,父以種芋時亡,明年對芋鳴咽,如此終身。		1.【明】趙瑜:《兒世說》卷 1〈至性〉,頁 7 上。	《南史》〈孝義列傳上〉「蕭叡明」
729	618	17	鍾會	四歲到十五歲的教育歷程。		1.【明】張墉:《二十一史識餘》卷 1〈父子〉,頁 13 下~14上。	《三國志》〈魏書〉「鍾會」
730	619	18	瞿宗伯	十月,誦詩關雎。		1.【明】鄭仲夔:《清言》卷 5〈夙惠〉,頁 13 上。	
731	620	18	瞿宗吉	年十四,與文人和詩。		2.【清】吳肅公:《明語林》卷 9〈夙惠〉,頁 1。	
732	621	18	魏世傚(字昭士)	甫生二十餘月,母口授歸去來辭、九歌一二章,諸父嘗抱誘以果餅使歌,聲悠揚。		1.【清】王晫:《今世說》卷 5〈夙惠〉,頁 10。	《清史稿》〈文苑列傳一〉「魏禧」
733	622	18	魏收	幼習騎射,原欲以武藝自達,鄭伯調侃之,後折節讀書。	【宋】李厚:《南北史續世說》卷 5〈自新〉,頁 26 下。	1.【明】焦竑:《焦氏類林》卷 3〈文學〉,頁 41 下。 2.【明】徐象梅:《瑯嬛史唾》卷 14〈折節〉,頁 15。 3.【明】張墉:《二十一史識餘》卷 17〈機警〉,頁 12 上。 4.【明】林茂桂:《南北朝新語》卷 4〈嘲誚〉,頁 55。	《北史》〈魏收列傳〉
734	623	18	魏照	求入事郭泰,曰:「經師易獲,人師難遭,欲以素絲之質,附近朱藍。」		1.【明】焦竑:《焦氏類林》卷 1〈師友〉,頁 43 下。 2.【明】李贄:《初潭集》卷 13〈師友三〉「談學」,頁 20 下。 3.【明】趙瑜:《兒世說》卷 1〈師友〉,頁 10 上。	

735	624	18	顓頊	瑤光之星貫月如虹感女樞，遂生顓頊。		1.【明】徐象梅：《瑯嬛史唾》卷1〈后瑞〉，頁8上。	
736	625	19	羅士信	十四殺賊，每殺一人剔其鼻，懷之，表殺敵多少。		1.【明】徐象梅：《瑯嬛史唾》卷3〈將畧下〉，頁8上。	《舊唐書》〈忠義列傳上〉「羅士信」、《新唐書》〈忠義列傳上〉「羅士信」
737	626	19	羅威	八歲喪父，事母至孝，以身溫席。		1.【明】徐象梅：《瑯嬛史唾》卷3〈孝敬〉，頁23上。	
738	627	19	羅倫(人稱一峰先生)	五歲隨母親入園採收果子，長幼競取，獨賜而後受。七歲父訓於庭。不匝月，童蒙諸書咸遍。		1.【明】焦竑：《玉堂叢語》卷7〈夙惠〉，頁29上。2.【清】吳肅公：《明語林》卷9〈夙惠〉，頁3下。	《明史》〈羅倫列傳〉
739	627	19	羅倫(人稱一峰先生)	年十四，受徒於鄉，以資親養，立志聖賢之學。		1.【明】丁元薦：《西山日記》卷上〈師模〉，頁2下。	《明史》〈羅倫列傳〉
740	628	20	竇易直	小時家貧，其師有道術，風雪至，學童爭相接近火取暖，竇易直寢於塌，無所動。		1.【宋】王讜：《唐語林》卷6〈補遺〉，頁165。	
741	629	20	竇皇后	髮垂過頸，三歲與身齊。		1.【明】張墉：《二十一史識餘》卷3〈夫婦〉，頁14下。	
742	630	20	蘇紉香	九歲能詩，父報置膝上命賦中秋月。		1.【清】嚴蘅：《女世說》，頁10下。	
743	631	20	蘇晉	數歲，能屬文，作八卦論，王紹宗曰：「此後來王粲也。」	【宋】孔平仲：《續世說》卷4〈夙慧〉，頁9下。	1.【明】何良俊：《何氏語林》卷22〈夙慧〉，頁10上。	《舊唐書》〈蘇晉列傳〉、《新唐書》〈蘇晉列傳〉
744	632	20	蘇夔(字伯尼)	與安德王雄馳射，賭得雄駿馬。楊素戲曰：「楊素無兒，蘇夔無父。」	【宋】孔平仲：《續世說》卷6〈排調〉，頁18上。【宋】李垕：《南北史續世說》卷7〈排調〉，頁31上。	1.【明】徐象梅：《瑯嬛史唾》卷9〈夙慧〉，頁26上。	《北史》〈蘇綽列傳〉
745	632	20	蘇夔(字伯尼)	八歲誦詩解騎射，年十三與安德王雄射賭，得駿馬以歸，年十四詣學與諸儒議論，辭致可觀。	【宋】李垕：《南北史續世說》卷5〈夙慧〉，頁7下～8上。		《北史》〈蘇綽列傳〉
746	633	20	蘇頲	蘇瓌起初未知頲，因遺落一文字，乃崑崙奴詩，蘇瓌稍親之。人獻兔，令詠之。	【宋】王讜：《唐語林》卷3〈夙慧〉，頁91。	1.【明】何良俊：《何氏語林》卷22〈夙慧〉，頁8下～9上。	《新唐書》、《舊唐書》有此人，無此事蹟。

747	633	20	蘇頲	五歲,誦庾信枯樹賦,避父親的名字「談」,易其韻。	【唐】張鷟:《朝野僉載》卷4,頁53。 【宋】孔平仲:《續世說》卷4〈夙慧〉,頁10下。	1.【明】何良俊:《何氏語林》卷22〈夙慧〉,頁9上。 2.【明】王世貞:《世說新語補》卷12〈夙惠〉,頁25下～26上。 3.【清】黃汝琳:《世說新語補》卷12〈夙惠〉,頁13上。	《新唐書》、《舊唐書》有此人,無此事蹟。	
748	633	20	蘇頲	少不得父意,好學,於馬廄吹火照書。	【宋】王讜:《唐語林》卷2〈文學〉,頁37。		《新唐書》、《舊唐書》有此人,無此事蹟。	
749	633	20	蘇頲	幼時,京兆令咏尹字。		1.【明】馮夢龍:《古今譚概》卷28〈巧言部〉,頁2上。	《新唐書》、《舊唐書》有此人,無此事蹟。	
750	634	20	蘇福	八歲,賦初月詩。		1.【明】李紹文:《皇明世說新語》卷7〈輕詆〉,頁27下。 2.【明】曹臣:《舌華錄》卷9〈澆語〉,頁8下。 3.【明】張岱:《快園道古》卷5〈夙慧部〉,頁67。		
751	635	20	蘇小妹	十歲,東坡以其額廣而如凸戲之,妹以東坡多鬚髯回敬之。		1.【明】馮夢龍:《古今譚概》卷24〈酬嘲部〉「蘇小妹」,頁14。		
752	636	20	蘇瓊(字珍之)	幼時,謁見刺史曹芝,芝戲之曰:「卿欲官不?」對曰:「設官求人,非人求官。	【宋】李垕:《南北史續世說》卷4〈捷悟〉,頁34下。	1.【明】何良俊:《何氏語林》卷5〈言語下〉,頁1上。 2.【明】焦竑:《焦氏類林》卷5〈仕宦〉,頁25下～26上。 3.【明】李贄:《初潭集》,卷23〈君臣三〉「能言之臣」,頁18上。 4.【明】林茂桂:《南北新語》卷1〈清介〉,頁46上。 5.【明】江東偉:《芙蓉鏡寓言》二集〈夙惠〉,頁143～144。	《北齊書》〈循吏列傳〉「蘇瓊」、《北史》〈循吏列傳〉「蘇瓊」	《南北朝新語》作「蘇峻」,疑誤!
753	637	20	蘇世長	十歲上書周武帝,讀孝經論語,指出「為國不侮鰥寡,為政以德。」	【宋】孔平仲:《續世說》卷4〈夙慧〉,頁9下。	1.【明】徐象梅:《瑯嬛史唾》卷9〈明經〉,頁4上。	《新唐書》〈蘇世長列傳〉	

754	638	20	闞駰	家貧，性能多食。三史群言，經日成誦，時人謂之「宿讀」。		1.【明】徐象梅：《瑯嬛史唾》卷14〈強識〉，頁6上。 2.【明】林茂桂：《南北朝新語》卷2〈夙慧〉，頁89上。	《北史》〈闞駰列傳〉、《魏書》〈闞駰列傳〉	
755	639	20	闞澤(字德潤)	在母胞中八月叱聲震外。		1.【明】徐象梅：《瑯嬛史唾》卷15〈異產〉，頁26上。		
756	639	20	闞澤(字德潤)	年十三，夢見名字在月中。		1.【明】焦竑：《焦氏類林》卷7〈象緯〉，頁5下。 2.【明】李贄：《初潭集》，卷20〈師友十〉「少年」，頁18下。 3.【明】徐象梅：《瑯嬛史唾》卷16〈吉遹〉，頁18上。 4.【明】趙瑜：《兒世說》卷1〈異徵〉，頁12下～13上。	《三國志》〈吳書八〉「闞澤」有此人記載，無此事蹟。	
757	640	20	嚴武	八歲，殺父親愛妾以報母親不受寵之辱。	【宋】王讜：《唐語林》卷4〈豪爽〉，頁96～97。	1.【明】何良俊：《何氏語林》卷22〈夙慧〉，頁9下。 2.【明】王世貞：《世說新語補》卷12〈夙惠〉，頁26下～27上。 3.【明】李贄：《初潭集》卷7〈父子三〉「慧子」，頁7下～8上。 4.【清】黃汝琳：《世說新語補》卷12〈夙惠〉，頁13下。	《新唐書》〈嚴挺之列傳〉	
758	641	20	釋道生	幼明悟，十五能講經		1.【明】何良俊：《何氏語林》卷7〈文學上〉，頁20下～21上。		
759	642	21	顧協(字正禮)	年數歲，外祖攜孫姪遊五丘山，問欲何戲。曰：「欲枕石漱流。」	【宋】李垕：《南北史續世說》卷5〈夙慧〉，頁4。	1.【明】何良俊：《何氏語林》卷22〈夙慧〉，頁5下。 2.【明】張墉：《二十一史識餘》卷20〈夙惠〉，頁17。	《梁書》〈顧協列傳〉《南史》〈顧協列傳〉	
760	643	21	顧歡(字景怡)	父親使田中驅雀，作黃雀賦。雀食稻過半，父怒欲撻之，見賦乃止。	【宋】李垕：《南北史續世說》卷5〈夙慧〉，頁4下～5上。	1.【明】焦竑：《焦氏類林》卷4〈夙惠〉，頁29下。 2.【明】李贄：《初潭集》卷7〈父子三〉「慧子」，頁1下。 3.【明】鄭仲夔：《清言》卷5〈夙惠〉，頁10下。	《南齊書》〈高逸列傳〉、《南史》〈隱逸列傳上〉「顧歡」	

						4.【明】徐象梅：《瑯嬛史唾》卷9〈夙慧〉，頁24下。 5.【明】江東偉：《芙蓉鏡寓言》三集〈栖逸〉，頁172。	
761	644	21	顧左山	書過目即通大義。文僖公以「心正則筆正」題試之，頃刻便成。		1.【清】李延昰：《南吳舊話錄》卷15〈夙惠〉，頁4下～5上。	
762			孔文舉二子	父書眠，盜酒飲之。大兒問：「何以不拜？」答曰：「偷哪得行禮。」	【宋】李垕：《南北史續世說》卷5〈夙慧〉，頁7上。	1.【明】焦竑：《焦氏類林》卷4〈夙惠〉，頁29下。 2.【明】林茂桂：《南北朝新語》卷2〈夙慧〉，頁89下。	
763			孔文舉二子	孔融被收，二兒將被殺，女曰：「若死而有知，得見父母，豈非至願。」		1.【明】焦竑：《焦氏類林》卷1〈君臣〉，頁7上。 2.【明】李贄：《初潭集》卷29〈君臣九〉「賢相」，頁1下～2上。 3.【明】江東偉：《芙蓉鏡寓言》一集〈政事〉，頁46～47。	《後漢書》〈鄭孔荀列傳〉「孔融」、《三國志‧魏書》〈魏書十二〉「崔琰」
764			孔文舉二子	孔融被收，二兒琢釘戲，無遽容，曰：「豈見覆巢之下復有完卵乎。」	【南朝宋】劉義慶：《世說新語》卷上之上〈言語〉，頁22上。	1.【明】王世貞：《世說新語補》卷3〈言語中〉，頁6上。 2.【明】李贄：《初潭集》卷7〈父子三〉「慧子」，頁3下。 3.【明】曹臣：《舌華錄》卷1〈慧語〉，頁4下。 4.【明】馮夢龍：《古今譚槩》卷28〈巧言部〉，頁16。 5.【清】黃汝琳：《世說新語補》卷12〈夙惠〉，頁10上。	《三國志‧魏書》〈魏書十二〉「崔琰」
765			王叔優‧王季道	小時聞郭林宗有知人之鑒。請問才行所宜，以自處業。		1.【明】何良俊：《何氏語林》卷15〈識鑒〉，頁5下～6上。 2.【明】王世貞：《世說新語補》卷8〈識鑒〉，頁15上。 3.【明】焦竑：《焦氏類林》卷2〈識鑒〉，頁38下。	《三國志‧魏書》〈魏書〉「王昶」

					4.【明】李贄：《初潭集》，卷 9〈兄弟上〉，頁 2 下～3 上。 5.【清】黃汝琳：《世說新語補》卷 8〈識鑒〉，頁 6 下。		
766		王濬沖、裴叔則	鍾曰：「裴楷清通、王戎簡要，後二十年此二賢當爲吏部尚書，冀爾時天下無滯才。」	【南朝宋】劉義慶：《世說新語》卷中之上〈賞譽上〉，頁 36 上。	1.【明】李贄：《初潭集》卷 18〈師友八〉「論人」，頁 4 下。	《晉書》〈裴秀列傳〉、《三國志‧魏書》〈裴潛〉	
767		文彥博、司馬光	司馬光打破水缸救同伴。 文彥博以水灌入樹洞中，取出球。		1.【明】劉元卿：《賢奕編》卷 2〈幹局〉，頁 40 下～41 下。 2.【明】馮夢龍：《智囊》卷 15〈捷智部〉「敏悟」，頁 324。	《宋史》〈司馬光列傳〉	
768		氾昭、戴祈、徐晏、夏隱、劉彬	少並有異才，世人號爲五龍。		1.【明】焦竑：《焦氏類林》卷 4〈夙惠〉，頁 26 下。	《濟北英賢傳》	
769		楊淮二子	裴頠與樂廣品論楊淮二子之成就。	【南朝宋】劉義慶：《世說新語》卷中之下〈品藻〉，頁 17 下。	1.【明】王世貞：《世說新語補》卷 10〈品藻〉，頁 18 下～19 上。 2.【明】李贄：《初潭集》卷 5〈父子一〉「賢子」，頁 11 下～12 上。 3.【清】黃汝琳：《世說新語補》卷 10〈品藻上〉，頁 8。		
770		李東陽、程敏政	李東陽四歲能作大書，景帝召見抱之膝上，賜珍果。與程敏政同召，試對：「螃蟹渾身甲胄。」敏政對曰：「鳳凰遍體文章。」東陽對曰：「蜘蛛滿腹經綸。」		1.【明】李紹文：《皇明世說新語》卷 5〈夙惠〉，頁 1 下～2 上。 2.【明】焦竑：《玉堂叢語》卷 7〈夙惠〉，頁 30 下。 3.【明】張岱：《快園道古》卷 5〈夙慧部〉，頁 66。	報至膝上，賜珍果之事，見《明史》〈李東陽列傳〉，其餘事蹟未見史書記載。	
771		王僧達、王僧虔、王僧綽	王曇首觀察孫子（僧達、僧虔、僧綽）遊戲狀況，預言其日後成就。	【宋】李昉：《南北史續世說》卷 5〈夙慧〉，頁 2。	1.【明】呂純如：《學古適用編》卷 88〈觀人於所忽〉，頁 6 下～7 上。 2.【明】張墉：《二十一史識餘》卷 35〈補遺中〉，頁 8 下～9 上。 3.【明】林茂桂：《南北朝新語》卷 2〈品鑒〉，頁 3。	《南齊書》〈王僧虔列傳〉	

772		唐陵、唐瑾	周文貽唐永書曰:「公有二子,一武一文,遣入朝,欲委以文武之任。」	【宋】李壄:《南北史續世說》卷5〈夙慧〉,頁8上。		《周書》〈唐瑾列傳〉、《北史》〈唐永列傳〉
773		員俶、李泌	員俶詞辯注射,眾人皆屈;李泌賦方圓動靜。	【宋】孔平仲:《續世說》卷4〈捷悟〉,頁12上。	1.【明】何良俊:《何氏語林》卷22〈夙慧〉,頁10。 2.【明】王世貞:《世說新語補》卷12〈夙惠〉,頁27。 3.【明】李贄:《初潭集》卷20〈師友十〉「少年」,頁20上。 4.【清】王用臣:《斯陶說林》卷2〈軼事上〉,頁4。 5.【清】黃汝琳:《世說新語補》卷12〈夙惠〉,頁13下~14上。	《新唐書》〈李泌列傳〉
774		執嘉、邦季	豐公之妻夢赤馬若龍,戲而生執嘉(太公)。太公之妃含始,遊於洛池,有玉雞唧赤珠出,刻曰:玉英,吞此者為王。含始吞之,生邦,字季。		1.【明】徐象梅:《瑯嬛史唾》卷1〈帝符〉,頁6上。	
775		宵明、燭光	娥皇夜寢,夢昇於天,無日而明,光芒射目,目不可視,驚覺乃燭也,於是孿生二女,因名曰:宵明、燭光。		1.【明】徐象梅:《瑯嬛史唾》卷1〈后瑞〉,頁8下。	
776		傅亮兄弟	郗超見傅瑗二子並總髮,曰:「小者才名皆勝,保卿家終當在兄。」	【南朝宋】劉義慶:《世說新語》卷中之上〈識鑒〉,頁33下~34上。	1.【明】王世貞:《世說新語補》卷8〈識鑒〉,頁18。 2.【明】李贄:《初潭集》,卷9〈兄弟上〉,頁6上。 3.【明】林茂桂:《南北朝新語》卷2〈品鑒〉,頁1。 4.【清】黃汝琳:《世說新語補》卷8〈識鑒〉,頁8下。	《南史》〈傅亮列傳〉、《宋書》〈傅亮列傳〉
777		陳元方、陳季方	元方、季方兩兄弟竊聽客人與太丘論議,炊忘箸箅,飯成糜,兩人俱說內容無遺失。	【南朝宋】劉義慶:《世說新語》卷中之下〈夙惠〉,頁37。	1.【明】王世貞:《世說新語補》卷12〈夙惠〉,頁16下。 2.【明】李贄:《初潭集》卷7〈父子三〉「慧子」,頁2下。	

					3.【明】周應治:《霞外麈談》卷 9〈寄因〉,頁 6 上。		
					4.【明】黃汝琳:《世說新語補》卷 12〈夙惠〉,頁 7 下～8 上。		
778		張純、張儼、朱異	各賦一物,隨目便賦成。張純:賦席。張儼:賦犬。朱異:賦弩。		1.【明】何良俊:《何氏語林》卷 22〈夙惠〉,頁 3 下～4 下。 2.【明】王世貞:《世說新語補》卷 12〈夙惠〉,頁 19 下～20 上。 3.【明】李贄:《初潭集》卷 20〈師友十〉「少年」,頁 18 下～19 上。 4.【明】江東偉:《芙蓉鏡寓言》二集〈夙惠〉,頁 142～143。 5.【清】黃汝琳:《世說新語補》卷 12〈夙惠〉,頁 9 下。	《三國志・吳書》〈朱桓〉	
779		張玄之、顧敷	司空顧和與客人清言,二孫七歲,在床邊遊戲;客去後,二兒共敘客主之言無遺失。	【南朝宋】劉義慶:《世說新語》卷中之下〈夙惠〉,頁 38 上。	1.【明】王世貞:《世說新語補》卷 12〈夙惠〉,頁 22 上。 2.【明】李贄:《初潭集》卷 7〈父子三〉「慧子」,頁 5 上。 3.【清】黃汝琳:《世說新語補》卷 12〈夙惠〉,頁 11 上。	《晉書》有張玄之其人,無此事蹟記載。	
780		張玄之、顧敷	見佛像有泣者,有不泣者。張曰:「被親故泣,不被親故不泣。」顧曰:「當由忘情故不泣,不能忘情故泣。」	【南朝宋】劉義慶:《世說新語》卷上之上〈言語〉,頁 27 下。	1.【明】王世貞:《世說新語補》卷 12〈夙惠〉,頁 22 下。 2.【明】李贄:《初潭集》卷 7〈父子三〉「慧子」,頁 4。 3.【明】曹臣:《舌華錄》卷 1〈慧語〉,頁 2 上。 4.【清】黃汝琳:《世說新語補》卷 12〈夙惠〉,頁 11 下。	《晉書》有張玄之其人,無此事蹟記載。	
781		虞荔、虞寄	陸問荔五經十事,對無遺。客人拜訪,戲之曰:「郎子姓愚,必當無智。」寄對曰:「文字不辨,豈得非愚。」	【宋】孔平仲:《續世說》卷 4〈夙惠〉,頁 8 下。	1.【明】何良俊:《何氏語林》卷 22〈夙惠〉,頁 7。	《陳書》〈列傳〉「虞荔」《南史》〈列傳〉「虞荔」	

782		謝朏謝超宗	敕兩人從鳳莊門入，蓋鳳莊，二人父名，超宗入，謝朏不入。	【宋】孔平仲：《續世說》卷6〈排調〉，頁17上。 【宋】李垕：《南北史續世說》卷1〈德行〉，頁4下。	1.【明】何良俊：《何氏語林》卷27〈排調〉，頁13上。 2.【明】曹臣：《舌華錄》卷3〈冷語〉，頁11上。 3.【明】林茂桂：《南北朝新語》卷1〈嚴正〉，頁21上。 4.【明】江東偉：《芙蓉鏡寓言》二集〈鳳惠〉，頁143。	《南史》〈謝弘微列傳〉	
783		魏隱兄弟	少有學義，總角詣謝奉，奉與語，大悅之。	【南朝宋】劉義慶：《世說新語》卷中之下〈賞譽下〉，頁11上。	1.【清】黃汝琳：《世說新語補》卷9〈賞譽上〉，頁11上。		
784		武伯南三子	劉公榮與武伯南三子共言論、觀其舉動，知其性格，預言其成就。		1.【明】何良俊：《何氏語林》卷15〈識鑒〉，頁14。	《三國志·魏書》〈魏書二十七〉「胡質」	
785		呂文靖四子	呂文靖公測試四子，命丫鬟擎寶器貯茶，故意跌倒摔碎，獨公著不動。		1.【明】何良俊：《何氏語林》卷14〈雅量〉，頁24。 2.【明】呂純如：《學古適用編》卷88〈觀人於所忽〉，頁8下。 3.【明】馬嘉松：《十可篇》卷9〈可嘉〉，頁30。	《宋史》有此人記載，但無此事蹟。	
786		蘇瓌與李嶠之子	蘇瓌與李嶠之子取適合奏帝者言之。帝曰：「蘇有子，李無兒。」	【宋】王讜：《唐語林》卷3〈識鑒〉，頁75。	1.【明】何良俊：《何氏語林》卷18〈品藻〉，頁23。 2.【明】趙瑜：《兒世說》卷1〈紕漏〉，頁14。		
787		八英(八翼)	鄒屠氏之女夢吞日，則生一子，經八夢則生八子。		1.【明】徐象梅：《瑯嬛史唾》卷1〈后瑞〉，頁8。		
788		鍾毓(字稚叔)、鍾會(字士季	父晝寢，偷服藥酒，毓拜而後飲，會飲而不拜。父問其故。毓對曰：「酒以成禮，不敢不拜。」會曰：「偷本非禮，所以不拜。」	【南朝宋】劉義慶：《世說新語》卷上之上〈言語〉，頁17下～18上。	1.【明】王世貞：《世說新語補》卷12〈夙惠〉，頁21上。 2.【明】李贄：《初潭集》卷10〈兄弟下〉，頁4下～5上。 3.【明】曹臣：《舌華錄》卷8〈穎語〉，頁11下。 4.【清】黃汝琳：《世說新語補》卷12〈夙惠〉，頁10。		

789		鍾毓(字穉叔)、鍾會(字士季	年十三,謁見魏文帝,毓面有汗。帝問其故,對曰:「戰戰惶惶,汗出如漿。」會面無汗,帝問,對曰:「戰戰慄慄,汗不敢出。」	【南朝宋】劉義慶:《世說新語》卷上之上〈言語〉,頁17下。	1.【明】李贄:《初潭集》卷10〈兄弟下〉,頁4。 2.【明】曹臣:《舌華錄》卷8〈穎語〉,頁11。 3.【清】黃汝琳:《世說新語補》卷12〈夙惠〉,頁10下。		
790			齊武明太后生六男三女,皆感異夢。 孕文襄夢一斷龍,孕文宣夢一大龍首尾屬天、孕孝昭夢懦龍於地、孕武成等龍浴於海。	【宋】李垕:《南北史續世說》卷10〈志怪〉,頁12。	1.【明】林茂桂:《南北朝新語》卷3〈宮闈〉,頁7下。		
791			盤庚妃姜氏夢龍入懷		1.【明】徐象梅:《瑯嬛史唾》卷16〈殊質〉,頁12上。		

附錄三：歷代世說體著作篇目總表

說明：

1. 本表參考蔡麗玲《從晚明「世說體」著作的流行論張岱的《快園道古》》附錄：「晚明『世說體』著作一覽表」；姚琪姝《「世說體」小說發展述論》附錄：「歷代『世說體』小說一覽表」；以及自身整理世說體文本之兒童材料而得。版本欄則參考國家圖書館之善本古籍，將目前國內現有的世說體著作版本列入，星號則是本論文所採用之版本。

2. 有兒童材料之篇章已做標記，數字則爲兒童材料數量，例如：《世說》〈德行〉有二則兒童材料，依此類推。

編號	朝代	書名	編著	卷數	門數	類　目	內　容	版　本
1.	南朝宋	世說新語	劉義慶	3	36	德行(2)、言語(13)、政事(1)、文學(2)、方正(2)、雅量(3)、識鑒(6)、賞譽(2)、品藻(1)、規箴(1)、捷悟、夙惠(7)、豪爽、容止、自新、企羨、傷逝、棲逸、賢媛、術解、巧藝、寵禮、任誕、簡傲、排調(3)、輕詆、假譎(1)、黜免、儉嗇、汰侈、忿狷(1)、讒險、尤悔、紕漏、惑溺、仇隙。	後漢迄東晉之軼事瑣語。	1. 元至元二十四年劉應登原刊元坊肆增刊評語本。 2. 元坊刊本。 3. 明渤海吳瑞徵刊巾箱本。 4. 明嘉靖乙未吳郡袁氏嘉趣堂刊本。 5. 明嘉靖丙寅太倉曹氏刊本。 6. 明萬曆丙戌年刊本。 7. 明萬曆己酉年周氏博古堂刊本。 8. 明吳中珩校刊本。 9. 明萬曆間吳興凌瀛初刊朱墨藍四色套印本。 10. 明萬曆間吳興凌瀛初刊本。 11. 清光緒十四年惜陰書局重刊本。 12. 清光緒十七年思賢講舍刊本。 13. 日本昭和四年（1929）東京育德財團影印尊經閣叢刊己巳藏配本。 14. 朝鮮舊鈔本。 ★15. 《四部備要》據明刻本校刊（北京：中華書局，1965年）。 16. 《百部叢書集成》據惜陰軒叢書本影印（臺北：藝文印書館，1969年）。
2.	唐	大唐新語	劉肅	13	29	匡贊、規諫、極諫、剛正、公直、清廉、持法、政能、忠烈、節義、孝行(1)、友悌、舉賢(1)、識量、容恕、知微(1)、聰敏(3)、文章、著述、從善、	唐武德初迄於大曆末之軼文舊事，有裨勸戒者	★1. 明萬曆間會稽商氏刊本。 2. 明刊本。 3. 清順治丁亥兩浙督學李際期刊本。 4. 清康熙間振鷺堂重編補

							釐革、隱逸(1)、褒錫、懲誡、勸勵、酷忍、諧謔、記異、郊禪		刊本。 5.《百部叢書集成》據明商濬校刊稗海本影印（臺北：藝文印書館，1966年）。
3.	唐	隋唐嘉話	劉　餗	3	無類目	上卷(2)、中卷(2)、下卷	南北朝至唐開元年間歷史人物之言行事蹟	★1. 明嘉靖間（1522～1566）長洲顧氏刊本。 2. 明萬曆丙戌刊本。 3. 明啓禎間檇李高氏原刊本。 4. 明末刊本。 5. 清順治丁亥兩浙督學李際期刊本。 6.《百部叢書集成》據顧氏本影印（臺北：藝文印書館，1966年）。
4.	唐	朝野僉載	張　鷟	6	無類目	卷一、卷二、卷三(2)、卷四(1)、卷五(2)、卷六	記載朝野佚聞，尤多武后朝事	1. 明嘉靖甲辰（二十三年，1544）雲間陸氏儼山書院刊本。 ★2. 明萬曆間（1573～1620）繡水沈氏尙白齋刊本 3. 明萬曆丙戌（十四年，1586）刊本。 4. 明末刊本。 5. 清順治丁亥兩浙督學李際期刊本。 6. 藍格舊鈔本。 7. 清光緒五年定州王氏謙德堂刊本。 8.《百部叢書集成》據寶顏堂秘笈本影印（臺北：藝文印書館，1965年）。
5.	唐	續世說新書	王方慶	10	未見	未見	無	見《新唐書·藝文志》卷五十九雜家類。
6.	宋	續世說	孔平仲	12	38	德行(2)、言語、政事、文學(2)、方正、雅量、箴規(1)、品藻、識鑒(2)、夙慧(24)、捷悟(4)、賞譽、寵禮、任誕、容止、術解、巧藝、排調(2)、自新(1)、企羨、簡傲、尤悔、栖逸(2)、輕詆(1)、賢媛(1)、惑溺、豔免(1)、傷逝(1)、汰侈、直諫、忿狷、仇隙、紕漏、儉嗇、假譎、邪諂、讒險、姦佞		1. 明鈔本。 2. 清咸豐十年（1860）南海伍氏刊本。 3. 民國十一年（1922）上海博古齋影印本。 4.《百部叢書集成》據守山閣叢書本影印，此書收錄於（臺北：藝文印書館，1970年）。 ★5.《四部備要》據守山閣本校刊（北京：中華書局，1965年）。
7.	宋	唐語林	王　讜	8	52	德行(1)、言語(1)、政事、文學、方正、雅量、識鑒(2)、賞譽(1)、品藻、規箴、夙慧(17)、豪爽(2)、容止、自新、企羨、傷逝、栖逸、賢媛、補遺(四卷)(2)（按：刊本久佚，殘本僅存十八門，另增補遺四卷）	記唐世名言，所紀典章故實，嘉言懿行·多與正史相發明	1. 明萬曆丙戌刊本。 2. 清順治丁亥兩浙督學李際期刊本。 3. 清道光戊子（八年，1828）福建重刊同治間至光緒甲午（二十年，1894）續修增刊本。

							4. 清光緒十四年惜陰書局重刊本。 5. 民國九年上海商務印書館排印本。 6. 民國辛酉上海博古齋影印本。 ★7.《百部叢書集成》據守山本影印（臺北：藝文印書館，1970 年）。
8.	宋	南北史續世說	李垕	10	47	德行(2)、言語(1)、政事(2)、文學(4)、方正、雅量(1)、識鑒(1)、賞譽(4)、品藻、規箴(1)、捷悟(2)、夙慧(62)、豪爽(4)、容止、自新、企羨、傷逝、棲逸(1)、賢媛、術解、巧藝(2)、寵禮、任誕、簡傲、排調(1)、輕詆、假譎、黜免、儉嗇、汰侈、忿狷、讒險、尤悔、紕漏、惑溺、仇隙、博識(2)、介絜、兵策、驍勇(3)、游戲、釋教、言驗、志恠(2)、感動(2)、擬弄(2)、凶悖	李延壽南、北二史所載碎事	1. 明萬曆己酉（三十七年）俞安期刊本。 2. 清初鈔本（不分卷）。 3.《四庫全書存目叢書》據清華大學圖書館藏明萬曆安茂卿刻三十七年俞安期廖羣閣重修本影印（臺南：莊嚴文化事業有限公司，1995 年 9 月）。
9.	明	何氏語林	何良俊	30	38	德行(5)、言語(5)、政事(1)、文學(5)、言志(4)、方正(1)、雅量(1)、識鑒(14)、賞譽(15)、品藻(1)、箴規(2)、棲逸(2)、捷悟(1)、博識、豪爽、夙慧(38)、賢媛、容止(5)、自新(1)、術解(1)、巧藝(2)、企羨(1)、寵禮(2)、傷逝、任誕、簡傲(2)、排調(4)、輕詆、假譎、黜免、儉嗇、侈汰、忿狷、讒險、尤悔、紕漏、惑溺、仇隙	漢至元代遺聞軼事	1. 明嘉靖辛亥（三十年）華亭何氏清森閣刊本。 ★2. 影印本。見《筆記小說大觀》第三十七（臺北：新興書局，1988 年）。
10.	明	世說新語補	王世貞	20	36	德行(1)、言語、政事、文學、方正、雅量、識鑒(2)、賞譽(1)、品藻、規箴、捷悟、夙惠(6)、豪爽(1)、容止、自新、企羨(1)、傷逝、棲逸(1)、賢媛、術解、巧藝(1)、寵禮、任誕、簡傲、排調(1)、輕詆、假譎、黜免、儉嗇、汰侈、忿狷、讒險、尤悔、紕漏、惑溺、仇隙	刪定《世說》、《語林》而併為一書	1. 明萬曆八年王世懋刊本。 ★2. 明萬曆乙酉（十三年）張氏原刊本。 3. 明萬曆丙戌（十四年）閩中重刊本。 4. 朝鮮舊活字本。 5. 清葛氏嘯園刊本（存三卷）。 6.《四庫全書存目叢書》據遼寧大學圖書館藏明萬曆張懋辰刻本影印（四卷）（臺南：莊嚴文化事業有限公司，1995 年 9 月）。
11.	明	焦氏類林	焦竑	8	59	編纂、君臣(1)、父子(3)、兄弟、夫婦、師友(3)、方正、長厚(1)、清介、雅量、慎密、儉約、識鑒(6)、言語、政事(1)、文學(11)、幹局(1)、賞譽(4)、品藻、夙惠(39)、警悟、豪爽(5)、任達、寵禮(2)、企羨、仕宦、棲逸、遊覽、傷逝、術解、書法(2)、巧藝、兵策、	遠古至元代軼事瑣語	★1. 明萬曆間秣陵王元貞刊本。 2. 清同治元年南海伍氏刊本。 3.《百部叢書集成》據清咸豐伍崇曜校刊本影印（臺北：藝文印書館，1966 年）。

						容止(4)、簡傲、汰侈、矜率(1)、詆毀、排調、假譎、紕漏、惑溺(1)、象緯(1)、形勝、節序、宮室、冠服、食品、酒茗、器具、文具、典籍、聲樂(1)、攝養、熏燎、草木、鳥獸、仙宗(1)、釋部		4.《四庫全書存目叢書》據中國科學院圖書館藏明萬曆十五年王元貞刻本影印(臺南：莊嚴文化事業有限公司，1995年9月)。
12.	明	初潭集	李贄	30	5大類97小類	夫婦：合婚、幽婚、喪偶、妬婦(1)、才識(1)、言語、文學、賢夫、賢婦(1)、勇夫、俗夫、苦海諸媼、彼岸諸媼父子：教子(1)、賢子(5)、孝子(4)、文子、慧子(29)、貌子(2)、官子、喪子(1)、泛子、俗父兄弟(5) 師友：儒教、道教、釋教、聚書、鈔書、讀書(2)、著書、六經子史(2)、爲文(1)、博物(1)、談學(2)、音樂、藝術、書畫(3)、清言(2)、嘲笑(2)、山水、隱逸(1)、湯社、酒人、達者、豪客(2)、論人(1)、知人(2)、鄙人、智人(1)、知己、相思、哀死、推賢(2)、規正、篤義、交難、學道、道學、會說、令色(1)、少年(25)、標榜(1)、詆毀、易離 君臣：聖君、聖臣、賢君、賢臣、明君(1)、忠臣、正臣、清臣、能文之臣、能言之臣(3)、英君、能臣、暴君、諍臣、癡臣、昏臣、哲臣、愚臣、縱君、侈臣、貌臣、譎主、奸臣、庸君、強臣、銓選諸臣、牧民諸臣、將臣(2)、相臣、賢相(1)、才相、廉勤相、畏慎相	雜採古人事蹟，加以評語	1.明萬曆間刊本。 2.明刊本(十二卷)。 3.民國九十一年明末朱墨套印本，國家圖書館根據國立臺灣大學圖書館藏拍攝之微捲。 ★4.《四庫全書存目叢書》據山東省圖書館藏明萬曆閔氏刻本影印(臺南：莊嚴文化事業有限公司，1995年9月)。
13.	明	闇然堂類纂	潘士藻	6	6	訓惇(1)、嘉話、談箴、警喻、溢損、徵異	所聞見雜事分類纂述	★《四庫全書存目叢書》據首都圖書館藏明萬曆刻本影印(臺南：莊嚴文化事業有限公司，1995年9月)。
14.	明	賢奕編	劉元卿	4	16	懷古、廉淡、德器、方正、證學、敘倫(1)、家閑(1)、官政(1)、廣仁、幹局(1)、達命、仙釋、觀物、警喻、應諧、志怪(附錄：閒鈔(1))	歷代軼事，尤重名公鉅卿嘉言懿行	★1.明萬曆間繡水沈氏尚白齋刊本。 2.民國十一年上海文明書局石印本。 3.《叢書集成初編》據寶顏堂秘笈本排印(北京：中華書局，1985年北京新一版)。
15.	明	皇明世說新語	李紹文	8	36	德行(1)、言語(1)、文學(1)、政事、方正(1)、雅量(1)、識鑒、賞譽(1)、品藻、規箴、捷悟、夙惠(30)、豪爽、容止(1)、自新、企羨、傷逝、棲逸、賢媛、術解、巧藝(1)、寵禮、任誕、簡傲、排調、輕詆(1)、假譎、黜免、儉嗇、汰侈、忿狷、讒險、尤悔、紕漏(1)、惑溺、仇隙	明代軼事瑣語	1.明萬曆庚戌雲間李氏原刊本。 2.朝鮮舊刊本。 ★3.《四庫全書存目叢書》據中國科學院圖書館藏明萬曆刻本影印(臺南：莊嚴文化事業有限公司，1995年9月)。

16.	明	舌華錄	曹臣	9	18	慧語(16)、名語、豪語(5)、狂語(1)、傲語、冷語(3)、諧語、謔語(8)、清語、韻語、俊語、諷語(1)、譏語(1)、憤語、辯語(6)、穎語(10)、澆語(1)、悽語)	漢魏至明人間答雋語	★1. 明萬曆末年原刊本。 2. 日本舊鈔本。 3. 民國上海進步書局石印本。 4. 《四庫全書存目叢書》據清華大學圖書館藏明萬曆刻本影印（臺南：莊嚴文化事業有限公司，1995年9月）。
17.	明	益智編	孫能傳	41	12大類74小類	帝王類：全君、定策、翼儲、宗藩 宮掖類：后妃、外戚、閹寺 政事類：用人、爵賞、政術、治體、革俗(1)、止訛、弭盜、破妖妄 職官類：宰相、臺諫、監司、守令、學職、守官、馭胥史 財賦類：理財、賦役、錢鈔、鹽筴、倉儲、漕輓、救荒、撫流移、遺棄小兒(2)、捕蝗 兵戎類：將帥、節鎮、戎伍、籌策、料敵、設間、戰略、招撫、攻取、守禦、定亂(1)、制叛逆、待降附、安反側、鎮人心 刑獄類：刑法、讞議(2)、折獄、迹盜 說詞類：奉使、對來使、盟會、善說、善諫(1)、諧諷、辯才 人事類：知人、料事、蚤慧(14)、幹辦(1)、博物、危疑(1)、急難(3)、處權倖 邊塞類：安邊、馭夷 工作類：營造、城池、河渠、舟梁、器仗 雜俎類：雜事	古來益人意智之事	★1. 明萬曆癸丑臨溪學官刊本。 2. 《四庫全書存目叢書》據北京大學圖書館藏明萬曆孫能正刻本影印（臺南：莊嚴文化事業有限公司，1995年9月）。
18.	明	智品	樊玉衡	13	7	神品(1)、妙品(1)、能品(5)、雅品(2)、具品(2)、譎品(1)、盜品(1)	古初至明代用智之事	★1. 明萬曆間刊本。 2. 《四庫全書存目叢書》據中國科學院圖書館藏明萬曆四十二年於斯行刻本影印（臺南：莊嚴文化事業有限公司，1995年9月）。
19.	明	清言	鄭仲夔	10	36	德行、言語、政事、文學、方正、雅量(1)、識鑒(3)、賞譽(3)、品藻、規箴(1)、捷悟、夙惠(18)、豪爽(1)、容止(1)、自新、企羨、傷逝、棲逸、賢媛、術解、巧藝、寵禮、任誕、簡傲、排調(2)、輕詆、假譎、黜免、儉嗇、汰侈、忿狷、讒險、尤悔、紕漏(1)、惑溺、仇隙	漢魏迄嘉隆之僻事雋語	1. 明崇禎間原刊本。 ★2. 《四庫全書存目叢書》據上海圖書館藏明萬曆四十五年刻玉麈新譚本影印（臺南：莊嚴文化事業有限公司，1995年9月）。

20.	明	玉堂叢語	焦　竑	8	54	行誼、**文學**(1)、言語、政事、銓選、籌策、召對、**講讀**(1)、寵遇、禮樂、薦舉、獻替、侃直、纂修、調護、忠節、識鑒、方正、廉介、義賙、器量、長厚、退讓、慎密、敏悟、出處、**師友**(1)、品藻、事例、科試、科目、**容止**(1)、賞譽、**企羨**(1)、恬適、規諷、豪爽、任達、**夙惠**(15)、遊覽、術解、藝術、傷逝、**志異**(1)、**簡傲**(1)、諧謔、儉嗇、汰侈、險譎、忿狷、刺毀、紕漏、惑溺、仇隙	明初以來翰林諸臣之遺言往行。	★1. 明萬曆戊午曼山館刊本。 2.《四庫全書存目叢書》據中國科學院圖書館藏明萬曆四十六年徐象橒曼山館刻本影印（臺南：莊嚴文化事業有限公司，1995年9月）。
21.	明	瑯嬛史唾	徐象梅	16	130	**帝符**(5)、**后瑞**(11)、王仁、霸蹟、辟王、喆輔、吏治、將客(2)、清貞、貪穢、**孝敬**(8)、友愛、**精感**(2)、冥通、顯諍、隱諭、高隱、巧宦、獨行、兼才、忠節、義俠、德望、**雄武**(1)、石交、**清辯**(1)、度量、志氣(8)、**寵禮**(1)、**企羨**(2)、豪爽、曠達、**恬裕**(1)、躁兢、**嚴峻**(3)、單詔、薦拔、讒忌、識體、見機、**敏捷**(1)、遲鈍、**藻鑒**(6)、賞譽(10)、品目、標置、勤學(5)、藏書、**明經**(1)、博物、文章、詩賦、**著作**(1)、教授、**夙慧**(30)、偏知、闇解、冥悟、容止、談論、雅尚、辟嗜、潔癖、酒神、戰茗、鬭香、食章、釀法、**譽兒**(5)、哭世、**法書**(5)、**名畫**(2)、神射、巧藝、**音樂**(1)、歌舞、幽蹤、逸響、登涉、樵漁、任誕、率真、不情、無賴、通脫、簡傲、家法、國溜、沈酣、惑溺、汰侈、儉嗇、吊古、傷逝、好事、餙非、**強識**(7)、幹理、糾彈、遷謫、**折節**(2)、乞休、恮共、忿狷、輕薄、殘酷、嘲謔、排調、尤悔、箴規、**紕漏**(1)、詭異、**權譎**(1)、庸劣、奇疾、**異產**(3)、妬婦、名姬、**格言**(1)、韻語、美男、**殊質**(1)、冶妝、寶餙、**吉讖**(1)、殃懲、道術、禪喜、靈畜、壬人	史傳及稗官事語	★《四庫全書存目叢書》據中國科學院圖書館藏明萬曆刻本（臺南：莊嚴文化事業有限公司，1995年9月）。
22.	明	霞外麈談	周應治	10	10	霞想、**鴻冥**(1)、恬尚、**曠覽**(1)、幽賞、**清鑒**(2)、達生、**博雅**(1)、**寄因**(2)、感適	輯隱逸高尚之事	1. 民國上海進步書局石印本。 ★2.《四庫全書存目叢書》據湖南圖書館藏明崇禎刻本影印（臺南：莊嚴文化事業有限公司，1995年9月）。
23.	明	學古適用編	呂純如	91	91	善處人父子兄弟之間、立朝以忠厚爲本、**一清足以礪天下之賢**(1)、經術所以經世、持正不阿、爲政須識大體、**忠義會須有用**(1)、仁人之言、求忠臣於孝子之門(1)、善處功名之際、	前代至明可爲後人效法之事	★《四庫全書存目叢書》據中國科學院圖書館藏明崇禎刻本影印（臺南：莊嚴文化事業有限公司，1995年9月）。

					老成謀國、料事在識、耐煩是居官第一義、用人各以其宜、晚節不可不慎、鎮之以靜、凡事不可激、資格不可以限人、名器不可假人、知己甚於感恩、涼德不可爲訓、人自不敢犯(1)、防微杜漸、知人不易、同事異議、有備無患、有識者見於未然、事機不可失、責備賢者、儉以養廉、榮進素定、迂儒無裨實用、先聲奪人、毋我負人、文臣武客、用人不疑、爲德不使人知、諷諫最能移人主意、濟大事以權(1)、不自爲可疑(1)、濟大事以權(1)、運籌決勝、刑罰不可中(1)、足食務在屯田、奉使不辱命、片言折獄(1)、善敗者不亂、相職合當如此、相度合當如此(1)、和戎得失、武臣不可及處、成就後進(1)、物色異人、中官不宜典兵、君子不以人廢言、講求水利、銓政得失、法窮不得不變、人臣各守其職、國勢不可偏輕重、盛世不諱言兵、法不可以人廢、恩窮則授之以節、處置得宜、曲體人情、人有應卒之才(2)、人臣之義無私交、人貴自立、事權不可中制、英雄妙手、可爲諫臣法、矯枉不可過正、使功不如使過、下殿不失和氣、內舉不避親、勿欺是事君第一義(1)、集事在於用智(2)、用人不必出自己知、英雄所見畧同、兩賢不相阨、小人枉了爲小人、賢者當勉其所難、平心可以平天下、□密可以辨君子小人、士大夫不可不明於進退之節、君子不輕受人恩、救荒實政(2)、觀人於所忽(2)、先輩典型(1)、退不忘君、士大夫居鄉亦有事做		
24.	明	二十一史識餘	張墉	37	58門附補遺一門	父子(7)、君臣、兄弟(3)、夫婦(2)、師友(1)、長厚、清介(2)、識鑒(2)、雅量、慎密、方正、言語、規箴(1)、品藻、賞譽(2)、政事(1)、幹局(1)、拳勇(3)、兵策、文學(8)、藝術、機警(4)、豪爽、俠烈(1)、寵禮、企羨、排調、容止(2)、夙惠(58)、樓逸(1)、止足、傷逝、簡傲、任誕(1)、矜率、尤悔、吝嗇、侈汰、惑溺、詭譎、紕繆、詆毀、仇隙(1)、忿戾、俗佞、痴頑、猜險、貪穢、殘忍、鄙暗、玄跡、梵塵、異域、閹寺(1)、象緯、形勝、草木、鳥獸、補遺(3)	二十一史佳事雋語	★《四庫全書存目叢書》據安徽大學圖書館藏明崇禎十七年刻本影印（臺南：莊嚴文化事業有限公司，1995 年 9月）。

25.	明	西山日記	丁元薦	2	41	上卷：日課、英斷、相業、延攬、才畧、深心、名將、循良、法吏、守死、忠義、直節、器識、神識、古道 下卷：文學、師模、庭訓、正學、孝友、篤行、持正、德量、友義、清脩、恬退、高隱、格言、正論、清議、義俠、母範、賢媛、耆壽、清賞、鎮壓、詼諧、因果、天數、方術、五箴	洪武迄萬曆朝野事	★1. 民國八年（1919）上海商務印書館影印本（涵芬樓秘笈第七集）。 2.《四庫全書存目叢書》據北京圖書館藏清鈔本影印（臺南：莊嚴文化事業有限公司，1995 年 9 月）。
26.	明	古今譚概	馮夢龍	36	36	迂腐部(1)、怪誕部、癡絕部、專愚部(1)、謬誤部(1)、無術部(2)、苦海部、不韻部、癖嗜部、越情部(1)、佻達部(1)、矜嫚部(3)、貧儉部、汰侈部、貪穢部(1)、鷙忍部(2)、容悅部(1)、顏甲部、閨誡部、委蛻部、譎知部(1)、儇弄部、機警部(4)、酬嘲部(9)、塞語部(5)、雅浪部、文戲部(1)、巧言部(3)、談資部(5)、微詞部、口碑部、靈蹟部、荒唐部、妖異部、非族部、雜志部(1)	彙輯古事，以供談資	★《四庫全書存目叢書》據北京大學圖書館藏明刻本影印（臺南：莊嚴文化事業有限公司，1995 年 9 月）。
27.	明	南北朝新語	林茂桂	4	61	孝友(6)、烈義、嚴正(2)、鯁直、清介(7)、恬潔、雅量(1)、謙慎(2)、規箴、栖隱、料事、見敗、圖新(1)、賢媛、陰德、品鑒(12)、標譽(19)、學問(2)、作述、清言(1)、玄解(1)、機警、夙慧(27)、捷對(5)、命名(2)、書法、姿儀(1)、遊覽、酒食、巧藝(4)、宮闈(7)、恩寵(1)、除爵、政績、才略(1)、豪爽(3)、鎮定、薦引(1)、報酬、膂力(3)、佞幸、黜免、赦宥、懲戒(2)、悔恨(1)、死徒、儉嗇、汰侈、伻武(1)、誕傲(1)、險譎、忿悁、仇隙(1)、嘲詆(4)、紕繆、癡騃、黷偵、徵兆(2)、傷逝(1)、異跡(6)、古物	南北朝佳事佳話	★影印本（北京：中國書店，1990 年 7 月）。
28.	明	芙蓉鏡寓言	江東偉	10	36	德行(1)、言語(1)、政事(2)、文學(2)、方正(1)、雅量、識鑒(2)、賞譽(2)、品藻、規箴、捷悟、夙惠(35)、豪爽、容止、自新(1)、企羨、傷逝、栖逸(2)、賢媛、術解、巧藝、寵禮(1)、任誕、簡傲、排調(1)、輕詆(1)、假譎、黜免、儉嗇、汰侈、忿狷、讒險、尤悔、紕漏、惑溺、仇隙	先秦至明代軼事	★浙江：浙江古籍出版社，1986 年點校本（據天啓刻本）。
29.	明	耳新	鄭仲夔	8	34	令德、藹吉、經國、正氣、立言、博贍、集雅、懿好、惠濟、神應、仙踪、梵勝、同聲、知遇、矜奇、諧艷、陳風、紀土、正繆、異述、時令、今文、志恠、說鬼、奸恣、醜媚、災變、孽召、物表、兆先、命相、藝術、寶遺、人瑞	雜記瑣事，多及仙鬼因果	★1. 明崇禎間原刊本。 2. 明刊本。 3. 民國四年上海國學扶輪社排印本。 4.《百部叢書集成》據清道光蔡氏 5. 黎華館重雕乾隆金忠淳

								輯刊硯雲甲乙編本影印。此書收錄於（臺北：藝文印書館，1967年）。 6. 《四庫全書存目叢書》據北京圖書館藏清鈔本影印（臺南：莊嚴文化事業有限公司，1995年9月）。
30.	明	雋區	鄭仲夔	8	34	品雋、行雋、業雋、政雋、學雋(1)、奇雋、詩雋、文雋、神雋、兆雋、玄雋、法雋、語雋、識雋、評雋(1)、闡雋、閨雋、地雋、事雋(1)、叢雋、勸雋、誠雋(1)、景雋、玩雋、藝雋(1)、術雋、誕雋、幻雋(2)、諧雋、艷雋、荒雋、物雋(1)、□雋、通雋(1)	明人軼事	★明崇禎間原刊本。
31.	明	智囊	馮夢龍	28	10大類28小類	上智部：見大、遠猶、通簡 明智部：知微、億中、剖疑(1)、經務(2) 察智部：得情(3)、詰奸 膽智部：威克、識斷 捷智部：靈變(3)、應卒、敏悟(7) 術智部：委蛇、謬數、權奇(2) 語智部：辨才、善言 兵智部：不戰、制勝、詭道、武案 閨智部：賢哲(1)、雄略(2) 雜智部：狡黠、小慧(2)	古人智術計謀之事	★影印本（四川：巴蜀書社，1986年11月）。
32.	明	十可篇	馬嘉松	10	10	可景、可味、可快(1)、可鄙、可泯、可坦、可遠、可諧、可嘉(4)、可冊(1)	子史及小說中佳言懿行、醜行敗德之語	★1. 明崇禎間刊本。 2. 《四庫全書存目叢書》據中國科學院圖書館藏明崇禎刻本影印（臺南：莊嚴文化事業有限公司，1995年9月）。
33.	明	集世說	孫令弘	6		未見	無	見《中國文言小說書目》，頁330。
34.	明	明世說	焦竑	8		未見	無	見《明史·藝文志》卷九十八小說家類。 見《中國文言小說書目》，頁296。 見《千頃堂書目》、《明志》子部小說家類。
35.	明	兒世說	趙瑜	1	17	屬對(4)、言語(4)、排調(3)、文學(12)、彊記(6)、至性(11)、膽識(4)、自新(1)、恬裕(4)、方正(3)、師友(2)、言志(6)、賞譽(6)、異徵(5)、豪豪(3)、將畧(2)、紕漏(1)	古至明代之兒童事蹟	★清順治丁亥兩浙督學李際期刊本。
36.	清	南吳舊話錄	李延昰	24	24	孝友(2)、忠義(1)、政績、才筆(1)、儉素、廉介、謙厚、恬退、陰德(1)、雅量、規諷、敬禮、任誕(1)、閒逸、夙惠(36)、遊藝、賞譽(4)、諧謔(1)、曠達、感憤、寄託、豪邁、名社、闆彥(3)	明代華亭地區之嘉言韻事	★據國立臺灣師範大學藏民國四年上海刊本影印（臺北：廣文書局有限公司，1971年8月）。

37.	清	庭聞州世說	官偉鏐	6	無類目	卷一、卷二、**卷三(2)**、**卷四(1)**、卷五、卷六	泰州雜事	★《四庫全書存目叢書》據上海圖書館藏清康熙刻本影印（臺南：莊嚴文化事業有限公司，1995年9月）。
38.	清	玉劍尊聞	梁維樞	10	34	德行、言語、政事、**文學(1)**、方正、雅量、**識鑒(1)**、賞譽、品藻、規箴、**夙惠(10)**、豪爽、**容止(1)**、企羨、傷逝、棲逸、賢媛、術解、巧藝、**寵禮(1)**、任誕、簡傲、排調、輕詆、**假譎(1)**、黜免、儉嗇、汰侈、忿狷、讒險、尤悔、紕漏、惑溺、仇隙	明代軼聞瑣事	★《四庫全書存目叢書》據中國人民大學圖書館藏清順治賜鱗堂刻本影印（臺南：莊嚴文化事業有限公司，1995年9月）。
39.	清	快園道古	張岱	20	20	**盛德部(2)**、學問部、經濟部、**言語部(2)**、**夙慧部(29)**、機變部(缺)、志節部(缺)、識見部(缺)、品藻部(缺)、任誕部(缺)、偶儁部(缺)、小慧部、**隱逸部(1)**、**戲謔部(1)**、笑談部、志怪部(缺)、鬼神部(缺)、紕漏部(缺)、詭譎部(缺)、博物部(缺)	明代軼事	★清抄本（浙江：浙江古籍出版社，1986年11月）。
40.	清	明語林	吳肅公	14	38	**德行(4)**、**言語(1)**、政事、**文學(7)**、**言志(3)**、方正、**雅量(1)**、**識鑒(2)**、**賞譽(2)**、品藻、箴規、棲逸、捷悟、博識、豪爽、**夙惠(25)**、賢媛、容止、**自新(1)**、術解、**巧藝(1)**、企羨、寵禮、傷逝、任誕、簡傲、排調、輕詆、假譎、黜免、儉嗇、汰侈、忿狷、讒險、尤悔、紕陋、惑溺、仇隙	明代軼事	★《四庫全書存目叢書》據北京大學圖書館藏清光緒陵方氏廣東刻宣統元年印碧琳琅館叢書本影印（臺南：莊嚴文化事業有限公司，1995年9月）。
41.	清	今世說	王晫	8	30	德行、言語、政事、文學、**方正(2)**、雅量、識鑒、**賞譽(2)**、品藻、規箴、捷悟、**夙惠(13)**、豪爽、容止、企羨、傷逝、棲逸、賢媛、術解、巧藝、**寵禮(1)**、任誕、簡傲、排調、輕詆、假譎、汰侈、忿狷、尤悔、惑溺	順治至康熙文人名士之事	★1.清咸豐二年南海伍氏刊本。 2.民國上海進步書局石印本。 3.《百部叢書集成》據清咸豐伍崇曜校刊本影印（臺北：藝文印書館，1966年）。 4.《四庫全書存目叢書》據中央民族大學圖書館藏清道光光緒間南海伍氏刻雅堂叢書本影印（臺南：莊嚴文化事業有限公司，1995年9月）。
42.	清	說鈴	汪琬	1	無類目	無		★1.道光十三年刊本。 2.影印本。此書收錄於《叢書集成續編》（臺北：新文豐出版公司，1989年臺一版）。
43.	清	漢世說	章撫功	14	14	德行、言語、政事、文學、方正、雅量、識鑒、賞譽、品藻、清介、才智、英氣、義烈、寵禮	以史記漢書為主之漢人言行	★《四庫全書存目叢書》據中國科學院圖書館藏清七硯書堂鈔本影印（臺南：莊嚴文化事業有限公司，1995年9月）。

44.	清	女世說	李　清	4	31	淑德、仁孝、能哲、節烈、儒雅、雋才、毅勇、雅量、俊邁、高尚、識鑒、通辯、規誨、穎慧、容聲、藝巧、緣合、情深、企羨、悼感、眷惜、寵嬖、尤悔、乖妒、蠱魅、侈汰、忿狷、紕謬、狡險、徵異、幽感	古今婦女掌故	見《中國文言小說書目》，頁348。備註：此分類見陳汝衡：《說苑珍聞》（上海：上海古籍出版社，1981年12月），頁1～3。
45.	清	世說補	黃汝琳	20	36	德行(4)、言語、政事、文學(4)、方正、雅量(1)、識鑒(5)、賞譽(5)、品藻(3)、規箴(1)、捷悟、夙惠(47)、豪爽、容止、自新、企羨(1)、傷逝、棲逸(1)、賢媛、術解(1)、巧藝(1)、寵禮(1)、任誕、簡傲、排調(3)、輕詆(1)、假譎(1)、黜免、儉嗇、汰侈、忿狷(1)、讒險、尤悔、紕漏(1)、惑溺(1)、仇隙	重刻王世貞《世說新語補》	★民國十八年掃葉山房石印本。
46.	清	斯陶說林	王用臣	12	10	箴規(4)、軼事(7)、文藝(4)、考證(2)、清談(8)、詼笑(1)、技術(3)、閨秀(5)、祥異(4)、隨筆(5)		★影印本（北京：中國書店，1991年3月）。
47.	清	女世說	嚴　蘅	1	無類目	(11)	古今婦女掌故	★1921年上海聚珍倣宋印書局印本。
48.	清	明逸編	鄒統魯	10		未見	明朝軼事	見《四庫全書總目》卷一百四十三，子部小說家類存目一雜事。
49.	清	僧世說	顏從喬			未見	無	見吳俊編校：《魯迅學術論著》（杭州市：浙江人民出版社，1988年6月），頁46～47。
50.	清	南北朝世說	章繼泳	20		未見	無	見《中國文言小說書目》，頁366。
51.	清	續世說	李鄴嗣			未見	無	未見
52.	民國	新世說	易宗夔	8	36	德行(2)、言語(1)、政事(1)、得情(3)、方正(1)、雅量、識鑒(4)、賞譽(1)、品藻、規箴、捷悟(1)、夙慧(39)、豪爽、容止、自新、企羨、傷逝(1)、棲逸、賢媛(8)、術解、巧藝(6)、寵禮(1)、任誕、簡傲、排調、輕詆、假譎、黜免、儉嗇、汰侈、忿狷、讒險、尤悔、紕漏、惑溺(3)、仇隙		★根據中央圖書館善本影印。《筆記小說大觀》三十六編（臺北：新興書局有限公司，1984年3月）。